王度庐作品大系　武侠卷　拾壹

紫电青霜·宝刀飞

王度庐著

王度庐·著／王芹·点校

山西出版传媒集团
北岳文艺出版社
BEIYUE LITERATURE & ART PUBLISHING HOUSE

图书在版编目（CIP）数据

紫电青霜．宝刀飞 / 王度庐著．— 太原 ：北岳文艺出版社，2017.3
（王度庐作品大系）
ISBN 978-7-5378-5070-4

Ⅰ．①紫…②宝… Ⅱ．①王… Ⅲ．①侠义小说—中国—当代 Ⅳ．① I247.5

中国版本图书馆 CIP 数据核字（2017）第 040317 号

书名：紫电青霜·宝刀飞
著者：王度庐
点校：王　芹
策划：续小强　刘文飞
责任编辑：刘文飞
书籍设计：张永文
印装监制：巩　播

出版发行：山西出版传媒集团·北岳文艺出版社
地址：山西省太原市并州南路 57 号
邮编：030012
电话：0351-5628696（发行部）　0351-5628688（总编办）
传真：0351-5628680
网址：http://www.bywy.com　E-mail：bywycbs@163.com
经销商：新华书店　印刷装订：山西人民印刷有限责任公司

开本：890mm×1240mm　1/32　总字数：272 千字　印数：1-5000
总印张：9.5　版次：2017 年 3 月第 1 版　印次：2017 年 3 月山西第 1 次印刷
书号：ISBN　978-7-5378-5070-4
总定价：38.00 元

出版前言

王度庐（1909—1977），原名葆祥（后改葆翔），字霄羽，出生于北京下层旗人家庭。“度庐”是1938年启用的笔名。他是中国现代文学史上著名的武侠言情小说家，独创“悲剧侠情”一派，成为民国北方武侠巨擘之一，与还珠楼主、白羽（宫竹心）、郑证因、朱贞木并称为“北派五大家”。

20世纪20年代，王度庐开始在北京小报上发表连载小说，包括侦探、实事、惨情、社会、武侠等各种类型，并发表杂文多篇。20世纪30年代后期，因在青岛报纸上连载长篇武侠小说《宝剑金钗》《剑气珠光》《鹤惊昆仑》《卧虎藏龙》《铁骑银瓶》（合称“鹤-铁五部”）而蜚声全国；至1948年，他还创作了《风雨双龙剑》《洛阳豪客》《绣带银镖》《雍正与年羹尧》等十几部中篇武侠小说和《落絮飘香》《古城新月》《虞美人》等社会言情小说。

王度庐熟悉新文学和西方现代文化思潮，他的侠情小说多以性格、心理为重心，并在叙述时投入主观情绪，着重于“情”“义”“理”的演绎。“鹤-铁五部”既互有联系又相对独立，达到了通俗武侠文学抒写悲情的现代水平和相当的人性深度，具有“社会悲剧、命运悲剧、性格心理悲剧的综合美感”。他的社会言情小说的艺术感染力也很强，注重营造诗意的氛围，写婚姻恋爱问题，将金钱、地位与爱情构成冲突模式，表现普通人对个性解放、爱情自由和婚姻平等的追求与呼唤。这些作品注重写人，写人性，与“五四”以来“人的文学”思潮是互相呼应的。因此，王度庐也成为通俗文学史乃至整个中国现代文学史研究中绕不过去的作家，被写入不同类型的文学史。许多学者和专家将他及其作品列为重点研究对象。

王度庐所创造的“悲剧侠情”美学风格影响了港台“新派”武侠小说的创作，台湾著名学者叶洪生批校出版的《近代中国武侠小说名著大系》即收录了王度庐的七部作品，并称“他打破了既往‘江湖传奇’（如不肖生）、‘奇幻仙侠’（如还珠楼主）乃至‘武打综艺’（如白羽）各派武侠外在茧衣，而潜入英雄儿女的灵魂深处活动；以近乎白描的‘新文艺’笔法来描写侠骨、柔肠、英雄泪，乃自成‘悲剧侠情’一大家数。爱恨交织，扣人心弦！”台湾著名武侠小说作家古龙曾说，“到了我生命中某一个阶段中，我忽然发现我最喜爱的武侠小说作家竟然是王度庐”。大陆学者张赣生、徐斯年对王度庐的作品进行了大量的整理、发掘和研究工作，并给予了很高的评价。徐斯年称其为“言情圣手，武侠大家”，张赣生则在《王度庐武侠言情小说集》的序言中说：“从中国文学史的全局来看，他的武侠言情小说大大超过了前人所达到的水平”，“他创造了武侠言情小说的完善形态，在这方面，他是开山立派的一代宗师。”

此次出版的《王度庐作品大系》收录了王度庐在不同时期的代表作和有影响力的作品，还收录了至今尚未出版过的新发掘出的作品，包括他早期创作的杂文和小说。此外，为了满足不同领域的读者的需求，此版还附有张赣生先生的序言、已知王度庐小说目录和王度庐年表，以供研究者参考。这次出版得到了王度庐子女的大力支持和密切配合，王度庐之女王芹女士亲自对作品进行了点校。可以说，他们的支持使得《王度庐作品大系》成为王度庐作品最完善、最全面的一次呈现。在此，我们表达最诚挚的谢意。

在编辑过程中，我们依据上海励力出版社，参考报纸连载文本及其他出版社的原始版本，对作品中出现的语病和标点进行了订正；遵循《第一批异形词整理表》（GF1001-2001），对文中的字、词进行了统一校对；并参照《现代汉语大词典》《汉语方言大词典》《北京方言词典》《北京土语辞典》等工具书小心求证，力求保持作品语言的原汁原味。由于编辑水平和时间有限，难免有疏漏之处，敬请广大读者批评指正！

北岳文艺出版社

二〇一五年六月三十日

总　序

王度庐是位曾被遗忘的作家。许多人重新想起他或刚知道他的名字，都可归因于影片《卧虎藏龙》荣获奥斯卡奖的影响。但是，观赏影片替代不了阅读原著，不读小说《卧虎藏龙》（而且必须先看《宝剑金钗》），你就不会知道王度庐与李安的差别。而你若想了解王度庐的“全人”，那又必须尽可能多地阅读他的其他著作。北岳文艺出版社继《宫白羽武侠小说全集》《还珠楼主小说全集》之后推出这套《王度庐作品大系》（以下简称《大系》），对于通俗文学史的研究，可谓功德无量！

王度庐，原名王葆祥，字霄羽，1909年生于北京一个下层旗人家庭。幼年丧父，旧制高小毕业即步入社会，一边谋生，一边自学。十七岁始向《小小日报》投寄侦探小说，随即扩及社会小说、武侠小说。1930年在该报开辟个人专栏《谈天》，日发散文一篇；次年就任该报编辑。八年间，已知发表小说近三十部（篇）。1934年往西安与李丹荃结婚，曾任陕西省教育厅编审室办事员和西安《民意报》编辑。1936年返回北平，继续以卖稿为生，次年赴青岛。青岛沦陷后始用笔名“度庐”，在《青岛新民报》及南京《京报》发表武侠言情小说（同时继续撰写社会小说，署名则用“霄羽”）。十余年间，发表的武侠小说、社会小说达三十余部。1949年赴大连，任大连师范专科学校教员。1953年调到沈阳，任东北实验中学语文教员。“文革”时期，以退休人员身份随夫人“下放”昌图县农村。1977年卒于辽宁铁岭。

早在青年时代，王度庐就接受并阐释过“平民文学”的主张。他的文学思想虽与周作人不尽相同，但在“为人生”这一要点上，二者的观念是基本一致的。

从撰写《红绫枕》（1926年）开始，王度庐的社会小说（当时或又标为“惨情小说”“社会言情小说”）就把笔力集中于揭示社会的不公、人生的惨淡，以及受侮辱、受损害者命运的悲苦。

恋爱和婚姻是“五四”新文学的一大主题。那时新小说里追求婚恋自由的男女主人公面对的阻力主要来自封建家庭和封建礼教，作品多反映“父与子”的冲突——包括对男权的反抗，所以，易卜生笔下的娜拉尤被觉醒的女青年们视为楷模。到了王度庐的笔下，上述冲突转化成了“金钱与爱情”的矛盾。

正如鲁迅所说：娜拉冲出家庭之后，倘若不能自立，摆在面前的出路只有两条——或者堕落，或者“回家”。王度庐则在《虞美人》中写道：“人生”“青春”和“金钱”，“三者之间是相互联系着的”，而在当时的中国社会里，金钱又对一切起着主导性的作用。他所撰写的社会言情小说，深刻淋漓地描绘了“金钱”如何成为社会流行的最高价值观念和唯一价值标准，如何与传统的父权、男权结合而使它们更加无耻，如何导致社会的险恶和人性的异化。

王度庐特别关注女性的命运。他笔下的女主人公多曾追求自立，但是这条道路充满凶险。范菊英（《落絮飘香》）和田二玉（《晚香玉》）付出了生命的代价；虞婉兰（《虞美人》）终于发疯，生不如死。唯有白月梅（《古城新月》）初步实现了自立，但她的前途仍难预料；至于最具“娜拉性格”，而且也更加具备自立条件的祁丽雪，最终选择的出路却是“回家”。

这些故事，可用王度庐自己的两句话加以概括：“财色相欺，优柔自误”（《〈宝剑金钗〉序》）。金钱腐蚀、摧毁了爱情，也使人性发生扭曲。人是“社会关系的总和”，他的社会小说正是通过写人，而使社会的弊端暴露无遗。

在社会小说里，王度庐经常写及具有侠义精神的人物，他们扶弱抗强，甚至不惜舍生以取义。这些人物有的写得很好，如《风尘四杰》里的天桥四杰和《粉墨婵娟》里的方梦渔；有些粗豪角色则写得并不成功，流于概念化，如《红绫枕》里的熊屠户和《虞美人》里的秃头小三。

上述侠义角色与爱情故事里的男女主人公一样，也是现代社会中的弱者。作者不止一次地提示读者，这些侠义人物"应该"生活于古代。这种提示背后隐含着一个问题：现代爱情悲剧里的那些痴男怨女，如果变成身负绝顶武功的侠士和侠女，生活在快意恩仇的古代江湖，他们的故事和命运将会怎样？这个问题化为创作动机，便催生出了王度庐的侠情小说，这里也昭示着它们与作者所撰社会小说的内在联系。

《宝剑金钗》标志着王度庐开始自觉地把撰写社会言情小说的经验融入侠情小说的写作之中，也标志着他自觉创造"现代武侠悲情小说"这一全新样式的开端。此书属于厚积薄发的精品，所以一鸣惊人，奠定了作者成为中国现代武侠悲情小说开山宗师的地位。继而推出的《剑气珠光》《鹤惊昆仑》《卧虎藏龙》《铁骑银瓶》[1]（与《宝剑金钗》合称"鹤-铁五部"）以及《风雨双龙剑》《彩凤银蛇传》《洛阳豪客》《燕市侠伶》等，都可视为王氏现代武侠悲情小说的代表作或佳作。

作为这些爱情故事主人公的侠士、侠女，他们虽然武艺超群，却都是"人"，而不是"超人"。作者没有赋予他们保国救民那样的大任，只让他们为捍卫"爱的权利"而战；但是，"爱的责任"又令他们惶恐、纠结。他们驰骋江湖，所向无敌，必要时也敢以武犯禁，但是面对"庙堂"法制，他们又不得不有所顾忌；他们最终发现，最难战胜的"敌人"竟是"自己"。如果说王度庐的社会小说属于弱者的社会悲剧，那么他的武侠悲情小说则是强者的心灵悲剧。

王度庐是位悲剧意识极为强烈的作家。他说："美与缺陷原是一个东西。""向来'大团圆'的玩意儿总没有'缺陷美'令人留恋，而且人生本来是一杯苦酒，哪里来的那么些'完美'的事情？"（《关于鲁海娥之

①这里叙述的是发表次序。按故事时序，则《鹤惊昆仑》为第一部，以下依次为《宝剑金钗》《剑气珠光》《卧虎藏龙》《铁骑银瓶》。

死》)《鹤惊昆仑》和《彩凤银蛇传》里的“缺陷”是女主人公的死亡和男主人公的悲凉;《宝剑金钗》《卧虎藏龙》《铁骑银瓶》里的“缺陷”都不是男女主角的死亡,而是他们内心深处永难平复的创伤;《风雨双龙剑》和《洛阳豪客》则用一抹喜剧性的亮色,来反衬这种悲怆和内心伤痕。

王度庐把侠情小说提升到心理悲剧的境界,为中国武侠小说史做出了一大贡献。正如弗洛伊德所说:“这里,造成痛苦的斗争是在主角的心灵中进行着,这是一个不同冲动之间的斗争,这个斗争的结束绝不是主角的消逝,而是他的一个冲动的消逝。”[①]这个“冲动”虽因主角的“自我克制”而消逝了,但他(她)内心深处的波涛却在继续涌动,以致成为终身遗恨。

李慕白,是王度庐写得最为成功的一个男人。

有人说,李慕白是位集儒、释、道三家人格于一身的大侠;这是该评论者观赏电影《卧虎藏龙》的个人感受。至于小说《宝剑金钗》里的李慕白,他的头上绝无如此“高大上”的绚丽光环——古龙说得好:王度庐笔下的李慕白,无非是个“失意的男人”。

在《宝剑金钗》里,李慕白始终纠结于“情”和“义”的矛盾冲突之中,他最终选择了舍情取义,但所选的“义”中却又渗透着难以言说的“情”。手刃巨奸如囊中取物,李慕白做得非常轻易;但是他却主动伏法,付出的代价极其沉重。他做这些都是自愿的,又都是不自愿的。出发除奸之前,作者让他在安定门城墙下的草地上做了一番内心自剖,这段自剖深刻地展示着他的“失意”,这种心态可以概括为三个字——“不甘心”。

在本《大系》所收“早期小说与杂文”卷中,读者可以见到王度庐用笔名“柳今”所写的一篇杂文《憔悴》,其中有段文字,所写心态与上述李慕白的自剖如出一辙。读者还可见到,《红绫枕》里男主角戚雪桥为爱

①弗洛伊德:《戏剧中的精神变态人物》,张唤民译,载《二十世纪西方美学名著选》(上),复旦大学出版社,1987,第410页。

人营墓、祭扫时的一段内心独白，其心态又与柳今极其相似。于是，我们看到了王度庐、柳今、戚雪桥（还有一些其他角色，因相关作品残缺而未收入《大系》）与李慕白之间的联系——李慕白的故事，是戚雪桥们的白日梦；戚雪桥、李慕白们的故事，则是柳今、王度庐的白日梦。

不把李慕白这个大侠写成一位“高大上”的“完人”，而把他写成一个“失意的男人”，这是王度庐颠覆传统“侠义叙事”，为中国武侠小说史做出的又一贡献。

玉娇龙，是王度庐写得最为成功的一个女人。

玉娇龙的性格与《古城新月》里的祁丽雪有相似之处，但是她的叛逆精神更加决绝、更加彻底。为了自由的爱情，她舍弃了骨肉的亲情。同时，她也舍弃了贵胄生活，选择了荆棘江湖；舍弃了城市文明，选择了草莽蛮荒。

对玉娇龙来说，最难割舍的是亲情；最难获得的，是理想的婚姻。她发现自己选择罗小虎未免有点莽撞，所以又离开了他。她获得了自由的爱情，却在事实上拒绝了自由的婚姻。这与其说反映着“礼教观念残余”“贵族阶级局限”，不如说是对文化差异的正视。尽管如此，这位“古代娜拉”并未“回家”，而是毅然决然地踏上一条不归路。这条路是悲凉的，同时又是壮美的。

玉娇龙和李慕白都是“跨卷人物”。《剑气珠光》里的李慕白写得不好，因为背离了《宝剑金钗》中业已形成的性格逻辑。《铁骑银瓶》里的玉娇龙则写得很好，她青年时代的浪漫爱情，此时已经升华为伟大的、无私的母爱。她青年时代的梦想，终于在爱子和养女的身上得以成真，但是他们携手归隐时的心态，也与母亲一样充满遗憾。

王度庐的上述成就，都是源于对传统武侠叙事的扬弃，这也使他的武侠悲情小说拥有了现代精神。

王度庐又是一位京旗作家。

清朝定都北京之后，即将内城所居汉人一律迁出，由八旗分驻内城八区。王度庐家住地安门内的“后门里”，属于镶黄旗驻区，其父供职于内务府的上驷院。内务府是一个由满洲上三旗（镶黄、正黄、正白旗）内“从龙包衣”[1]组成的机构，专门管理皇家事务。由此可知，王氏当属编入满洲镶黄旗的“汉姓人”，这一族群不同于“汉人”“汉军”，满人把他们视为同族[2]。

满人崛起于白山黑水之间，性格刚毅尚武，自立自强，粗犷豪放。入关定鼎之后，宴安日久，八旗制度的内在弊端开始呈现，“八旗生计”问题日益突出，以致最终导致严重的存亡危机。王度庐出生时，恰逢取消“铁杆庄稼”（即旗人原本享受的“俸禄”），父亲又早逝，全家陷于接近赤贫的境地。他的早期杂文经常写到“经济的压迫”，“身世的漂泊，学业的荒芜”，疾病的“缠身”，始终无法摆脱“整天奔窝头”的境况。他的许多社会小说及其主人公的经历、心境，也都寄托着同样的身世之感和颓丧情绪。这种刻骨铭心的痛楚，蕴含着当时旗人不可避免的噩运，汉族读者是难以体会这种特殊的苦痛的。

同时，王度庐又十分景仰旗族优秀的民族精神。他的作品，明确书写旗人生活的有十多部；他所塑造的许多旗籍人物身上，都寄托着他对民族精神的追忆和期许。

从这个角度考察玉娇龙，首先令人想到满族的“尊女”传统。满族文史专家关纪新认为，这一传统的形成，至少有四点原因：一、对母系氏族社会的清晰记忆；二、以采集、渔猎为主的传统经济，决定了男女社会分工趋于平等；三、入关之前未经历很多封建化过程；四、旗族少女在理论上都有“选秀入宫”机会，所以家族内部皆以“小姑为大”。[3]玉娇龙那昂扬的生命力，正是满族少女普遍性格的文学升华。《宝刀飞》可能是第一部把入宫前的慈禧，作为一位纯真、浪漫而又不无“野心”的旗族姑娘加以描绘的小说。作者以“正笔”书写入宫前的她，用“侧笔”续写成为“西宫娘娘”之后的她，沉重的历史

---

①“包衣”，满语，意为“家里人”，在一定语境下也指“世仆”“仆役”；“从龙”，指从其祖先开始就归皇帝亲领。王度庐在一份手写的简历里说：父亲在清宫一个“管理车马的机构”任小职员，这个机构当即内务府所属之上驷院。

②按：“满人”专指满族；“旗人”这一概念则涵括满洲、蒙古、汉军三个八旗的所有成员，其内涵大于“满人”。

③参阅关纪新：《多元背景下的一种阅读——满族文学与文化论稿》，辽宁民族出版社，2013，第219页。

感里蕴含几分惋惜，情感上极具“旗族特色”。

在《宝剑金钗》和《卧虎藏龙》里，德啸峰虽非主人公，却可视为旗籍“贵胄之侠”的典型。他沉稳、老练，善于谋划，善于掌控全局，比李慕白更加“拿得起、放得下”。他的身上比较完整地体现着金启孮所说京城旗人游侠的三个特征：一、凌强而不欺下，一般人对他们没有什么恶感。二、多在八旗人居住的内城活动，没什么民族矛盾的辫子可抓。三、偶或触犯权势，但不具备“大逆不道”的证据，故多默默无闻。[①]铁贝勒、邱广超和《彩凤银蛇传》里的谢慰臣都属此类人物。

进入民国之后，由于政治、经济原因，京中旗人的精神状态呈现更趋萎靡甚至堕落之势（《晚香玉》里的田迂子即为典型），但是王度庐从闾巷之中找到了民族精神的正面传承。《风尘四杰》实际写了五个“闾巷之侠”——那位“有学有品而穷光蛋”[②]的“我”，也算一个“不武之侠”。作者清楚地认识到：虽然早非“侠的时代”，但是天桥“四杰”[③]身上那种捍卫正义，向善疾恶，刚健、豁达、坚韧、仗义、乐观的民族精神，却是值得弘扬光大的。这已不仅仅是对旗族的期许，更是对重振中华民族传统美德的期许。

凡是旗人，都无法回避对于清王朝的评价。王度庐在杂文里认为，“大清国歇业，溥掌柜回老家”[④]乃是历史的必然，人民期盼的是真正实现“五族共和”。他更在两部算不上杰作的小说中，以传奇笔法描绘了两位清朝“盛世圣君”的形象。《雍正与年羹尧》里的胤祯既胸怀雄才大略，又善施阴谋诡计。他利用“江南八侠”的“复明”活动实现自己夺嫡、登基的计划，又在目的达到之后断然剪除“八侠”势力。但是，他对汉族的“复明”意志及其能量日夜心怀惕惧，以至“留下密旨，劝他的儿子登基以后，要相机行事，而使全国

①参阅关纪新：《老舍与满族文化》，辽宁民族出版社，2008，第80页。

②语见王度庐早期杂文《中等人》，原载于北平《小小日报》1930年4月5日“谈天”栏，署名“柳今”。

③民国初年，“天坛附近的天桥大多数的女艺人、说书人、算命打卦者都是满人”。转引自关纪新：《老舍与满族文化》，辽宁民族出版社，2008，第122页。

④语见王度庐早期杂文《小算盘》，原载于《小小日报》1930年5月20日“谈天”栏，署名“柳今”。

恢复汉家的衣冠”。书中还有一位不起眼的小角色——跟着胤祯闯荡江湖的“小常随”，他与八侠相交甚密，又很忠于胤祯。“两边都要报恩”的尖锐矛盾，导致他最终撞墙而殉。作者展示的绝不限于“义气”，这里更加突出表现的是对汉族的负疚感和对民族杀伐史的深沉痛楚。王度庐对历史的反思已经出离于本民族的“兴亡得失”，上升为一种“超民族”的普世人文关怀。《金刚玉宝剑》中的乾隆，则被写成一个孤独落寞的衰朽老人，这一形象同样透露着作者的上述历史观。

满族入关后吸收汉族文化，“尚武”精神转向“重文”，涌现出了纳兰性德、曹雪芹、文康等杰出满族作家，其中对王度庐影响最大的是纳兰性德。“摇落后，清吹那堪听。淅沥暗飘金井叶，乍闻风定又钟声。”[①]纳兰词的凄美色调，融入北京城的扑面柳絮和戈壁滩的漫天风沙，形成了王度庐小说特有的悲怆风格。

旗人的生活文化是“雅”“俗”相融的，王度庐继承着旗族的两大爱好：鼓词（又称“子弟书”“落子”）和京剧。他十七岁时写的小说《红绫枕》，叙述的就是鼓姬命运，其中还插有自创的几首凄美鼓词。至于京剧，据不完全统计，仅在《落絮飘香》《古城新月》《晚香玉》《虞美人》《粉墨婵娟》《风尘四杰》《寒梅曲》七部小说中，写及的剧目已达九十六折[②]之多！作为小说叙事的有机内涵，王度庐写及昆曲、秦腔、梆子与京剧的关系，“京朝派”（即京派）与“外江派”（即海派）的异同，“京、海之争”和“京、海互补”，票社活动及其排场，非科班出身的伶人、票友如何学戏，戏班师傅和剧评家如何为新演员策划“打炮戏”，各色人等观剧时的移情心理和审美思维……他笔下的伶人、票友对京剧的热爱是超功利的，而她（他）们的社会角色和物质生活则是极功利的——唯美的精神追求与惨淡的现实生活构成鲜明反差，映射着

①纳兰性德：《忆江南》——当年王度庐与李丹荃相爱，曾赠以《纳兰词》一册，李丹荃女士七十余岁时犹能背诵这首词。

②由于现存《虞美人》和《寒梅曲》文本均不完整，所以这一数字是不完整的。而未列入统计对象的《宝剑金钗》《燕市侠伶》等作品中，也常含有京剧演出、观赏等情节，涉及剧目亦复不少。

人性的本真、复杂和异化。他又善于利用剧情渲染故事情节和人物情感，例如《粉墨婵娟》中，凭借《薛礼叹月》和《太真外传》两段唱词，抒发女主人公不同情境下的不同心绪，展示着"戏如人生、人生如戏"的微妙契合，极大地增强了小说的诗意。

入关以后，旗人皆认"京师"为故乡，京旗文学自以"京味儿"为特色。王度庐的小说描绘北京地理风貌极其准确，所述地名——包括城门、街衢、胡同、集市、苑囿、交通路线等等，几乎均可在相应时期的地图上得到印证。《宝剑金钗》《卧虎藏龙》主人公的活动空间广阔，书中展示清代中期北京的地理风貌相当宏观，又非常精细。玉娇龙之父为九门提督，府邸位置有据可查，作者由此设计出铁贝勒、德啸峰、邱广超府第位置，决定了以内城正黄旗、镶黄旗（兼及正红旗、正白旗）驻区为"贵胄之侠"的主要活动区域。李慕白等为江湖人，则决定了以"外城"即南城为其主要活动区域。两类侠者的行动则把上述区域连接起来，并且扩及全城和郊县。《落絮飘香》《古城新月》《晚香玉》《虞美人》等社会小说中，主人公的活动空间相对狭小，所以每部作品侧重展示的是民国时期北平城的某一局部区域：或以海淀—东单—宣内为主，或以西城丰盛地区—东单王府井地区为主，等等。拼合起来，也是一幅接近完整的"北平地图"。上述小说之间所写地域又常出现重合，而以鼓楼大街、地安门一带的重合率为最高。作者故居所在地"后门里"恰在这一区域，在不同的作品里，它被分别设置为丐头、暗娼等的住地。这里反映着作者内心深处存在一个"后门里情结"，他把此地写成天子脚下、富贵乡边的一个小小"贫困点"，既体现着平民主义的观念，又是一种带有幽默意味的自嘲。

王度庐小说里的"北京文化地图"，是"地景"与"时景"的融合，所以是立体的、动态的。这里的"时景"，指一定地域中人们的生活形态，包括节俗、风习。无论是妙峰山的香市、白云观的庙会、旗族的婚礼仪仗、富贵人家的大出丧、"残灯末庙"时的祭祖和年夜饭、北海中元节的"烧法船"，乃至京旗人家的衣食住行，王度庐都描写得有声有色，细致生动。这些"时景"与故事情节融为一体，成为展示人物性格、心理的重要手段；同时也颇具独立的民俗学价值。王度庐在小说里常将富贵繁华区的灯红酒绿与平民集市里的杂乱喧闹加以对比，而对后者的描绘和评论尤具特色。例如，《风尘四杰》里是这样介绍天桥的："天桥，的确景物很多，让你百看不厌。人乱而事杂，技艺丛集，藏龙卧虎，新旧并列。是时代的渣滓与生计的艰辛交织成了这个地方，在无情的大风里，秽土的弥漫中，令你啼笑皆非。"他笔下的天桥图景，喷发着故都世俗社会沸沸扬扬的活力和生机，嘈杂喧嚣而又暗藏同一的内在律动；它与内城里的"皇气""官气"保持着疏离，却又沾染着前者的几分闲散和慵懒。这又是一种十分浓厚、相当典型的"京味儿"！

"京味儿"当然离不开"京腔"。王度庐的语言大致是由两部分组成的：叙事以及文化程度较高角色的口语，用的是"标准变体"，即经过"标准化处理"的北京话，近似如今的"普通话"；底层人物的语言，则多用地道的北京土语，词汇、语法都有浓厚的地域特色，比一般的"京片儿"还要"土"。故在"拙""朴"方面，他比一些京派作家显得更加突出。

由于众所周知的原因，王度庐的作品散佚严重，这部《大系》编入了至今保存完整或相对完整的小说二十余种，另有一卷专收早期小说和杂文。

笔者认为，1949年前促使王度庐奋力写作的动力当有三种：一曰"舒愤懑"；二曰"为人生"；三曰"奔窝头"。三者结合得好，或前二者起主要作用时，写出来的作品质量都高或较高；而当"第三动力"起主要作用时，写出来的作品往往难免粗糙、随意。当然，写熟悉的题材时，质量一般也高或较高，否则，虽欲"舒愤懑""为人生"，也难以得到理想的效果。是否如此，还请读者评判、指正。

徐斯年

二〇一四年十一月于姑苏香滨水岸

凡 例

1.《风雨双龙剑》

本书初稿共十七回，连载于1940年8月16日至1941年5月9日南京《京报》。载毕即由报社刊行单行本，列为“京报丛书”之一。1948年又由上海育才书局印行单行本，改为十八回；回目与《京报》本略有差异，内文稍有删改。本版采用十八回，内文据连载本印行。

2.《彩凤银蛇传》

本书最初连载于1941年5月10日至1942年3月1日南京《京报》。未见单行本。本版即据连载本印行。

3.《纤纤剑》

本书初载于1942年3月1日至10月31日南京《京报》。未见单行本。本版即据连载本印行。

4.《洛阳豪客》

本书初稿连载于1943年1月23日至1944年1月8日南京《京报》，原题《舞剑飞花录》。1949年2月上海励力出版社印行单行本，改题《洛阳豪客》，章次、章题均与连载本不同，内文差异亦大。

本版以连载本为底本，书名仍用励力版名，附励力版目录如下：

5.《大漠双鸳谱》

本书最初连载于 1943 年 1 月 23 日至 1944 年 7 月 3 日南京《京报》(1944 年 2 月 1 日改名《京报晚刊》)。未见单行本。本版即据连载本印行。

6.《紫电青霜》

本书初稿 1944 年至 1945 年连载于《青岛大新民报》，原题《紫电青霜录》。1948 年 7 月由上海励力出版社印行单行本，改题《紫电青霜》。本版以励力版为底本。

7.《紫凤镖》

本书初稿连载于1946年12月至1947年7月《青岛时报》，署名鲁云。1949年由重庆千秋书局印行单行本。本版以千秋书局版为底本。

8.《绣带银镖》

本书初稿连载于1947年5月至1948年9月青岛《大中报》，原题《清末侠客传》，署名鲁云。1948年上海励力出版社印行单行本时分为二册，书名分别改题《绣带银镖》《冷剑凄芳》。本版以励力版为底本，合为一册印行。

9.《雍正与年羹尧》

本书初稿连载于1947年7月至1948年4月《青岛时报》，署名鲁云。1949年上海励力出版社印行单行本，更名《新血滴子》。本版以励力版为底本，书名恢复原名。

10.《宝刀飞》

本书初稿连载于1948年4月至1948年9月《青岛时报》，署名鲁云。同年11月由上海励力出版社印行单行本。本版以励力版为底本。

11.《金刚玉宝剑》

本书初稿始载于1948年9月《青岛公报》，1949年2月改载《联青晚报》。1949年由上海励力出版社印行单行本。本版以励力版为底本。

按“金刚玉”当作“金刚王”。参见丁福保主编之《佛学大辞典》：

【金刚王宝剑】（譬喻）临济四喝之一，谓临济有时一喝，为切断一切情解葛藤之利剑也。《临济录》曰：“师问僧：有时一喝如金刚王宝剑，有时一喝如踞地金毛狮子，有时一喝如探竿影草，有时一喝不作一喝用，汝作么生会？僧拟议，师便喝。”《人天眼目》曰：“金刚王宝剑者，一刀挥断一切情解。”

又：【金刚】（术语）Vajra 梵语曰缚罗。…… 译言金刚，金中之精者，世所言之金刚石是也。…… 又（天名）持金刚杵之力士，谓之金刚。……

【金刚王】（杂语）金刚中之最胜者，犹言牛中之最胜者为牛王也。……

目录◆紫电青霜

◆宝刀飞

紫电青霜

第一回　论宝剑开始述奇人

在浙江省的西北，有一处名山，唤作莫干山。该地峰峦秀美，松竹苍青，且有瀑布清泉，风景绝胜，是一个避暑和隐居的好处所。这山，原是浙西的名岳天目山的分支，可是它比天目山更为有名，为什么呢？就因为它这座山的上面有一个古迹，名叫“莫邪干将的铸剑池”，本山也就以此而得名。

莫邪、干将原是夫妇，俱生于春秋时代，那干将乃是铸剑名师欧冶的弟子。相传吴王阖闾命干将在山上铸剑，干将以金铁合熔，炼了许多日子，金铁却合不到一起，炼不出汁子来。干将的妻子莫邪在旁就着急了，她问说：“有什么办法才能够使金铁合熔，而将剑铸成呢？”

干将便叹了口气，说：“我听我的师父欧冶说过，如若久炼而金铁不熔，那就必须派一个女人去求炉神，如此，才能够成功！”莫邪一听，当时就舍身向那烈焰熊熊的火炉之中一跳。她死了，金跟铁才熔化在一处，干将才铸就了两口宝剑：一名“干将”，一名“莫邪”，乃是雌雄二剑，全都锋利无比，为古今罕有之物。

上面所说的这段故事，带着点神话的性质，自然不大靠得住。不过，所有的宝剑皆分雌雄，雌剑的全部共长约二尺八寸三分，重约一斤；雄剑较雌剑者宽长，重量须加一倍，只用纯铁精钢铸造即可，用不着什么黄金，更用不着女人去无辜地丧掉性命。

又据武技家及器物收藏家言，那种削铜剁铁、斩金切玉的宝剑的确是有的，不过世不多见，现在更没有人会铸。这是因为中国凡是有点本事的人，向来都秘不传人，即使收了徒弟，自己也必留下几手儿秘诀，所谓“绝技”者便是；等到他一死，他的技艺便真的绝传了，所以过去铸剑炼钢的技术越来越退化，其他的事亦多今不如古！

但是，著者说这段话是为什么呢？就因为本书所述的故事内容，乃是以三口宝剑为连索，以义士、孝女、侠客为主角。开始也要先叙述一件铸剑的事情，不过这个地方可不在那莫干山，却是在西岳华山之下的华阴县，时候是在前清雍正年间。青海叛乱，年羹尧率兵讨平，官封太保，后因恃功而骄，被内外群臣交章弹劾，以致被下狱赐死。

过了三十多年之后，华阴县中出了一个奇人。但若是细说起来，这个人可也不算是怎么出奇，他不过是一个开刀剪铺子的，姓吴，名叫慕冶，有六十多岁了，而且是一个瞎子。这个人也不是华阴县本县的人，他是孤身从别处来此，因为在南关开设了一家“双鱼为记”的吴家铁铺，专门制造剪刀，出了名，有了钱，娶了妻，置了田地，大家才知道了他，唤他作“吴老师父”；又因为他在六年前盲了双目，人们在背地又呼他为“瞎老师父”。

这位瞎老师父的炼钢打铁之术可真是精绝，他自己所制出来的菜刀敢说能切得断银元宝，他制的剪子一下就能够把很粗的铁条剪成两截，可是他绝不多制，并且没见他制出过刀剑枪钩等兵器。买卖一出了名，他自己就绝不再动手了。他有几个徒弟，现在替他经管买卖的是大徒弟黄老实跟二徒弟李如江，手艺虽也都不错，可是比他老人家差得太远了。

他自从失明之后便不再打铁，至于他失明的原因，传说不一。有的说是因为在打铁的时候，铁屑迸起，伤了他的眼珠子；有的说，他打铁的本事太好了，为造物所忌，所以老天爷才让他瞎眼，免得他去传人。但是据李如江说，他常看见他的师父背着人哭泣，两眼是哭坏了的。由此可知，他师父的生平必定有一件伤心的事，同时证明他的师父感情过重，是个好心的人。

这话可也没有人信，因为瞎老师父的老伴儿是今春死去的，虽说那位老婆生前说话有点颠三倒四，好吃懒做，并且没给老师父留下儿女，但究竟是夫妻一场，她死后，没有人见过老师父的瞎眼眶里流下半滴泪水，这能够说他富于感情吗？

再说，李如江的年纪也有三十五六了，生长在本地，自幼父母双亡，帮助老师父做这个买卖，操心得头发都快白了。他白天在铺子里又打铁又站柜，晚上还得走七八里地，到望莲村老师父的家中去伺候，外带着看门守夜。因为老师父的屋子里有个银柜，每天铺子里所卖的钱都得交给他，他一五一十点过了，就收入银柜，最怕贼去偷他。可是他的家里唯一的佣人——长工带厨子的崔快嘴就是半个贼，连扫地的笤帚全都偷，非李如江去看着他不可。李如江这样的出力，手里却没有一个私钱，老师父也不拿出钱来给他说一个老婆，谁又能够说这瞎子的心好呀？

并且这瞎子简直可以算是不瞎，他的耳音极灵，一颗芝麻掉在地下他都许能够听得见；两手的感觉更是惊人的敏锐，用手一摸，他就能分得出米粒的粗细，能辨别得出是一根头发还是一根马尾；他的两足尤健，常常独自拿着一根竹竿，去往三十里外的郭家屯找他的老友郭海鹏谈天，摸骨牌“顶牛儿”，当天还必得回家。

这瞎老师父越老越有怪癖，越老越吝啬，越老还越精神。他的背虽然驼，可是双臂极健，力气还非常之大。他那一张跟铁似的面孔从来没有过笑容，两眼凹陷，一对半青半白的无光的眼珠中，像是蕴藏着他平生的绝技、半世无人知道的历史与他那满腹贪婪尖刻之心。

这一年的春天，离着四月初八佛祖的诞日已很近了。华山是一处香火的胜地，莲花峰上有一座西岳庙，远近的僧人、道士、善男信女们一般都要在这几天之内前来朝山进香。华阴县本来就在华山之阴，为朝山所必经之路，因此，这城里和关厢就呈现出一种异常的热闹。什么卖香烛跟烧纸的，卖桃木棍子为叫人上山拄着用的，卖那竹笠跟竹篮的，还有卖本土的出产：麦梗儿染了颜色编成的扇子跟玩具等，简直多得令人目不暇给。而且是人挤着人，那平日不出门的小媳妇、大姑娘也都打扮得花枝招展，出来游逛来了。

天气是一天比一天热，街上的人是越来越多。这一天，瞎老师父吴慕冶也手持着他那根领路的竹竿，到南关里来了。凡是见了他的那些人都不住地要笑，都说："他瞎着两只眼睛也来这里看热闹，他可能够看见什么呀？"

可是，只见瞎老师父手中的那根竹竿并不胡杵乱碰；因为别的人一看见了瞎子，自然就要向旁边让路，所以他颇能够信步闲游，一点也不显出来慌，更是一点也不觉得挤。遇见了打扮得特别艳丽的妇女，他还总要扭着头看一看，两眼向着人急色儿似的那么一盯；他还绝不会盯错了，盯的必是娘儿们。这叫看见了的人更惊疑了：谁说这老家伙是真瞎呀？可是他们不知道，瞎老师父一半是因为闻见了人家走过去时那阵风吹来的桂花头油味，一半是听见了人家轻轻的莺声燕语，还有就是假如阳光正照在妇女的衣裙上时，他的两只瞎眼睛有时还能微微辨出来是大红的还是浓绿色。

他走着走着，就走进他的刀剪铺了，他的两眼就仿佛真能够看得见东西了。轰的一声，那烘炉中的猛烈火焰在他的眼前一闪，并且他还听见了叮当叮当锤子打在钢铁上发出的响声。由这声音的缓急、用力的轻重，他就知道是谁在这里打铁了，于是他就叫了一声："如江！"又问说："你又在这里自己干啦？那几个小徒弟全都是光吃饭不做生活的吗？"

李如江见师父来了，这才停止了打铁，他的那张被烤得通红的忠厚的脸跟赤着的健壮的背上全都满挂着汗珠子。他手拿着铁锤子喘了口气，才说："是，师父你老人家来了？咱们的买卖太忙，主顾又都挑货色，我自己不动手就不行。"

瞎老师父也不再说什么，他用竹竿拄着找了一找，就找着了个离着火炉子既远，铁屑又落不到身上的稳妥地方。摸到一把榆木椅子，他老人家就坐下了。这个地方正对着门口，还能够看得见外面的景物。旁边蹲着那正在吃锅饼的黄老实，虽然没哼一声气儿，可他不敢不赶紧起来，给师父倒茶。瞎老师父一听见那边哗哗的倒茶的声音，他就预备着伸手来接茶碗了。

三个小学徒刚才因为李如江不督促他们，正都偷眼往外看热闹，这时师爷爷一来到，他们就都赶紧表现出来勤勉的样子。李如江也就把铁锤子交给他们，过来听师父吩咐他什么话。于是在断断续续的打铁声和门外的嘈杂声中，老师父就喝着茶，向李如江问说："今天你没看见郭四爷来吗?"李如江回答说："没有！他也许到关厢里来了，可没到咱们这柜上。"瞎老师父听了就把头点了一点，又似乎微微地叹了口气。

瞎老师父现在所关心的这位郭四爷，原来正是他唯一的老友，住在郭家屯的郭海鹏。此人今年也有六十多岁了，既不是本地生长的人，又大概他早先本不姓郭。他是在瞎老师父来此二年之后才来到的，在刀剪铺中曾闲住过半年，那时候吃喝全由瞎老师父供给。后来他走了一趟京城，回来就顿富，娶妻生子置田庄；因为住在郭家屯，他就自己也姓起郭来了。这个人长得相貌极丑，身体虽因病已显得瘦了，但是体格还很魁伟。他说话粗野，目不识丁，性情极暴，但好打不平，一看就知道是个行伍出身的人，他也自称带过兵打过仗，跟随年太保到过青海。他与瞎老师父是生死之交，可跟县城里状元街做过大学士的崇家又是冤家对头。

当下这坐在椅子上的瞎老师父就低着声音告诉李如江说："你若是见着你郭四叔，无论如何要劝他回去！他也那么大年纪了，早先的什么事全都忍了，这时候何必又争强斗胜，去惹麻烦?"

李如江不大听得明白他师父说的这些话，只点着头说："见着郭四叔，我一定要劝他老人家回去。今年也不能够再像去年了，状元街崇家那个三少爷，自从得到了卖菜的刘大的媳妇，也不至于又像去年开山的时候那样调戏人家的妇女，还直追到人家的家里，用钱、用势逼着娶了人家当他的偏房。”

瞎老师父一听这话，突然就面现怒色，说：“什么三少爷吧？那不过是一个败家之子！跟他爸爸一样奸坏狠毒，早晚必得报应！不过，怕我们是看不见了！”说出了这话，他倒仿佛自悔失言似的，面上的怒容全失，而现出一种谨慎的样子。

旁边的黄老实又给他倒了一碗茶，还说声：“师父喝吧！”

瞎老师父点点头，又说：“老实，你去帮助小徒弟们做活儿吧！你的手艺也够啦，不要净闲着，这几天是得忙一点。外县来的人，进罢了香，谁不捎几把双鱼家的刀子、剪子回去呢？我瞎了，活儿不能自己做，你们可也别把咱们这‘双鱼为记’的招牌做倒了。我还能够活上几年？铺子将来就是你们的啦。把那个炉子升旺点，拿那个大铁锨，再续上两锨半的煤！”仿佛眼前的事他都看见了似的，火旺火微，他都能由四周围的温度而觉得出来。

李如江听了这话，他就最为注意。因为炼钢打铁的秘诀第一是在乎火候，第二是在乎将那烧红了的铁浸入水盆之中，那种功夫说一句行话叫作“淬”；究竟用多少水，水的温度应当怎样，那都有秘诀。他随着师父学了这多些年，仍是没有学好，因为师父全都没有详细地教给他。如今他就留着心去看，看黄老实怎样依着话去添煤，煤添下去之时，那火焰升起来是有多么高。

但是在这时候，瞎老师父可又说了：“如江，你到门口儿去站着，留点心！看见你郭四叔就把他请进来，我在这里也正好再劝劝他，因为这不是玩的！若是赌气、打架、报仇，也得是年轻气躁的人才能够干，现在我们全都老啦！我是瞎了两只眼，他是一犯了病就痰喘咳嗽，还跟人家怄什么气呀？人家又雇着两个护院的，都比老虎还凶还猛！”说着这老师父又叹了口气，他对于任何人也没有这样关心过，也从来没有像今天这样的忧虑感慨。

李如江又向那火炉投了一眼，就走出了店铺的门口，站在石阶上向下去望，只见来来往往的人真是热闹，可没在人丛中看见那位郭海鹏。他又有一些纳闷，因为刚才师父说什么赌气、打架、报仇，这“报仇”两个字确实可疑。城里状元街的崇家跟郭海鹏，本来是井水犯不着河水，谈不到有什么仇恨，然而这些年来郭海鹏总是把人家恨得入骨，有时候还成心去找麻烦。崇家的三少爷平日的行为虽然不端，尤其性好渔色，但也没有犯过他郭家；同时比崇三少爷更仗势凌人的人，本地也还有，却没听说郭海鹏再恨过谁，可见那老郭跟崇家必在很早很早就有过仇恨，可是师父他老人家既是知道，又为什么不说呢？

李如江脑中如此寻思着，眼睛仍然向着人群去望。这时他就望见了两个打扮得都十分娇艳的少妇，跟着一位手拄拐杖的老婆婆走了过来，旁边还有个穿得也很整齐的中年人，臂上挎着一只竹篮，里面有才买来的香烛跟烧纸，看这样子必是个乡间的小康之家。其中，那穿红衣裳的女子年纪很轻，像是个新妇；她必是回娘家了，今天随着母亲跟兄嫂来此游逛，并且买点东西。

李如江向来对女人不大关心，刚要去另看别处，忽见由北边横冲直撞地来了几个人，就紧随在那两个少妇的身后边起哄。李如江既生气又吃惊，他认识这几个人之中有状元街崇家的护院人醉虎徐七，还有崇三少爷的小舅子窦文庆——这也是个有名的花花公子、好色之徒，其余几个都是年轻的小厮，都穿戴着一身绸缎。那醉虎徐七是武师的装束，足蹬鱼鳞靴鞋，腰系着花绸汗巾，还别着把短刀子。这群人彼此说说笑笑，推推闹闹，又唱又叫好，简直是在街上公然调戏人家妇女。路旁往来的人都对他们侧目而视，却都不敢管闲事。

忽然那个醉虎徐七假装喝醉了的样子，身子故意歪斜，脚步故意踉跄，就往人家那红衣的新妇身上一撞。那新妇吓得一闪，那老婆婆又用拐杖一拦，可是醉虎徐七雄壮的身躯仍然斜着向那新妇去撞。只听新妇啊呀了一声，就摔坐在地下，老婆婆还没骂出来，却正跌倒在街心。

李如江看着真忍不住气了，而那窦文庆跟几个小厮们却都欢跃大笑了起来，认为是做得好，醉虎就越发得意。那老婆婆的儿媳一面去搀扶婆母，一面向他们骂着，醉虎徐七反倒嬉皮笑脸地说："我也不是故意呀！"他还要伸手去拉那位跌倒了的新妇，新妇的娘家哥哥就气愤愤地过来质问他。他反倒发了怒，一手就夺过来竹篮，向着空中去扔，扔得很高，香烛、烧纸都纷纷落地。旁边的行人全都躲闪，而窦文庆跟那几个小厮又都仰着脸拍手大笑。

李如江已下了台阶，心里说：闹得也太不像话了！他们欺人太甚了！自己恨的是无拳无勇，连句公道的话也不敢说。然而这时，忽然见由南首的一家酒肆里跑出来了一个身躯高大、满脸苍髯的人，奔过去也不说话，向着醉虎的当胸就是一拳，打得醉虎的身子向后连退了几步。这里李如江不禁喊出来："打得真好！"然而心里却又吃惊，原来这位打不平的人正是郭海鹏。

他刚要上前去劝，却见那醉虎由腰带上抽出来刀，但还没敢去扎，郭海鹏却又向前吧吧打了醉虎两个大嘴巴。醉虎忍着疼，反低着头笑说："四爷，这是干什么呀？我也没短给你老人家请安去呀？"

郭海鹏指着他说："贪官恶主才养出来你们这般恶奴！竟敢在光天化日之下欺侮人家的妇女！"

醉虎说："我真是喝醉啦！走路没有留神，刚才我扔人家的竹篮也是想跟他们开个玩笑。"说着他就低下身，从地下一张一张地给人家拾起纸来。郭海鹏向着他的屁股猛踹了一脚，踹得他当时脸就贴在了地上，成了个"狗吃屎"的姿势。醉虎可真急了，挺身而起，就举起来短刀。郭海鹏伸手将刀夺了过去，指着他大骂说："谅你们的主人若没做过大学士，你们也不敢这样胡为！等着，叫他们防备一些，现在可到了时候啦！"醉虎的脸上忽然一阵变色，头又低了下去。

此时那窦文庆和几个小厮全已跑得没有了踪影，那老婆婆跟那新妇也已都被搀扶起来了。郭海鹏可也不过去安慰人家，只是手中紧紧握着短刀站立，发着怒，发着怔；他那张脸上虽然很严肃，却呈现着苍白的病容。忽然他掖了掖衣襟，挽了挽双袖，向北就走。

李如江赶忙迎头去拦，说："四叔，我师父正在柜上，他请你老人家去有话说！"郭海鹏也没看他，只把他用手一推，就走过去了。

他走得很急很快，是要进城去的样子，这时街上就有人惊讶地说："啊呀！了不得啦！一定要出事，郭四爷必是找状元街崇家拼命去啦！"

李如江惊慌地赶忙跑回铺子里，将这件事告诉了师父。瞎老师父把话只听了几句，就急得站起身来，顿着脚说："这可怎么好？醉虎徐七知道他的名气，才不敢惹他，可是崇家还有恶蟒苗雄才呢！那个人哪能饶他？再说崇家还有许多的打手，那崇三少爷本人也是个凶悍的人，海鹏他的病又还没好，去了一定得吃亏！"说着拿竹竿拄着地，向外就走。

他走得太急了，步子也不稳，李如江赶紧上前搀扶。但瞎老师父还没迈出门槛，忽然又止住了，他自言自语地说："我还是不能够去，去了，连我是什么人也被人知道了！"他回过头来向着黄老实说："老实！你的力气还大一些，你赶紧带着两个徒弟到城里，见了你郭四叔，无论怎么样也得把他硬拉回来。你们只作为是劝架的，还不要多说话，千万千万！快！快！不要管他那病身子，硬把他拉回来最最要紧！"

黄老实当时就放下正做着的活儿，披上衣裳，往外就跑。瞎老师父又气喘吁吁地叫李如江搀着追出去，把黄老实又叫了回来，悄悄地嘱咐着说："你拉他出城来，可不要一直把他拉到咱们这里来，先拉着回他的村子，就说随后我就去找他……好啦！你就去吧！"黄老实也没问什么话，就带着三个小徒弟很急地走往城里，劝阻那郭海鹏去了。

这里的瞎老师父赶紧又回身往铺子里走，这时他的脚步一点也不利索了，若没有李如江搀着他，就几乎被那打铁用的铁砧绊倒了，可见他的心里是十分的惊慌。他命李如江把椅子拿开，才又去坐着，他仿佛不愿再迎着门坐着了，怕被门外往来的人看见他。他那两只瞎眼珠子显出来红色，双手都直抖，并向李如江紧张地说："我为什么不叫你去拉你的郭四叔呢？因为城里认识你的人多，知道黄老实是我的徒弟的人还少些。唉！但愿不要出事！已经忍了这些年了，今天忽然又想去拼命！”

李如江此时站在师父的身旁，更是惊疑万分，他生平也没见过师父这样着急，这样恐惧。他料到这绝不是一件寻常的事，郭海鹏也不是简简单单地到崇家去打不平。他也着急，怕黄老实跟三个小徒弟不会办事，恨不得自己也到城里去看看。可是这里现在只剩下他跟师父了，他又实在离不开身。

半天之后，也没有人从外面进来。瞎老师父又叫他给倒了一碗茶，喝了，精神似乎略略安宁，可是眉头依旧紧皱，又说：“如江！你再去看看！可只在门口站着，不要往远处去！”李如江答应了一声，就说：“师父坐稳了些。”老师父却发急地说：“我还能够无故就由椅子上跌下去吗？我也不能立刻就死，郭海鹏若是死了，我也死不了！”

李如江觉着他的师父已经是语无伦次了，自己也不敢言语，就又走出了门口。却见街上虽然还有往来的人，卖东西的摊子也都没有收，可已不似刚才那样热闹了。很有几个好事的人都往城里去走，并招呼着别的人，说：“快走！到状元街去看看吧！郭海鹏是拼命去了！恶蟒苗雄才可不像醉虎徐七那么欺软怕硬，崇三少爷也向来不吃亏，一定热闹，快去看吧！”

李如江在此站着，心头是阵阵发紧，直着眼不住向北边那座城门去望。又过了许多时，他的两条腿都站得发酸了，忽然见那边有一群人来了。李如江伸直了脖颈去看，只见那边的人黑压压的，把路全都塞满了，蠕蠕地齐向这边来了。来到相离着不远的地方，李如江站在台阶上就看见了，只见那人群中是有两个人抬着一扇门板，门板上仰卧着一个身躯雄壮、很长的灰白胡须的人，浑身的衣裳都沾着鲜红的血，后面还有戴着纬帽的官人押送着。

李如江没敢细看，但是心头更紧了起来，他想要赶快进铺子去禀报师父，可是又觉得不可，就把自己拦住了。忽见黄老实自那人群中跑了出来，惊惊慌慌，两腿飞快，直往铺子里来跑，李如江要拦也没拦住。

黄老实进到铺子里，就大声说："师父啊！可糟了糕啦！我们一到状元街，郭四叔就已经跟人家拼起来了！那苗雄才双手持着他那杆恶蟒长枪，郭四叔手里的那把小刀儿怎能敌得过？再说崇三少爷站在他们的门里，又喝令着十多个家丁乱棍上前……郭四叔完啦！咳！肚子都流出了血……衙门的人赶来了，也没问谁有理谁没理，就抓了街上两个乞丐，找了一块板子，抬着……"

这时门前那些人就吵吵嚷嚷地走过去了，黄老实接着又说："要抬回郭家屯去了！师父你不快去看看吗？郭四叔这回是一定要完了！他一辈子脾气就暴，那大学士崇家，那怎么可以惹得呀？"

李如江和那三个小徒弟也都进来了，全都对着老师父站着，默默地不发一语。街上的人，这时都追着看那受了重伤的郭海鹏去了，走远了，也显着十分的沉寂。

黄老实走开，又拿起铁锤子来，一边打铁，一边念念叨叨地说："都是那个穿红衣的小娘儿们惹出来的事！没那小娘儿们，醉虎徐七不至于发疯；醉虎不发疯，郭四叔也不能打不平；不打不平也不能到状元街，惹得……哎！完啦，一辈子的好汉就算完啦！连命也没人给抵。归根说是那小娘儿们她不好，娘儿们全都不好！"

三个小徒弟也都不敢闲着，可是做着事都不能专心了，都时时偷眼看着他们的师爷爷。

第二回　盲师父炉火炼钢锋

突然间出了这不幸的事，吴老师父的两只瞎眼睛已经流出滚滚的热泪来，他赶紧派李如江到郭海鹏的家中去看看，并嘱咐了许多的话，令李如江快去转告郭海鹏。那些话，李如江听了，就不禁惊讶，然而他又不敢细问，只得遵命当时就离开了铺子。他两腿很快地向郭家走去，心中既疑且忿，就想：自己虽然不明白郭海鹏跟状元街崇家到底有什么冤仇，可是崇家连主带奴也确实凶暴得可恨，郭海鹏若是一死，以后他们更要无所畏惧了！

他走得直喘气，来到了郭家屯，只见满村红紫粉白的丁香花遥对着青青的华山，而与天边的灿烂云霞相辉映。郭海鹏在此是大户，李如江敲了门，被一个愁容满面的老仆人领到里院，就听见了房中的哀哭之声。李如江被请进了屋，屋中郭太太、郭少爷、少奶奶跟小姐的哭声才算都暂时止住了。郭海鹏躺在一张床上，身上已盖了一幅青绸的夹被，倒是看不见伤处跟血了，但脸色苍白，闭着双目，如同已经死了一样。

郭老太太也快有五十岁了，一听说李如江是刀剪铺里的伙计，她就说："你们那个瞎师父来一回就劝他一回，劝了这么几十年啦，他到底也不听。现在可怎么办呀？他要是一死，这些个家务事，我能撑得起来吗？"说着又哭了起来。

旁边站着的郭少爷才十四五岁，长得又瘦又老苍；少奶奶倒有十八九岁啦，是去年娶的。姑娘才将十一二岁，倒还聪明俊秀，身躯也高，颇不愧是郭海鹏的女儿。

李如江先劝得郭太太跟女眷们都止住了悲痛，各回自己的屋里去歇息，这里只留下少爷跟一个老仆。少爷连一句话也说不出来，不是流鼻涕，就是流眼泪，倒是那仆人在旁说："我们的老爷大概还不要紧，刚才抬回来的时候还能够大声说话呢！"

李如江赶紧就问说："他说的都是什么？"

仆人说："一放在床上，他就叫我取出他藏在柜子里多年的刀创药，给他敷在伤处；他又叫我们大少爷赶紧到北京城三里店太保坟，去找那里看坟的人纪海鸥。"李如江听了这话可就不大明白了，又问说："纪海鸥是什么人呢？"这仆人回答说："连我们的太太都说不知道，猜想着必是我们老爷早先的朋友。可是北京城离着这儿几千里地呢，我们少爷年纪又小，怎么能够说去就去呢？"

正自说着，忽见床上躺着的郭海鹏把两只眼睛睁开了，看见了李如江。李如江忙上前行礼，并说："郭四叔好好地休养着吧！一定能好，等到痊愈以后，再慢慢想法子出今天的这口气。"郭海鹏把嘴撇了一下，表示着："还能够好吗？"他可一句话也说不出来了，头也不能够摇一摇。

李如江急着要说出来刚才师父所嘱的话，觉着郭少爷跟老仆人在旁听见了也无妨，反正连自己都不大明白，他们更不能明白，于是便说道："是我师父叫我来的，他听说四叔受了伤，他也很难过，所以今天不能够亲自来了，但他老人家嘱咐我，叫我来请四叔放心！"

说至此处，李如江怕受伤的人正在苦痛之中，耳音不大灵，就高声地说："我师父叫我来转告四叔，他说，四叔早先求他做的那件东西，他就要做了！可惜……因为四叔还得静养，他做得了也不能给四叔使用，但他将来要找着一位能够给四叔出气、给恩人报仇的人来使用……"

才说到这里，郭海鹏就极为兴奋，大声吼着说：“打好了，不会去送给纪海鸥吗？他也不是不认识海鸥！”使力说出来这几句话，就又触动了他的伤处，痛得他脸色一阵发白，就闭上了眼睛，呼吸也显得急促。郭少爷立时就惊慌着去请他的母亲，少时郭太太同着小姐、少奶奶又都来了。李如江又觉着不该把师父嘱咐的那些话告诉这受伤的人，那一定是他们秘密，而且是伤心的事。所以李如江很是后悔，不得不退出了屋。

院中的方砖地面上铺着许多丁香的落花，乌鸦在老树上叫着。他就在这里站着，又过了一些时候，就听到屋中的人齐声哭了起来，少爷跟小姐都哭叫着“爸爸”。李如江心如刀割，泪如雨下，知道郭海鹏已经死了。他不忍再进屋去看，就凄然地悄悄地出了郭家，离开了郭家屯。

及至回到南关铺子里，天色已黑，瞎老师父早就回家去了。于是李如江又赶紧点了个纸灯笼打着，去往望莲村。到了瞎老师父的家门口，无论怎么叫门捶门，也是不开，里边好像是没人啦。他又急又疑，就先把灯笼放在墙头上，然后搬来石头垫着脚，费了半天的事儿，才由短墙上翻了进去。噗哧的一声，两只脚也不知陷在什么地方了，是又湿又黏的一大堆。他赶紧拔出脚来，由墙头上取下灯笼照着，低头一看，原来是一大堆黄泥。他心里就想：今天又没有砌墙，不盖房子，可和这许多的稀泥做什么？这一定是崔快嘴干的事，真可气！

李如江将两脚沾着的泥在墙上蹭了几下，就赶紧往师父的屋中走去。就见那屋中有黯黯的灯光，崔快嘴正走出来，手里拿着一把铁锹，疲乏得什么似的，说：“李爷！你叫了半天门，我早就听见啦，知道是你，可是我没有工夫给你来开。老师父一回来就叫我干这活儿，一直干到现在，连晚饭还没做啦！”说完就急急忙忙又走了。

李如江吹灭了灯笼，便进屋去看，更觉着非常的惊疑，因为靠着墙，离着那只银柜不远，已用黄土泥和碎砖高高地筑起一座打铁的炉子来了。老师父浑身跟两手都是泥，正在搪那炉口。李如江发了会儿怔，才叫道："师父！"他虽不敢冒然说出郭海鹏的死耗，但是他发出来的声音就不觉有些悲惨。老师父忽然把身回过来了，张着两只满是黄泥的手发着怔，李如江就说："师父有什么事情，叫我来做吧！师父不必又自己操劳。"

瞎老师父就说："这个活儿非我自己来干不行，只要一个帮手；可是崔快嘴他只能够帮着搬搬土、抬抬煤，细活儿他不但帮不成，反倒碍着我的事。你跟我这些年了，我见你还诚实，心还好，从明天起你就不用管柜上的事了，专一帮助我做出这个活儿来吧！"

李如江说："随师父的吩咐，叫我怎样便怎样。可是师父你老人家也这么大年纪了，两眼又不中用，这样的累活儿，何必你自己动手？交给我来做，你老人家就坐在旁边指示，好不好？"

老师父连连摇头说："不行！不行！你只在旁边防着我跌倒，或是火星子把我烫死，也就行了！其余别的事你一点也不准着手，因为这不是一件等闲的事。我……咳！眼睛还没瞎的时候，我就早已发誓不再干这个活儿了；老天爷叫我瞎了眼，也是怕我再干这种夺天地之造化，荼毒生灵、伤人损己之事，可是如今有什么法子？谁叫我已经答应了郭海鹏，我一定要为他做出这件东西？"

李如江益为惊异，心说：师父怎么竟说这话呢？于是就又问道："师父！你老人家是想做一件什么活儿呢？"

瞎老师父摆着手，严肃地说道："你少打听，并且不要向外人露出一个字儿来！将来若有人问你为什么多日没到柜上去，你就说是因为我得病了，你得在这里侍候着我。黄老实跟别的人若到这里来，也都不许进我这间屋。崔快嘴……"

说到这里，他突然把话停止住，侧着耳朵听了一听，才悄声地又接着说道："万一崔快嘴要是问呢，你就说别处来了客人，要订打几十把剪子，出高价钱，要顶好的货；将来是拿到北京城去送给大官，作为礼物用的。因此咱们爷儿俩才不能够不忙一阵，可也不许他向外人去说！以后还少叫他进这屋来。"李如江一声一声地答应着，脸色可满带着惊疑，幸亏老师父的两眼看不见他。

又待了一会儿，崔快嘴就背来了一筐上好的煤炭，哗啦一声都倒在屋角。他直起腰来，嘴里仍然叨叨唠唠地说：“这么一间小屋，搭上了炉灶，又倒上一筐煤，还能有人站着的地方吗？”

老师父却似乎带着点笑说：“这儿没有你的事了，你就做饭去吧！柜上既是应了一件好买卖，人家要顶上的货，几十把剪子虽说是小活儿，我自己若不着着手，能行吗？开一个买卖不容易，‘双鱼为记’的招牌也不是一年两年了，我两只眼睛倒不要紧，可是只要我还有这口气儿，我就不能够叫字号做倒了，不能把送上门来的银子推出去，叫它去便宜给旁的家儿！”

崔快嘴撇了撇嘴，心说：这个老财奴！又向李如江看了看，表示出一种对老师父轻视的样子，李如江也没理他。他又说：“李爷！拿上灯咱们上厨房去吧！我告诉你一件事，郭家屯的郭四爷今儿可遭了殃啦！”老师父却忽然呵斥着说：“不要把灯拿走！如江还得在这儿帮我做活儿呢！我用不着灯，是因为我眼瞎，你看看如江他的眼也瞎吗？你快走！做好了饭若不叫你，也不许你再进这屋来！”崔快嘴向着老师父做了个鬼脸儿，他就走了。

这里李如江的脑里还翻腾着白昼所见的那件惨事，倒又希望老师父向他询问郭海鹏身死的情形，他好悲痛地陈说一番，那样心里还许能够舒畅一些。然而老师父却并不去问那件事情，只是侧耳听着崔快嘴走出屋去之后那渐远渐微的脚步之声。然后他就慢慢地挪动着身子，李如江赶紧去搀扶。老师父伸着两只泥手摸到了他的床角，就由床褥下摸出一把钥匙来，他把钥匙交给了李如江，就吩咐说：“拿这钥匙去把东南角的那间小屋开了，把里边存的那份家伙全都搬来。慢慢地，不必忙，也不要太累着。”

李如江答应着，就拿着钥匙去开那间小屋的门。这间小屋可以说自从老师父双目失明以后就没有开过，屋里存放的东西李如江也都晓得，不过是一份旧时所用的打铁器具，还有几根铁条。早先老师父就用这些东西做活儿，瞎了眼之后，他命人由铺子里全部给搬了回来。据他说，这份器具不祥，别人若是用了，也得跟他一样的瞎眼，所以铺子里另换了一份打铁的新器具；这份就锁在这里，如今锁头全都生了锈。

李如江开了半天才把门开开，他进屋把这里放着的铁锤、铁钳、铁砧、风箱、木盆、砂碗，以及几根铁条材料，一件一件全都搬到了师父的那间屋内，并把钥匙又交还给师父，老师父就命他把风箱安在了火炉旁边。

这时，崔快嘴就在厨房那边大声喊着说："饭好了！快来吃吧！"老师父又命李如江快去取来菜饭。李如江取了来，就坐在铁砧上吃。老师父把碟碗放在炕上，先用被单擦了擦两手上的泥，然后就摸着吃。今天他的饭量顿减，粗面的馒头只吃了少半个。李如江是又累，心里又烦，也吃不下去。忽然就听老师父问他说："你郭四叔是什么时候死的？"

李如江停了半晌，就凄然说："我去了，他还跟我说了两句话。后来我离开了屋，他就死了！那时候天还没黑。"于是就把今天在郭家所见的情形详细述说了一遍，并问说："那纪海鸥又是谁呢？也是师父跟郭四叔当年的好友吗？"

瞎老师父只微微点了一下头，灯光照着他的那张脸，十分的凄惨而且可怖，真比郭海鹏临死时的容颜更为难看。但他那两只深深的眼眶里并未滴出泪水，只叹了口气，说："纪海鸥是一位能人，可是如今他是不是还活着，我也不知道。咳！听天由命，尽我的力量去办吧！只是……"于是他又嘱咐着说："如江！明早你就再到一趟郭家屯，务必把你郭四叔临死时脱下来的那件衣裳取了来，我有用处。现在，我的饭也吃完了，你就收拾起来拿走吧！你也该歇一歇了，有什么事情明天再办，只是不要跟崔快嘴多说话，明天见了别人也不可多谈，千万记住！"李如江又答应着，站起来把碗箸全都收在木盘里，一手拿起来那盏灯，他就说："师父，我走了，你老人家有什么事就再叫我吧！"老师父坐在炕头也没言语。

李如江慢慢走出了屋，只见天黑如墨，银星万点，而老师父的那间屋随之就闭紧了双门。李如江顿住了步，回身去看，那屋里一片漆黑，但是忽听得老师父发出一阵悲哽之声。这声音李如江实在听过已不止一次了，然而往日全都不明其故，今日却晓得师父是痛哭他的老友，所以引得自己的心中也辛酸。

但目前有两件最不明白的事情，第一件是，过去师父与郭海鹏、纪海鸥到底是怎样的一种交情呢？他们的恩人究竟是谁？而他们为什么又对状元街的崇家同怀怨恨呢？这件事一时打听不出来倒不要紧，只是第二件，李如江虽然没猜透师父明天是要打造什么东西，但已料到必是一种凶器。这种器具如果是伤天害理的，李如江发誓绝不帮他的师父，且必要劝阻。不过，李如江想到了师父那秘而不传的炼钢打铁之术了，这却使他生出来一种贪婪之心，到时候他要注意去看，以便偷偷地学，因此又有些兴奋。回到他住的屋里，就摒去了一切烦思，安心去睡，一夜就恢复了身体上的疲乏。

次日，李如江往郭家屯取来了郭海鹏的那件临死时穿着的衣裳。回来用毕了饭，老师父就把他唤到了屋内，叫他帮忙。

老师父昨日为悲痛亡友，至少哭了半夜，所以今天他那两只白多黑少的眼珠都已哭得又红又紫，两个眼眶也都肿了。但是他的精神极为兴奋，手脚也颇为利落。他脱去了短衣，露出来脊背，他毕竟是老了，所以显得很瘦。然而那青色的，带着皱纹和烫伤痕迹的皮肤，依旧能显示出来他是一位老铁匠、名锻工。

李如江赤着背，先拿起铁锤来，说："师父，让我来抡锤子吧！你老人家先烧铁，到烧红了的时候，我再告诉你。"老师父却摇着头说："都用不着你，你先把炉子生着了吧！"

于是李如江赶紧遵命向炉中添柴、引火、加煤，然后又拉风箱，立时风箱就呼呼、呱嗒呱嗒连声响了起来，炉中的火焰熊熊而起。老师父又令李如江取过郭海鹏的那件衣裳。这件衣裳几乎被鲜血染满，窟窿就有四五处，可见崇三少爷唆使那苗雄才用恶蟒长枪扎戳时的狠毒。老师父面色阴沉，两只瞎眼瞪着那炉中的烈焰，说道："炉神在上！弟子吴慕冶现在为报年太保之恩、郭海鹏之义，以及崇家两代之仇，请炉神见怜保佑！”说着将这件血迹斑斑的衣服投于炉中，立时火焰高腾，浓烟弥漫，薰得李如江不住地咳嗽。

于是老师父用光着的胳臂拭了拭眼边的泪和头上的汗，就开始打起铁来了。李如江在旁，一边听着师父的吩咐，一边仔细地看着师父将那钢铁锻炼、锤击、水淬等种种的手续；因为老师父是个瞎子，所以手艺虽然娴熟，可是动作却不得不慢，李如江也就得以细细地偷学，一件一件往心里去死记。

他就觉出老师父现在所用的手法，不但跟教给自己和黄老实的那种寻常的打铁之法不同，就是早先老师父还没瞎的时候，每次亲自制刀制剪，也费不了这么多的事，也没有像如今这样的专心。现今老师父真是把一生的精力、全套不差的功夫都拿出来了。他是先将已成的铁条用钳子钳断，放在沙盆内重新锻炼，火候的强弱、时间的长短，老师父都能够一点不差地查得出、算得准，知道得确实；他的两目虽不能见物，但心中仿佛悬有一盏明灯，一切的细微事物他都能够鉴察得分明。

第一天工作到深夜，第二天又由清早起，直做到天黑，这才算把铁汁炼成了纯粹的钢汁，然后倒在一个模子里，成了一条三尺多长的纯钢瘦铁。虽然还不像是个什么东西，可是李如江已经看出来了，瞎老师父现在所要铸造的，原来是一口双锋宝剑。

李如江不禁更是惊讶，且有一些心喜，因想宝剑到处可以买到，师父何必这样精心自铸？不用说了，这口宝剑若是铸就，必与寻常的剑不同，必定是一口比得过“干将莫邪”的真正的宝剑！于是李如江益是留心，要学到老师父的这项铸剑的绝技。然而老师父处处又防备着，只叫他拉风箱，至于锤敲、水淬之事都不叫他动手，分明也是怕他看破、学会了。

第三天跟第四天，师徒的工作更忙了，因为那条瘦钢已锤得渐渐成了剑形。李如江把心用得极专，他师父抡起铁锤向那条烧红了的钢条上一共敲打多少下，他都一下一下地数着，死死地记在心里。老师父有时向炉中洒上几点水，为是使火焰更猛热度更高，李如江也仔细估计那洒上的水约有多少。老师父由炉中抽出来那条烧得通红的钢，向着那满装着冷水的水盆中去淬，然后又急取出来，放在铁砧上，就抡起铁锤来，叮当叮当一下连一下地去砸；而此时李如江早已将手探在那盆水中试验水的温度，以揣摩当老师父以剑淬水的那一刹那，究竟有多么急速，究竟热力有多么大，才能将一盆冷水变成了这么温热的水。这是铸剑时最重要的一个阶段，即是所谓的“淬工”，名家与俗手之不同亦即由此而分，因为钢铁虽经炉火燃烧，只能烧到通红的程度，不经水淬却不能达到白热的程度；白热即是极度的热，在此时钢铁已柔软得像面条差不多了，打炼便极为容易了。

所以李如江在此时是全神贯注，简直把一切都忘了，很烫的铁屑钢渣飞在他的赤背上，他都不觉着疼；盆中的水经过几次浸淬，已经变成了滚水了，但李如江仍然用手去试，烫得他直皱眉咧嘴，可是也不敢出声。

老师父忽然脸上现出些怀疑的神色，好像是已察觉出李如江一半是帮着做活，一半却欺他两眼看不见，而正在做着别的事，但是活儿正在做得紧急，他也无暇防备。李如江更是忘了形，忘了自己的一切，他觉出老师父的烧、淬、锤都有一定，每次跟每次，一回连着一回，实在是丝毫都不错；就跟弹琴似的，来回弹这一个谱子，无论弹多少次，都是一样。烧时由火焰的高低、时间的长短可以看出；淬时由水的温度也能够察明；捶时，譬如这次捶了十七下，下次一定还是十七下，绝不是多捶一下或是少捶一下，这也可以数出来，然而老师父所用力气的大小，可就难以测知了。

李如江百思无计，到最后，当老师父双手高举起铁锤正要往钢条上去砸之时，他就忽然用左臂去迎，一锤正砸在了他的左腕上。他忍住了一阵彻心透肤的疼痛，虽因下面没有铁砧垫着，未至将腕砸断，然而他的胳臂可抬不起来了，他就急忙向后一退。

老师父觉着锤子没砸在铁上，却砸在肉上了，也忽然停住了动作，神色更变了。但他并不说“砸得重不重呀?”“谁叫你自己不小心呀?”这等安慰的话或责备的话，却生了气；他把铁锤咚的一声砸下，哈哈哈哈连声的一阵怪笑。

李如江忍着痛，惊问道：“师父，你老人家怎么啦?”老师父稍微把那两只瞎眼珠儿一翻，便说：“不怎么！好徒弟，拾起锤子来再给我，咱们再接着打吧!”这时李如江就如同成了残废，只能用一只臂一只手来帮助做活，可是他处处更加留心，老师父也不再防范着他了。

第三回　窥绝艺细聆恩仇

当日打完了，天已子时深夜，老师父扔下了铁锤子，倒在炕上就睡了。李如江等着炉中火熄了之后，他又偷偷地量了量那炉身有多么高、粗和炉口有多么大，都记在心上，如同账记在纸上，碑文刻在石上一般。回自己的屋中就寝之前，还默默地温习了很多遍，也不知腕伤的疼痛。

次日他又去帮助师父打制那口剑。原来老师父早就预备着铸剑，他开了那只银柜，从里摸出一个包袱打开，就见铜制的剑镦、铜制的护手，以及木制的剑柄和柄上缠用的丝绳，全都现成。当日工作直到四鼓，剑身上的血槽已经挖好，又经过了几次磨淬，此时的剑身已发出了白光，可以说是完全铸就了。

老师父便握剑而笑，高呼道："如江！你举起来铁锤，对我这剑锋上来砸。"

李如江说："师父，这可砸不得！一砸，这口费了多少日子才铸成的剑可就钝了！"

老师父发怒一般地大声说："不怕！你自管来砸吧！"

李如江也想试验一次，于是连那只时时在疼的左臂也抬起来了，就双手举起来铁锤；那铁锤至少也有甜瓜那么大，相当的沉重。他把锤子砸在剑锋上，同时老师父把擎剑的手腕也用力向上一迎，只听吧嗒一声就把铁锤子削去了一半，正如同是金刀剖玉瓜，李如江惊讶得变了色。老师父又命他取来了几根铁条，再用剑去斫，全都如切豆腐，如挑蛛丝，半分力气也不费。

老师父感觉成功了，两只瞎眼之中萌出来向未有过的喜色。可是顷刻之间忽又变为怒容，叫了声：“如江！”

李如江赶紧答应道：“是！师父还有什么吩咐？”

老师父就说：“天色也不早了，你也太辛苦了，这些东西等到明天再收拾吧！你就睡觉去吧，你还是住在厨房旁边的那间屋里吧？”

李如江就又答应了声：“是！”可是心中却觉着纳闷，暗道：师父忽然间又问我这句话，是干什么呀？

他注意去观察着师父的神色，只见师父面上又呈出哀凄之容，又问道：“你看郭海鹏的那个儿子能够继承他的父业吗？他家里有谨慎的仆人能够走一趟北京吗？”

李如江便答道：“郭少爷年纪虽小，身体虽弱，可是为人倒还老成，我想一定能够守住父业。至于派人赴北京，我想他们家里也许能找得出一个谨慎诚实的、会办事、能走远路的人。”

老师父忽又哈哈一笑，说：“这可好极了！你快去歇息吧！有什么事，等到明天咱们爷儿俩再说吧！”李如江又说了声：“是！”老师父忽然长叹一声，这声叹是更为奇怪了。李如江不禁一回头，只见师父手中又摸着那口宝剑，虽然眼睛看不见，他却把玩着，爱得不忍释手。

李如江回到自己的屋内，他哪里睡得着？既惊讶那口宝剑，爱那口宝剑，又自觉得技已学成。等得过两天之后，自己也得设法找一个秘密的地方，安上一只打铁的炉子，照着法子也铸一口剑；看看到底能否与师父所铸的那口一般锋利？那么以后自己也就成了铸剑的名师了，想铸多少口就铸多少口，岂不是好？想了一会儿，天色就亮了，他这才睡了。

他一觉就直睡到午后，起来却听见厨房里刀勺乱响，跑去一看，就见崔快嘴今天真做起“大司务”来了。原来是瞎老师父早已起来，命崔快嘴买来了肉、菜，杀了两只鸡，还预备下了许多的老酒，说是今天要犒赏犒赏他们，所以崔快嘴是又高兴又犯馋，只预备做好了，好大喝大吃一顿。

李如江到师父的屋里去收拾那些打铁的用具，却没再看见宝剑，不知师父给收藏在什么地方了。瞎老师父今天对待李如江也非常的和气，特别的亲近，并说：“可惜你没有家，也没有个亲人，不然我拿出些银子就叫你给他们送去了！”

李如江心里就想：这几句话虽是表示好意，可是从何而说起呢？我跟了他多少年，难道他不知我只是孤身一人、无亲无故吗？

老师父又嘱咐李如江说：“天色大概也不早了，就等着吃饭吧！你跟我受了这几天的累，我真得请你喝几盅酒了。”

然而他却叫崔快嘴把菜饭做好了，就自己先去吃。他吃饱了，老师父又给了他几串钱，教他随便到哪儿去赌钱，并说：“今天晚上你不用回来了，我放你一天的工，明天你过了晌午再回来也不为迟。”

崔快嘴跟着这位刻薄的瞎老师父也有好几年了，哪见过老师父像今天这样的大方呀，大方得简直又有点离奇了。可是酒足肉饱，又得了钱，为什么不出去乐一宵呢？他临走时乐得都闭不上嘴，叫李如江随他去关门。

李如江站立在门前，却不住呆呆地发怔，只见红霞已落，暮色渐深，树上的鸦鹊都已睡眠，空中的炊烟也尽消散；村中家家户户全已掩紧了门，看不见一个人，也没有一点灯火，更无一声犬吠。

李如江将门闭上，回来就在老师父的屋里，师徒二人对面饮酒用菜。老师父真是变了脾气，今天是又豪爽又洒脱，一杯复一杯地叫李如江饮；先前还是笑着劝，后来简直是瞪着两只瞎眼睛硬逼，说：“酒都是为你才预备的！你若不喝，就不行！”李如江不敢违背师父的意思，他只好忍着喉咙痛，就一杯一杯向下去饮。

老师父忽然叹了口气，又说：“一个人有了特别的本事，就是夺了天地造化之功，鬼神对他也得嫉恨！我瞎了两眼，也就是为这原因，还有人遭受横祸而死，说起来总是不冤屈！”李如江已经半醉了，点了点头，也没说什么。

老师父又叫他饮了一大杯酒，亲手给他斟的；怕他不喝，还摸了摸杯底，最后又把酒壶晃摇了几下，觉出真是快喝完了。他虽看不见李如江的脸红，可是已闻见李如江的呼吸之中都带着浓烈的酒味，他这才说：“你吃饱了没有？吃饱了就快睡觉去吧！今晚把崔快嘴那可厌的人打发走了，你我都可以安歇一夜了！”

李如江站了起来，更觉着头部发晕，就说：“师父也歇着吧！”说出这句话，同时酒也就自喉中往外溢，他勉强又咽了下去，胃部却更觉着难受。

出了屋，他晃晃摇摇地简直不知该向哪边去走了，也不知道走了几步，就觉得胃直向上顶。他忍不住连呕吐了几口，鼻子里都又酸又辣的，可是胸间倒舒服了，头也显着轻了，脑筋也明白了。

天色不知已到了什么时候，仰面去看，就见乌云飘浮，连一颗星光也没有，好像就要下雨的样子。并且风自山岭那边吹来，很是凄冷，摇得树木都簌簌直响，不像是四月初夏的天气。李如江忽然想起崔快嘴没在这里，就想：今天师父为什么要把崔快嘴支走呢？

他又想：师父知道我是向来不会饮酒的，他自己从来也是不喝，为什么特别预备下了那些酒，向着我直灌？即使是因为剑已制就，他太欢喜；因我帮助了些日子也太辛劳，才置酒庆贺且慰劳我，可是细说起来，剑是为郭海鹏之死才铸的，也不是个什么喜事呀？值不得这样地狂欢呀？师父的脾气可真是改变了！

李如江一边想着一边在院中慢慢地徘徊，醉意已尽消失，精神反倒倍长。回到了自己的屋里，躺在炕上翻来覆去的也是睡不着，自知是因为睡了一天的觉，又没有做活，这时身体当然不疲倦。他想起来点上灯干一些旁的事，可是又怕以后就这样昼眠夜起惯了，那可真不好。又想：明天大概就得回到刀剪铺里去做活了，还得要私下试一试自己偷学来的那番技艺。

脑中越是如此翻来覆去地想，他就越是睡不着觉，在此时就听见院中仿佛有了脚步声。起初他还觉着是风吹树响，未加以十分的注意，不料渐渐地这脚步声越来越清楚，也越来越离着这间屋近。他倒笑了，心说：这崔快嘴不定把师父给的那几串钱扔在哪里了？也许是花在土娼家了，也许是输在赌窟里了，现在他钱花光了，肚子又饿了，这才偷偷地扒着墙回来了。

他刚要问："是快嘴回来了吗？"忽然听得铛的一声响，仿佛是有什么铜铁之器触在墙上了。李如江吃了一惊，赶紧坐起身来，就听外面的脚步声忽然重了两下，并且已来到了屋门首。屋门本来没有插好，一推就可以推开，可是外边来的这个人就好像是找不着屋门。

李如江此刻神情紧张，他下了炕，虽然并没嚷嚷出来，但已高高举起来一条榆木的大板凳，心中恨恨地说：这一定是贼！只要你敢进屋来偷东西，我就一下子砸破了你的头！可是等了半天，门外的人并没进来，可也没有走开，他就有些惊疑了。

他刚要由窗纸的破处向外去看，忽然听得咕咚一声，外面的人蓦然就进了屋；不是闯进来的，却可以说是跌了进来的，一进来就一腿跪倒了。李如江惊问道："你是谁？"同时喀的一声将板凳砸了下去；他的手也不准，并没砸着这个人。这个人忽然挺腿立起，他的手中原来拿着家伙了，双手举起向下就剁，说："如江！我可不能够可怜你啦！"说着狠狠地一剑剁下来，嚓的一声，却把一条榆木大板凳砍折了。

李如江才知道这是他那瞎老师父，他奋身上前抱住了师父的胳臂就夺宝剑，老师父还紧紧不放手，还死力地挣扎，并要用牙去咬。李如江的左腕虽使不上力，可是又气又急，便将宝剑夺到了他的手中。瞎老师父又蓦地一头向他撞来，不想又撞空了，正撞在炕沿上，整个身子就跌倒在地上，痛得他直叫："哎呀！哎呀！"

李如江先由窗户把宝剑当啷一声投向院中，就弯身抱起来老师父，叫着说："师父！师父！因为什么事我得罪了你老人家，你就想把我害死？”瞎老师父急急地喘息，说：“因为你把我的功夫全都偷学去了！”李如江说：“不错！在师父你做那口剑的时候，我是偷学了一点，可还没有试过究竟成不成。我想我既是你的徒弟，又经管着你的买卖，我学好了手艺，不是也于你有益吗？”

瞎老师父愈是发起怒来，将头又要向他去撞，并狠狠地说：“什么有益啊？你知道我多年来只卖刀剪不铸宝剑，就是怕有人将来要用我所铸的剑去做恶事，你给偷学去了还行？”

李如江说：“师父！你要是不铸这口剑，我也无法在旁偷学，你铸剑也是叫人拿去杀人，还能够算是好事吗？”

瞎老师父忽然大吼起来，说：“我铸剑是为杀我的冤家呀！我新铸得的这口白光剑，要叫它天下无敌，将来杀死了状元街崇家那一老一少！不想，你在旁偷偷地学成，将来你也铸上十口八口的宝剑，卖给那崇家，那时我的这口白光剑还有什么用处呀？年太保和郭海鹏的冤仇，几时才能够报呢？”

李如江听师父又提到了年太保，不由得更是惊疑，他还没发话去问，老师父就顿着脚痛哭起来，说：“李如江！你原是我的好徒弟，我本不该恨你，可是为了给年太保跟郭海鹏报仇，我真不能不先叫你死呀！”

李如江叹息了一声，就慨然地说：“师父！你老人家先不用着急了。我是孤身一人，死就死，也没有什么挂念的，只是师父你得把事情全说明了啊！年太保和郭海鹏到底是从什么时候就跟崇家有了仇恨？这事与你老人家又有什么相干？我听完了，若觉得师父办得对，我非死不可，那我就把宝剑交给师父，请你杀我，我是绝不躲避！”

他把师父扶到炕头坐着休息，就去摸着了蜡台，取火点上。借着摇摇的惨黯的烛光，他就见瞎老师父头上磕得已流出了血，而且满面都是泪水，吁吁地不住喘气。窗外已簌簌地落下雨来，雨丝随着风都溅到屋里，李如江赶紧去掩闭屋门，却见天空上忽地一道银蛇似的电光，接着是霹雷堕下，大雨滂沱。

老师父的两只瞎眼也大如雨似的落着血泪，他声音凄痛，在雷声之下断续地说着；李如江的心神紧张，凑近了炕，低着头侧着耳去听，就听他师父说出了一件悲壮激昂的惊人故事。

在三十多年之前，雍正年间，青海地方有一个部落的首领，名叫罗卜藏丹津，他率众造反攻打宁夏城。那时候雍正帝特命了一位大将军，名唤年羹尧，率师讨伐。年羹尧是汉军镶黄旗的人，别号双峰，是康熙年间的进士，本来就讨平过西藏，官至川陕总督。他不但是一位能臣，而且为人任侠好义，生平最喜与慷慨悲歌之士及身怀绝技之人交游。

那时在他的门下，最受知遇的有三个人。第一个是善作诗文且工击剑，又熟悉兵法的秀才纪海鸥；第二个是剑门山的大侠金翅大鹏沈九，这人武艺超群，生性鲁莽，作为年公部下的勇士，给他又起了个名字，叫作“海鹏”；第三个人就是江西临川人，世传的铸剑名师吴海蛟。年羹尧讨平了青海，位封公爵，恩赐太保，显赫无比，然而年太保之建功也多亏这三人之力。纪海鹏是用兵如神，沈九是永远护卫，吴剑师是为年太保铸过一口斩铜断铁、削金剖玉的宝剑。年太保治军最严，但对这三个人却深加宠遇，私下里简直是吃喝不分，如同父子一样，胜过了孟尝君之对冯谖，魏无忌之待侯嬴，又不亚于燕昭王的黄金台延聘乐毅。古云“士为知己者死，女为悦己者容”，所以这三位奇士都乐意为年太保效死。

后来年太保功高遭忌，并得罪了几个朝臣。最与他为敌的就是一位内阁大学士，姓崇，华阴县人。这个人结连了内外群臣，查出点年太保的劣迹，就加以诬陷之词，交章弹劾，列出僭越谋叛等大罪九十二款，朝廷遂将年太保下狱，旋贬为杭州守门吏。不料崇大学士又奏了一本，于是年太保就被罪而赐死！在狱中以一条白练断送了性命，家产且被查抄，门客多数逃亡，这是雍正三年之事。

那纪、沈、吴三人齐感念年太保生前知遇之恩，愿舍身为恩公报仇，便一同立誓。纪海鸥因家中尚有老父，须待父亲没后才能舍身，所以他暂且只能够给年太保看坟，住在京城附近。吴剑师却到了华阴县，改名为“吴慕冶”，开了一家刀剪铺子，也是暂且隐身。斯时那个崇大学士也辞官返里了，住在华阴县城里的状元街。沈九也就赶到，他在吴家的刀剪铺里住了半年，时时想要杀害那仇人崇大学士。可是崇府上的门禁森严，院落又极深，沈九虽出身于江湖游侠，却不会半夜里去蹿房越脊，所以他总是无法下手以如愿。

他们三个人追随年太保多年，只纪海鸥有妻有子又有钱，沈九跟吴师父，半辈子都是光身汉。沈九所挣的钱都随手挥霍了。吴师父不过是个手艺人，挣的钱原来比他就少，又有个好赌的毛病，所以手中也没有多大的积蓄。然而，如今年太保一经去世，除了纪海鸥之外，还就得数吴老师父了；“双鱼为记”的买卖既发达，获利也颇厚，同时他又戒了赌，所以直往银柜里积蓄钱。

沈九在这里既不能够报仇，吃着、喝着老朋友的，心里也很是不安，所以他就走了。他到了趟北京郊外的三里店，见了纪海鸥；只见他名曰给太保看坟，其实在坟的附近已置了几顷田地，盖起了庄院，他的父亲依然健在。纪海鸥说：“虽然终日痛心疾首，思为太保复仇，但因尽孝之故，暂时还是不能够尽义。”沈九就说：“我自己要延请江湖朋友为助，再往华阴县前去复仇，可惜没有银钱，没法子在江湖上结交。”纪海鸥留沈九在他家中住了七八天，才给他凑足了一百两银子，沈九没有嫌少就走了。

他用六十两银子买了一匹马，十两银子又打了一口刀，就去遨游各地。走在山西地面，银钱就花用尽了。向时在旅途中结交了玉鼠韩飞、黑熊杨起，这两个都是“绿林好汉”，因此金翅大鹏沈九就又沦落江湖。不过这时的他却第一是恨贪官；第二是敬老弱；第三是得了银钱绝不浪费；第四是留意寻访江湖义士，尤其是擅长蹿房越脊，有特别夜行功夫的人。

有一年多，他结交了一位好友，乃是河津县住的王公弼，外号叫“云中侠”。这人拳脚精通，剑术高妙，夜行之术更是超绝，沈九就把自己欲为年太保复仇之事向他说了。他平素也最为尊敬年太保，愤恨那奸恶的崇大学士，当时就答应了。可惜此时他的太太已身怀有孕，他非得等着太太分娩之后，看看生的是男是女，然后才能够去走，去帮助人复仇；沈九与他约定半载之后在华阴见面，他也满口答应了。

于是沈九先与玉鼠韩飞、黑熊杨起二人拆了伙，带了一些私钱就回到了华阴县，买了几亩地，盖了几间房，并且因为房、地都在郭家屯，他便也改姓为郭，名字仍用“海鹏”二字，又娶了妻，居然有人称呼他为“郭爷”了。他又自称本来行四，于是又都呼他为“郭四爷”。

他仗义疏财，颇为人所景仰，但他是时时不忘给恩人年太保复仇。他之所以自称行四，乃是因为现在暗中思为年太保复仇者共有四人：一是纪海鸥，二是吴师父，三是云中侠王公弼，四即是他。可是事与愿违，纪海鸥是永远在北京不挪脚步；吴师父的两只眼睛忽然又瞎了，成了残废，人也变得更为谨慎，反时时劝阻他，叫他要忍耐，不可冒然就去向崇家惹事；那云中侠王公弼是忘了他的诺言，一年两年、两年三年，不但不到华阴县来，也打听不着他的行踪。

至于那位在城里状元街住着的做过大学士的崇老员外，也料到他自己与年羹尧的家人结仇太深，而年公的故旧之中颇有不少奇特之士，难免前来寻仇，所以是绝不出门。他只在深宅里观鱼赏花，养生乐道，宅中的男仆都难入内宅，不能与他见面。他的长子、次子都已做了高官。三儿子不愿仕进，在家里是终日使拳弄棒，蓄养歌妓，纵容小厮；在外边是欺人猎色，无所不为。崇家并雇有几个护院的人，其中以恶蟒苗雄才的武艺最高，无人敢惹。

岁月如流，催人老去，使得义士的雄心销磨，使得名剑师吴海蛟成了个猜疑苛刻的瞎老头子；使得郭海鹏的田庄日广，家口益多，鬓发苍白，身体多病；使得纪海鸥与云中侠已被人遗忘。

郭海鹏在华阴县住了这些年，除了瞎老师父知道他的来历之外，还有一个就是状元街崇家后来雇的一个护院的，名叫醉虎徐七。这小子帮着崇三少做了无数的恶事，可也被郭海鹏狠狠地教训了几回。

他对于郭海鹏是敬而且畏，一点也不敢惹，并暗中告诉过崇家的人，说："千万莫跟这一脑门子煞气的老家伙斗气啊！"原来他以前是山西绿林英雄玉鼠韩飞、黑熊杨起手下的，那两个人后来都被捕获正法了，他就躲到这里来当家奴。他知道点郭海鹏的来历，可是因为他自己的来历就不正，所以他也不敢向人明说。终于因为他调戏了那个小媳妇，而惹起了大事；郭海鹏夺了他的刀，奋身往状元街寻衅复仇，以至被恶蟒苗雄才用枪扎死。

瞎老师父吴海蛟（慕冶）经此刺激，把他心中压制了三十多年的复仇意念又重新撩起，他这才铸就了那口"白光剑"。然而，察觉了铸剑的绝技又被弟子李如江所偷学，他为嫉妒之心所使，为不容人间再有第二口宝剑，以免为崇家或帮助崇家的人所得之故，就必须要杀死他本来最爱惜的高徒李如江。所以，他才会在今夜这风粗雨暴之时，持着剑，瞎摸着，往李如江住的屋内去下手，可是他失败了。

他痛哭着把这一段沉痛的往事向李如江陈说完毕，然后他就说："如江！好徒弟啊！你到现在都明白了吧？可是我也不忍得再下手杀你了，你也不可以自己去寻短见。我知道你是个心地忠厚、诚实可靠的人，你又还年纪轻，不像我似的瞎了两只眼，现在你应当遵我之托，去替我办这件事吧！"

李如江也落着泪说："虽然我明白了师父的铸剑之法，可是我发誓一生绝不铸一口剑、一把刀，或一件能够害人的东西；如果做了，就叫鬼神来摄我的命，使我碎尸万段，不得善终！"

瞎老师父摆了摆手，说："你也不要再说了！"又叹了口气，道："我屋中的那只银柜，存着三千五百七十多两纹银。在去年，我就托郭海鹏给我换成了多半是永泰发钱庄的汇票，为是携带便利，到平阳府、太原府、保定府，以及北京各地，只要是有永泰发钱庄的地方就都能够兑取现银。刚才我都已预备好了，收在一只小木匣里。我原想是将你害死之后，我就拿着我的竹竿和宝剑、木匣前往郭家屯，去见海鹏的儿子，叫他或遣一可靠的人到北京城东三里店，将剑和银两全交给那纪海鸥；再叫他用银两结交天下豪士，将宝剑交付于豪士之中的英杰，令他来杀死崇大学士与崇三少爷，并那恶蟒苗贼，以报年太保之仇，也兼报郭海鹏之仇。你再发下个誓吧，应得准去替我办，一定千妥万妥地替我去办，发誓！快说吧！"

李如江垂泪慨然说道："我若不替师父尽心去办，也叫我碎尸万段，不得善终，死后托生为牛为马。"

瞎老师父说："好！你将白光剑好好收藏起来吧！现在风雨太大，又在深夜，你也不必立刻就往郭家去了，明天再去也不为迟。如今我把所有的事都交付于你，倒不必太忙了，一年二年再将事办完，也不算迟缓。"李如江拭了拭泪，又答应着。

老师父就叫他搀着回屋去，又说："我把那装银子的匣子交给了你，以后就算全都是你的事了，我就都不管了，也就放了心啦！"于是李如江到厨房去取了雨伞，就又回到屋里来，搀扶着他的师父去走。户外的雨仍大，电光更亮，雷声也更是震人。半天，李如江才将师父送回到屋内，老师父把一只沉重的木匣交给了他，就脱了鞋躺在床上睡去了。

李如江抱着木匣，出屋带好了门，在院中寻着那口浸在雨水之中的"白光剑"，又回到自己的屋内。他将门关闭，就用那被砍断了的大长板凳，顶上了门，他剪了剪烛心，仔细看这口"白光剑"，真也爱得不忍释手。他又打开木匣，见里面除了三封白银之外，就都是北方最大的钱庄永泰发所开的到处可取的汇票，可见老师父蓄心已久，他真是一位可钦佩的义人啊！李如江叹了口气，觉得自己即使不为发了誓，也应当去办这件事，肝脑涂地也在所不辞。

少时他熄灯就寝，次日起来，风雨已停，但老师父还没有起来。李如江拿着一柄铁锹，铲除积存的雨水，收拾干净了院子，就听见有人叫门。他去开了一看，原来是崔快嘴才回来，身背着三四串制钱，喜容满面地说："你看，这都是一夜之间我赢来的！今儿我还得请客呢，你可先不要到柜上去，待一会儿我就去割肉。"

李如江却真想在此吃完了早饭，就得快走，不是回柜，却是得持剑携匣去往郭家屯。看郭少爷那样年轻，那样文弱，大概不能去办这件事；若是他家中再找不出一个可靠的人，那银匣和宝剑可不能轻易交人，事情也不可滥托，义不容辞，只有自己走一趟北京了。于是他就叫崔快嘴快些给做饭。

他又去看师父已经醒来了没有，想问问是不是还要给郭家带去些什么奠仪。但他走到了老师父的门前用手推了推，并没有推开，便向里轻声问说："师父，醒了没有？"连问两声，屋里未见答话，他又大声些问说："师父，你老人家醒了吗？"可是还不闻应声。

他就疑心起来，扒着门缝向里一看，他不由就啊呀一声，急用脚将门踹开，抢进去解救。原来瞎老师父在墙上的高处钉了个很大的铁钉，系的是很粗的麻绳，他的头颈套在里面，脚下有一只踢翻了的凳子；这时他已伸出了长舌，流出了喉血，身体冰凉而僵硬，缢死已经很久了。

李如江当时就放声大哭，哭得几至气绝。崔快嘴闻声赶了来，一看，只惊叫了一声："啊呀！"回身就跑，跑到门外就大声呼叫，叫来了街坊邻舍，男男女女许多的人都跑进来看。崔快嘴连连顿脚，说："这不是怪事吗？好好的，瞎老师父怎么上了吊啦？"

来看的人，有的人只是惊讶着老师父瞎着两眼，能在墙上钉那只长钉，系那条麻绳，真不容易，真算有点本事。有的是很注意那只银柜，并惊讶屋内设着的这只打铁的炉子。还有的劝李如江不要再哭了，心里却说：瞎老师父生前对你可有什么好处呢？他那样的人早就该死！有的却知道他的上吊是与郭海鹏的受伤惨死之事有关，跟得罪了状元街崇家的事也有连带，就连多一句话也不敢说了。

李如江喘过来了气，拭尽了泪，依然悲痛地说："我的师父，他老人家真是一位义人啊！"痛苦咬着他的心，但他也知道哭泣是无用，就从南关找来了黄老实，同为瞎老师父治办丧事；办得也十分草率，买了口棺材，盛敛了尸身，请来僧人超度一番，就埋在老师父生前置的茔地之中，并与他那个老婆并了骨，垒起来一座新坟。李如江雇人刻了一座碑，上写"临川吴师傅讳海蛟之墓"，竖在坟前。

那缢死过人的房屋没人敢住，就将院子锁上了；几十亩田地向来就是租给别人耕种，如今当然算是“双鱼为记”刀剪铺的产业了，也无问题。崔快嘴是另去找事儿，李如江也搬回铺子里去住，但他不再打铁了，连柜上的一切事务也都交付了黄老实。他将那口“白光剑”秘密地配上了铁鞘，将那只银匣也坚固地锁起。

第四回　中途结伴时刻惊心

李如江来到郭家屯，这时郭海鹏早就埋了，郭家的人仍都身着重孝，他就去见了郭少爷。这位郭少爷名字叫作“继高”，本来就体瘦，就有病，如今经过了父丧的哀毁，更不成样子了。李如江又逐一地去寻着郭家所用的男仆，见面时假作是闲谈，实则是想看看哪个人精明，会办事，诚实而可托。但郭家所用的男仆不过三人，一个是老仆，六十多岁了；另一个是个跛子，还有点痴；再一个才十五岁，是个连村子都不常出的小孩，这几个人哪能够去办那样艰巨之事？哪能带着那么重要的银匣跟宝剑，去走那样的长途呢？

所以李如江把他的来意是一句也未说出，只见了郭太太，说：“我是来辞行，因为我师父已死了，我真不愿在这儿再做买卖了！”郭太太说：“咳！你想到外省去发财也好！可是你想到哪一省去呢？盘缠够用吗？”李如江迟疑了一下，才说：“我大概是要往北京去一趟。盘缠，因为我师父留下来的一点钱，也还够用，足足够用！”说到这里，他心酸得眼泪都几乎落下。

这时在郭太太身旁站着那位年龄很小的郭小姐不住地用那两只秀丽而明亮的小眼睛向着他来看。李如江已经没有什么话能够再说了，便起身打躬告辞。

他出了屋，慢慢走到了外院，还未走出大门，忽见那位郭小姐从里边追出来，向他叫着：“姓李的！姓李的！”李如江回身，勉强笑着问说：“小姐叫住我有什么事呀？”这位小小姐却说：“你既是上北京去，我就得叫你办一件事。你到那里的三里店去找纪海鸥，叫他快来给年太保、给我的爸爸都报仇吧！”

李如江吓得脸色顿然白了，摆着手说：“哎呀小姐！快不要说了！这是哪儿来的事呢？不过……”

郭小姐却沉着小脸儿说：“别人全不知道，我可都知道！瞎老师傅找我爸爸摸骨牌玩的时候，他们每次都是悄悄说，但不避我。他们都要杀崇家的那个老头子，给年太保报仇，可恨的是那纪海鸥跟那云中侠老不来，仇也没报成，倒叫我爸爸跟瞎老伯都白白地死了……”说着，那双有神的颇有心眼的小眼睛便垂下泪来，她顿着脚又说：“你非得给我去找纪海鸥才行！”

李如江吓得都哆嗦了，赶紧又摆着手悄声说：“小姐不要着急！我，我就是……这次往北京，我就是……”他本想请郭小姐随他到外面去再谈，可是知道门外树底下有不少的人，这里两旁倒还没有人听见，于是他就简捷地说：“我实同郭小姐说，我往北京去，正是遵我师父遗嘱，去请来纪海鸥……”

郭小姐这才点了点头，又说：“只请纪海鸥来也是不成，你还得到河津县去打听打听云中侠，那个人会蹿房越脊，武艺比谁都高！”

李如江连连点头说：“好好！我一定都去找，全去办，快办快回来；大约至迟到了八月节，他们必定全都来到。可是小姐啊！这件事若被崇家那边的人知道，那就了不得啦！”郭小姐拿小手擦了擦眼泪，摇着头很坚决地说：“对我妈妈，对我哥哥，我都不说！”李如江望着这位小小姐，只见她穿着一身重孝，乌黑的小辫扎着白头绳，说话有条有理，神态是既大方而且精明，简直不像个年仅十一二岁的女孩儿。

李如江对之十分喜爱，原想说：你跟我一同往北京寻你那纪伯父或者纪叔父吧！但又想：她若是个男孩子，还许能够帮助我做点事，一个小姑娘，她的母亲也不能够就把她撒手呀！遂就又勉强地笑着说："小姐！你就在家等着我把他们都找了来好了！只是你的哥哥名叫继高，我已经知道了，小姐你叫什么名字呢？因为我见了纪海鸥的时候，他若问我，我好向他去说。"小姐说："我的乳名儿叫小芬，爸爸还没给我起过正名字。"李如江点头说："这就是了，那么我就走了。"他拱了拱手，转身就走出大门，心中充满着无限的悲哀慷慨之情。

此时满村的丁香花均已谢落，天气闷热，空中凝滞着不散的愁云。走回到了南关，因为华山上的香会早已开过，现在的街上一点也没有热闹的景象了。他尚未走到铺子的门首，忽然听见身后传来一阵急速的马蹄之声，幸是他向旁边躲避得快，不然就把他撞倒了。他扭头去看，只见来了六七匹马，凶猛得简直就都跟老虎一样；马都备着全份的新鞍，鞍上的人都是锦衣纨绔，个个都骄傲非凡，就像撞死人白撞、打死人也白打的样子。其中一位戴着编制得精细已极的大草帽，穿的特别阔的人，就是那崇三少爷，也就是大家都怕的，称他为"三太爷"的那个崇大学士的小儿子；另外还有他的内弟窦文庆，带着几个小厮。最后边一匹马上的就是他家的护院人恶蟒苗雄才，此人年纪三旬上下，一张紫色的大脸，长得是凶恶非常，穿的衣服跟他的主人一样阔绰。他们大概是到南郊驰马玩耍去了，这时才回来。

李如江心中是又恨又怕，连看也不敢多看，这一群烈马就呼啦一声由他的身旁冲过去了，把一些脏土灰尘都扬在他的脸上。他暗暗地生着气，回到了铺子里，就见黄老实买了一身半新的茧绸裤褂穿着，坐在瞎老师傅常坐的那把椅子上，手摇着蒲扇，居然当起大掌柜的来了。

李如江对于铺子里的事情是一点也不过问了，当时他就收束行李。次晨天色才明，他就用一根桃木棍捎着他的行李，被卷中藏着"白光剑"，粗布的套袋里是盛着银匣，竹笠芒鞋，如同一个做小买卖的人，离了华阴，顺着大道往东，就踏上了往北京去的路径。

李如江因为负着这艰巨的责任，又携着宝剑与银匣，所以他行在路上就特别的谨慎小心，总是跟随着大帮的客人在大路上走；无论见着什么人，他绝不多交谈。天还没有黑就先投宿，在店中他绝不住那许多人拥挤着睡觉的大屋子，宁可多花钱住单间；睡觉之前必将屋门闭紧，而且从里面顶上椅凳。

两天的工夫，他就走到了潼关。此地临着黄河，有一渡口，名叫“风陵古渡”，若是往河津县访那云中侠，就须由此渡河到山西省界。然而他想：云中侠不过是郭海鹏的一个朋友，那个人既未受过年太保的恩，也与崇家素无怨恨；他既背约失信，可知不是个好人，还是不要去找他为是。如今只是应当直往京师，纪海鸥不但是个义人，且是孝子，将剑和银匣交付于他，是绝无舛错了。于是他就决定不由此渡河，而直往东去。

李如江的为人虽然谨慎，可是第一次外出，简直毫无行路的经验。四月底的天气又是时阴时晴，晴的时候热得人喘不过来气，阴的时候只要飘着一片乌云就能够来一阵大雨。豫西又都是黄土高原，无风时是三尺尘土，有雨时几百里地之内都是泥泞。李如江又没带着多少更换的衣鞋，草鞋是磨破了再买，粗蓝布的衣裤被日晒雨淋，尘扬汗污，已经变得一块黄一块白，并且都磨破了。然而他的行李卷却难得打开一回，睡觉时便当作枕头；他那只粗布的套袋也磨破了，露出里边木匣的一角，尤其是当他把这份行李担子掮起来的时候，很显然的是一头儿重一头儿轻。

这天他来到陕州地面，清晨他在店房中起来，刚要收拾好行李再向东去，忽听有个人在院中嚷嚷，说：“有往山西去的没有？有过河的没有？要是往直隶省去的可也得由这里过河。要是有，咱们就搭个伴儿，船钱也能彼此省些，店钱也是人多点合算。”

李如江还不敢冒然回答，他先叫进来店伙，问说：“要是往北京去，是得由这里渡过黄河吗？”

店伙说：“莫非客人你没走过这股路吗？不要说上京里去的，就是走太原府，也得由这儿过河，到茅津渡往北去走，不然可就得多走几百里地，还不稳妥。现在由我们这儿再直往东走的，不是走洛阳的就是走开封的啦!”

李如江一听，就急忙收束行李，又问道：“在院中嚷着找同伴的，这人是干什么的呀?”店伙说：“是两个买卖人，大约是做银钱生意的。因为往北去的人少了，久走路的人全都谨慎，想要多约上几个伴儿同行。”李如江就说：“我跟他们一块儿走最好!”

李如江开了门向外面一看，见是一个穿得很整齐的年轻商人，正跟一个像是卖力气的人谈话，那人说是要走平阳府去，他是推着一车子西瓜。年轻的商人却摆手说：“不行！我们是过了河，不雇车也得雇脚，你推着一车子东西，怎能跟我们一块儿走呀?”那卖西瓜的人转身就走了，还撇了撇嘴，说：“我推的是西瓜，跟我在一路走有你们的好处，准保你们渴不死!”

因为店伙还在屋里，李如江的脚就不敢迈到门槛外，他只向外面说：“大哥！咱们一块儿走吧！我也是想由这地方渡河。”年轻的商人转过身来问他说：“你是走什么地方去的?”李如江说：“我是走京里去的。”年轻商人笑着说：“好远！你随身的行李多吗?”李如江说：“没有什么，只是一个担子，卸下来背着也能够走。”

年轻商人又问：“一共几位?”李如江说：“只是我一个人，多了也就用不着半路上搭伴儿了!”年轻商人又问：“贵行是……”说着已经走进屋来，看了看炕上放着的行李。

李如江就答道：“我是铁炉行的，打制刀剪的手艺。因为京里有我的一个师兄，新开了一号买卖，托了人带信，邀我去帮助他。”

这年轻商人就说：“这很好呀！京里的地方大，到了那儿就准能够发财。去年八月节我还是在那儿过的呢，我住在珠宝市，到那儿提起我来，有很多人知道。”

李如江说：“请教大哥贵姓高名?”

年轻商人的态度十分谦逊，拱手带笑说：“可不要这样，我可不敢当！兄弟姓孟，名叫保财，自幼跟随着叔父出门做生意。您想一想，我每次到京里是一准住在珠宝市，就可以想出我是哪一行的啦!”他指着店伙又说：“您再问问他，我们来往，每次总是住这家店，不只一年了!”店伙在旁边也点头。李如江就也通了姓名，并问他们是要往哪里去。

孟保财就说：“在潼关才交了货，由这儿渡河就要回家了，家是住在高平县河西镇，离这里有六天的路程。其实这条路我们已经走熟了，闭着眼睛也能够走到家，可是外边什么事都有；尤其是我们这一行的人，人不值钱，货可没有价儿,身上总得有个两三千两，不能不过分地小心。若搭上几个靠得住的伴儿，那就彼此有益，搭船雇脚住店，我们多拿出一份儿来也不要紧。”他笑了笑，又说：“那么李掌柜，咱们可算是约好了，现在就走。我还得嚷嚷几声去，要有做官为役的老爷们也跟着咱们搭上伴儿，那可就更稳妥啦!”说着他转身走去，又站在院里喊着找伴儿，店伙也跟着出去了。

李如江想着，跟这样谨慎的珠宝商人一路同行，可以放心了，于是就赶忙收束了行李。

等了一会儿，孟保财就又进屋来，笑着说：“喊了半天，也没再搭着个伴儿！大概是因为年头儿太好了，人都在家里耕种，够吃够喝，没有事谁也不出门了。”

李如江想着，三个人在一起走，也总比单身行路强些，便问道：“咱们是打算怎么样？还想招伴儿吗?”

孟保财摇头说：“不用再招了，靠不住的人，即使愿意跟咱们一块儿走，咱们可也不敢答应。现在咱们就起身吧，好在只要一过了河，往东就是大道，那条路上，你想叫人少一点、清静一点，还不能够呢。”说着又出去了。

不多时候，他便在院中高声叫着：“李掌柜！收拾好了吗？咱们这就走吧?”李如江答应了一声，匆匆忙忙地叫来了店伙，将店账付过，便用桃木棍子掮着两件行李走出了屋。此时那孟保财身背着一只小小的行囊站在院中，旁边有他的叔父，年纪约五十，胡须也并不太白，可是老态龙钟，拄着一根很粗很长的拐杖。孟保财指着他的叔父向李如江引见，并笑着说：“李掌柜！我看你的这份担子不大轻呀？我来帮你个忙吧？”李如江摇头说：“不用客气！我们打惯了铁的人，力气总还有点儿，掮这么两件行李不算什么。”孟保财又笑了笑，遂就一同出了房。

一直往北走了不远，到了河边便是渡头，这里有三四只大船往来渡人，什么骡子、马、大车小车，都可以往船上去放，人也十分拥挤。由此看来，孟保财在店里嚷了半天，只找着了一个伴儿，却又可疑。

他们上船渡过了河，河北边那属于晋省管辖的“茅津渡镇”，景况更是繁华。孟保财在这里就雇了一辆车，请李如江卸下了担子同他叔父又一同上了车，他却在地下步行着，就往东走去了。越走越觉得路上荒凉，人烟稀少，原来由此往东的路径虽不狭窄，可是不能达到通都大邑。右边是滚滚的黄河，左侧远远的是绵延无尽的中条山。天又热，田间的禾黍晒得都垂了头，阵阵风吹来刮得满车都是黄沙。

那孟老头子是一上车就打盹，孟保财跟着走了不远，就也跨上了车辕，他就跟李如江谈起闲话来了。赶车的是一个酒糟鼻子的汉子，也在旁边搭腔。他们都说这条路上不大好走，春天夏天还不要紧，秋冬的时季却常有强人出没，黄河里并有水贼，能够上岸来打劫旅客。

李如江听他们说了，不由得有点心惊胆战，孟保财却笑着说：“不要紧！我在这条路上熟，即使出点事，至多了把咱们的粗笨行李拿去。”听到行李有被劫去的可能，李如江就更是担忧。他的套袋和被卷就在他的身边，那孟保财说着话就把他的被卷往里推了推，仿佛是也要往车里来坐。然而他的手大概是触到了被中的剑柄了，就像触着蝎蛇似的，他立时将手缩回，脸色也变了一变，但没有说什么话。过了些时，他又扭着脸，把李如江仔细打量了一遍，微微带笑的问说：“李掌柜！你一个人走这么远的路，总得有点把握吧？我猜着你必定会武艺！”

李如江听了这话，心中更为吃惊，就想：在路上不可对人尽说真话，也不妨吹一吹，好使得人不敢轻视，因就点头说："略会一点！再说我们当铁匠的，两臂既然有力，胸中也就有胆。何况这一担破行李，匣子里不过是我做活用的家伙，给了贼，恐怕他也不肯要。"

孟保财哈哈一笑，说："李掌柜，我们搭上了你这个伴儿，可真算是搭着了，跟请了一位镖师差不多啦!"赶车的也回转了头，用眼睛向着李如江直盯。

走到晚间方才投宿，住的是小镇里的一家小店，距离着县城很远。李如江可绝不能与他们叔侄同屋，因为自己的行李重要，所以非住单间关严门不可。当夜他可把那银匣打开了，只将百两一封的银两三封，仍锁在匣中，却将银票三千多两分藏在裤腰里。粗布的腰带紧了一些，摸了摸，觉得还不至于被人看出，这样万一出了事，也不至于全都落在他人之手。当夜他又细细寻思那叔侄，觉得也没有什么太可疑的；再说，即使他们真是歹人，他们既没带着刀剑，又都不是什么年轻力壮的彪形大汉，也不能奈何得我。我也不必多疑，只要谨慎些就是了。

因此，到了第二天，仍然相约结伴东去。这一天孟保财就跟李如江谈得更为欢洽，李如江也很佩服他见识多，阅历广，心中也忘了对他的怀疑。晚间又投店，因为店中的人太多了，房屋没有了富余，李如江只好跟他们叔侄住在一间屋子。但李如江也颇放心，天热，也用不着打开被卷，夜里就连被卷带宝剑都作枕头；至于银匣，他是故意大大方方的，一点也不关心，表示出里边反正没有多少钱的样子。

一宿之后，次日再同行，可是孟保财另雇了一辆骡车。这个赶车的有点可疑，身短体壮，两个拳头似两只打铁的锤子。李如江自思，如果跟他揪扭起来，自己可真不是对手。可是这个人，还不愿拉这趟买卖呢，沿途直向孟保财抱怨给的车价太少。

中午找了地方打尖吃饭，由孟保财替他出了饭钱，他仿佛才高兴了一点。接着又往下走，他就将骡子赶得拖着车飞快地走，然而愈走却愈远离了大道，而靠近了黄河。不觉天色渐近黄昏，一个行路的人也看不见了，四下里也没有村舍人家，李如江就心说：不妙！遂在车上问道："喂！喂！天都到这个时候了，咱们还这么走吗？快点找镇店吧！"

赶车的这壮汉子却回过头来，说："你叫快点找店房，你去找呀？走到太岁镇也得二更天，要奔鬼王屯还有五十多里，急可急不得，谁叫你们要赶着走路？"李如江说："我可没叫你赶着走路！天这么晚了，可怎么办？"忽然那孟保财偷偷地向后推了他一下，这意思是不叫他跟赶车的顶嘴，这样一来，可把李如江吓得不禁打了个寒噤。

这时这赶车的难惹极了，反而故意慢慢地走，孟保财直跟他说好话，他可也是不理。他沉着张黑脸，比这时的黄河水还要可怕，因为河水还有哗哗的流淌声；比这时的天色更为可怖，因为天上还有贼亮亮的星光一粒一粒地出现。赶车的人虽就在跟前，可是暮色已遮住了他的脸，黑乎乎的使人看不清他是藏着奸诈，还是已表现出了凶狠。孟老头子忽然在车的最里边唱起戏来了，也许他是害怕极了才唱的？但腔调既难听，声音又惨厉，他侄子拦他，他还发脾气。

走着走着天更黑了，忽然孟保财也不像刚才那样和气了，对赶车的说："往南边去赶！"赶车的说："干吗呀？南边可就是河，赶到河里去过夜吗？"孟保财说："我不能听你的，你小子错翻了眼皮啦！妈的，你没有打听打听车里坐的都是什么人？快把鞭子给我，你瞎了眼，敢对我们起歹心？小子你去打听打听，我们叔侄走这条路不止几百次了，会看不出来你？你跟我们要这个？"

此时李如江已手摸着了剑柄就要抽剑，赶车的却把鞭子交给了孟保财，他倒跳下车去了。孟保财就急向李如江说："他勾人去了！咱们得快走！这南边不远住着我一家亲戚，咱们赶到那里去住，才保无事！"于是他就吧吧地用力挥鞭，车就咕隆隆地快走起来。

也不知走了多时，车才止住。李如江随着孟保财下车一看，却又不禁惊疑，原来这是个孤村，夜色之下，土垣柴扉只此一户人家，连犬吠声也未闻见。

孟保财将那柴扉敲得吧啦吧啦地紧响，里面就有人出来了，先是一个矮小的人，手中托着一盏摇摇欲灭的油灯，又一个高大的黑影也随之走来。柴门呀的一声开了，暗暗的灯光里显出了那两个人，托着灯的是个十四五岁的孩子，光着膀子，只穿着一条破短裤；随他出现的那条巨影，原来是一个大汉，胸前和两腮满生着一团一团的黑毛，上身也没穿衣裳，那两个膀子简直比松树还要粗壮。可是孟保财呼他为大哥，说："我们遇见坏赶车的啦，险些就出了事……"那大汉却未容他说完，就喊了一声："进来吧！"回身就走开了。

这里孟保财搀着他叔父下了车，又向李如江说："进来吧！这是我们亲戚的家，在这儿住着，一点舛错也没有！"李如江可觉出来这个地方更靠不住，那黑大汉绝不是良善之人，而且似是已预料到他们就要来自投罗网。尤其可疑的是那孟老头子，下了车就毫无老态了，拿那根粗拐棍一杵李如江，说："进去吧！怕什么？来到了这儿就算是到了咱们的老家啦！"

孟保财却叱责他的叔父说："你胡说什么？"走过来仍然向李如江很客气地说："李掌柜，你不要疑心！在这个地方若是出半点错，我管赔！"

第五回　遇救欣结小友

此时李如江已顾不得车上的银匣了，他只将被卷紧紧抱住，心中突突地跳，在惊惧之中且燃起了怒火，他大声喊嚷说：“你们全是骗子！全是贼！以为我还没看出来吗？”那边的孟老头子却把手中的粗杖举了起来，说：“你看出来了又当怎么样？这地方你就是喊叫一万八千声也没个人管！”忽见那托着灯的小孩子直向他摆手，而他已紧张得全身都在乱抖。

孟保财依然客气地说：“李掌柜，我看你够个朋友吧？我还能够为难你吗？只要你肯进去，话都好说好讲！”

李如江想了一想，就长叹道：“进去也行，但是银钱都由你们拿去，我这条命，可求你们饶了！”

忽觉吧地一下，脖颈又痛又凉，原来这半天他的身后早有个人持刀比着他的脖颈了。那人用刀拍过他之后，便伸手来夺他的被卷，厉声说：“快把这给我吧！我不能白饶了你这条命！”正是刚才那赶车的声音。

李如江一直将被卷抱得很紧，这人就没有夺过去。李如江想起，这里边的白光剑是绝不可落到贼人手内，他遂死也不肯放手，挟着被卷就跑。但对面又被那孟老头子横杖挡住，身后又有钢刀砍来。紧急危难之间，李如江就突然将被卷扔开，同时锵的一声亮出了白光剑，他翻身就砍。

那赶车的冷笑着说：“啊！你还竟敢动家伙吗？我料你的武艺也不会高强！来，较量较量！你若一定找死，那还不容易吗？”说着一刀砍来，李如江急用剑去挡，就听铛的一声，贼人的刀已被削成了两段。这一下可把这几个贼吓得立时惊奔，李如江也壮起胆来，就大声喊着说：“看你们谁还敢近前？”

贼人都逃进院里去了，一个也不敢出来了。灯光已无，外面很黑，李如江就心说：我也快走吧！于是他就急急地迈步，知道南面是黄河，他就向北边去走。北边有北斗星，闪耀于天际，他的心中就默默地祷告说：求神佛快救我脱离此难！年太保、郭四叔、我的师父，你们的阴魂快来助我吧！

他迈步既急，地下又不平，屡次都要跌倒。走了也不知有多远，忽然身后就有一件沉重的巨物击来，正打在他的背上；他痛得大喊了一声，身子向前一倒，剑也扔了，当时就昏过去了，如同死了一样。

过了片刻，他略略有了知觉，就觉得全身，尤其是后脊梁，彻骨锥心的疼痛，比那次他为试验瞎老师父打铁用的力气，铁锤子击在他的臂上可痛得多。并且他觉着有个人在拖着他，跟拉车似的拖着他的身子在地上走；这更使他忍受不住，他就呻吟着极力挣扎，把双脚用力一蹬，喊着说：“快放了我吧！难道你们要把我拉去埋了吗？我没死！你们……可也太狠毒了！你们知道冥冥之中有神佛吧？啊呀啊呀……你们小心遭报吧！”心中的悲痛，加上身上的疼痛，使得他真都不想活了。

然而，这个人立时住了手不再拖他了，并且蹲在他的面前，说：“不要嚷嚷！我是要把你挪开，另找个地方叫你歇一歇，好去逃命。不然天再亮些，黑面鬼他们来了，看见你还没死，他们再拿一块大石头向着你一砸，你可就完啦！”

李如江一听，这个人说话的声音很清脆，身躯和手脚都不粗壮，就猜着必是刚才看见的那个手里托着油灯的小孩，遂就说：“小孩，小兄弟！你快救我逃命！”

小孩说：“那边不远就有树林子，我带着你去歇一歇，藏一藏，可是你走不动呀？”

李如江咬牙忍疼说：“我能够走。”他勉强站了起来，可是腰痛得他实在不能挺起，就驼着背，等于是伏在那小孩的肩上；幸是这小孩还颇有力气，他就在前驮着李如江走。走了多时才进了树林，林中漆黑，连星光都望不见，小孩也疲倦极了。

李如江就趴卧在一棵树旁，一声声地呻吟着。小孩坐在他的身畔，喘过来气儿，才说：“咱们在这儿也不可多待，被他们搜出来，连我的命都饶不了！”

李如江说：“那几个强盗难道都不怕王法吗？那个孟保财，面上颇像是个做买卖的人，谁知他却是个强盗呀？可是我这么穷的一个孤身客人，他由陕州就用计骗我，走在这里才下手，可也太不值得了！他们为什么不去图谋那成帮成群走的、身藏百万的大客商呀？”

小孩说：“因为你带着那么沉的一只木头匣子，在路上又不谨慎，就叫他们看上了。那个孟保财跟那老头子是专在这条路上干这个事儿的，他们也不是叔侄；那个赶车的小子叫‘铁胳臂小严’，倒真是黑面鬼的外甥，他们若不是在车上看见了你的宝剑，疑惑你是保镖的，早就把你收拾了，用不着去找黑面鬼。”

李如江问说：“黑面鬼就是那个两腮跟胸前都生着黑毛的人吗？”

小孩说：“对了！就是他，他倒是个真正的渔户，虽说会点武艺，可是近几年来都不做坏事；不是他不做，是他不敢，因为有一个人管着他。”

李如江又问：“什么人管着他？”

小孩说：“那是山西省的一位大侠客，这位侠客没有真姓名，只因他无论走到哪里都骑着一匹白马，我们就都称他为‘白马奇侠’，又叫他‘白马老爷’。他有两个儿子，大儿子叫‘屠龙将军’，出外两三年了，也没有回来；有人说是被人杀死在外头啦，可是怕‘白马老爷’伤心，不敢告诉他。二儿子叫‘斩龙壮士’，人极能干，现跟着他爸爸在王屋山上过日子。白马老爷时常骑着白马各处云游，专做好事。我本是平阳府的人，我姓陈，乳名叫小石头，自幼爹娘就都死了……”

李如江听到这里就叹了口气，说：“兄弟，你跟我的命是一样啊！我也是自幼父母双亡。”

小石头说：“我可有一个叔父，他没出息，是一个赌鬼。他把我送在绣花作里当学徒，我真受不了那苦，内掌柜的凶极啦！掌柜的有两个女儿，也都狠极啦！她们天天打我，还不给我吃饱饭。我的叔父有时输光了，又常去找我要钱要饭，还跟我们的掌柜子打架。他来闹一回，我就得挨一顿大打！有一天是在腊月，下着大雪，天也黑了，我的叔父从赌场里被人撵出来；他光着膀子，快要冻死啦，半夜里蹲在我们铺子门外直哭。我听了心里真难受，无论怎样，他也是我的叔父，我就偷了掌柜的一件破棉被，悄悄开门给了他。没想到叫我们内掌柜的知道了，她就把我揪住，让她的两个女儿拿着绣花针向我的身上乱扎……”

李如江听了不由得就愤愤，连背上的伤都忘了，他大声说：“天地之间竟有这样狠心的女人吗？”

小石头委屈地说：“可不是！有句俗话说：最狠妇人心，那是真的！扎完了我，打完了我，他们还把我赶了出去，我就成了要饭的了。幸亏我要了不到十天的饭，遇着了白马大老爷。白马大老爷骑着白马，真威风！他见我很可怜，就送我到了黑面鬼的家里，让我帮着黑面鬼打鱼，有时白马老爷还特意来传授给我武艺。黑面鬼虽不是好人，可是他不敢惹白马老爷，就也不敢错待我。这样，我就在他们那儿住了两年啦，武艺虽说学得不多，可是有了工夫我就练，整天整夜地练，我也练得不错啦。”

李如江此时卧在地上，呻吟着说：“兄弟！你是个好人，就为你的叔父受累的事，我就佩服你！今天我若没有你，就不能活。我也知道他们把我砸死在路旁，是为离着他们的家门远些，免得叫官人找他们，可是我……”他奋臂高呼一声：“我一定要去告状！”

小石头说：“你去告官办他们也好，找白马老爷管教他们也行。我来救你，就是觉着他们做的这事太可恨啦！抢了你的钱跟东西，还要用石头把你砸死，老虎豹子也不能这么凶恶。我为这才趁着他们分银子的时候跑出来，幸亏找着了你，摸了摸你的胸口还有出入的气儿，我就把你给拖来了。这样见了官也不能说我是贼，白马老爷要是问我，我更有话说，反正我没帮助他们作恶！”

李如江此时的气愤又低下去了，他叹着气，心说：我这件事情还是不应当经官呀！他便向小石头请求着说：“兄弟，你既救我就救到底吧！现在，黑面鬼那些人抢去了我的银子，我也都不要了，更不到官方告状，可是那口宝剑，咳！那确实是要紧的东西，若没那剑我就无颜再活！兄弟，你快回去一趟吧！见了黑面鬼，无论如何也得替我哀求，把那剑还给我，将来我不但不记怨恨，还一定报他们的恩德；因为那剑不是我的，是别人托我带到北京去的！”

小石头摇头说：“哎呀！这事情我可不能替你办！我背着他们跑出来，再回去，他们把我也得弄死；若是知道你又活了，更不能饶了你。再说那黑面鬼得了你的那口宝剑，好，他连银子都不顾得啦，把他家的铁斧、镐头都给劈碎了！高兴得什么似的，又骄傲的不得了。他说反正现在他是谁也不怕啦，有了那口宝剑，他连白马老爷都不怕了，以后也还要指着那宝剑发大财！”

李如江一听了这话，急得他蓦然站起身来，咚咚地跺了几下脚，哭似的说：“哎呀！这可怎么办呀？宝剑到底是落在恶人手里了！我可怎么能够对得起我的师父呀？”说着，伤痛而又气急，就咕咚一声又晕倒了，惊得小石头又去救他。

李如江昏晕了不多的工夫，就缓过气来了，刚要放声大哭，立时就被小石头用手捂住了他的嘴，说：“这时候黑面鬼就许在树林外搜找咱们啦！你一哭，被他听见了，拿着那口宝剑进来，就能要了咱们的命！”

李如江虽然止住了哭声，但仍然焦急、愁虑，他叹着气悲声说："兄弟你快逃走吧！我自己去找黑面鬼，宝剑丢失了，我就无颜再活于人世。"

小石头却不住地劝他说："我带着你到王屋山去找白马老爷，求他老人家把你那宝剑要回来！"说是除此之外，没有别的法子。于是奄奄如死的李如江只好依着他的话，就又伏在小石头的身上；他的两条腿虽也挪动，但全身的重量都压在小石头的双肩上，小石头就跟个小牛儿似的，驮着他向前去拽。

直走到了天亮，眼前才有一处市镇，小石头才改为搀扶着他到了那里，找了一家极破烂的小店住下。一间小屋，倒住了七八个人，都穷得跟叫花子差不多。李如江在炕角一头就倒下了，他面色惨白，背上虽未涌出血来，但腰骨恐怕已被砸断了。到了这时候他才敢大声呻吟出来，屋里的人，连店家都惊讶地问他是怎么了，得了什么病了。小石头就说："不是生病，是遇见强盗啦！"

店家主张去报官，李如江却急急地摆手拦住了众人，他一边呻吟一边说："报了官也是无用啊！若捉不住强盗，反倒叫强盗更加衔恨上了！"

其实他的心里倒并不是顾虑这些，他是想着：捉住了黑面鬼那些人也是无济于事，我要的只是那口宝剑！但那削铜断铁的宝剑，除了小石头这孩子没觉着是怎样稀奇，旁的人即使有意还给我，但谁能够不向我穷究根底呀？但那年太保之仇、郭海鹏之恨、师父吴慕冶的苦心卓志，怎可以向人实说呀？因此他除了呻吟之外，旁边的人无论问他什么话，他是绝不发声。

他抬起眼来细看小石头，觉得这孩子不但善良勇敢、精明干练，而且长得极为俊秀；年纪虽不过十四五，可是身材挺拔，比成年人也低不了多少，大眼高鼻阔嘴，是个男子样漂亮人物。假使不是那么穷，不是穿着短衣破裤，赤腿草鞋，那么给他说媳妇，一定有人争着要他，女孩子看见他一定都得爱慕。

小石头一夜也没睡觉，可是精神还不小，连坐也不坐下。李如江就用手拍着炕头的一个空地方，说："兄弟，你也歇歇吧！"小石头却摇头说："大哥你歇着吧！我不歇，我还得出去找点活儿做，挣几个钱，拿来咱们好吃饭。"说着转身就走。李如江急忙坐了起来，叫着："兄弟，你回来……"但小石头却已经走了。李如江见屋里有那么多陌生的，而且都对他很注意的人，他也不敢说明自己的腰里有三千多两银票。

他昏昏晕晕的，可也不敢就睡。过午小石头才回来，一身的白灰，两手的黄土，满头的汗珠。原来他是在街上做泥水活了，干了半天"小工"，大约挣了几文钱，买了一块锅饼给李如江；李如江接过来，流着眼泪吃了。

小石头坐下歇了一会儿，就又出去做活去了。李如江觉着他这样劳累，养活着自己，心中实在不安，就忍着背上的伤痛，慢慢地走到厕所。看见厕所里无人，他才检点自己的银票，见有几张，上面开着是"凭票付纹银十两整"，他想这个数目还小，像我这样的穷汉有这么一张，还不至于使人生疑。于是他就把其余的照旧密藏，只拿着这一张去找店房的柜上，求掌柜的给去兑兑。"永泰发"的银票，通行于北方几省，店掌柜看了一看，立时连多一句话也没说，就平了九两碎银子，又给了他几串钱。他要给店家几文兑换的费用，掌柜的也没收，他就又叫店家给他另找了单间。

到了晚间，小石头回来了，就惊讶地问说："李大哥，你怎么换了屋子啦？"他便微微地笑说："兄弟，你不必再去做泥水活了！你也好生歇一歇吧！不瞒你说，黑面鬼他们劫去我那银匣，那里面不过是三百多两，可是我还有，身边还有……"小石头听了他这话，反露出惊异的神情，就低声问说："李大哥！你到底是个干什么的呀？"

李如江说："兄弟你也不要疑我，我确实是一个铁匠，可是因为我受人之托去办一件大事，人家才给了我那口宝剑跟一些钱。"

小石头就问："是什么事情？你不能告诉我吗？"李如江叹息说："是一件大事！而且是发生在三十年前，将来不知何时才能办了。兄弟你容我歇几天，等我的伤好了一些之后，我必要详细告诉你。”小石头点点头说：“好吧！李大哥你就安心养伤吧！”

于是二人就住在这店房里。这地方名叫柏木桥，离着李如江遭事的黄河沿有四十里，可是都属于垣曲县管辖。王屋山在东北方，是一抹苍翠的遥远山峰，出了屋，站在店房的院里就能望得见。小石头就盼着李如江快点好了，他们就去往那山上，去拜访那位“白马奇侠”。因为现在吃喝不发愁了，小石头就也不必再去找那泥水活儿了，他也怕黑面鬼找来，而在街上遇见，所以他就不常出店门，但在屋里他又闲得仿佛手脚都痒痒。

住了两天，李如江的伤势稍微减轻了些，就又换了两张十两的银票，决定走了。他给自己和小石头都置了一身衣服跟鞋袜，可是小石头是除了裤子，连衣裳都不爱穿，布鞋他也觉得没有草鞋便利，袜子他穿上更是不习惯。天气可也真热，他们雇了一辆骡车，车里就像是个蒸笼，小石头忍受不住，就索性下车来走，可是地下又沙尘飞扬，太阳直射，没有草帽也没有遮阳伞的他，晒得头上直出油儿。

他们走了一天，才觉得对面的山容渐渐清晰，已来到山麓之下了。只见红霞满天，映得山上的林木全都发紫，鸟语才歇，群鸦又返，一缕缕的炊烟自山后飘起。李如江下了车，与小石头顺着山路向上去走，多时也没有遇着一个人。李如江就觉出这个地方太幽静了，想那位“白马老爷”必是一个高人，不然他如何能隐居于此？于是心里也觉得坦然了，愿意见了那位高人，把实话说出一半，就求他做这一件侠义之举，并将那口白光剑找回。

当下小石头在前面走着，他说：“去年秋天，我曾跟着个人到这儿来过一次，路径我还没忘。”他就很熟地领着路。走过一道极狭的山沟，又过了一座石梁，果然就见前面有一户人家，茅舍三椽，竹篱环绕，院里有一棵杏树，结着满树的又红又大的杏儿。李如江就不由得夸赞着说：“这个地方真好！这就是白马老爷的家吧？”小石头摇头说：“不是，白马老爷的房子可比这大得多，还得再往上走走。”

说时他们已走到了竹篱外，就听得里面有男女的嘻笑之声。竹篱内的人也听见他们在外面说话了，就有年轻的男女二人在竹篱里向外一探头。小石头先悄悄地告诉李如江说：“这就是白马老爷的二公子！”遂就上前作揖说：“二少爷，您好啊！”

李如江抬头细看这位奇侠之子，果然是风度不俗，身材很高，竹篱只能到得他的胸际，他眉目英明俊爽，真是个有气派的少爷。在他的旁边站着个十六七岁的村女，梳着辫子，脚底下不知蹬着什么东西了，所以也能够露出来一张很风骚的脸儿。当下这位二少爷，他大概就是“斩龙壮士”，就向小石头问说：“你是干什么来啦？”小石头指着李如江说：“我带他来见见白马老爷，有点事情求给办办。”李如江也赶紧向这位二少爷打躬。这位二少爷却不大理他，依然跟那村女调笑；他由树上摘下个杏儿给了那村女，村女咬着杏儿还不住咯咯地笑。小石头一拉李如江，两人又向山上去走，背后还不断传来笑声。

李如江对于那位“斩龙壮士”二少爷可真是不大佩服，认为他是个轻浮少年。小石头又说：“咱们见了白马老爷，可不要说他的二少爷是跟那个疯姑娘在一块儿了，叫他知道了可得气坏。”李如江就问说：“为什么他是个正气的人，他的儿子却这么放荡？”

小石头说：“也是因为白马老爷不给他儿子娶媳妇，恐怕儿子一娶了媳妇就扔下了武功夫。可是他的这个二儿子，又专爱背着老子干这些事，我也不大明白……”

小石头说到这里，好像有点难为情似的，就又说：“我可真不喜欢姑娘，我更恨娘儿们！因为我在绣花作学徒的时候，那个内掌柜跟她那两个女儿都是夜叉精，打我骂我的时候，狠极啦！我可真怕她们，又恨她们，我想天下的娘儿们、姑娘一定都没什么好的，都跟她们一样……”

李如江由他说着，自己却不答话，因为在李如江这个人的心中，实在不常想到男女的事情。他如今满心的急愤之情，要见那位奇侠请求援助，更不顾其他，好在又向山上走了不远就到了。

这里是一座平谷，建有七八间土屋，四围的墙全是用石垒成的，垒得很高，也很坚固。小石头先走到门前，那门是用很厚的松木钉的，上面也没涂着漆，两扇门环很沉重。小石头就伸手叩打，吧吧吧的叩门声，借着山谷的回音十分响亮。半天，里面有人问道："是谁？"小石头说："是我，我是黄河边的小石头！"里面将门开了，出现了一个很雄壮的汉子，看见了小石头就大笑说："啊哈！你这块小石头，怎么一滚又滚到这儿来了？"说着话就摸小石头的头。

小石头却十分正经而且着急地问说："白马老爷在家没有？劳你驾，倪大哥，你就说我跟这个姓李的，要见他老人家！"倪大把李如江打量了一过，就点手说："你们进来吧！"

二人进内，大门随之又关闭上了。李如江一看，这门里无所谓院子，只是在空地上铺着细沙，设成了一座专为练武用的场子，房屋和窗棂都很简单。靠着西墙栽有一排木桩，系着有四匹马，其中一匹比别的马高大，全身雪白，简直如同是白玉雕成的，"白马奇侠""白马老爷"大概就是因此物而得名。

这时，那位白马老爷已走出了屋，他身穿山里人穿的土布衣裳，一点也没有老爷的气派，然而丰采奕奕，侠骨超俗，长瘦的脸，花白的胡子，两只豹子一般的大眼令人生畏。他先把李如江看了一眼，就用清朗的声音问道："你们到山上来，是有什么事？"

第六回　白马老爷云中侠

李如江本来就驼着背，如今深深地打了一躬，腰更难以直得起来。白马老爷忽就问说：“这个人是受伤了吗？”小石头替李如江答说：“是受伤了！现在还没大好。是黑面鬼为谋他的财，夺他的剑，用一块大石头把他砸伤的……”遂就把李如江所遇的事情说了一遍。

这位老爷听说到了黑面鬼谋财害人，就把脸向下一沉，及至又听说出那口削铜剁铁的宝剑，他便把李如江又打量了一遍，说：“你们进屋来吧！”

李如江恭谨地随着小石头进到屋里，见屋中不过是墙上挂着剑，桌子上放着几卷书，陈设得非常简单。白马老爷先在一张椅子上坐下，眼睛瞪着李如江来问：“你是以何为生的？”李如江说：“在刀剪铺里当大伙计，我有打铁的手艺。”白马老爷又问：“那口宝剑是你自己打的吗？”李如江赶紧摇头说：“不是，是我师父打的，我师父已经故去了。”

白马老爷再问：“你是哪里的人？自哪里来？”李如江回答说：“我是华阴县的人，就自陕西华阴县来。”白马老爷听了，忽然若有所思。

李如江又说：“我师父费了一生的力量才制了那口宝剑，他临死时嘱咐我，将那剑送到京都给他的一位老友。不想因我一时不慎，竟被黑面鬼……”

白马老爷忽然把他拦住，说：“你且不要说！听我先问你，你既是华阴县的人，可知道那里有个人叫金翅大鹏沈海鹏吗？”李如江点头说：“我认识，他后来因为住在郭家屯，就改姓为郭，可是这位郭四爷也已不在人世了！”白马老爷听了不由叹息了一声，接着又问：“华阴城还住着一位做过大学士的……”

李如江赶紧答道：“是！有的，那是状元街的崇大学士，郭四爷沈海鹏就是于今春四月间，为一点小事前去搅闹崇宅，被崇宅的护院人恶蟒苗雄才一枪扎死了！”

白马老爷听到这里，忽然动容，立起来就咚地把脚一跺，把小石头吓得直瞧李如江。李如江的心里也直犯疑。只见这位白马老爷转过了脸去，又问说：“崇大学士那个老东西还活着吗？”

李如江说：“活着，他死不了，郭海鹏跟我师父虽都已死了，云中侠也负了约……”

白马老爷听到这里，忽又回转身来，问说：“你怎么知道的云中侠？”问这句话时，他的神色是非常惊讶，态度更十分严肃，并且一摆手，令小石头出屋去了。

李如江这时吓得全身乱颤，他就问说：“莫非，白马老爷知道那云中侠王公弼的下落吗？”白马老爷拍着胸说：“我就是！”李如江咕咚一声双腿就跪下了，他痛哭着说：“求大侠客向黑面鬼追回来宝剑，以便替年太保，替郭海鹏复仇……”

白马老爷云中侠叹了口气，一手将李如江扶起来，说：“今天若是你不来，我把三十年前的诺言几乎忘了！你说的那郭海鹏，当年他在山西的时候同我确实是好友。年太保与崇家之仇，他也对我详细说过；他要用我的飞檐走壁的功夫，去往华阴，结果那个老贼，我已满口应允了。可是那时亡妻尚还在世，正要生我那薄命的儿子景侠……”

提到他的大儿子，他的脸上就生出凄惨之色，又说：“那时我就未得离开身；不到半载，我又遇着一个冤家对头，那就是现在江湖人称为第一条好汉的刘猛龙。那时我们都年轻气盛，因为他遨游到我的故乡龙门，显露武艺，发下大话，我为朋友所激，就去找他较量。我自信剑法高强，飞檐走壁的功夫世间无二，可是未料到刘猛龙的武艺件件比我高强；连斗十次，我尽皆败了。因此我无颜再称好汉，无颜再叫云中侠，更没有脸再在故乡住，我才搬到了这里。”

李如江说：“怪不得这些年，外面不闻你老人家的大名啊！”

云中侠说：“前十五年我几乎是没下过一次山，没出过一次门。我的老妻就于那个时候故去了，我带着两个孩子，就在这院里终日练武。后来我出去又找了一趟刘猛龙，在河南嵩山上我们交手了三次，结果是一次平局，两次我皆败北。此事除了我二人之外，江湖上没有一个人晓得。我知道我之所以敌不过他的缘故，是因我的剑法不精，缺少真传，因此我就时常骑着白马出游，到处寻访江湖名师；只要遇到会一套新武艺、新剑法的人，我必要设法把它学会。你看我如今胡子都快白了，可还不服老，还像是才学武艺的小徒弟似的天天在学。我的两个儿子，大儿子‘屠龙将军’王景侠，二儿子‘斩龙壮士’王梦侠，武艺也都学得不错了。可是我那长子，在两年前，他没得到我的吩咐，就去找刘猛龙，直到现在还未回来；一些人又都瞒着我，说是他在外边娶了亲，不回来了，其实……”说到这里，他凄惨地一笑，咚地把脚一跺，高声说：“我早就知道，他是死在刘猛龙的手下了！可是这不要紧……”

李如江怔了一会儿，也说：“既然没有真实的音信，或者大公子也不能够就在外有什么不幸。”

云中侠摆着手不叫他说，接着又叹道：“你想，我自己的身边出了这许多的事，我还能顾得了当初答应给朋友的话吗？幸亏今天你来了，不然我真想不起来了。好！我的事情今生未必能如愿，因为我晓得，刘猛龙他也在精心学习剑法，刻苦地练功夫，并且广结天下豪侠，怕的就是我再去找他。但郭海鹏的事情好办，那祟老匹夫不过是猪狗而已，派我的次子梦侠去一趟就行。”

李如江说："可是那崇家雇着的那个护院恶蟒苗雄才，为人也颇是厉害！"

云中侠摇头说："不要紧，那都是无名小辈！"遂就向屋外喊了一声："来人！"当时外面有两个人答应，接着小石头跟那倪大就进屋来了。云中侠就向倪大吩咐说："把二少爷，把徐永、焦强、赵大春都叫来！"倪大答应了一声，转身就走了。

云中侠回到了里屋内，这里小石头就悄悄地问李如江，说："怎么样了？"

李如江说："白马老爷的大名我早就知道！本来我这次出来办事，若是能够见着他，上北京不上北京，都不要紧了。"

小石头觉着非常奇怪，赶紧拉着他问说："到底是什么事呀？"

李如江悄声地说："兄弟，等我得了工夫，再细细告诉你。可是，刚才白马老爷没怎么提我那口宝剑的事情，虽说只要白马老爷能够派二少爷去给我办了事，即使没有那口宝剑也无关系，不过那东西若是长久在恶人的手中，总算我对不起我的师父……"说着他又不住地皱眉。

这时院中脚步声音乱响，那倪大给找来了三条大汉；小石头认识他们，都是白马老爷的徒弟，两个是住在这里，一个是在山后有家。云中侠由里屋走出，手里托着三个沉重的纸包，问道："二少爷他怎么还不来？"倪大张口结舌地说："二少爷他，他，他还在……"云中侠把眼睛一瞪，问说："他还在干什么？徐永去把他揪来！"

三个大汉中的一个黑脸的人，答应了一声，转身就走。可是他才一出屋，就听院中说："我回来啦！我正在山头上练功夫，爸爸就派人叫我，不知又是什么事？"

进来的正是那位二少爷"斩龙壮士"王梦侠，他摇晃着肩膀，两眼迷离，脑子里大概还想着那满树的杏儿跟那个风骚的村姑啦。他门也不会给带上，两条腿也不会站直，在他这严父面前，还是这种浪荡的样子，李如江心里就想：派这样的人去了，如何能够办事？

云中侠先对他的儿子说了三十年前曾许诺于郭海鹏，及年太保被崇大学士构陷致死的概略，小石头这时也在旁边听得都发了呆，接着云中侠又手指着李如江，说：“这是一位义人！他不会武艺，但他有一颗比你们还刚强的心！”

徐永等三个人齐都振奋着说：“只要师父吩咐我们，我们舍出命去也要干！”

云中侠说：“这非难事，我又不是叫你们去找刘猛龙。”王梦侠却说：“找谁去也行呀！我的武艺早就练成了，可是爸爸你总不叫我下山。”云中侠哼哼地冷笑，说：“好，这次我就叫你下山！你听我的吩咐，事不宜迟，明天清晨你们就都走。”

王梦侠说：“现在走也行啊！夜间比白天容易赶路。”

云中侠说：“那随你！给你们这银子做路费，半路上不可妄取人家一点东西，住店吃饭不可恃武赖账。除了我吩咐的两件事，别的事都不许管，江湖的朋友也不准得罪。”

王梦侠的手里还揉着个红杏，不耐烦地说：“请爸爸快吩咐吧，哪两件事？”

云中侠说：“你们四个人先往黄河沿，将黑面鬼捉住，捆上他，由徐永把他押来，听我发落！”

王梦侠点头说：“这件事不费吹灰之力！”

云中侠把一大包银子交给他，一小包银子交给徐永，另一小包交给那年最长的、样子很精明的赵大春，就又说：“徐永先回来！梦侠你得了那口宝剑，就同着焦强、赵大春去往华阴。到了那里，一切事都要听赵大春安排，梦侠你只管到时候下手，并除了那崇老匹夫和苗雄才之外，不许妄伤一人！还须要记住，这不是去叫你同人比武斗胜，只用夜行的功夫便行了，要办得漂亮一些，然后拿着那宝剑回来见我。”

王梦侠听着他爸爸的吩咐，虽然点头，可是一点也不带劲，仿佛这点小事不值得他一办似的，转身就走了。这时由他身上掉下来一个东西，小石头的眼快，赶紧用脚给踏住，别的人倒都没有注意。

徐永等三个人也都出了屋，云中侠也随了出去，又高声地吩咐他的儿子，说："你就骑着我的那匹白马去吧！"他的这句话一说出，王梦侠可真是兴奋了，当时就见院中喂马备马，十分地忙乱。

李如江说："今天已经晚了，也不必今天就走呀？"

小石头悄声说："不用管，他们全都是急脾气，说办当时就得办。"说着话，小石头弯身拾起来脚底下踏着的那个东西，看了看，原来是有杏核大的一个红缎子绣花的小荷包，放在鼻子上闻了闻，还很香。李如江就说："快给他吧！这一定是跟他相好的那个姑娘给他做的。"小石头说："在这时候怎么能够给他？叫他爸爸白马老爷看见，好，那可就了不得啦！"

李如江暗暗地叹气，看着那四个人在院中备好了马，捆好了行李，带上了刀剑，一齐向云中侠施礼告别，当时就都走了，李如江可反倒不放心了。因为他看着王梦侠那个好色之徒、轻浮少年绝不会办事，事情倘若办成倒好，只要得回了那口宝剑，自己仍然可以去找纪海鸥；只怕的是他把事情办糟了，那就连郭家的太太、少爷、小芬小姐都受连累，因此李如江就恨不得再把王梦侠那几个人追回来。

这时云中侠已回到了屋里，小石头赶紧就把那个小荷包藏起来了。李如江两眼惊疑，真想要问问：你的那位二少爷靠得住吗？云中侠却向他们挥了挥手，说："你们到西屋歇息用饭去吧！半个月之内，他们必定回来，你们就在此安心等着吧。"

小石头又拉了李如江一下，李如江却也不敢说什么，因想：人家对于这件事情这样的热心，说办，立时就去给办，我若是再不放心人家的儿子，岂不是使人生气吗？于是就驼着背走出。

那倪大领着他们到了西屋，小石头此时是精神倍发，他说："就恨我年纪小，白马老爷把我看不上眼，要不，我也骑上马跟他们去走一趟，那有多么来劲呀！"

倪大说："你这块小石头就不用想充大人啦！以后你在这儿住着，这院子就用不着我扫了。"又向李如江说："李爷，你随便歇着，饭是待一会儿就熟。你放心，我们的二少爷武艺高强，不在白马老爷之下，可就怕给他的钱不够花的，因为他在路上难免要……”说到这儿就不往下说了，然后又叨叨唠唠地小声说：“二十多岁了，不给娶媳妇，说怕扔下了功夫，其实其实……咳！”他出去了，小石头又掏出那只小荷包来闻了半天。

此时这里，除了他们两人算是客，其余就是仆人倪大，还有一个烧火做饭的老头儿。饭好了，四个人在一起用毕，这时天才黑，墙外的松柏树的梢头上，渐渐升起来一钩新月。

夜间，山风甚凉，各屋中都不点灯。可是北屋开着门，明亮的灯光照射到院中，院中时常听着有人咚咚地跺脚。小石头扒着窗纸上的破洞向外看，并来拉李如江，李如江就伛偻着腰，慢慢走近了窗，偷眼向外去望。就见院中有一人在灯光月影里翻然舞剑，剑光越舞越急，身躯往来徊跃，少时剑光身影合而为一；忽然又嗖的一声飞上房去了，到了房上可是悄然无声，也不知是往哪里去了，又少时，才见由高墙之外跳进来，提着剑进屋歇息去了，这位练功夫的人就是云中侠白马老爷。李如江惊讶得打战，心说：他这样大的本领尚且斗不过那个刘猛龙，那刘猛龙的本领该有多么大呀？

当夜，就李如江所知道的，云中侠就在院中练了三回。他这样下功夫，当然是为找那刘猛龙去，刘猛龙杀了他的长子，那人必定十分凶恶。李如江就想：只要他的儿子梦侠能够办完了那件事，将白光剑带回来，那么我就将那口剑奉赠给他。以后，白马奇侠腰带白光剑，必定更是威风，刘猛龙就许要望而生畏吧？李如江心里想了一会儿，便睡着了。

次日李如江起来得很早，就见云中侠又在院中练起剑来。原来这位老爷是除了午饭后睡一个觉之外，其余的时间都是精神奕奕，歇息一两点钟之后，必要出屋来练半天。他平时也不大出门，大概只要一出门，就得骑着他那匹白马，而且绝不能往远处去。

李如江在这里休养着，倒颇安逸。因为山中气候不寒不热，这里也很清静，有时隔着窗看云中侠舞剑，一点也不觉闷得慌。小石头有时也在院里抡拳踢脚，云中侠把剑交给他，他居然能够舞几套，还很熟，李如江见了也很心喜。不过他的心总是放不下，常常幻想着：往西去的那条大道上烟尘滚滚，王梦侠、徐永、焦强、赵大春四匹马上四位英雄，白光剑在那里发着白光，恶蟒苗雄才在那里抖着长枪……崇大学士也许命已到了绝路，瞎老师父跟郭海鹏也许已在坟里瞑了目……可是事情不能证明，捷音尚未传到。

五天之后，徐永一个人骑着那匹青马回来了。云中侠正在院中练武，就收住了架势问道："怎么样了？没把黑面鬼捉来吗？"徐永说："二少爷到了那里，才见着黑面鬼就是一剑，黑面鬼命就完了，还容我把他捉来吗？"

云中侠又问："宝剑呢？"

徐永说："二少爷得了那口宝剑，乐得真要飞，当时就把他从家里带去的那口剑削成两段，骑着白马就又往西去了；赵大春、焦强跟着他去了。因为没有我的事了，所以我就回来了。"云中侠点了点头，面有喜色。

这时李如江在窗外听见，也将心放下了一半，因为以前所发愁的是宝剑落于恶人之手，现在宝剑已被王梦侠得去了，往华阴给年太保报仇去了，这还愁什么呢？于是心中就祷告着，盼早成功。

如此又过了几天，李如江背上被砸的那处伤已渐渐痊愈了。他想叫小石头带着他出门，在山里游一游，小石头却摇着头说："不敢。"李如江问他为什么不敢，小石头说："前天我刚一出门，打算去拾几个落在地下的熟杏儿吃，好！那有杏树家的疯丫头就出来了，揪住我，问我二少爷为什么还不回来？我说到陕西去啦，怎能够这么快就回来？她，好厉害！真是最狠不过妇人心，刮刮就打了我两个耳光，哭着向我大骂，说都是我把她害了！我不来，白马老爷也不能把二少爷派走；二少爷如今一走，必定得跟他的哥哥一样永不回来了，死在外头啦，把她永远抛下了！"

李如江说："这山上竟有这样无耻的丫头？你不会告诉她吗，二少爷此次是奉父命而出，去做侠义之事，那样的一条年轻好汉，岂能就为她这么无耻的女子所迷?”

小石头说:“我不敢跟女人打架!我躲着她就是了。”

此时云中侠又在院中带笑叫道:“小石头!出屋来,我再教教你蹿房越脊的功夫!”小石头高兴地答应了一声,一个箭步就跳出去了,现在云中侠白马老爷心里是特别的喜悦。

又过了五天,这日的下午,忽然那焦强也独自回来了。他满头满身都是汗,他骑回来的那匹黄马也喘息不止,一进院他就急向倪大问道:“师父他老人家没出去吗?”

此时云中侠已自北屋走出,惊问道:“你为什么一个人先回来了?”焦强笑着说:“我来报告你老人家大喜之事,咱们二少爷把刘猛龙结果啦!把师傅你三十多年的怨气出了,把大少爷的仇也报了!”

此时李如江跟小石头全都出了屋,就见云中侠脸上显出一种极度的惊讶,又非常怀疑的神色,他向焦强说:“你细讲!”

焦强简直喜欢得直跳,就连气也不喘地说:“我们在黄河沿结果了黑面鬼,二少爷得了那口削铜剁铁的宝剑,威风更增。走在平陆县,忽听人说刘猛龙刚走过去,往北去了,二少爷就对我们说:‘狭路遇着了冤家,岂可轻轻地放过!不如先办自己的事,然后再去替人家报仇。’赵大春还不敢去,怕敌不过刘猛龙,可是我高兴去。赵大春无奈,只得随我们去,我们就一直追到了绛州……”

云中侠赶紧瞪着大眼睛问说:“到了绛州是怎样与刘猛龙交的手?相斗了多少回合?”

焦强一笑,露出满嘴的黑牙说:“哪里算是交手呢?连三合也没有打。咱们二少爷可称是智勇双全,进了城见了刘猛龙,他连瞧都不瞧;刘猛龙也是太有点艺高人胆大了,他就没想到。现在他是专结交官儿,他的女儿要跟雁门关总镇的少爷定亲,他是路过那里,许多的朋友跟当地的官儿全都请他吃酒。晚间他喝醉了,才回到他住的店里,可是咱们的二少爷早已藏于他的床下,等到他一进屋,二少爷就突然蹿出来,一剑扎了下去。他大惊,去抽剑,可是剑又被二少爷的宝剑斩断；二少爷再一挥剑，当时……师父，你老人家给儿子起那绰号真没起错，他真不愧是‘斩龙壮士’，刘猛龙三十多年自夸为江湖无双的好汉，就这样糊里糊涂的完了！”

他说着又笑又跳，简直替云中侠高兴得了不得。他又由身畔掏出来一只已经击碎了的紫玉镯，说：“二少爷想着你老人家必定不信，所以就把刘猛龙胳臂上永远带着的那只镯子砸下来，叫我带回来作证据。”

云中侠接过来这只碎玉镯，仔细看了半天，竟是一点也不假。他回忆起来，他那毕生的对头、那剑法无敌的刘猛龙，在河津县龙门、在嵩山少室峰几十次的死拼恶斗中，刘猛龙总是袖头高挽，左臂上总是套着这只紫玉镯子！如今他是完了，可是儿子王梦侠所用的手段也太不光明了！

这时焦强又笑着说：“你老人家总不放心二少爷，以为二少爷的武艺不高，可是现在他才第一次下山，就把你老人家三十年来的对头给结果了。”

云中侠说：“这样把人家结果了，谁都会办。”他叹了口气，又说：“替别人办事，只要是除恶剪凶，用什么手段都行，可是刘猛龙这些年间同我较量的是拳脚功夫、宝剑路数！我那不肖儿子用这种手段杀了人家，真叫我愧死！”

焦强见师父一点也不喜欢，他就不住地发怔。云中侠却意志消沉，倒背着手儿在院中来回地走。焦强又说：“无论如何，现在你老人家是没有了对手啦！以后白马老爷是江湖间第一位，二少爷也得称为是江湖第一的少年英雄。”云中侠却怒斥了一声：“走！”

焦强回身走了，云中侠手中把玩着那破碎的紫玉镯，倒好似不胜扼腕叹息，觉得对不起他的仇人刘猛龙。

第七回　荡子违命迷丽蝶

小石头与李如江回到屋内，他也说王梦侠这件事办得不光明，替兄报仇可以如此做，但给爸爸争英名这样做可是不该。李如江对此事倒未加评论，只是想：王梦侠既能够连刘猛龙全都杀死了，那么他若去找崇家的老奸臣，必定更得马到成功，年太保的大仇不难报了！因此心中甚喜。

晚饭后，忽然云中侠把小石头叫了去，给了他钱，叫他下山到小镇里去买东西，小石头就走了。

那焦强进屋来找李如江闲谈，他骑着马赶行了三天，特为回来报告刘猛龙丧命之事，以博得白马老爷一喜，结果不但没有博成，倒挨了几句呵斥，他怨恨着说："白马老爷简直糊涂了！有那样的儿子，替他剪除了多年的仇人，他不但不高兴，反倒说叫他愧死，这人有多么糊涂呀？"又说："要不是王梦侠的智谋广，他们父子俩一辈子也休想打得过刘猛龙！不用说刘猛龙，就是刘猛龙的女儿，也够难惹的，刘猛龙虽已死了，以后的麻烦一定还少不了。刘猛龙的女儿外号叫作'锦弓玉箭刘绮娥'，你听听这个名字，漂亮不漂亮？厉害不厉害？她能叫她的爸爸白死吗？还能够叫白马老爷在这山上安居吗？"

李如江说："也许他的女儿就得惧怕这里的白马老爷了。"

焦强说："未必！父是英雄儿好汉，刘猛龙虽没有儿子，可是女儿既会武艺，武艺就不能够弱，不定连王梦侠都许抵不过她。可是年轻的女人遇见了年轻的男人，无论如何也不至于真拼命，梦侠二少爷又是个英俊的人物，风流的事他全懂得……这次在路上，要不是他看见了美貌的娘儿们就发呆，我们也许早就由华阴县回来了。可是王梦侠总有办法，只要有他，就不怕那锦弓玉箭刘绮娥；光是他的爸爸可不行，人老了，到底不中用，无论当年是怎样的英雄。要说云中侠白马老爷，至今在江湖上说起来还是当当响，可是禁不住老啦！糊涂啦！办起事情来就叫人看着别扭……"

这焦强说着话非常之灰心，他跟李如江商量着，想去到别处做一个买卖，他就不在这山上再住啦。李如江也说："我等着王二少爷将我那件事办完，我也不想再回华阴去了，找个小城市开一家小刀剪铺，也就度过这一生了！"焦强赶紧又问说："你也会打出那削铜断铁的宝剑吗？要是有那么一把好手艺，多打些宝剑卖，可真能够发大财呀！"

李如江吓了一大跳，赶紧摇头说："不能不能！"又勉强地笑说："那种手艺如何是尽人皆会的？我师父生平也只是铸了那一口呀！"

少时小石头回来了，焦强就问刚才白马老爷叫他去买什么了，小石头说："买的酒跟檀香，我也不知白马老爷是要做什么。"当日晚间，就没见云中侠再出屋来练武，次日依然，他的精神不振，仿佛从此就把他那练了多半辈子的武功夫搁下啦。

小石头倒是努力不息，跟焦强、徐永三个人常在院中打拳。焦强、徐永的身材虽高，力气虽大，可也时常被小石头打败。李如江就觉得这孩子将来一定了不得，可是又想：无论多么能干的人，若永远在江湖上混，也不会有什么发迹跟好结果。所以他就打算等王梦侠将年太保的仇报了之后，自己身边带着的这三千两银子也没什么用处，就将多一半去助那贫苦老弱的人，去助那瞎了眼、瘸了腿的残疾，以便替师父的身后做点好事，其余的就供给小石头读书，成家立业。至于自己，有几十两银子就可以开一个小铁铺了，就不至于衣食有缺了。他的心里拟想着这些办法，但是并未对小石头说。

小石头虽然不常出门，却整天也闲不住，替那倪大扫院子，又替老头儿烧火，现在这里最有生气、最活泼的人就得属他了。云中侠倒是一天比一天疏懒，而且愁闷。小石头曾偷偷地到北屋里看了看，就飞也似的跑回西屋，惊惊慌慌地告诉李如江说："白马老爷在堂屋设着香案，烧着檀香，当中供着那个已经断成了两半的紫玉镯，不知是为什么？莫非白马老爷真要疯吗？"

李如江想了一想，就摇头说："不，据我想，白马老爷乃是一位真正的豪杰！心肠是光明正大！那刘猛龙虽然是他的对手，杀死了他的长子，可是他仍然钦佩刘猛龙的为人跟那武艺，觉着王梦侠施行巧计置人于死，是不对的，所以他才要祭奠刘猛龙。"说到这里，李如江忽又叹息一声，说："白马老爷真是一位慷慨豪侠正直的人，可是他的那个儿子虽有本事，人品却是太坏。这两天我时刻心神不宁，我怕他到了华阴，不但不能为年太保报仇，倒许惹出了旁的事！你看他办的这两件事，就都是没遵他父亲的嘱咐，都是随他的意而为，这样的人，怎能令人放心？"

小石头说："好在再等几天，他们也就回来了，事情办成怎样，必定能够知晓。他要只去玩了一趟，什么事也没给你办，那也不要紧，我行！这次我见了白马老爷，我又学了不少武艺，去对付一个老头子那还不能够办吗？"李如江连连摇头说："那可不是一件容易的事。"

于是他们又在此住了几日。落了两场雨，山中的气候更凉了，云中侠白马老爷取出来两件棉衣，给了李如江和小石头穿上。这两件棉衣大概都是他的长子的遗物，他不禁叹息，又愤愤地说："梦侠那逆子，为什么还不回来？"李如江也担着心，心想：云中侠的次子，若是在华阴出了什么舛错，那可真是我的罪过了！

一日，又落着簌簌的雨，李如江与小石头在屋中愁坐着。忽听外面紧急的拍门声，门环惊人的响，小石头赶忙冒着雨去开了门。

外面，牵着一匹紫骝马，进来了浑身都是雨水的赵大春，小石头就问道："怎么只是你一个人回来了？二少爷没回来吗？"赵大春摇头说："他没回来，你把门关上吧！"

小石头很是惊疑，看他的神色也有些不对，就见赵大春将马系在桩上，便问道："那个姓李的还在这里住着吗？"小石头指了指西屋，赵大春就在丝丝的乱雨之下，脚步匆匆，直来到屋内见了李如江。

李如江此时才离开那有几个破洞、可以向院中偷看的窗户，他回身拱手说："辛苦了一趟！二少爷还在路上了吗？"赵大春却不回答他这句话，只悄声说："你快些下山跑吧！"李如江惊得怔了，问说："为什么？"赵大春说："随后王梦侠就要回来，他回来必不容你活！"

李如江的两腿都哆嗦起来，面色惨白，小石头却站在赵大春的背后，握着拳愤怒地说："因为什么呀？二少爷他奉了他爸爸的命，去替我李大哥办事，去给忠臣年太保报仇，难道他一点没给办，反倒回来要杀我们？他不讲理吗？"

赵大春也面色发紫，愤愤地说："他讲什么理？他能办你们的什么事儿？连他的老子他都不认啦！他现在只认得金银、宝剑、好马，最使他迷了心窍的就是女色！现在我得去见师父，你们……逃命要紧，两人赶紧收拾了东西快走吧！"说着他就往北屋见云中侠去了。小石头也跑着去听他对云中侠细述情由，李如江在这里却顿足捶胸，不住地哭泣。

这时云中侠已知道事情变了，赵大春一进他的屋，他就沉着脸严厉地问说："梦侠为什么不同你回来？我在三十年前应允给人家去办的事，命他给办，他到底给办了没有？"

赵大春叹气说："我真没有法子劝那位二少爷！才一下山的时候，他本来不错，跟我们都又说又笑，可是到了黄河沿惩治了黑面鬼，他一得到那口削铜剁铁的宝剑，当时他的人就都变了！他骑着白马，带着那口宝剑，走在路上成心找着人斗气，焦强又架着他。

他简直把我当作了奴才，还抽了我几鞭子。后来他逼着我同他又往绛州，使用手段结果了刘猛龙的性命，他简直更狂了。在平陆县他就要叫我回来……”

云中侠不耐烦听他细说，就厉声喊道：“你快些讲!”

赵大春说：“临走的时候既有师父的嘱咐，我无论如何也得跟着二少爷到华阴。我们到了那里，依着我的主意是，要跟刘猛龙斗就得明刀明枪，那才不愧是江湖豪侠；跟崇家却应当用暗的。因为崇大学士当年做过高官，宅院宽大，奴仆众多，再说华阴那地方是个通都大邑，杀了人得偿命。”

云中侠又跺脚嚷嚷道：“你快讲!”

于是赵大春就话如连珠，一句跟着一句地说：“二少爷弄得正相反！到了崇家门前，大白天的，他就在那条状元街展开了身手，宝剑斩断了无数兵刃，吓得崇三少跟恶蟒苗雄才全都不敢出头，官人来到也捉拿不住二少爷。正巧那时候有崇家的一个女眷，出去探亲回来，因为门前闹了乱子，她下了车，就惊惊慌慌往门里跑。咱们二少爷只看了人家一眼，当时可就着了迷啦，不但架也不打了，反倒向旁边的人打听人家那位姑娘是谁？给了人没有？后来大概是崇三少看出来他是一个好色之徒，就又亲自出来跟他讲客气，咱们少爷立时也就和和气气地跟人家进去了。”

云中侠听到了这里，咚的一声将椅子踹翻。

赵大春又说：“咱们二少爷自进了崇宅，就两天没出门。第三日我不放心了，夜晚偷着到那宅里去看，不想二少爷正跟崇三少和苗雄才在花园饮酒呢！有几个娘儿们伺候着他，那个美貌的姑娘也在其中。原来那美貌的姑娘叫丽蝶，早先是个小丫鬟，后来在崇宅里乱七八糟，最后崇老头子收她为干女儿，宅中上下都称她为干小姐。现在是崇老头子用了这条美人计，绊住了咱们二少爷的那条英雄腿，咱们的二少爷就做了崇宅的干姑爷，不但不杀那崇老头子啦，反倒给人家护院。知道房上有了人，他就把我给捉住了，幸亏我先喊叫出来了他的名字，不然那夜我就死在他的剑下了！他见了我，先饱打了我一顿，然后写了一封信叫我给带回。”

云中侠气得暴跳如雷，问说：“信在哪里？”

赵大春一边由怀里掏信，一边又说：“二少爷做了崇家的干姑爷，可真替崇家办事，他先去砸了黄老实的铁铺，又到那郭海鹏家，几乎将人家的母子全都逼死。现在他天天跟着崇三少、苗雄才花天酒地，衣裳穿得阔极了，银子也花得多极了，他那口宝剑跟那匹白马已在华阴县出了大名！他就住在崇家，有他那个新娘子陪伴着他。他又见了我一面，叫我先回来捆起来李如江，等着他……大约再过一个月，他要回山来看看，那时他再亲手结果李如江的性命！”

云中侠气得不住地喘，嘴里说着：“好逆子！好逆子！”遂出屋到了阶前，手颤颤地看那张信纸，只见上面写道：

父亲大人膝下，叩禀者：

崇家与我本无宿仇，何得听那李如江搬弄是非，致儿几做不义之事。幸蒙崇府老大人恩宥，且深慕父之名，爱儿之才，慨将其义女丽蝶小姐配为儿妻，此实佳偶天成，良缘不浅也。谅父闻之，必亦感慰。又查李如江原是市井小人，郭海鹏乃是江湖强盗，彼等欲报年太保之仇等语，都是虚捏乱造，其实是向崇府诈财未遂，衔恨而出此。其宝剑亦系傥来之物，非其师所铸成，其师系一瞎子，焉能铸剑？彼盖挟此物以求善贾，且欲以之镇吓江湖，劫财掳物也。此人不除，是无公道，但是尚有话要问他，请父亲先将其留于山上，勿使之逃，儿于下月，必可还家迎奉父亲大人来华阴长住。父亲潦倒江湖，业经半世，穷居深山，亦殊寂寞，如今刘猛龙已了，大人何不来此享受荣华，以待天年耶？禀此即叩 大人健安！崇府亲家老太爷向大人问安！亲家三少爷亦向大人叩安！晚辈苗雄才慕名向前辈师尊请安！

儿梦侠叩上

云中侠看完，将信撕得粉碎。这时李如江已到院中跪于雨地之上，向着云中侠痛哭。云中侠冒雨过去，亲手将李如江搀起来，并搀到屋里，长叹道：“是我把事办错了！我未料到我竟生此逆子，我不该把这件事派他去办。如今，这逆子我绝不能容他再活，三十年前的诺言我必亲身去践，现在我就走！”

小石头昂然喊着说：“白马老爷！我跟你去！”

赵大春却忙将云中侠拦住，说：“师父！你老人家可千万不要下山！”云中侠瞪着眼睛问说：“为什么？”赵大春说：“我本来不敢说，这次我也几乎回不来了；倒不是二少爷派人追赶我，却是刘猛龙的女儿刘绮娥已经到了平陆县，要替她的爸爸报仇！”

云中侠说：“这正好！我正想去找她说明，我的儿子用卑劣手段杀死她的父亲，非我之意，我可以带着她去杀我那逆子，然后我到刘猛龙的坟前拔剑自尽，以叫她看我是否好汉！”

李如江又跪倒了哭说：“这可使不得！”焦强也赶来说：“那刘猛龙的女儿不好惹，她的外号叫锦弓玉箭刘绮娥！”云中侠冷笑道：“我不能同她一般见识！我死后去找刘猛龙的阴魂，我先向他道歉，然后再同他较量剑法，我们在阎罗殿前见一高低！”说着，转身往里屋去了，众人都不敢随进去。

少时，云中侠就臂挂包袱，手携宝剑，头戴大斗笠走了出来。焦强跟赵大春全都来拦，说：“怎么，师父你老人家真要走吗？”云中侠发怒说：“不走怎样？”又向李如江拱手说：“请李兄在此稍待几天！”说毕大踏步走出了屋。

外面的徐永也来了，连同焦强、赵大春、倪大，四个人都把云中侠拉住，都苦苦劝阻，不叫他走。云中侠却怒气勃发，砰砰几拳将焦强、赵大春、徐永全都打倒，又一脚将倪大踢翻，自己就去解下来那匹黑马。小石头赶紧去给敞开大门，云中侠在院中就骑上了马，一鞭驰出，少时无影。只听得哗哗的雨声中有马蹄嘚嘚的急速声音，越走就越远了。

赵大春先爬了起来，一身两手的泥，就也去解了那匹黄马，出门又追。徐永、焦强和倪大爬起来就都灰了心了，小石头却兴高采烈地大声嚷嚷着说："白马老爷这一去准行！准能够把李大哥的事办完了！"

李如江此时却如锥刺心，他要回西屋，但走在雨地里就觉得眼前一阵发黑，哇的一声一口血吐在地下，当时就被雨水冲开了，脸色益是凄惨难看。小石头惊慌着来搀扶，问说："你怎么啦？"李如江也答不出话来，身子晃晃摇摇，两脚沉重，就被搀回到西屋里。小石头说："你光着急也是无用，索性等着白马老爷回来，事情才能够分晓……"

第八回　小石头水斗王梦侠

此时那站在北屋檐下的焦强竟扯开嗓子大唱起来。他唱的是本地流行的一种小调，难听极了，又加着他的喉咙里永远像是堵着一口痰。然而他唱得极高兴，因为他现在没有管主了，爱怎么唱怎么闹都不要紧了，他并且说："倪大！我不是说丧气话，咱们师父这次出去，必定不吉利！你想，他的外号人称白马老爷，今天他可骑着黑马走啦，这不就是个大大不祥之兆吗？"李如江在屋中蓦然听了，也不禁担着心。

少时天就黑了，那徐永又进到屋里来，好意地劝他明天快些走开；连小石头也应当躲一躲，千万不要等到王梦侠回来。李如江听了，就慨然回答说："徐大哥！你对我是一片好意，我也晓得，可是事到如今，即使王二少爷拿着宝剑回来，真要动手杀我了，我也是不能够走，非得等着白马老爷回来才行。我也不愿白马老爷因这事，使得他父子伤了和气，可是无论如何必须还给我宝剑；那口宝剑，我绝不能叫不义的人得到手中！"

徐永也是个忠厚的人，可是听了他这话，就大不乐意，说："本来你一个不会武艺的人，弄那么一口宝剑就是多余！你既是死心眼非得等着白马老爷回来，还非得要你的宝剑，那我可就没法救你了。告诉你吧，王梦侠他回来对你绝没有好的！因为你说你不会铸剑，他可不信，他怕你将来再铸了宝剑到了别人之手，那时他手里的那只剑就不值什么钱啦！”李如江听了这话，可真吓得胆战心寒，一声也没再言语。

徐永出去了，那焦强也不唱了，外面是黑沉沉的夜，冷森森的风，急潇潇的雨，闪亮亮的电，咕隆隆的雷。李如江就觉得，这比瞎老师父铸成了剑，想要杀他的那夜的雨还大得多。小石头又扒在李如江的耳边问说：“到底那口宝剑是不是你自己铸的呀？”李如江说：“咳！兄弟你想，若是我自己铸的，丢失了，我何至于这样的着急！”

小石头想了想，觉得也是，待了一会儿又问说：“难道你就没那手艺吗？你师父铸剑的时候，你不会偷着学一学吗？”

李如江说：“他哪里许人偷学？再说，那也不是看一两次就能够学会了的。”说毕就闭口不语，此时他连小石头都有点不放心了，只觉得自己是身处危境，随时都能够死；不过总希望云中侠回来，若能够夺回来剑，办完了事，那时虽死也是甘心的。

当夜他忧思恐惧，加上吐过血之后，心脏俱痛，到第二日，也就病得起不来了。雨可还没有住。小石头跟倪大借了钱，借了草帽蓑衣，下山到小镇上，去给李如江买药。

回来时他就说：“是谁把二少爷要回来的事情，告诉有杏树的那家姑娘啦？刚才我看见那姑娘花枝招展地打着雨伞出来，在门前望，大概她就是等着二少爷了。”

焦强听了不住地笑，说：“二少爷在华阴招了驸马，有了好的啦，还能够要她吗？她就好比是地下的烂杏儿，连我也不要！干脆，小石头，你就把她要了吧！”

小石头撇撇嘴说：“谁要女的，谁就是找死啦！你们想，二少爷他若不是中了崇家的美人计，他老子能够气成了那样去找他？”

当下他就赶紧给李如江去煎汤，叫李如江把他买来的那专治吐血的丸药服下去，他像对着长兄一般地伺候着李如江。李如江心中很是感激，又见他年纪虽小，可是身体强壮，会武艺，而且不知道什么叫女色；有这样的一个人，自己虽死了也不要紧，事情可以托他给办，因此心中又萌出了希望。

歇了三日，雨已住，病体已渐愈。这天他正跟着小石头、徐永、焦强、倪大在一起用午饭，忽听门外有人高声喊道："开门来！"这里的几个人都吃一惊，徐永说："我听出这可是二少爷的声音！"

李如江一听这话，脸就吓得惨白，小石头却跳起来说："这可真是怪！怎么白马老爷还没回来，他倒先回来了？叫我去问问他！"

徐永把他用力一推，说："你去问他什么？你也要找死么？你快领着李如江藏一藏！"

这时焦强却高兴起来，说："二少爷大概是给我找着事啦，要接我去啦！"他又大声喊了起来，表示着主人并未在家。

外面的人已经跳上了墙头，由墙就跳进来了，正是二少爷王梦侠。只见他浑身的缎子衣裳全都发着光，腰间系着丝绦，上面挂着的，李如江认识，正是那口"白光剑"！但已系上了红绿的丝穗，并且配有镶金的鲨鱼皮的剑鞘。

李如江此时奋不顾身地站了起来，虽然小石头拉着他，他仍向屋外去走，并高声叫着："二少爷！小人李如江要同你说几句话！"他身躯乱抖，但王梦侠却没有理他，就去把门开了，由外面让进来了一个人，正是那恶蟒苗雄才。李如江大怒，愤愤地指着他说："苗雄才！你也敢到这里？你认得我吗？"

苗雄才只看了他一眼，便狰狞的一笑。他牵进来了两匹马，一匹是白马老爷的那匹白马，如今也鞍鞊俱新；一匹就是他自己骑来的，鞍下挂有他的那杆黑缨子的"恶蟒"长枪。苗雄才摘下枪来就拿在手中对准了李如江，王梦侠把他一拦，说："暂且用不着！"

这时焦强就笑向王梦侠问："二少爷！你晓得咱们的老爷下山找你去了吗？赵大春也跟着去了。"

王梦侠说："我本来不晓得，刚才见了杏树下的花家姑娘，我才听说他没在山上，这都是因为姓李的会搬弄是非，使得我们家里没事出事！"

李如江赶紧说："二少爷！你可知道，这件事是令尊三十年前答应过郭海鹏的呀？你们父子原都是江湖豪杰……"

王梦侠锵的一声抽出白光剑来，瞪着眼睛说："你再说一声，我当时一剑杀死你！我不信你的身子比铜铁还结实，你会不怕？你说的那个郭海鹏家我也去过了，他的那儿子简直是脓包，他的那个女儿倒还有一眼，只是年岁还小点。"

李如江气得身体更抖，手指着王梦侠说："啊呀！你怎么又……又看上了人家小芬姑娘啦？你真是个好色之徒！你给白马老爷丢尽了名声，你真是云中侠的逆子！"

王梦侠被他这一骂，倒笑了，说："老李！现在有两条道儿叫你挑选着走。一条是活路，因为我已打听明白了，你的师兄弟黄老实跟那个崔快嘴全都说了，宝剑是你帮助瞎老师父铸成的，你必定也会铸成这等削铜剁铁的钢锋！"李如江大惊，连连摇头。王梦侠用眼狠狠盯着他，又笑说："你只要把头点一点，答应给我再铸几口宝剑；也不要这么好的，次一点的也行，那时你可就活了，你还能够发财！"

李如江摇头说："不行！漫说我不会铸，即使会铸，也绝不能给你这恶人铸！你这恶人，快些把白光剑还给我吧！"说时他就拼命地去夺。

王梦侠举剑怒喝说："呵！你真要自寻死路？杀了你，我这口剑可就是天下无双了！"

此时苗雄才挺长枪也向李如江扎来，但旁边的徐永已预备着刀了，横刀将苗雄才抵住。王梦侠挥剑向着李如江就砍，他没提防小石头蓦地跃起来，双手紧紧握住了他的右腕。王梦侠怒喊道："啊？小石头！你竟敢……"小石头却向李如江急急地说："大哥你快逃！只要你逃了活命，年太保的仇就不难报！"

这时那倪大也抡动着一杆猎叉打这不平，帮助徐永将苗雄才逼到墙根；焦强是两面儿为难，索性躲起来不管啦。

小石头的力真大，竟使斩龙壮士王梦侠缓不过腕子来，李如江趁势急急跑出了大门，向山下就跑。小石头也同王梦侠相扭着出来，他一面还喊着说："大哥快跑！大哥快跑……"同时他将王梦侠撒了手，随着李如江也向山下跑去。

那王梦侠手提着白光剑一面骂着，一面往下来追。那个有杏树的人家的姑娘也闻声出了竹篱，此时李如江已经跑了过去，小石头刚跑到，她就伸着手一拦；小石头急了，咚地向着她的脸上就是一拳，她哎哟一声就摔得坐下了。王梦侠过来先得搀她，小石头就趁此时，双腿如飞，赶上了李如江，他拉着李如江说："快！快！快跑……"他也不管李如江跑得动跑不动，就紧紧拉着、拽着，只管惊慌逃奔。

他们跑下了山，顺着大道又往东去跑，过了一座破庙，又过了一座破窑，依然跑，跑。对面来了几个行路的人，问道："你们跑什么？"小石头就说："后面有强盗追我们！倘若强盗向你们打听，你们千万说'没看见'……"一面说，一面拉着李如江又跑。李如江已跑得气都接不上了，咕咚一声，整个身子就扑倒在地。

小石头用力来拉他抱他，忽然一回头，又大惊道："不好！他骑着马追咱们来啦！"李如江赶紧爬起来，跟着小石头又跑。道边两旁，禾黍摇摇，身后的马蹄声渐渐追到，小石头就拉着李如江进了高粱田里，都伏在地下。小石头并偷眼向外瞧着，就隐隐见得那斩龙壮士王梦侠的高长的身躯，骑着那匹白马，手拿着白光剑追过去了。小石头就在李如江的耳边悄声说："不要紧！咱们可以在这儿歇一会儿，可是也不敢多歇，因为那家伙也够坏的，他骑着马往北追不着咱们，一定知道咱们是没跑远，是藏起来了，他一定要回来搜。"

李如江此时气喘吁吁，连话也不能够说出，趴了半天，他才叹息说："我没见着云中侠，逃了命也是不能甘心！"

小石头说："他一定是换了黑马骑上，外人都不认识他了，所以他的儿子也没跟他遇见。他虽是个好人，可是他生了这样的逆子，咱们还能够盼着他给太保报仇吗？咱们得离开这里，再去另想法子!”

李如江点头说:“好!兄弟,只要有你,我就又不愁了!”遂站了起来,先摸了摸裤腰带里藏着的银票,见没有丢,他就更放下心,于是与小石头相挽着,反往田里的深处去走。

那密密的、跟刀一般快利的高粱叶子、玉蜀黍叶子等等,把小石头的胳臂割了好几道口子,血直流;小石头由地下抓了把土,向伤口上涂了涂,血就不流了。白马老爷在山上给他的那件棉袄,在这时热得他如何能穿得住,他早就脱下来,夹着,依然光着膀子;背上无数的汗珠,还沾着不少的泥。

这小石头带着李如江在田里走了半天,结果是又走出来了,一看,原来还是刚才的那股大道,不过王屋山的山谷,在他们的背后已离得很远了。李如江还有点惊慌,小石头却说:“不要怕,这时候王梦侠那小子一定又回到山上去了,咱们慢慢地走,绝不会有人追了!”

李如江又叹息着说:“今天幸亏那徐永跟倪大抱打不平,他们抵住了苗雄才,不然咱们也都逃不了!”

小石头说:“他们都是白马老爷的徒弟,又知道白马老爷待你很好,哪能就眼看着别人把你杀死?叫我一个人去打苗雄才,我也敢。早先我也是胆小,不行,自从来到山上这些日,白马老爷告诉了我许多秘诀,教给了我几套护身拳,我,连他娘的‘斩龙壮士’也不怕了!”

说着他们就转往北去走,又走了二里多地。这条路径很窄,很弯曲,路上清静无人,地下都是些又湿又松的泥土。前面传来淙淙的流水声,原来是一道河,水有五六尺深,清澈见底,河底有不少大块的青石,中间并有板桥一座。河两岸生着柳树,翠丝千缕,有的垂于水面,有的随风轻拂。

这里鸟语蝉声相应,蜻蜓蝴蝶往返飞舞。二人走在桥上,小石头就喜欢得直跳,跳得板子都直动,吓得李如江都不敢迈步了,小石头却笑着说:“大哥你快看!这个地方有多么好呀?真跟画的是一般。我早先在绣花做学徒的时候，掌柜的常派我去大户家去送订活，大户家的堂屋里全挂着山水画，还有画着渔樵耕读，画着风尘三侠，可没有画得这么好的！”此时李如江脑里正思索着事，也没有理会他说的这话。

过了桥，又往北去走，道路还是很湿，可是不大曲折了。又走了不到半里，忽然李如江惊慌地向北指着说：“哎呀你快往那边看！那边不是有一个人骑着白马来啦？”

小石头向北一看，也惊讶着说：“对啦！旁的马还没有这么高，这一定是王梦侠回来啦！你看那不是闪闪的剑光？这小子！”李如江着急说：“这可怎么办？”小石头说：“不用发愁，咱们往回走，走到那桥边我再对付他！他有马又有宝剑，可是我在黄河沿边练过水性，跟他到水里干干！”李如江说：“咳！兄弟，你年纪还小，如何能行？”小石头说：“一定行！快走！”于是二人又回身往南去跑。

跑到桥边，李如江又不住地气喘，小石头领着他藏匿在河岸北边的一棵柳树后；前后左右都有柳丝密密地遮覆，很难被人看得见。李如江就说：“兄弟，你也在这儿藏下吧！”

小石头却说：“我不藏着，我得跟他拼一拼！我若不拼，咱们还是跑不开，苗雄才若是来了，那咱们可就全得完。待会儿，我若是跟他扭到河里，你就赶紧撒腿再往北去跑，不用管我。你最好是一直往北走，过了山再往西，到曲沃县城里的魁星巷，找那里开酒铺的秦老；他家的儿媳妇小名叫喜姑，是我的表姐。你就说陈家的小石头，再说出我那叔父是赌鬼，他们就知道了，一定能够留你住几天；要是不留，你就天天在那酒铺门口儿转，我就去了，见了面咱们再另想主意。”

李如江点点头，流下泪来，说：“兄弟！可是万一你有了舛错呢？”

小石头说：“你在那儿等我十天，过了十天我若是不去，你就另想法子吧！你不会上北京去吗？”说着北边的马已快来到了，小石头赶紧就又跑上了板桥，将身蹲伏着，好像是一个猴子。

少时马蹄声已来到了临近，李如江这时极度的紧张，他隔着柳丝去看，只见那王梦侠来到桥边，就下了马，暴怒着问说："小石头你这孩子，是要找死吗？快告诉我，李如江是跑往什么地方去了？"

小石头说："我还要问你啦？一定是你把他杀啦！等着白马老爷回来，我把你的事情都得告诉他！"王梦侠嘿嘿地冷笑说："你这么一个东西，也敢和我作对？我要把你杀死在这儿，比宰一只小鸡子还不费力气！"小石头站起身来，昂然地拍着胸脯说："我不信！斩龙壮士，你是忘八蛋！小太爷我瞧不起你！"王梦侠气极了，一手挺着白光剑，一手往后牵着白马，就走上了桥。

小石头一边向后退身，一边接着骂说："你在华阴县丢尽了人！人家弄个丫头干闺女，就叫你中了计，把你爸爸气坏了，如今你还拿着宝剑跟白马来吓唬我，你好不识羞！"王梦侠气得大叫说："好个浑蛋，你敢骂我？"说着就逼进一步来挥剑狠刺。小石头却将身一跳，扑通一声跳到水里去了。

小石头就如同一条鱼似的，直沉到河底，摸着了一块石卵，然后两脚向后蹬着水，又浮了上来。王梦侠蹲踞在桥上，看他的头刚一浮上来，就探剑向下去扎。小石头却躲得极快，他的半身又从别处露了出来，扬手就把石卵打出，吧的一声正打在王梦侠的脸上。王梦侠实在没有提防着这一手儿，当时鼻痛眼酸，用手捂脸，在这一刹那之间，小石头就搅起来很高的水花，呼啦一声扒到桥上，把那匹马吓得就奔。

王梦侠被马一撞，本来就立不住脚了，小石头又给了他背上一拳。他急怒着赶紧回手相扭，当时就扑通一声，比刚才的声音还大，他就和小石头一起跌到水里了。王梦侠手中的白光剑倒还紧握着不放，但在水里，他也举不起来。小石头按着他的头想要浸死他，可是王梦侠也相当的会水，他把头一扭就又露出了水面。两个人蹬着水互扭着不放，真如两条龙在水中恶斗了起来。

小石头伸出了水淋淋的头，张着嘴大喊："李大哥你还不趁着这时候快跑吗?”

这才提醒了李如江，他赶紧站起身来就跑，这时候往南跑的是那匹白马，往北跑的是李如江。但是李如江也跑不动，并且不放心小石头，就不时地回头去望，那边是烟柳扶疏，人迹毫无，李如江心说：他如何抵得过王梦侠呢？倘若他死了，我独自得了活命，怎能对得起他？又何颜为人？他心中悲痛难过，脚步可不敢停歇，只紧紧地走着。

走出了很远，回头再看，仍是不见小石头，他就长叹了口气，想着：都因自己一时疏忽之过，不然也丢失不了宝剑，也出不了这许多事情！如今自己只有舍生效死，以补赎罪愆。最要紧的还就是要铸出一口宝剑来，以抵住那口落在恶人手中的“白光”，然后千金结义士，宝剑报冤仇，非得酬答了师父的遗命不可！宝剑一口还不中用，必须铸得两口，交付两位真正的义侠，才能够剪除了王公弼的逆子，而致崇老匹夫于死地！想到这里，他又兴奋起来。

又往北走了十数里，就到了霍山麓下，这里有一处市镇，他在此用了饭，并歇宿了一晚。次日在街上走了半天，也没看见小石头前来，他的心里更难过。恰巧有一大帮客商，正要穿过山去往西，他就尾随着人家，过了霍山的曲折的山路。

李如江沿途打听着，原来往西直走，便是曲沃县，于是他也不雇车，只是步行。他的脑里任什么事也不想，只回忆着思索着瞎老师父打制那口白光剑时的情形及自己的心得。他走着走着，还用两只手比一比，心里算计着：炉身得这么大，炉口得那么小……又由地下拾起一块石头，举起来咚地一砸，心说：得用这么大的力气！像这样的力气我还有，跟师父偷学来的技艺我还全熟，不怕，凭你王梦侠的手中得了一口“白光”，我会再铸出两口来，也许铸出十口来，一百口来，“紫光”“青光”“蓝光”“绿光”“金光”……比那口“白光”还要更快，还要更强，谅你王梦侠也保护不住那老匹夫了吧？他眼前如迸出火星来，耳边如听得铁锤击着铁砧响，他就仿佛是入了魔了。

当日晚间他又到一处村镇投宿，这地方名叫“报恩寺村”，他觉得这地名很好。在店里遇着一位秀才，这位秀才住着店还念书，念着什么“腾蛟起凤，孟学士之词宗；紫电青霜，王将军之武库”。李如江就觉着这几句书，念得音节锵然，非常好听。

他以为这位秀才是赴京赶考的，就想求这秀才给写一封信，信上旁的话也不用说，只说：“海鹏、海蛟现均已死，望海鸥莫忘前言。”他打算就托这秀才顺便去送给纪海鸥，以使他在那里也急速设办法。

李如江去拜访这位秀才，不料却很失望，原来这位秀才是要到太原府应秋闱，打算考举人，并不是去北京的。李如江只好把心里的事不提了，随便闲谈了几句。而这位秀才却以为他是个贫而好学的人，就向他说了一些什么匡衡凿壁借光，朱买臣采薪勤学；又因为见他年纪不小了，还以什么梁灏八十二才中状元的话来勉励他。

李如江本来就最敬重读书的人，遂又问他刚才念的是什么书？这秀才说是古文中的《滕王阁序》，因就展卷为他讲解。讲至那“紫电青霜”的句子，李如江才知道是古代的两口宝剑的名称，正触到了他的心上，他便恭请这位秀才用小楷将此四字写于一张纸上。秀才诧异地问他要这有什么用处，他摇头说：“没用！没用！我只觉着这两个名字很好，想要记住。”他拜谢了走出，回到自己的屋内，将这张纸条连同银票，全都在身边更严密地藏好了。

次日清晨又往西去，傍晚之时，他就进了曲沃县城。城里的魁星巷很容易找到，是通着大街的一条巷，稀稀地有几家小铺，其余全是人家。有个酒铺，门前的葫芦幌子已经摘下去了，里边刚点上灯。李如江这时倒很踌躇，暗想：小石头一定没在这儿，我见着他的亲戚可怎么说话呀？于是他就暂且做一个买酒的人，拉了门进去。

第九回　思恩仇重铸紫电青霜

屋中的灯光很暗，桌凳都很破旧的，也不见一个酒客，柜里只有一个年轻的媳妇照料着，李如江心想：这大概就是小石头的表姐喜姑吧。他就客气地点了点头。那媳妇问说："要喝酒吗？"李如江说："对了，我还要找一个人，是小石头，他叫我先到这里来等他……"

李如江实在不敢想小石头能够来到，可是这个媳妇当时就把他打量了一番，遂回首向里边高声叫着："小石头！你出来看看，有人找你啦！"

李如江惊喜极了，心中怦怦乱跳，借着暗淡的灯光向里去看，见里边是有一个后院，大概有三五间房。接着就听咚咚的脚步声，小石头真由里边跑出来了，见了李如江他就喊着叫："大哥！"笑着跑出柜来紧拉住李如江的手。

李如江的眼泪都不住往下流，但见小石头安然无恙，上身虽仍没穿着衣裳，可是膀子光滑，又黑又亮，一点伤痕也没有，他真是喜欢，就问说："兄弟！你怎么倒先来到了？"

小石头说："我在路上，高兴起来就跑一阵，有时还偷着扒上人的车后边坐着，自然就比你先来了！"忽又悄声问说："你还有钱没有？"李如江点头说："还有很多的钱。"小石头就大声地说：

"你先给我点钱，我给咱们买肉去，你得请客！连我们亲戚家里你都得请请！"

这时才由里院出来了个老头和老婆，都有六十多岁，一齐歪着头来看李如江，小石头就给引见，原来这就是那媳妇的公婆。李如江已掏出几两银子，小石头拿了钱就要去买菜买肉，那老夫妇都出柜来拦阻，说："可不用买太多了，我们都已用过饭了！"小石头说："老爹跟老妈都不必客气！我李大哥从远路来到此，我也得拿着他的钱给他接接风，待会儿我把肉割来，得劳我表姐给我们做一顿饺子吃。"秦老说："那行，那行，李大哥先请坐吧！先请吃酒，歇歇吧！"

李如江赶忙鞠躬说："老伯伯不要客气，我跟小石头，我们是同胞兄弟一样。现在我到这里来，是为跟我的兄弟合伙做个买卖，以后还难免要打搅老伯！"秦老笑着说："哪里的话？以后我们就都是一家人了！"当下小石头就出去了，秦老就叫媳妇给摆上一壶酒，两碟素酒菜，就让李如江坐下吃，但李如江非要等着小石头回来，他才能够用。这时，秦老夫妇连媳妇都对李如江非常之客气，使他倒感觉十分不安。

少时，小石头买了肉、酱油、葱、白菜，回来就都交给了他的表姐。那喜姑就在柜后边的一个小厨房忙着，做起饺子来了，而秦老夫妇已经回到了后院。李如江与小石头就对坐在一张桌旁，李如江持杯慢慢地饮酒，佐着那小碟里的咸豆跟黄瓜丝，小石头却连一滴酒也不饮，只管伏在桌上跟李如江低声说话。他说："他娘的，真是人情势利！我来到这儿，秦老跟他的婆子假装不认识我，我表姐也待我很冷淡，说我跟我叔父是一样，不是赌光了，就是在家里惹了祸，才逃到他们这儿来；我说我来这儿等朋友，他们也不信。我表姐夫是出外做买卖去了，我要帮助他们照料酒铺他们都不放心。这两天的饭，我都是到大街上给住店的客人刷车遛马挣来吃的，一点也没沾他们。现在你来啦，他们见你掏出银子来，又说要在这儿开买卖，他们就以为你是财神爷，立时连我也另眼看待了，真他娘的！”

李如江也是叹息，又问说：“那天，兄弟你是怎样脱的身？王梦侠后来的结果如何？”

小石头愤愤地说：“论水性，我比王梦侠高得多，可是武艺、力气，我真都不及他，我想夺回那口白光剑，不料他握得最紧。后来我见恶蟒苗雄才也赶来了，我就浮着水逃跑了。”李如江说：“他们能够想到咱们是来在这里吗？”小石头摇头说：“不能，他们知道你是上北京，必是往东去走，绝想不到咱们倒往西边了。这是个小县，一辈子他们也不能找到。咱们且在此歇几天，慢慢再想法子。”

李如江说：“法子我已经想出来了，只是兄弟你得帮助我！”小石头昂然说：“这话还用说吗？”李如江不再言语了，以辛辣的酒浇着他辛酸的肺腑。

少时那媳妇喜姑已将饺子煮好，小石头先端了两碗送到里院，给那秦老夫妇去解馋，然后他才与李如江一同食用。这个酒铺的买卖真不佳，他们在此直待到二更多天，只见有一个小姑娘来沽了二两酒，两个邻人来这里闲坐了一会儿，此外就再没有顾客，也无怪喜姑的男人还得出外谋生。

秦老夫妇都是十分吝啬、贪婪，当晚，李如江与小石头都在酒铺里寄宿的。次日，李如江就跟秦老说好了，租了他们后院的一间屋子，说是预备要在此开铁铺；因为他给的房钱多，秦老也是无不欢迎，慢说打铁，就在这儿干什么，他也不管了。

李如江又托付小石头出去，给置办打铁用的锤子、钳子、砧子、木桶、碎铁、砂盆、柴煤等等之物。小石头在大街上给人遛过两天马，店房、铺子他都已认识了不少的熟人，不到三天，他就都给采办来了。于是李如江又叫他买来了砖，和好了泥沙，就在屋中，费了一整天的力气，经过了四五次修改，便筑成了个和瞎老师父吴慕冶打制白光剑时用的一样高、一样粗细、炉口一样大小的火炉，风箱也安上了。

小石头添上了煤，试着呱嗒嗒地拉了一会儿，那火焰立时就熊熊地腾起。李如江观察着火焰的高低，嘱咐小石头或慢拉或快拉，他将铁屑放于砂碗之中置之炉内，使其先熔化。屋中热，门紧闭着，两个人的身上都汗出如浆，李如江这时又泪如雨流，他暗暗地祷念着："师父！郭四叔！忠义的年太保！冥冥有知的过往神灵！你们体念我这一片诚心吧！助我成功。我今铸剑非是要去作恶，是为赎我误将宝剑失去，落于恶人手中的罪愆！我愿这两剑成功，以抵挡那一口剑；愿这两剑，永护忠义，长驱恶邪……"

他先将铁汁铸成了长棍的形状，然后又在炉内烧红，再取出淬于水中，然后置于砧上，抡起铁锤子向下砰地砸去。他努力回忆着他师父那时所用的力气之大小而去锤、敲，并依据偷学来的技艺，一丝也不差去水淬、火炼，而小石头只是尽力地当他的助手，可一点脑子也不用费。

如此费去了四五夜的工夫，便铸就了两根钢条和一柄小刀。小刀之长还不到五寸，可是锋利无比，慢说是铁，就是那钢条，也一削就如削甘蔗的皮，想削掉多薄就有多薄，想削多厚就有多厚。小石头喜欢极了，直跳，李如江却嘱咐他好生收藏，莫要在人前显示。

如今他以小喻大，就知道"紫电"与"青霜"剑之必定成功。为了小心谨慎之计，他在白昼绝不打制宝剑，除了睡觉休息，就打上一两把最普通的剪子跟菜刀，放在酒铺里，或是叫小石头拿到街上去卖。这些东西都是李如江马马虎虎打成的，但一拿出去卖，本地的人都说好，都争着来买；都知道了秦老的酒铺里住着一个好手艺的铁匠，虽然没挂招牌，可是货色真不错。

李如江因此倒害怕了，以后他打制这种往外卖的刀剪，故意不往好处做。因此又有已经买了的人又退回来了，说："你们这个铁匠真懒，越来越做得不行了！这剪子，简直是木头剪子，这刀，抹脖子都许不死，大概你们这买卖也是不想发财啦？得啦，给你们，你们退给我钱吧！"李如江听了这样的话，心里倒很喜欢，小石头也说："爱要不要，我们也不稀罕卖！"

虽然这样，二人的衣食全都极为俭省，不过有时得给秦老夫妇买点肉吃，小石头也偷偷地给喜姑买点胭脂、粉送给她，房钱更是从不拖欠。因此秦家的一家人都对他们很好，即使在半夜里他们把风箱拉得呱嗒嗒，铁锤敲得叮当当，吵得人都不能睡觉，可是秦家的人也没有半句怨言。

每晚，屋门总要闭得极紧，灯光也压得很暗，可是纸窗上有一闪一闪的火光，屋中有他们的打铁声和喘息声。谁也不知道，李如江已将两根钢条打成剑形了，但锋利之中再求锋利，他依然炼、淬、打、磨。如此，不觉着已过了两个月，这时就快到八月十五了，李如江的工作已完成了十分之八，便同小石头说："咱们应当歇两天了，等到过了节，再接着做吧！"他就把两口将成的宝剑深藏在炕洞里边，炉子也不升火了。

小石头可仍然不闲着，他就找了块石头，将几把没卖出去的剪刀，磨得相当快。次日便是中秋节，午饭后，他就拿到大街上卖去了。街上今天颇为热闹，卖肉的、卖水果的全都很多。纸店还摆出来一种应节的东西，是用秸秆扎成的架子，上面糊着纸，纸上又印着月宫、娑罗树，树下有个金脸的"兔儿爷"在那儿捣药。

小石头知道这是今天晚间应当供奉的，他想买这么一份，再买几个水果，两斤月饼，一股高香，都拿回去；秦老夫妇自然高兴。喜姑也得喜欢，因为她的丈夫没回来跟她团圆，她本来就正难过，若是叫她供供"兔儿郎"，拜拜月，吃点果子和月饼，不就忘了愁了吧。以后再打铁，打到四更天，他们也不能怕吵了。于是小石头就想卖出去刀剪买节礼，可是今天，人们都穿戴整齐在街上游，还谁买剪子回去做活？菜刀也不是什么急需之物，好吃的人早就把肉割了，炖熟了，而且吃在肚里了。

因此小石头白在街上叫卖了半天，也没有人买；他拿到熟识的铺子里、店房里，求人家留下，人更都向他摆手。尤其是店房，十间屋子倒有九间是空的，即使是长住的客人、卖卜者，也回家团圆去了，伙计们一个个新剃的头，洗干净了脸，在柜房里赌钱，掌柜的也带着内掌柜的逛街去了。

小石头在熟识的几家店里歇歇、谈谈，不觉着天就晚了。走到街上，月亮已经升上来了，可是被房顶挡着，仰面还看不见。街上往来的还有稀稀的人，小石头就又高声喊着："谁买我的刀子跟剪子呀？贱卖呀！"手里还敲得叮当地响。

他一面喊一面敲，一面跳跳蹦蹦地走，还没走回魁星巷，却忽听身后有人叫着："小石头！小石头！"这声音低沉，又很耳熟。小石头愕然地站住，赶紧转身，却见一个高身的人急闪到旁边的墙阴里。小石头就更为惊讶，问说："是谁呀？哪位呀？"他向着黑影走了几步，临近仔细一看，就叫道："哎呀！白马……"云中侠赶紧嘱咐他不要大声。

小石头回头看看没什么人，就更近前，先施礼，而后才低声问："老爷怎么来到这儿啦？"云中侠却说："我是才进的城，你现今住在谁家里？"小石头回答说："我现同李如江住在一块儿。"

云中侠问："你们那里可清静？"小石头点头说："还清静，只有一家是房东，又是我的亲戚。"云中侠又问："我若到你那里去住一夜，你的亲戚不能明天去告诉别人吗？"

小石头简直发痴了，他不明白白马老爷云中侠今天为什么会成了这个样子？于是摇头说："不能！可是……你先给我几个钱，我给他们买两斤月饼堵住他们的嘴，他们就一准不说。"

云中侠由身边一掏就是一大块银子，碰得他腰间的短刀叮的一声响，小石头就说："进了这条胡同往南去拐，就是魁星巷，那里有一家酒铺……"云中侠没容他说完，就点头说："我这就往那里去候着你，你可快一些把东西买了！"小石头答应着，只见云中侠将身疾走几步，就进了那月光更照不到的小巷里去了。

小石头的心里泛着疑，担着惊，先到了一家都快要闭门休息的点心铺，买了二斤月饼，给了那块银子，还找回来许多钱。出了这个铺子，小石头也进了那条小巷，才走了两步，忽听身后有马蹄之声，他疾忙回身去看；见是有两个骑着马的人，行在街上，由这巷口过去，向北去了。虽然小石头不过是看了一眼，可是他心里就很疑惑：奇怪呀，后边的那个骑马的怎么是个女人呀？女人也能够骑那么高大的马？

当下他就跑出了巷口，向北一望，那两匹马还未走得太远，月光正照着马上的人。只见前面的一个确系男子，后面的虽也穿着青衣裳，可是脑袋后面扣着个很大的发髻，身子又那么细，可不是个女人吗？小石头觉着女人会骑马，就更得泼辣了！好在与他没关系，也不必往心里放。

小石头又进了小巷，手里拿着没卖出的刀剪，提着个月饼包儿，他心中是又惊又喜：惊的是白马老爷的神色那么慌，一定是在别处杀了人，有官人追来要捉他了，万一若是连累了李如江，那宝剑可就铸不成了；喜的是云中侠白马老爷来到，那两口宝剑正好给他使用，年太保的大仇还难报吗？他的儿子王梦侠也休想再拿着那口宝剑逞能了！

他脚步急急地走，忽然听得眼前又有人叫道："小石头，你来了吗？"原来云中侠尚未走远，小石头就笑着叫说："白马老爷……"云中侠却斥他说："不要大声说话！"小石头不禁又吃了一惊，赶紧回头再瞧瞧；这条巷里可没有人，大概都回家吃月饼去了。小石头紧跑了几步，赶上了云中侠，就悄声问道："老爷是从哪里来呀？"

小石头仰着脸儿问着，这时月光已照着云中侠的侧脸，就见他面容清瘦，苍髯乱飘，却不住地发出嘿嘿嘿嘿的笑声。他没有回答，却将一只手拉住了小石头的胳臂，小石头就觉得他的手有些发黏；细一看，原来他的胳臂已受了伤，从那土布的单衣里浸出来血，且有血流到他的腕上与手上。小石头可真害怕了，然而不敢再问，就带着云中侠到了秦家的酒铺门前。

云中侠又问说："就是这里吗？"小石头说："对啦！"酒铺里也没有灯，小石头将手伸向了窗里，就把一根顶门的棍子卸下来，推开了门。云中侠随他进来，见屋中无人，窗上的月光很亮，他就叫小石头把门又顶上，他还搬来一张桌子，使门关严。小石头注意看他的胳臂，见依然灵活而有力，又不像受了重伤的样子，就一声也不语，领着他直到了后院。

李如江的那屋里还有很亮的灯，小石头就将门一推，半身探进屋里说：“李大哥你出来看看，白马老爷来啦！”他遂就把刀剪放下，提着月饼包儿去到秦老的屋里，用那些吃食把那一家人安顿下，他这才赶紧又回来。就见云中侠站在屋内，看着那火炉和全份的打铁用具，正在发怔，李如江在旁恭谨地侍立，两个人好像还没有说一句话。小石头就说：“老爷！你在那里坐着呀！”

云中侠点了点头，却先不就座，眼睛盯着李如江，他就赞叹说：“不料你这个人这样有志！受人之托，便忠人之事，而且虽受患难，也百折不回，真叫我愧死！我当年答应了金翅大鹏沈九所托之事，三十年来却全置诸脑后，如今我的儿子反倒去助人为恶，咳！”他跺了一下脚，又说：“我实已无颜再生于人世！如今有一个对头想杀死我，这倒顶好，只是我未践早先的诺言，死也不甘心！”

小石头吓得变了色，问说：“有什么事呀，白马老爷？”云中侠冷笑了笑，并没言语，就在炕边坐下了，他由腰间抽出来一口短刀，交给小石头说：“把这刀给我磨一磨，磨得越快越好！”小石头把刀接过来，手不住地颤抖，着急地问说：“白马老爷，莫非你在外边遇见了什么事？有什么人跟你作对？或是……把你给逼来啦？”

云中侠点了点头，用衣衫擦左臂的血，微笑着说：“不要紧！很小的一件事情，今天我也是无意走到这里，非是想在此逃避。”说到这里，他忽然精神益发兴奋，就问说：“前边既是家酒铺，大概还有酒吧？”

小石头说：“有！这儿卖的都是汾酒，还不错。”云中侠就说：“你打一壶来，我要饮一点，因我现在只觉得身上寒冷，并且，想不到，哈哈！我王公弼在江湖上行走有四十年了，到今天竟有点胆怯！拿酒来！我把胆子壮一壮！”小石头一听，更害怕了，可是不敢不答应一声，赶快去给打酒。

这里李如江就说：“自从蒙受大恩……”见云中侠向他摆手，

他就不敢再说客气的话了，遂就说："我来到这里，恨我自己因一时不慎，才把宝剑丢失。幸是我跟着师父时，还学过一点手艺，所以我就又铸了两口，但尚未铸成……"

云中侠拦住他，嘱咐说："不要再说了！我早就猜着你必有这种手艺，如今你能够把实话告诉我，可见你还是看得起我。"李如江就要蹲身向炕洞里去拿东西，云中侠却把他拉起来，先向窗外看看，然后才低声对他说："你要做什么？你是要取出那两口尚未铸成的东西，来给我看吗？我何必看？即使你都交在我的手里，我也不能再去替年公复仇了！如今连我自己的性命尚且难保。"

李如江流泪说："我正是知道现在有人逼迫老爷，才要拿出来叫老爷挑选，老爷看哪一口好，我就在今夜把它打制好了，明天就能够叫老爷带走；老爷拿着它，好去抵挡那与你作对的人！"

云中侠摇头微笑说："全无用处！我若是到华阴县去找我那逆子，找那崇老匹夫，一定要借你的东西用一用，但如今……"说到这里，门一响，云中侠赶紧站起身来向外去望，见是小石头打了酒来，他就又坐下说："我离开家，下了王屋山，本要到华阴去杀我那逆子，未料到半路上就遇着了刘猛龙的女儿'锦弓玉箭'刘绮娥和他的徒弟'神拳铁棒'伍华杰。这两个人，我本可以抵得过，尤其那伍华杰是一个晚生小辈，武艺平平。但刘绮娥，一来因她的父亲是被我那逆子所杀，我的理亏，自然手就先软；二因我王某的胡子都快白了，怎愿与一个女孩子拼命，而低了我一生的名头？再说我一世与她的父亲为敌作对，如今她父亲已死，我又伤她，太非英雄所当为！第三便是刘绮娥不但剑法受过她父的真传，箭射得也很准，我那徒弟赵大春，就被她一箭射得堕下了山沟，我……"

他用手吧吧地连向左臂拍了几下，说："我这一只膀子就中了她四支箭，都被我硬拔出来，弃在荒野；旁处她可不能射着，我的这只膀子现在照旧能使。不过是我宁可躲避，或者把头割下来给她，也不能与一个女孩子死斗呀！"

这时小石头已斟了酒过来，云中侠拿起酒杯来就一饮而尽。小石头惊惊慌慌地说："可是，白马老爷！刚才我买了月饼才一出铺子，就看见了一个男的跟个女的，都骑着马……"云中侠瞪大了眼睛，惊问说："是吗？"小石头说："他们的模样我也没看清楚，我就看见那个女的脑袋后头，是梳着个大髻儿！"

云中侠点头说："那正是他们，居然也追我来到此地？哈哈……"他笑了两声，怒容又突现于面上，点点头说："我是在马上被他们射下，走了来的，他们都还骑着马，自然要走得快。可是这样好的月光，他们还迟来了一步，没有追上我，可见他们还是无能呀！"

小石头愤愤地说："白马老爷你不用着急！你跟她娘儿们斗不过……"云中侠说："我实在不愿同她斗，不然，将来在九泉下我无颜见她的父亲，我那对手！"小石头说："我可是全不管三七二十一！我想她一定住在大街上的店里，我能够找得着她，我有一口小宝刀！"

云中侠斥说："去吧！你快去给我磨那口刀吧！小小的孩子，不想做些光明磊落之事！"

小石头低着头，气得都要哭了，他转身去找着那块磨刀的大石头，蹲在地下，哧哧地磨着云中侠的那口刀；他想把自己的那口小宝刀给云中侠用，又觉得那口刀还没有云中侠的手指头长，他一定是不要。

此时云中侠又饮了一杯酒，就说："刘绮娥既是追我来，我就不能再躲藏了，否则太显着我懦弱，她的父亲刘猛龙在阴间也要笑话我！"李如江赶紧说："我想老爷你应当在我们这里住几天，将箭伤养好，谅那女人也不能寻到。将来老爷你的春秋正盛，有许多人间不平之事，还仗着你去管呢！"云中侠凄惨地笑道："我能够管什么？连那逆子我都管不了！"说着又饮酒。

李如江却垂下泪来，说："能够为年太保报仇，为华阴县除害的，只有纪海鸥和王老爷二人。纪海鸥还不知道怎么样，我们到北京去也未必寻得着他；老爷既与我们见着了，我想还得求你，无论如何也要把这件事办完才好!”

云中侠却又长叹，说：“我也是自觉负疚于心！我辜负了亡友沈海鹏的重托倒还不要紧，我的儿子却反倒去做了崇家的姑爷，做了他们的奴才，这真令我死也不安心!”顿着脚又长叹。然而他突地走到小石头的近前，把那口刀要过去，自己又用力磨了几下，就说：“好了!”遂带在腰间，向李如江拱手说：“再会！只要我不死，我必然走趟华阴县。”说着就走出了屋。

李如江与小石头全都惊慌着追了出去，却都被他用手拦住了。他仰面看了看当空的明月，就又冷笑，说：“刘绮娥既也来了，难道我不去见她，等着她搜到这里来吗?”小石头这时也顾不得什么大声不大声了，就嚷着说：“白马老爷你若一定去，我也跟着你!”李如江也急呼说：“我劝老爷还是别去!”但云中侠此时已纵身上了房，霎时便无踪影。

小石头急慌慌地赶紧进了屋，拿上了他的小宝刀，又往外走，几乎将李如江撞倒。李如江说：“兄弟你真是要去帮助他吗?”小石头急急地说：“咱们能叫白马老爷吃那女人的亏吗?”李如江说：“兄弟你等等我，我也要去!”小石头说：“大哥你不要去，你去不行，再说我也不能顾你!”于是他急急地开了街门，还说：“李大哥快把门关上!”

小石头就撒开腿，一口气就跑到了大街上。他喘吁吁地先进了一家店房，跑进柜房一看，店掌柜跟几个伙计正在吃酒庆中秋，向他笑着说：“小子！你也来坐下吃一盅呀?”小石头却急急地问说：“你们这里没住着个骑马的娘儿们跟一个汉子吗?”几个伙计都笑着说：“大节下的，你找谁?你看看我们这里还有半个客人没有?”

小石头赶紧回身去走，又跑了出去，再敲另一家店房的门，敲了半天也没敲开。忽见对门还有一家店，店里却有人吵了起来，小石头赶紧不敲这里的门了，转身就跑进对门的店里。

别家都是那么冷冷清清，唯独这里可真是热闹，棚下有两匹马正在嘶叫，店里的伙计全都嚷嚷：“别打啦！别打啦！伤了人可不好啊！”在月光下，云中侠正跟一个汉子，刀对刀地厮杀起来。云中侠虽仅仅是一口短刀，同时胳臂还受了伤，但是他武艺高强，刀光闪闪，杀得那刘绮娥的师兄“神拳铁棒”伍华杰不住地往后去退；也许是因为他现在没有使棒，而在使刀之故，他简直抵挡不住了。

这时北屋内忽有女人之声大喊：“师兄躲开……”说时就从屋里一箭射了出来，云中侠当时中箭跌倒，那伍华杰抡刀向云中侠就砍。小石头大声喊道：“你敢伤白马老爷！”他一跃上前，抡着小宝刀就去迎；伍华杰打算用刀背把他磕开，可是没料到这把小刀与云中侠的那刀不同，当时只听得锵的一声，小刀反把大刀削成了两段；伍华杰大惊，急忙跳到了一旁。

这时那个刘绮娥由屋里出来了，她一手拿着锦弓，一手拿着玉箭，狠狠地就要射小石头。云中侠却忍着伤痛，忽地挺身而起，将身护住了小石头，说：“刘绮娥！你先不要射！你必要射就再射我。我今晚既敢来找你，就是不怕死；并且，若非伍华杰来与我动手，我还绝不跟你较量！这小孩与你无仇，不许你伤他一点。你也不过是为要我的性命，我更是想到阴间再去找你的父亲，好！你来看吧！叫你看看我云中侠是有如何的血性。”说时就将手中的刀向自己的脖际一横。

小石头急忙从后边将他的胳臂紧紧抱住，大哭着说：“哎呀！白马老爷！”云中侠却忿然说：“你不要多管闲事！”一脚将小石头踢开。可是却另有一个人又把他拦住了，并且双膝跪倒，哭求着说：“白马老爷，就为年太保和郭海鹏的冤枉未报，你也不应就如此舍了性命，就这样自尽呀……”

那刘绮娥在月光下看得很是清楚，她非常惊诧，不知道是怎么一回事，可是她的箭也实在不能再射了。云中侠却因伤带气，一阵昏晕，身子就向后跌了下去。小石头急忙又去搀扶，云中侠就半卧半坐在地下的月光里。李如江又连向刘绮娥和伍华杰磕头，并说：“二位侠士，手下留情，千万不要伤了白马老爷的性命！”

伍华杰就厉声地问：“你们是他的什么人？”

李如江说：“慢慢地再说，先请那位姑娘不要放箭，我们将白马老爷抬到屋里去歇一歇，然后我把详细的情由全都告诉二位！”

刘绮娥狠狠地瞪了云中侠一眼，说：“好！先叫他再多活一些时，反正他跑不了！”当下她就提着弓箭回转屋里去了。

这里，李如江也站了起来，又求店伙们帮助，把云中侠抬到另一间屋内，然后李如江就到了刘绮娥住的屋里。他知道这是一位女侠，所以他就一点也不隐瞒，把他怎样受师父吴慕冶之托，带着白光剑往北京，去找人为年太保及郭海鹏复仇；半路上他丢失了白光剑，又结识了小石头，二人就一同前往王屋山拜访白马老爷云中侠。云中侠派了他的二儿子去往华阴，王梦侠就在半路上得到了白光剑，杀死了刘猛龙……他说得很慢，又很详细。

刘绮娥起先是不耐烦听，后来听说她的父亲刘猛龙确实是死于王梦侠之手，而并非云中侠之意，她就忍不住地抽搐着痛哭起来。

第十回　急制剑义士呕血

这刘绮娥是一个二十二三岁的女子，但是她挽着头髻，这也许是因为这样的媳妇打扮，在路上行走不太招人注意，而感觉方便之故，或是她已经出嫁了。她的身材是细高条儿，长阔脸儿，模样虽无十分姿容，但并不难看；穿的是青色粗布的“孝服”，头上戴着白簪子，还有一条白布。这时候她已经哭成了泪人儿一般，跟刚才那种凶悍的样子完全不同，她又问说：“王梦侠现在哪儿啦?”

李如江说：“他现在大概还在王屋山上，因为他在那山上还认识着一个姑娘，那个姑娘未必能放他走；可是也可能回到华阴去了，因为他已经娶了崇大学士的干女儿。”

刘绮娥就擦了擦眼泪，点点头说：“好啦！我爸爸在绛州客店被人杀死，不知道凶手是谁，可是我断定必是云中侠，所以我们在风陵渡截住了云中侠。因为他回身逃避，我们就追，追了这么些日子，今天才算把他追上了，我就射了他几箭。可是，既然害我爸爸并不是他的意思，我也就不再要他的命了，他的那个儿子，我可是绝不能饶!”

旁边她的师兄伍华杰就说：“师妹！咱们现在就走吧！快去往王屋山找一找王梦侠去；他若是不在那里，咱们再追往华阴县。”当时，这师兄妹两个就又要走。

李如江却又上前说："刘侠女跟这位侠士！王梦侠的去处我本来不应当告诉你，可是冤有头，债有主，他是你们的仇人，你们也理应去寻。不过，那口白光剑现在王梦侠的手里，他一定十分的难惹，光凭飞箭去抵他未必能行，只要……"说到这里他又想了半天。

李如江伛偻着身子，直瞪着两只含泪又似乎带血的眼睛，样子十分的古怪，令立时就急着要走的这师兄妹二人，不由得都惊讶又恼恨地看着他。就见他声音颤颤地说："我见你们二位也都是恩怨分明，能为自己的事，必也能为旁人的事。那崇学士是一个奸臣，纵着他的三儿子做了不知有多少恶事。你们如果能够顺便把年太保和郭海鹏的仇恨也报了，那就请你们明天早晨再走，我也给你们铸上一口宝剑，足可以抵得住那口白光；你们找着了王梦侠，才不至于吃亏，或束手无策！"

刘绮娥倒是不注意什么宝剑不宝剑，可是那伍华杰因为刚才吃了小石头那口小宝刀的亏，他就恨不得当时也弄到一口厉害的家伙使一使，他就问说："你真会铸那么快的宝剑吗？"李如江点头说："小石头的那口小宝刀，就是我给铸的。"伍华杰于是就低声跟他师妹商量。刘绮娥只是擦眼泪，最后也应允了找着王梦侠报了仇，自然同时也要给什么年太保跟郭海鹏报仇。

李如江听了骤然地欢喜，精神也更为兴奋，他就赶紧又去到那屋里去找小石头。这时小石头正在服侍着云中侠，云中侠已经苏醒了过来，这位一世的英雄白马奇侠，左臂上就中了三箭，膀上又有新箭伤一处，血迹斑驳。然而他依然愤恨，他并不恨伤他的刘绮娥，却仍然恨他那不肖之子。

李如江就要拉着小石头赶紧回家，可也不说是为什么事。小石头又不放心云中侠住在这里，他叫来店中的人帮着，还央求了半天白马老爷；云中侠才应允得叫他们搀往秦老的家中，就住在那酒铺里。他咬牙忍着疼痛，口口声声仍在说："我既不死，就必要到华阴去找那逆子！刘绮娥的账我也不欠，我杀死我的逆子，酬答完了我昔日对沈海鹏的诺言，我还是要把头颅割下，掷给她；我的魂灵到阴间，再去跟刘猛龙较量剑法！”这位傲气的白马老爷精神微弱，可是意志犹然坚强。帮着搀他来的三个店伙都走了，小石头虽把他的那把意图自尽的短刀跟自己的小宝刀全都藏了起来，可是小石头还不愿离开云中侠的身边，只是李如江用力地拉他。

李如江这时也好像是疯了，力气很大，拉着小石头就又回到他们住的那间屋，急忙地又叫小石头帮助他打铁。小石头问他，他也不说，仿佛现在一分钟的光阴都是极其宝贵的，他连说半句话的工夫都没有了。他就忙着升火，把藏在炕洞里的两口将成的宝剑又烧、淬、打、磨，风箱声呱嗒嗒，铁锤声叮当当，淬剑声嗞哧哧，磨锋声嚓锵锵；外面是中秋的明月朗照，屋中是火光闪闪，小石头都累得气喘吁吁，并且不住地打呵欠。

李如江伛偻着腰，不顾疲倦，细心地打，精火地炼，直到天明才将宝剑完全制成。他按照着那秀才给他的纸帖，将那四个字分刻于两口剑之上，一剑名“紫电”，一剑曰“青霜”；光芒闪烁，好像两条青龙，并都装置上了他早已预备好的“护手”、剑柄和剑镦。至此一切皆毕，炉中的火已熄了，窗色是跟他的脸色一样的惨白。

小石头的两眼皮都直往一块儿打架，连气打着呵欠，说：“好啦！李大哥，咱们歇歇吧！真的，何必要这么忙呢？白马老爷现在正受着重伤，也不能给咱们去办事，咱们忙着铸好了，剑不也是搁在那儿吗?”

李如江也不答他的话，只叫小石头举起那只沉重的铁锤，他用“紫电”剑迎着，说：“来打！用猛力向我这剑锋来砸吧！”小石头还有点胆怯，恐怕把这口费了多日的工夫，流了许多的汗才制成的剑给砸坏了。可是李如江用剑去削，当时铁锤子就像是面捏的，被削下了一半，小石头高兴得跳起来，说：“真好！”

李如江放下了“紫电”，又举起那口“青霜”，抡起来向着铁砧狠狠地一剁，小石头忙说：“哎呀！这铁砧子可是太厚啦！”刚一喊出来，就见也如同快刀切凉粉，当时把个铁砧也剁成两半了。李如江细验剑锋，只见毫无伤损，他不禁发狂似的哈哈大笑，但是紧接着又哽咽着啜泣起来，并哇哇吐出来两口鲜血。小石头大惊，赶紧扶住他，李如江仍不住地气喘。

就在这时，忽听门外有马嘶的声音，又有急急地打门之声，有男子的声音问道："李如江是在这里住吗？"小石头发着怔，说："这时是谁找咱们来啦？"李如江却先慌忙地将"紫电"宝剑藏在炕洞内，手拿着"青霜"宝剑，向外高声答应道："是在这里，伍侠士请进来吧！"又推着小石头去开门。

可是，小石头才一出屋，只见一人已自墙头翻了进来，晓色中微月下，他看见此人正是刘绮娥的师兄——神拳铁棒伍华杰；门外还有双马的嘶声，可见刘绮娥也来了。伍华杰急急地问："打好了没有？我们这就要走！"李如江慌慌忙忙地由屋里出来，双手托着"青霜"宝剑，说："已经打好了，敬送侠士转交给刘侠女吧！千万急去为年太保和郭海鹏报仇……"伍华杰说："不用你再托付！"说时接过来宝剑，看了看，又把他身后背着的一只很粗的钢鞭似的铁棒，摘下来跟这宝剑一碰，他可就大吃一惊，铁棒差点就两断。他十分喜欢，却又行意匆匆地说："后会有期！"便越出墙去，一阵马蹄嘚嘚地响，他们就走了。

李如江像完了一件大事，靠着门壁喘息，小石头可真急了，说："李大哥，咱们打好了宝剑，凭什么送给他呀？跟他有什么交情呀？"

李如江说："虽无交情，可是他已应得替咱们去办，因为咱们的事情太急，等不得叫白马老爷，或是去往北京托纪海鸥给办了！"

小石头说："他们都靠得住吗？"

李如江点头说："我看是靠得住！因为他们与白马老爷原有大仇，但昨晚经咱们把事一说明，他们立时便不再跟白马老爷作对，而就急着要去找王梦侠，可见他们也都是恩怨分明之人；托他们顺便办事，他们必定尽力！"

小石头说："李大哥，你怎么也不跟我商量商量？我看你是受他们骗了！刚才那伍华杰跟黑面鬼大概是一样，绝好不了！刘绮娥是个娘儿们，更靠不住！再说他们一个使棒槌，一个使弓箭，宝剑付给他们，他们一定也不会使；结果不是剑叫他们给拐了去，就又算是给王梦侠又送去了一口剑。李大哥，你这么忠厚，净上人的当，可真叫我着急！”

李如江却也发了一会儿怔，就说：“不要紧，我还藏下了一口‘紫电’剑，那是给白马老爷的，等他伤愈了再付与他。刘绮娥如不能替咱们办事，还是去托白马老爷！”小石头跺着脚说：“大哥，你会打多少口宝剑呀？打一口就胡乱地送出去一口，将来打得越多，送得越多，年太保跟郭海鹏的仇更没法报！”李如江更发怔了，仿佛也有些后悔。

这时那酒铺里，大概云中侠已经睡醒了，就听他连声地叹气，并仿佛又在忍痛呻吟。李如江把小石头一拉，悄声说：“进屋来再讲，别叫白马老爷听见。”二人进得屋来，小石头一脚就踏着了李如江刚才吐的血，他又心痛，又觉着把青霜剑送给刘绮娥是绝靠不住，便不住地皱眉、着急。

李如江坐在炕头，又悄声地说：“现在若是叫白马老爷听见了，他也一定当时就要走，可是他身上受了那样重的伤，走在半路还不得死了？再说王梦侠是他的亲生子，无论如何，他未必忍得下手去杀他的儿子，但，现在护卫那崇家的苗雄才，倒不算什么了，王梦侠是最要紧呀！”他喘了喘，又说：“因此，我才一见了刘绮娥，虽是素不相识，可是我看出来她为人豪爽、慷慨，是知道恩、知道怨的人，我就立时赶着将剑铸好，先托她去给办。因为不能再迟延了，我不知几时就要死，尤其，因为我已违背了在我师父前立下过的誓，我……”他说到这里，已哽不成声，并且浑身不住地紧抖。

他又悲哀地说：“我最怕的是，现在郭海鹏的家里又有什么变故呀！因为他家里只有老太太、少爷，跟小姑娘小芬。上一次在王屋山上，赵大春回来曾说，王梦侠自给崇家当了干姑爷之后，就去砸了双鱼记铁铺，并到郭家几乎逼死了人，所以我时刻心里不安。现在刘绮娥跟她师哥去了，我虽稍稍地放了点心，可是，兄弟你疑惑得也有理，真还不知结果怎么样。兄弟，你也会些武艺，不如你赶紧拿上这口紫电剑，我再给你钱，买一匹快马，你也赶了去吧！”

小石头摇头说：“我倒用不着宝剑，我有我的小宝刀。好吧！我也当时就走，还许都用不着别人，我就把年太保跟郭海鹏的仇都报了！我也应当去闯练闯练，大哥还放心我，我一定小心谨慎，不能有错。可是云中侠白马老爷现在受着重伤，大哥你又刚吐了两口血，我走也是不能放心呀！”

李如江说：“不要紧，白马老爷受的不过是箭伤，不至于因这便丧命，我也是无论如何能等到兄弟你回来。你这亲戚家里，我也都熟了，你走后他们也能够照应。”小石头说：“我这亲戚家是只要你有钱就行，好啦，我也这就走，我也不向谁辞行啦！”说时，李如江给了他两张银票和一些银子，他就拿上了他的小宝刀，转身出了屋。

李如江流着眼泪，起身送小石头出了街门，小石头又向那间酒铺投了一眼，便回首向李如江说：“大哥，我走了！”李如江泪如雨下，小石头却昂然走去，这时已是月落星稀，灿烂的朝霞升起。

第十一回　走飞驹三杰寻仇

小石头先走到大街上，找着一家熟识的店,拿银票做押账，就算租了一匹马；他说他是到别的县里找朋友，骑上了马就走了。他虽然不太会骑马，可是身强力大，撒开了缰绳，就离开了曲沃县。阳光高升，把他一晒，他倒有了精神了，于是一天马不停蹄，就跑出了二百多里。在解州找店房宿了一夜，这一夜他可真睡得香，次日精神充足，怀揣宝刀，策马顺着大路又走。他的心更急，恨不得一下就赶到了华阴县。

近午时到了风陵渡口，只见黄河滚滚，风帆片片。小石头刚要牵马上一只大船，好渡过河去，却听有人说：“啊呀！这不是那个小孩吗?”小石头觉着很奇怪，因为这是女人说话的声音。又有个男子说：“他叫小石头。小石头！你怎么也来啦?”

这渡口的摆渡船共三四只，等着上船的人可至多有六七十人，还多半推着货，牵着马，还有的赶着一大群猪。小石头扭着头找了找，就见隔着几个人，有个男子正在冲着他招手，原来正是伍华杰，旁边是刘绮娥。小石头说：“嘿，你们敢则比我走得还慢!”伍华杰说：“到这边来吧！上这只摆渡吧!”于是小石头牵马到他们那边，彼此只是点点头，什么话也都没说，又等了一会儿，就一同牵马上了摆渡。

渡过了黄河，眼前就是陕西河南的交界潼关，他们进了这座险要的关隘，倒还都没受什么盘查。到了潼关县的西关，遥遥地就看见了那苍翠的华山，往西便是宽敞平坦的关中大道。秋风萧萧，路上往来的车马不断。伍华杰这三十来岁黑脸膛的中年汉子，到这里才说："我们原想先到王屋山去，可是走到绛州地面，就遇见了几位镖行朋友。在一个月以前，他们就听华阴县来的人说，王梦侠早就回到他干丈人家里去了；并且他向人承认，我的师父刘猛龙确是被他用计杀死……"

旁边的刘绮娥此时已上了马，只见她听了这话，又气又恨，就怒目说："还说什么？快走吧！"于是伍华杰和小石头也都跳上了马，刘绮娥在前，一骑飞驰，烟尘滚滚，他二人是在后骑着马紧紧跟随。

伍华杰又说："小石头！你来的意思，我也猜出来了，一定是李如江给了我们那口宝剑，他又不放心，才又派你跟了我们来。其实他想得不对，受人之托，忠人之事，我们不是那些江湖没名没姓的，既答应了去顺便给他办事，就不能到时不管。再说我们也打听出来了，崇大学士确实是富而不仁，他那三儿子是个恶霸，苗雄才更是个骄横凶恶的家伙；就是李如江不拜托我们，我们平时既称行侠仗义，就也得打一打不平。现在还告诉你，我们这次到华阴，还是尽先办你们的事，后报私仇；先结果崇老头子和崇三少的性命，然后才叫王梦侠给我的师父抵命。"

前面的锦弓玉箭刘绮娥，在马上又回首发急的说："还说什么？快些走！"于是伍华杰又急急地挥鞭，小石头也紧紧地跟上。

伍华杰可又说："小石头，你这孩子不错！我看你必定也练过武艺，现在你跟着去看看也好，反正咱们全都是替人办事。我不认识年太保跟郭海鹏，大概你也没见过他们，可是他们必定全都是好人，只是为奸人所害；咱们行侠仗义的人，本应当管这事。"

他们就一直走着，一刻也不停，一路上伍华杰还直跟小石头说话，刘绮娥却连头也不回。西风很大，她头髻上罩着的青纱有两三次都几乎被刮掉。她显得比谁都急，心中就像燃烧着猛烈的火；小石头更愿一下子就把事办完，也走得很快，太阳还没落下，就来到了华阴。

他们来到这里，都一齐下了马，伍华杰命小石头把三匹马全都牵着，就在北关里找了一家车店。伍华杰进去，跟车店里的人说了许多“江湖话”。车店里本来浮住着不少“车户”，他们都是常走远路的，其中有一两个，提起来跟伍华杰还算熟人，伍华杰就说：“我们是到城里去探亲，牵着马不方便，所以得将马寄在这里一两天。”他又肯先付草料钱，加上熟人在旁一说，车店的主人也就答应了，于是这三匹马算是有地方“管饭”了。

小石头已经看出来，伍华杰这番举动是有用意的。他要进城去办事，倘若杀了人，可以越城而逃，马可就没法子跑了，所以先将马寄在城外，以免跑的时候没有马，这家伙毕竟是有些阅历。锦弓玉箭刘绮娥，此时也与平常一般妇女无异，显出很安娴的样子。他们的行李，包括她的弓箭和伍华杰的铁棒，连那口青霜宝剑，一共捆的是两个卷儿，都用毯子包着，这时候就都叫小石头用肩扛着，所以小石头很觉着累。

三人混进了城，走不远，就找了一家店，找的是两个单间，刘绮娥住一间，小石头跟伍华杰住一间。小石头这才心里舒服了一点，本来跟娘儿们一路行走，他就觉着别扭，倘或叫他跟刘绮娥同屋睡觉，那他可真怕睡不着。

小石头的心里此刻也像燃烧着一把火，他着急极了，恨不得一下子就由他自己之手办完此事！他没杀过人，但他今天想杀崇大学士，还得杀那崇三少，斗那王梦侠呢！就凭这口小宝刀！他把小宝刀特别的带好了，雄赳赳的，立时就跟随刘绮娥、伍华杰一同走出了店门。那二人就像是夫妇，闲散地在街上溜达，小石头像是个小听差，又像是他们的侄子；因为他们的儿子绝不会有这么大。

三个人走着走着，就到了那条状元街，刘绮娥的脸上已经现出紧张的样子来，小石头也心里直跳。可是来到了那崇家的大门前，他们却不由得齐都惊讶，因为看见那大门上“进士及第”的匾额上，全都蒙上了白纸，出来进去的仆人也都穿着白布孝衣，里边咚咚地打着鼓，还呜啦呜啦用唢呐奏着哀乐，街上的烧纸就像山似的堆了一大堆。从那边又抬来了是纸糊的金库银库、金山银山，还有金童玉女，纸扎的船、轿等等，跟来了一群人追着看。这里就有几个仆人抡着马鞭子驱逐：“去！去！不准看！滚开！”连小石头也几乎挨了一鞭子。

刘绮娥赶紧走开了，伍华杰跟旁边的人打听了打听，也往南就走。小石头紧紧地跟着，问说：“什么事呀？崇家是什么人死了？”

伍华杰略止住步，向他说：“刚才你没听见人说吗？这里死的就是那崇大学士。那个老头儿，死了有十几天啦，可是隔七天就要诵一回经，要烧一大堆纸扎，得等到七七四十九天才能够出殡。”小石头一听已经怔住了，伍华杰又悄声对他说：“你们还报什么仇？人家已经死了！”说罢，同着刘绮娥又往南走。

小石头就站在这儿，不由得心灰意冷，精神一点也没有了，走也仿佛走不动了。他见路旁有很高的一座酒楼，字号“状元居”，楼上的人多极了，他也不知道是怎么回事，就也走了进去；一直到了楼上，却见这些人，原来都是为看崇宅烧那些纸糊的东西的，仿佛这还是个盛会。

一些人还边看边议论着，就听有人说：“喂，你来看！今天糊的东西可比那天糊得多。人要是死了，能烧这么些东西，到了阴间才享福哩！”又有个人说：“像咱们可也不配！生前就是个穷光蛋，死了，假使有人给烧这些个金山银山，结果也是一个也落不着，都得叫怨鬼孤魂给抢了去，因为没那命嘛！人家这是进士及第，当朝的阁老，退归林下的老太师。生前就是金银满库、妻妾满堂、子孙绕膝、奴婢成群，驾返酆都城，阎罗王也得接迎，在鬼门关里打一个转儿，立刻就上西天；像咱们，地狱里也不要！”

小石头无心听这些闲话，自己就找了个空座位坐下。跑堂儿的也去扒着临街的窗子往外看，所以没人来招呼他，他就想：真发愁！

听伍华杰的那话，我李大哥对他们的托付，他们是全都不管啦，到底还是让他们骗去了一口宝剑！本来也是，崇大学士现已寿终，他跟年太保有仇有怨，可以到阎王殿前去理论，我们还能够跟死人为仇吗？不必啦！总算李如江把事情给耽误啦，也算是崇老头子有命，应当寿终，不该惨死……

小石头就像是丢失了什么似的，心里虽也想得开，可是不痛快，仿佛这一趟就是白来了。他又想到，还有崇三少，他是杀死郭海鹏的仇人；恶蟒苗雄才，那是凶犯；王梦侠……

他刚一想到王梦侠，就听那窗户旁边的人说："快看！快看！王梦侠……真漂亮呀！"

小石头也赶紧跑过去挤着往下看，就见街上来了一匹白马，小石头认得最为清楚，这就是白马老爷的那匹白马！马上就是王梦侠，他穿着一身白布孝服，干净漂亮，身上真是没有一个泥点儿；他的脸上也像是擦着粉，全身上下、连人带马全是白的，腰间并佩着"白光"宝剑，手挥着皮鞭就驰来了。他并不像是死了干老丈人，不独没有一点悲哀的样子，反显得十分高兴。

王梦侠不知是到哪里浪荡了一天，如今才回来，现在他骑马追的可是一个年轻的少妇。那少妇在前面跑，他在后边追，当然，他的马有多么快呀，所以一追就追上了。他就用鞭子在少妇的发髻上一掠，说："娘儿们家看什么热闹？冲撞了崇老大人的丧，你可担得起？快回家绣你的花鞋去吧！"他一马鞭竟没抽着那年轻少妇，他又一笑，问说："你在哪儿住呀？"

道旁有许多的人在看，楼上有些人也直笑，有的却叹息着说："这妇人也太没有家教，干吗来这儿看热闹呀？这不是自找羞辱吗？王梦侠是干什么的，他要看见了个娘儿们，他还能放得过？"

此时小石头气得几乎要跳下楼去打王梦侠，因为他看到被调戏的少妇正是刘绮娥。可是刘绮娥也怪，她竟自躲开了，跑走了，一点也没向王梦侠报仇，更没显出那"锦弓玉箭"的半点威风，她可也真能够忍。而神拳铁棒伍华杰，虽然气得脸已跟紫茄子一般，他可也没发作，就低着头从崇家的门前走了过去，又往北去了,招了一大片笑声。

王梦侠洋洋得意的，后面是那恶蟒苗雄才和几个恶奴，并拥着一位面貌苍白、两只眼可努着的骄横阔少；以他穿的孝服来看，他是“孤哀子”的身份。他们仿佛都羡慕王梦侠做了一件漂亮的事，都用一种恶笑来赞佩他，因为他又调戏了一个妇女，仿佛这也算是他的本事。

这时，小石头忽听身旁有个人叹息了一声，他赶紧扭头一看，只见也是一个来这里喝酒的客人，长长的白髯，脸消瘦得如同一条儿纸，可是皱纹铺满，头顶也全秃了。这人至少也有七十多岁了，穿着长袍云履，倒像是一位老学究，他又回到桌旁去饮酒，自言自语地说：“这都是些什么人？哪像官宦人家的呀？我看简直是败家子弟，结交了些流氓恶棍。”

这老头儿说话不留心，旁边就有个跟他不认识的人，立时推了他一下；幸亏这老头儿身体还结实，要不然这么一推，也要经受不住。推他的这人倒是好意，只嘱咐了一声：“别多说话。”

老头儿当时就警惕地连忙改口说：“我不过是说呀，崇府里的大公子、二公子还都在外边做官，没有赶回来。这位三公子其实人也不错，只是遭了父丧，真不应该就到门前来看热闹……得啦！我不说了。”

那刚才推他一下的人，又瞪着他说：“你趁早不要说吧！我也认识你，你这老头子来到这儿不过半个月，连你住在哪儿我都晓得。可是你这么大的年纪了，趁早别惹事！”老头儿一声不语，只是低着头看着酒盅。那些人还都在窗旁向外看着，对这里倒也没有注意。

小石头是气愤填胸，可是他也不能下楼去了，因为王梦侠和苗雄才全都认识他；他知道要是下了楼，被他们看见，那就除了拼命，就得挨打，他只得也像刘绮娥似的那样暂时忍着。他叫跑堂的拿来酒，要了饭菜，心里恨恨地想着：王梦侠、苗雄才，连崇三少，你们都先别得意，到夜里咱们再见面，我非得试一试我的小宝刀！

他不会喝酒，可也喝了有一盅多，饭更吃得不少，他还在慢慢地吃，为是故意耽误工夫，等待时机。如此过了多半天，街上的铜钹、大鼓、唢呐乱吵了一阵，许多人又哦哦地欢呼乱嗓了半天，渐渐归于岑寂，一定是那些纸糊的金山银库等等，全都烧成了灰了。小石头可连一点也没看见，他只见楼上的人也渐渐散去，就留下了稀稀的几个，是真正来饮酒吃饭的人，连刚才那白胡子瘦老头儿也没有影儿了；回想起来，小石头倒觉着那老头儿很是可疑。

他又等了半天，外面天色全都黑了，连跑堂的都走来走去的不住瞧他，结果不耐烦了，就向他说："怎么样啊？您该走了吧？我们可要上门啦，明天您再来吧。"小石头只好叫算账，掏出钱来，一个也不差地给了。跑堂的倒有点抱歉，直送他下楼，他却连头也不回，就走出了这家酒店。就见崇家的大门前，还点着几只白纸糊的大灯笼，门前还停留着车马，那堆纸灰却堆积得更高了。

天色已黑，星光闪烁，西风吹来，好像向脸上洒着凉水，小石头就带着点酒意，顺着这条街往南，又往西，然后再转身向东，来回地走。街上已经没有什么人了，他想着：这就是华阴县，就是李如江大哥的故乡啊！也就是瞎老师傅炼毕了宝剑，自缢托人复仇之地，郭海鹏就是死在这状元街上。崇三少他们不知害过多少人，王梦侠不知又在这里欺凌过多少妇女，恶蟒苗雄才更是这里的一霸！这些小子，如今虽然崇大学士已死，可是我小石头还得仗义行侠，今夜我要试一试小宝刀！

他转了半天，天更黑，夜渐深，街上人迹全无。崇府门前的车马已散去了，只有几只灯笼倒还点得很亮，两三个仆人在那里看门。小石头顺着崇家院墙又转到房后，这里是一条小巷，更没有人，也更觉昏黑，他就耸身向墙头去蹿。然而这墙太高，他蹿了三次，都没有蹿上去，他可真着急了，心说：我的本事怎么这么不济？我进不了人家的宅子还能办什么事？我白受了李大哥的托付了！他恨不得能到哪儿去找几块垫脚石，能有一个梯子更好……

但就在这时，忽见有两个人飞也似的走进了小胡同。他还以为是崇家护院的来了，赶紧就拔他的小宝刀，只听前面来的这个人说："是小石头吗？你上不去墙？来，我帮助你。"这人正是伍华杰，他来了，不费事，就把小石头的胳膊一揪；小石头趁势再一耸身，当时二人就齐上了墙头。那跟在伍华杰后面的刘绮娥，倒先飞身跳到了墙里。

伍华杰悄声说："小石头，你不知今天我跟我师妹受的那王梦侠的欺辱，我们是仇上加仇了，今夜非要他的性命不成！小石头，你能帮助我们便帮助，不能帮助你就快走，千万可别在中间搅我们。"小石头说："你放心，你们办你们的事，我办我的事，各不相扰。"当下一同下墙。

这里是座后花园，满地的落叶也没有扫，大概这些日，仆人们都只顾了办丧事，也没有人扫这里。他们三人再往前去，见前面就是正院，那里高搭着为办丧事用的席棚，灯光明亮，还有僧道在那里诵经，叮儿当儿地敲着法器。伍华杰就暗暗地叹气，低声说："咱们来得太早了！"

小石头说："这还早吗？都快过了三更天了。今晚咱们既然前来，就得拼出去，实在不能暗中下手，就得明来，你们没带来青霜剑吗？"这时前面走的刘绮娥回过头来，发怒地悄声向他们说："你们说什么话？小心叫人听见！"小石头摇头说："听不见！这儿没有人。"又往前蹑踪地走了几步。

在这时，就忽听得对面的房上有人哈哈大笑，说："来了！来了！好，我正在这儿等着你们哩！小乖乖，我知道你一定来，来听听焰口吧！"小石头跟伍华杰惊得一齐伏下身去，刘绮娥也躲在了假山石的后面。房上站的这人，说话的声音很大，又笑着说："白天我就明白啦！你们来到这儿是有事，今晚你们必定能够来……"

小石头听得清楚，这人正是王梦侠，心中不由得更惊，暗道：想不到这小子的本事竟这样大！被他看见了，没别的，只好上前怔拼吧。他手中紧握着小宝刀，刚要跳跃起来，却听得嗖嗖嗖，原来刘绮娥那里连发了三支箭，可是都没射中王梦侠。

只听王梦侠也发出惊讶的声音，说："啊？箭？莫非你是锦弓玉箭刘绮娥吗？啊呀我的小妹妹，我早料到你一定要找我来，果然，你今晚登上门来结亲。哈哈，我现在正缺少一个姨太太，你又长得那么标致，比我的丽蝶儿还俊俏十分……"

这小子大概是色魔附了体，胆子真大，他跳下房来，手晃着闪闪的白光剑，说："出来吧！咱们别叫旁人知道，来！那边有个亭子，咱们上那边去细细谈心吧。"说时，刘绮娥又嗖嗖迎面狠狠地射来了两支箭，可是全都叫王梦侠接到了手中。他得意地傲笑着，竟向假山石后走来，还说着："别放箭啦，干吗呀？你年轻，我也年轻……"

此时刘绮娥就扔了弓箭，猛拔出来了青霜剑，一跃离开了假山石后，怒声说："仇人！你给我的父亲抵命！"说时一剑刺来。王梦侠急忙向旁去闪，说："干吗还提那些事呀？咱们原是老世交……"刘绮娥却剑风急抖，嗖嗖向他狠劈。王梦侠用宝剑一迎，只听锵然一声，这声音可是非凡的响亮；"白光"与"青霜"两口宝剑猛碰在一处，却令王梦侠大吃一惊，他急往后退了一步，说："啊呀！宝剑竟还有重的？你是从哪里也弄来了一口？"他的遇铁立折、削铜必断的、自以为举世无双的"白光剑"，没想到今天也遇见了对手。

他可再不敢那么放荡了，当时就谨慎起来，说："刘绮娥，你是真要来拼命吗？我可……"他又笑了，说："我是最舍不得跟女娘儿动刀动枪儿呀……"蓦然又听身后刀风，他急忙回身，以剑迎杀伍华杰，刀来剑往，他并怒骂道："你是什么东西？"刘绮娥挥剑又来向他狠刺，他孤剑敌住了两个人。小石头也跃起身来，手抡小宝刀说："王梦侠！快把你的宝剑扔下吧！"王梦侠一边力敌三人，一边惊讶，生了大气，说："好个小石头，你也来了！你真好大胆！"

小石头是悍勇绝伦，刘绮娥是一剑比一剑狠，只有伍华杰，他手中的刀可不敢去碰，这三人手中的兵器，哪件他也不敢碰，但他趁空就向王梦侠去砍。王梦侠剑法出众，"白光"护身，敌住了这三个人。他连喊也不喊，还直笑着，说：“刘绮娥，算了吧！小石头，你是我的小舅子……”小石头却泼口大骂。

这时那前院里已闻着了声音，当时那僧道敲击法器的声音完全停止，却换成了铛铛铛铛紧急的铜锣声，灯笼火光滚滚的向这后花园涌来。为首的是恶蟒苗雄才，手提长枪，后面跟着的还有醉虎徐七，及一大群奴仆、护院的、打手等等，不下三十多人，各个手中都拿着明晃晃的刀、亮闪闪的枪，一齐喊着：“捉呀！拿住！快拿住！”

吓得伍华杰赶紧说：“师妹快走！”刘绮娥仍在愤恨，仿佛是不跟王梦侠决一生死，她依旧不甘心似的。可是王梦侠还是笑着，他也说：“快走吧！快走吧！快回你们那店里去吧！干吗呀？咱们有什么仇呀？”一边说着，他一边却横剑拦阻住恶蟒苗雄才那些人，说：“都不许上前！来的这是我的好朋友，想要跟我比一比武，你们别多管闲事！”在灯光之中，他高高的身躯挺拔而英武，如女人一般美丽的脸膛上全无怒容，倒含着点笑意。他身穿着青缎衣裤，真个潇洒，白光剑在他的手中闪闪的发着光。刘绮娥又瞥了他一眼，就随同她的师哥急忙又跳墙走出。

苗雄才发着怒，向王梦侠说：“姑爷，你怎么把他们放跑了？太便宜他们了！”

崇三少跟他的内弟窦文庆都身穿着白孝衣也都来了，崇三少还直打酒气的嗝儿，跺脚大骂：“你们都是废物！这么些人，会把贼给放走啦？”

苗雄才等人都说：“因为贼里边有一个女的，王姑爷拦住我们，不叫我们上手……”

崇三少一听贼里边还有个女的，也觉着新奇，怔了一怔说：“那也得拿呀！惊了宅院，惊了老大人的灵，这么大胆的贼还不给拿住？”

崇三少吩咐众人再搜细搜，一边跺脚发脾气，一边就亲自率领众人往各处去搜，不想就走到那假山石畔。小石头这时并没走，他正在石头后蹲伏着藏身，看准了过来的是崇三少，他就猛然跃出，拿小宝刀冲着崇三少的后胸就是一下，崇三少爷啊呀一声惨叫，便倒在地下。苗雄才等众人大怒，抡刀拧枪齐奔小石头。

正在这时，忽听那前院里更是大乱，诵经的僧道和一些跪灵的女眷们，全都乱纷纷地惊叫起来，不知是什么人用火点着了那席棚。众人纷纷地跑去救火，小石头趁乱也赶紧跑了。可是没有伍华杰相帮，他也跳不过院墙，他就顺着后墙摸了半天，发现有个小后门插着插关，并未上锁，他连忙打开小后门跑了出来，所幸没有遇见什么人。

这时，刘绮娥已回到店里，她独自在屋中就着灯光，仔细地看那青霜剑，就见这剑锋上只留下极微小的两处缺口。她深喜这宝剑铸得好，而又凛然于王梦侠手中的那口“白光剑”，实在又在此剑之上。她又想起王梦侠来，她痛恨这杀父的仇人，但见了王梦侠却又有点下不去手，她不禁难过起来，泪水便滴落在青霜剑锋之上。

一夜过去，到了第二天，他们三人都连屋子也不敢出，都想着一定会有人搜到这里来。他们都预备着刀、剑，等待拼斗，因为这时跑也跑不了啦，却万也没想到，竟没一个人来店里找他们。店里的人倒都纷纷地谈说：“那火是贼放的，烧了六七间房，伤了几个仆妇丫鬟；干小姐、姑爷王梦侠的老婆丽蝶，把脸都烧坏了，可是倒不至于死……崇三少爷是被个小贼杀死的……听说还有个年轻的女贼呢，这可真是胆大，是为钱财还是为仇呢？莫非跟早先郭海鹏死的事情有关联吗？是李如江给勾来的兵？”

小石头在屋里听得详详细细，他倒很乐，因为觉着事情已经办完了，年太保和郭海鹏的仇都已报了；只是王梦侠……

又听院中的人谈说：“那王梦侠，出了这么大的事，他也不着急，刚才还上了‘状元居’直喝酒呢……苗雄才现在街上找贼呢，可是贼恐怕早就飞远了，上哪儿找去呢……崇家一共一百多间房，只烧了几间，这不要紧。丧事还得照样儿办，办得还许更热闹呢，因为老大人的灵还没葬，老丧又添上了新丧，还不得更多烧些金山金库、纸轿纸马吗?”

最后又隐隐地听了一句，不知是哪个店伙说的：“这是报应，人总凭着财势天天欺负人，是不行的呀!”

小石头总想着可能会有人来搜，在屋里也睡不着觉；伍华杰也仿佛看见店伙送进来饭菜，他都会吃惊，只是不知道刘绮娥一个人在那屋里干什么啦？想什么啦？

当日白天无事，夜里忽听刘绮娥的屋里发出惊人的声音，先是有人大笑，说：“今夜我是特地跟你成亲来了！白天我也不是不知道你们住在这儿，我想找你来，有些不方便……现在你还有什么说的？我待你多么好呀……”这正是王梦侠的声音。紧接着就听到刘绮娥痛哭着嘶喊说：“坏贼……”王梦侠又笑着说：“我不坏，我是跟你好……”锵锵的剑声又起，由屋里杀到了院中。

小石头急忙抄起他的小宝刀要出去，伍华杰却把他一揪，说：“这事儿咱们别管啦!”

院中的刘绮娥一边打着一边却直哭，这可也真奇怪。王梦侠也似有了气，他一边迎拒，一边冷笑着说：“反正我遂了心了，我也绝不叫他们来捉你。你若还想给你爸爸报仇，那是妄想，因为你的剑虽还好，可是武艺不行……”接着就听瓦声，王梦侠跑上了房去了。刘绮娥一边哭骂一边也追上房去了。

小石头不明白是怎么回事，只知道是打架，伍华杰还说：“王梦侠是个风流英雄，反正气已经出了，不如忘掉了仇，结个亲。”小石头说：“什么叫结亲呀？我不管，反正我得去杀这白马老爷的坏儿子!”他当时就手提小宝刀跑出了屋，却见房上的两条黑影已杀到了门外。这店房的墙他可能蹿，他一蹿就蹿出去了，又见王梦侠晃着白光剑在前面跑，刘绮娥手执青霜剑在后面追，他就拿着小宝刀也紧跟随着追去。

第十二回　剑折人死恨绵绵

这时天色已经蒙蒙的发晓，正是所谓黎明时分。王梦侠一跑又跑到了状元街上，身后的刘绮娥与小石头追随而至。王梦侠大怒，说：“好，我知道你们住在哪儿，可是一天我都没去抓你们，你们反倒追到我家里来了！”回身抡起白光剑，向着小石头就砍。小石头以小宝刀相迎，刘绮娥也用青霜剑从旁狠刺，王梦侠又一人敌住了二手。

他正在抖起威风凶悍的拼杀，突见由崇家的正面高墙上蓦地就跳下一个人来，来人手中执着的也是明晃晃的宝剑，向王梦侠怒斥一声：“逆子！”

小石头先一眼看见了，这人正是白马老爷云中侠王公弼！他不由得大惊，因为他自曲沃县走出的那天，云中侠身受的数处箭伤都很重，如今怎么也来了？

云中侠手中执着的正是“紫电”宝剑，他抡起来向王梦侠就斫，王梦侠就用“白光”相迎，只听锵然一声，两口宝剑依然各无伤损；刘绮娥的“青霜”又自左侧刺来，也被王梦侠手中的“白光”磕开。云中侠手舞“紫电”，又怒骂道：“今天我不杀死你这逆子，我誓不为人！”

王梦侠“白光”急抖，他跳到一旁，喘着气说：“爸爸！你可别上了他人的当！这刘绮娥就是你的仇人刘猛龙的女儿……”

刘绮娥嗖嗖嗖地舞着“青霜”，又向他的头上直砍，并哭泣着说：“我父亲被你害了，我又被你侮辱，你……可恨……”

王梦侠却用“白光”锵锵地迎击，他又笑了，说：“我便这样，你能奈何？不如趁早儿嫁了我吧……”

他的爸爸云中侠手中的“紫电”却比刘绮娥的“青霜”来得更猛，忽而如恶蟒攒心，忽而如猛禽展翅，剑光挟着剑风。王梦侠便虚晃两剑，回身便逃。小石头高高举着小宝刀，喊道：“他跑啦！快追呀！”

王梦侠往北乱奔，云中侠直追，刘绮娥和小石头都跟在后面跑。王梦侠且逃且回身砍杀，“白光”与“紫电”就又铛铛相击了两次，他就说了声：“爸爸，我可自今天不认识你啦！”云中侠将剑挽花，又向儿子狠刺，说：“你毁尽了我一世的英名！”王梦侠却说：“谁叫你不给我娶媳妇！”说毕又跑。

刘绮娥越过了云中侠直追到王梦侠的背后，又急怒地哭着说：“你快偿我爸爸的命！”“青霜”宝剑就狠扎他的后胸。王梦侠疾快地回身躲过，又冷笑说：“你们还得赔我的媳妇呢……”

二人交战三合，云中侠方才追到。他因为身上箭伤未愈，到底是不行，然而他气更急，力也更猛，那“紫电”剑就随着他的生平之力、生平绝技展开了；连同刘绮娥挥舞的“青霜”，双剑闪烁，就与“白光”翻飞的王梦侠恶斗起来。小石头在旁喊着助威：“哦！哦！打！打！王梦侠！你还不快扔下你的剑吗？”

这时只见王梦侠的“白光”向左一磕，锵的一声与“青霜”互震了一下；他赶紧又向右挡，他爸爸的“紫电”又与他的“白光”相磕在一处，又是铛的一声响。小石头舞动着小宝刀也要上前，忽见云中侠与刘绮娥二人的“紫电”“青霜”同时抡起，向王梦侠猛劈，王梦侠用“白光”横挡，只听铛的一声巨响；接着就见双剑击一剑，一下连一下，一声紧一声，铛铛铛，如龙咬龙，蛇咬蛇，三道寒光绞在一起，最后听得呛啷一声，响声颇巨，立时“白光”

“紫电”“青霜”三只锋利的宝剑同时断落！同时都成了两段，而同归于毁。

刘绮娥大惊，急忙退后，王梦侠也转身要跑，但云中侠白马老爷却疾从小石头手中夺过来小宝刀，追前两步，一刀挥去；王梦侠啊的惨叫了一声，左胳膊就被他爸爸斩断了半截。然而他并没有痛晕，却带血飞身，蹿上了旁边的一家屋宇，霎时无踪，他逃跑了，云中侠却气喘吁吁，颓然地倒在地下。

地下就扔着几截全是半截的宝剑，全成了废物了。小石头心痛得简直要哭，他赶紧把那断剑一截一截都拾了起来，一共是六截，这倒好，全都变成了小宝刀那样的长短了。地下留下了许多血迹，还扔着王梦侠掉了的那截胳膊，十分凄惨。刘绮娥用泪眼看了一下，当时她不但没有解气消恨，反倒好像伤心得更厉害了。

云中侠倒在地下不住地气喘，他的箭伤更重，力气已尽，并且心中一定也难过极了，所以起不来。这时幸亏伍华杰也自店中来了，他就和刘绮娥、小石头三个人一起上前，把云中侠抬了起来。小石头同时还得抱着那些破烂宝剑，就觉得十分沉重，幸是天还早，铺户人家还都关着门，也没有官人查街。

他们把云中侠搀到了他们所住的那店里，这时天才发亮，伍华杰就赶紧到院中去找店伙，吩咐店伙赶快去给雇车。

云中侠刚才借用的那口小宝刀，是早就叫小石头拿回了，这玩意儿，这时候可真成了宝贝，因为只有它还齐全。小石头就把它别在裤带上，好好地藏在身边；他又跟刘绮娥要了一块包袱皮儿，把“白光”“紫电”“青霜”的残骸妥妥地包好。

锦弓玉箭刘绮娥，脸上的泪水总是不断，她对她父亲一生的劲敌云中侠竟像对她父亲似的诚意地服侍。伍华杰也很佩服云中侠，他本想把车雇来，拉着云中侠出北关；他们再到那车店去取了马匹，就一同离华阴而东去，然而，云中侠却叫先出南关，前往郭家屯。

云中侠的箭伤本未稍愈。他在曲沃县小石头的亲戚秦老的家中调养时，因那天忽然不见了小石头，他向李如江询明了真情，他就忍耐不住。他不能见别人去替他杀死他的那不肖之子，也不能叫别人代他去实践那三十年前他对郭海鹏许下的诺言，于是他就向李如江借了“紫电”剑，买了马，负伤忍痛，也来到了华阴。

他是昨天午后到的，先去郭家屯见了亡友郭海鹏（即沈海鹏）的家属，晚间他才进了城。等至深夜进了崇家，可没找着他的儿子王梦侠，只找着了系在廊中的那匹白马。这就是使他之所以号称为“白马老爷”的那匹白马，他心惜此物，然而无法牵出，又知自己不能够再骑了，他就挥剑将白马斩死，然后跃出了深宅。出来时正遇刘绮娥、小石头追他的儿子来到，这才演出了刚才那一场父子拼杀，而使白、紫、青三口钢锋尽皆折毁之事。

现在云中侠既主张往郭家屯去，众人只好依他，当时雇来了两辆车，就连刘绮娥、伍华杰和小石头，全都于晨光将升之时，一同坐车混出了城。

来到郭家屯郭家，小石头先吓了一跳，原来这里除了郭太太、少爷郭继高、小姐小芬和郭少奶奶及仆妇、仆人之外，还多住着一个老头儿。这老头儿白髯飘萧，瘦脸上皱纹满布，正是小石头前天在酒楼上遇着的那个老人。

这人原来就是纪海鸥，他本是年羹尧年太保昔时幕中三奇士之中的一位，与郭海鹏、吴海蛟皆曾誓为年公复仇。然而那时他家中还有老父，他又已经很有家当了，所以他就在北京给年太保看坟，实际上却是享起福来，舍不得出来拼命。

转眼三十多年过去了，如今他已经七十多岁，忽然又想起了旧事，他就独自又来到华阴。这其实倒与为年太保报仇之事无关，他是想发一笔大财。因为北京现在有一位大官，愿出无比的重资，购求削铜剁铁的宝剑，他想起吴海蛟吴慕冶会铸这种东西，所以就想来给这瞎老师傅揽买卖，他好使扣佣。

不料瞎老师傅已死，所铸的“白光”，连徒弟李如江铸的“紫电”“青霜”，全都成了两截了。纪海鸥顿足长叹，心痛得简直要断了气。他向小石头索要这些宝剑的残骸，小石头见他这样，不但不给他，还要揪着他的白胡子揍他，他也无法。不过又听说“紫电”“青霜”二剑都是吴慕冶的徒弟李如江所铸，而且师徒的手艺，可以说已分不出高低，李如江现时又在曲沃县，所以他就催着大家应当都往曲沃县去。

此时，李如江的师兄弟黄老实也来了，他吓得了不得，惊惊慌慌地说：“城里崇三少爷被杀，丧棚起火，凶贼连夜大闹，干姑爷王梦侠也生死不明，人已都知道是跟今年春间郭海鹏死的事有关。现在那恶蟒苗雄才、醉虎徐七那些人，就要同着差官衙役到这儿捉人来了……”

这里的人一听这话，全都惊恐起来，纪海鸥就又催着快走，说是最好到山西曲沃去找李如江。黄老实也愿意去找李如江，好将来一同就在曲沃开铁铺；小石头也不知他的李大哥现在怎么样了，所以也急着要回去。刘绮娥与伍华杰也都要走，于是就去叫人多雇来了几辆车。

这里郭家的人也疾忙地收拾细软财物，留下仆妇仆人看着家，就一同，连同剑伤更重了的云中侠，全都坐上了车，匆忙离了郭家屯。刘绮娥、伍华杰和小石头又都去取了马匹，马随着车，急急慌慌，风尘仆仆，就一起逃出了华阴县。

沿路的颠扑，云中侠的箭伤更重了，他并且思念他那惨死了多年的长子王景侠，也未尝不心痛那被他斩断了半只臂、大概也已死了的次子梦侠，他感觉一生之事已经完毕。他忏悔与刘猛龙为比武而结仇，如今刘绮娥沿路还服侍他，更使他又感激又伤心。走出了潼关，才过风陵渡，他就死于车上。在途中盛殓设祭，又遇着了徐永、焦强，这二人是正出来寻找他，便把他的灵柩运回了王屋山。于是这一世的奇侠，便与那苍翠的山林共存千古。

小石头是带着这些人急往曲沃县，路上，小石头可就不痛快极了。第一是云中侠的死叫他伤心；第二，这些人里有好几个是娘儿们，他觉得真不惯。他是最怕娘儿们的，像刘绮娥，早先多大的本事呀，现在却常在店中、在车上落泪，难道是因为已经报了仇，她才这么伤心？可是她伤心得实在是更厉害了，也不知是怎么回事？

郭太太人老了，碎嘴子，不断抱怨她死去的丈夫郭海鹏，说：“死了，还留下祸，落得现在全家的人抛下了田园……”郭少奶奶是不大说话，时时跟着她的丈夫郭少爷，那郭少爷都快成了痨病鬼了。这两个女人都叫小石头头痛。

可是还有个女人呢！那小小姐名叫郭小芬，才十一二岁，长得身材又高又细条，简直已经成了一位大姑娘。小芬聪明俊秀，两眼是那么吸人，说话是那么脆快，小石头可也觉着头痛。但这种头痛和别的头痛两样，因为这叫他太费心思，太伤眼睛；因为他不但是常常想她，还一路上不断看人家，想着将来娶人家当媳妇，看人家好看，又觉着自己寒碜。

这天来到了曲沃县，得知李如江死了，小石头可真伤心了。原来李如江是在小石头和云中侠走的那一天晚间，就突然发了疯狂，时时喊叫有鬼神要来摄他的命，又说有人要来将他碎尸万段……他连口地咯血，直耗到第二天的下午，他就死去了。棺材还是秦老给他办的，现在还没有抬出去。

这又是一场丧事，小石头哭天号地，葬埋了他的李大哥；李如江还留下许多银票，倒足够他花的。黄老实更好，就此继承了李如江的那份打铁的家伙，就在曲沃城里开了一家铁铺，然而他可不会打宝剑呀。

吴慕冶唯一的传人李如江于今也死了，铸剑的技艺绝了传。纪海鸥大失所望，他求小石头给他那六截断剑，小石头是连一截也不给，他只得败兴而去，仍旧回北京给年太保看坟去了。

伍华杰也走了，他说他是要再去请江湖朋友，要再到华阴县去剪除恶蟒苗雄才。因为刘猛龙、云中侠俱已死去，如今江湖已无赫赫有名之人物，他要借此扬名，使“神拳铁棒”成为江湖第一名侠士。

但是后来听说没等到他去，那恶蟒苗雄才和醉虎徐七就都在华阴县下了狱。原因是那崇大学士的大公子、二公子，他们丁忧还乡，闻悉了家中所出的种种事情，认为都是苗雄才和徐七引诱他们的三弟——那已死的崇三少，横行欺人，给惹来的，并查出苗雄才与徐七都是大盗出身，就不但不再让他们护院，反倒都给交官治罪去了。

干姑奶奶丽蝶现在也不美丽了，当然不能再得势。干姑爷也没有了，那王梦侠断了臂之后，就一直没有了下落。王屋山上有杏树的那花家姑娘，大概也是另嫁了他人。

不过最感伤心的还是刘绮娥，她本来已有跟雁门关的总镇少爷定亲的可能，不幸他的父亲中途惨死，那亲事当然不能再提了，更不幸的是她又遇着了冤家王梦侠。这话她说不出来，她至今仍恨王梦侠，同时她可也似乎爱王梦侠，这种爱与恨将要缠绵她的一生，所以她常常哭；小石头只觉着很奇怪，他哪里能晓得人家的心事呢？

刘绮娥就也住在这里，常常将武艺教授给郭小芬；小石头就也跟着偷学偷练，因为恐怕再过几年，小芬的武艺就许比他都高了，如此，就一年一年度着他们的光阴。将来也许小石头跟郭小芬都能够成为武艺很好的人，或许他俩还能够结婚，那些事可就不在《紫电青霜》这部书的范围以内了。

“紫电”“青霜”连同“白光”这三口宝剑的残骸与那小宝刀就永存于小石头的手中。名侠都死，江湖无事，这三口残缺的宝剑就都成为废物了，只空留下吴慕冶及李如江锻炼宝剑的这篇惊人故事，供人猜想：那斗室炉火，铁锤钢砧，叮叮当当，锤砸、火炼、水淬，诸般的情景，铸成了冲霄剑气，慨付与绝世的奇侠。唯是古风往矣，于今只可以写成小说，借为慕古之人酒后快谈之一助吧！

宝刀飞

第一回　运粮河漂泊双雏凤

本书开始，先述中国伟大的工事，历史上有名的运河，据说这道河流，当初是隋炀帝命人开掘而成的。当时只为了他于御柳成行清波荡漾之中，乘坐着龙舟往扬州游玩。

这条河，北起河北省通县，南至浙江省杭州，纵贯冀、鲁、苏、浙四省，全长一千四百四十公里。在以前，没有津浦铁路，没有沿海的轮船的时候，由南方运粮到北方，以及官宦、商贾北往南来，全都仰仗着这道人工河流，而为交通之要津。所以，那时河面虽然并不甚宽，但永远不断往来着无数的船只，沿河各城镇亦莫不繁华富庶。而其中以江苏省淮安府所辖之清江浦，地面最为重要，因为那时总管运河的唯一高官“漕运县督”（通称之为“河帅”）就驻节在这里。同时，又有自南方来、往“京都”去的人，多半在此舍舟登陆，所以，清江浦这地方热闹至极，商店、货栈、旅舍、镖局，开设着不知有多少家，河坝上日夜不绝地拥挤着人和船只，自然，也就能够发生许多的事情了。

这一天，时当暮春，运河两岸，隋朝栽种的杨柳垂着长丝，在东南风里，显出一种柔弱无力的姿态，柳梢上仍留着金色的夕阳，群鸦掠过，天色已近黄昏。这时就从南边来了一只船，停泊在此处。船不大，舱也很小；舱中是两位姑娘，还都是旗人家的姑娘，是姐妹二人。作者在此就述明白了吧，这做姐姐的即是日后的西太后（慈禧太后），为清穆宗同治皇帝之母；那位妹妹就是日后清醇王的福晋，也即是光绪皇帝清德宗的母亲。请读者想一想，在那封建的帝制时代，这是多么了不起的两位贵人！可是，在这时候，她们也料不到日后有那样的尊荣富贵，目前却都正处在艰难困苦的命运之中。

原来她们姐妹是满洲正黄旗的旗人，姓“叶赫纳兰”，我们现在就暂称这位姐姐为“纳兰大姑娘”，其妹为“纳兰姑娘”。她们的父亲是做着“正黄旗”的参领，原是个极小极小的官儿，一年只能得两次俸禄，生活非常之穷苦，住在北京西城的一条小胡同里，每天的菜、油盐酱醋，都要姑娘自己去买。那时候的纳兰大姑娘（即后来的西太后）才不过七八岁，就长得十分美丽聪明，穿着带补丁的旧衣裳，胳膊肘儿挎着一个荆条编制的小筐子，里面放一个碗或一个瓦罐儿，几乎每天都要到附近的一家油盐店，去买一个小制钱的酱，或两个小制钱的香油等。那油盐店的掌柜的时常逗着她玩。在这样艰难穷苦的日子中，她渐渐长大了，成为一个丰姿绰约、端重而又大方的姑娘；妹妹也长到十四岁了。在这时候，她们的父亲才被擢升为湖南的副将，把妻子和长子桂祥留在北京，却带着她们姐妹前往任所。

本来，两个年轻的旗人姑娘到了辽远的南方，饮食起居就多不习惯，幸仗着大姑娘为人能干，把家中事务处理得井井有条，老副将在任所上的生活尚称舒适。可是究竟年纪老了，副将即是副总兵官，通称之为“协镇”，领着一协人；一协人就等于现在的一旅，责任不算小，公务也甚繁多，所以这位老副将就因劳致疾，不到一年，竟病殁于任所。

这在她们姐妹真如晴天的霹雳，小姑娘只剩下哭了，幸亏大姑娘遇事不慌，忍悲治丧。可是老副将的身后又极为萧条，几乎连运灵的盘缠都没有。幸是任上的几位同仁凑了一些钱，并派了一个老仆人跟随着沿途照顾，将棺木抬到船上。她们姐妹穿着重孝，上了船还不住地痛哭，又兼春雨连绵，景况是十分的悲惨。船出湘水，顺江流而东下，至扬州，这才换船北上。长途跋涉，一棺附舟，长姊幼妹，相依相慰，盘费也渐感不够了，离着北京可还远呢！那个老仆人还直发牢骚，她们姐妹心中愈是难过。

凭着船窗向外去看，运河之上真是热闹繁华，只见风帆拥挤，整船的粮米，整船的货物，还有那往京去的官船，舱门前都挂着“某某正堂”的成对的灯笼，仆厮也众多，且有差官和镖行的人保护着，声势真是十分的煊赫。那些船上的官眷太太和小姐，甚至丫鬟们，也都是周身的绮罗珠翠，更有的船上吹奏着笙歌。这和她们这船上的凄凉景象相较，真是有“天上人间”之别，而且她们姐妹现在遭遇的这个“人间”，还处处是孤零无助。

这一天黄昏的时候，她们的船便来到了清江浦。清江浦这地方，最大的官是漕运总督，最小的官恐怕就是知县了。这时清江浦（即清河县）的知县，姓吴名棠，是一个很忠厚而没有什么才能的人。衙里有一个书吏，姓韩，无论什么事情都由这位韩师爷给办，他只在衙里享福，有几个听差的伺候他，做着这个清闲的“七品官”。

可是清江浦这儿的七品官，收入也不错呢，所以吴老爷手头颇积蓄了不少的银子。他并不吝啬，凡是老朋友路过此地，缺少了盘缠来告帮，他多少总要资助一些。他为人很念旧交，爱周济人，不过要是跟他没有关系的人来求他，那可又办不到了，因为他的钱也是不愿意随便花的。

近来他有一件心事：因为他有个姓张的老朋友，在福建做着副将，一大家子的人，跟他时常通信，交情很好。最近有从那里来的人说，那位张副将死了，家在保定府，即将要运灵北上回籍。吴老爷的心里很难过，便预备下了三百两银子，嘱咐他的常随连升，说：“你常到河坝上去打听着，要是带着张副将灵柩的船来了，就赶快来告诉我，我得去行个人情。”

连升是一个小孩子，平日只会背着老爷去赌钱、去胡闹，老爷的话，他当时记住了，过了两天就忘了。可是他已经转托了在河坝上以赌混饭吃的毛头小赵，说：“喂！小赵！你替我留点儿心，要是有棺材经过，死的人是个副将，你就赶快来告诉我！我还得回禀我们老爷呢，因为那是我们老爷的好朋友。”小赵倒是记住了“棺材”和“副将”，他是整天长在河坝上，无论来了什么船，他全都知道。

这一天，黄昏的时候，他就来找连升，说：“来了一只船，是运灵回家的，是一位副将的灵柩。”连升赶紧回禀了吴老爷。

吴棠听了又一阵难过，就赶紧叫太太取出来预备好了的那三百两银子，交给连升，说：“快把这银子送去，交给那船上的少爷，就说这是我一点儿小意思，给他的父亲买点儿纸烧吧！你就说，我也不到船上去祭奠了，因为我若见了老朋友的灵，一定得痛哭。咳！你快去吧！”连升连声答应着，抱着三百两银子就走了。

这里，吴老爷很是烦闷，就命人请来了韩师爷，在一块儿摆棋。摆着摆着，吴老爷这边就剩下一个“车”跟两个“仕”了；韩师爷只要是一摆起棋来，就这样不让着老爷。吴老爷正在着急，连升就回来了，两只手空着，吴老爷就问说：“把银子送去了吗？”连升回答说：“送去了，两位姑娘给老爷道谢！”

吴老爷听了，不由得一阵诧异，说：“什么？两位姑娘？他哪儿来的姑娘呀？他只有一个儿子！”

连升说：“大概少爷是没在船上，我没见着，我只见了两位姑娘，都是旗装，梳着大辫子，白辫根、大脚……”吴老爷跺脚说：“你弄错了吧？”连升说：“我没弄错，我看见了船上的棺材，我也问明白了，死的是副将，是由湖南来的，正黄旗人，现在是要回京。”

吴老爷气得不住地拍桌子，骂着说：“你笨蛋！我吩咐得你明明白白，副将是姓张，他是保定府的人，怎么会是旗人呢？他是福建的副将，又怎会是从湖南来呢？你真是个饭桶笨蛋！什么事你也不会办！怎么就把银子给送错了呢？你给银子的时候，难道就没有问问吗？”

连升皱着眉说：“我，我，我见了船上那两个姑娘，我就……我就说不出话来了。”

吴老爷跺着脚说：“你快去！把那三百两银子给我要回来！这

不行，我不认得这么一个旗人的副将，凭什么要去给他送奠仪！快去，快要回来银子！”

连升答应着，刚要转身走，韩师爷却摆着手说：“不要忙！本来就办错了，再要办错，可就不好了！”

吴老爷还着急地说：“三百两银子，不要回来还行？我跟他们并不认识呀！”韩师爷说：“老爷听我说，您是做官的，将来还要盼望高升，对于旗人，可是得罪不得的呀！”吴老爷还生着气，说：“我也不得罪他，是我的听差的把银子送错了，跟她们要回来，她们还能够不给吗？”

韩师爷说：“自然不能够不给，可是人家船上的两位姑娘，本来也不知道她父亲的生前好友都有谁，接到了银子，一定很感谢，觉着父亲的这位朋友——清江浦的知县，真是一位仁厚的长者，还许正在感念不置呢！突然，你又派人去把银子都要回来，这未免有点儿不大合适，太叫人伤心了吧？”

吴老爷想了想，也很作难，说：“那么，难道就把银子这么白扔了？给了两个不相识的姑娘？”

韩师爷悄声说：“可以由此机缘就互相认识呀！旗人的姑娘，将来全都有选进宫里做贵妃的希望，今天听说宫里就要招选秀女，这两位姑娘将来还就许是娘娘呢！得罪了她们还行？即使她们选不到宫里去，可是旗人家的姑娘将来无论如何也不能够嫁个汉员；无论嫁一个什么满员，若是认识，也总有点儿照应。俗语说‘朝中有人好做官’，咱们现在外边做官，在京里连一个人都不认识，那还行吗？所以，依着我说，那三百两银子索性您就将错就错吧！结下一个好儿，将来也许就能够因此得到便宜。”

吴老爷越听这话越觉着有理，就连连地点头，沉吟着，看见连升还在旁边垂手侍立，就说：“那银子你也没有给错，我又想起来了，好！你去吧！”连升退出屋去。

这边，吴老爷跟韩师爷的棋也摆不下去了，又谈了一会儿闲话，韩师爷便也回往前院他自己的房里去了。这里吴老爷又想了半天，结果是拿定了主意，那三百两银子，不但不去索要了，明天自己索性到那船上去祭一祭；不管将来是有用没用，只要落个“整人情”，银子就算是没白花。

一夜过去，次日一清早，吴老爷穿上了官服，戴上官帽，蹬着官靴，吩咐连升给预备些烧纸和金钱的锡箔，并嘱咐他到时候少说话。连升唯唯地答应着，吴老爷就令连升跟着轿，往河坝去了。

河畔的柳树裹带着朝烟，停泊着的许多船还都没有走。连升领着到了昨晚送银子的那船旁，轿子放下，吴老爷就叫连升去投递名帖。连升也实在有点儿莫名其妙，可是绝不敢多说一句话，他就上了船。

这只船实在比人家别的船是又小又破旧，舱门又紧闭，舱窗里也遮着粗蓝布的窗帘。有个船夫正在船头扇一个茶炉子，那个老仆人正在漱口，连升就问说：“二位姑娘全都起来了吗？我们老爷来祭祭灵，并要见见姑娘们。”

老仆人已经知道了本地的县太爷，昨天给送来了三百两银子奠仪的事，他本来不是跟着纳兰副将的，也不知道副将在生前跟这位太爷有多大的交情。此时，他看见这县太爷坐着轿子来了。这位老爷原来才不过三十岁，是个中等身材的胖子，满面的忠厚之相。他不敢怠慢，赶紧就进到舱里报告。此时，两位姑娘全都已起来了，先把连升传进来。连升递上了他老爷的名帖，上面写着是“吴棠”。姐妹两人本来全都认识字，可是一时想不起父亲生前几时有这么一位朋友，当时纳兰大姑娘便赶紧说：“请！”同时姐妹两人一齐迎到舱门前。

此刻吴老爷已踏着跳板上了船，连升和那老仆人赶紧给开了舱门，吴老爷进了舱，就问说：“这就是二位姑娘吧？”二位姑娘就要行礼，吴老爷亲手给拦住了，说：“免礼！我与令尊——我这位老哥哥，已经是十多年没有见面了，想不到，他竟去世了！”此时二位姑娘全都悲哽不胜，真如两树的梨花带着春雨一般。

吴老爷把这两位姑娘仔细地看了看，只见大姑娘才十六七岁，二姑娘十四五岁，姐妹两个的身材都差不多，而大姑娘显得特别的苗条。两人全是长阔脸儿、大眼睛，大姑娘的眉目之间，尤其显出一种威严，凛凛然，仿佛使人一见了她，就得有点发怯。总而言之，这两位姑娘的容貌和仪态，全都是十分的雍容大方，实在是与小家女子不同。两人都是梳着大辫子，白绳的辫根和辫梢，穿的净白的粗布长孝服，都是天足，穿着青布的鞋——这就是旗人家的姑娘穿孝时的打扮。

纳兰大姑娘拭着眼泪，向吴棠表示了谢意，她说："昨天派人送来的那三百两银子已经收到了。当时我们想着，不收吧，是辜负伯父的盛意；收吧，心里又实在过意不去！"

吴棠摆手说："咳！不能再提啦！我实在是手里没有太多的钱，要不然，我应当给我这位故去的老哥哥多打一点儿纸。二位姑娘如果有什么用项的话，还自管告诉我，咱们可不是外人！"大姑娘点头说："是！我们知道，我们也实在没有别的用项了。"吴老爷就说："那么，我祭一祭灵吧！"

当下，两位姑娘同着吴老爷到了舱后。这里停放着一口棺柩，不过是普通松木的，板子很薄，由此可见，死者的身后确甚萧条。不过这棺板的上面是嵌着葫芦形的一块板子，这又表示是旗人的"寿材"，在前面还贴着一张"护照"："……兹有湖南副将，叶赫纳兰……于某年某月病故……灵旋京都，仰尔各路孤魂怨鬼，勿得拦挡……须至护照者！"上面盖着总兵衙的朱红大印，这是特为给沿路的城隍土地、怨鬼孤魂看的。

当下吴棠恭恭敬敬地上了香，连升和那老仆人在旁边烧纸，二位姑娘在旁陪着行礼。吴老爷并且抚着棺材流了几点眼泪，这又引起了两位姑娘的悲戚，都又哭了一会儿。

吴老爷始终是满面的忧戚之色，说："我应当亲自送二位姑娘跟大哥的灵柩到北京去！"两位姑娘赶紧拦阻。吴老爷又说："我也是实在离不开身，天天得伺候着总督，做这个小官真不容易！我衙门里也没有几个人……"

纳兰大姑娘赶紧说："伯父不必再多礼啦！您这样待我们，我们就已经终身难报了，哪敢再劳伯父送我们呢？这里离着北京也不算太远了，往北去又都是平稳的路，绝不会有什么舛错的，请伯父放心吧！"

吴老爷说："那么我就回去了，将来我到北京的时候，再去看你们。二位姑娘千万要节哀，我知道我那位死去的老哥脾气，他生前是很旷达的，他做了不少的好事，现在一定已经登了仙界了，只望二位姑娘千万要保重身体，以使故去的人瞑目！"他这一番沉痛而恳切的话，益使两位姑娘感激流泪。

吴老爷离船上岸，坐上了小轿，心里还想着：我真是一生也没做过这样荒唐的事！但今日事虽荒唐，可是也对那两位姑娘有些安慰；死的那位副将，他虽然不认识我，他的灵魂如果有知，也一定得深深地谢我吧。

当下，这一顶小轿很快地回县衙门去了。连升在轿后跟着，心里还有点儿纳闷，因为看着他的老爷，刚才简直跟唱戏一样，不知又为了什么。

第二回　清江浦侠士出头

这时，太阳已经升起，河坝上渐渐热闹起来，本地县太爷到那只船上去致祭的事情，已弄得无人不知了。在河上掌舵的、拉纤的，以及掮夫脚行，没有一个不是心地直爽的汉子，吴老爷此举，真正使他们伸大拇指。有一个大船上的人就说："哈！这位吴老爷，没料到他竟是这样的一位好人，可真难得！"另一个是在这河边扛掮的，有时也当短工，常给船上掌舵拉纤，他佩服得简直要跳起来，说："好官！好官！这才真是一位仁人君子。吴老爷这三百两银子，比三千、三万还重，因为这是雪中送炭，不是锦上添花。现在的一些人，都是势在人情在，交朋友是件难事，一不小心，就能够交着酒肉朋友。有酒有肉，他跟你称兄道弟；你要是倒了霉，他理也不理你，更不用说人已死了。谁管你的孤儿寡妇？像这位吴老爷，知道了老朋友的灵柩从这儿过，其实他假装作不知道也就完了，那两位姑娘本来不认识他，可是他竟能够这样办，送银子，吊祭，劝慰两位姑娘……这样的好官将来要是不提升，皇帝老儿可是没长眼睛了！"

说这话的人，名叫裘文焕，是一个异乡人，他来到河坝上已有一个多月了，为人非常和气，性子直，讲义气。他有两膀子力气，常帮别人的忙，但他的生活却很苦，住在临着河的一家小店里，一天所挣得的钱，也就将够他的吃喝和店钱。他很年轻，二十多岁，生得身体强壮，眉毛浓黑，两眼非常有神，嘴唇可有点儿厚。大概因为他的长相，人家都不讨厌他，他假若是把破衣服脱去，换上了新衣，再洗洗脸，换一双鞋，还真是一个漂亮的少年。

这时，他满口称赞吴太爷，又叹息世风不古，可惜像吴太爷这样的人现在太少了。他为此事正在兴奋，忽见那两位姑娘船上的船夫头儿向着岸上嚷嚷说："喂！谁来呀？北通州，管吃，到了北通州，开发两吊钱！只帮着拨拨船，拉拉纤，哪位去？愿意去的就快来呀！"

这船上，连这个赤红脸儿的船夫头儿，只有三个船夫。往北走，水浅河又狭，必须要有人拉纤，他们三个人当然是忙不过来；现在船上的客——那两位姑娘，银子也有了，多出几个钱也不在乎了，为了快走，快将灵柩运送回家，就得添雇一两个在船上帮忙的人。当然是已经得到两位纳兰姑娘的同意，所以，这个头儿才向岸上招人。

他嚷嚷了半天，岸上的穷汉、闲汉并不在少数，可是竟没有一个理他的。他又把雇价提高至二吊五、三吊、三吊五，依然没有一个答应；他到岸上来劝、拉，这些人也没一个愿意去的。原因很是显明，在江湖上混的人最讲究取吉利，最怕丧气，冲着船上的一口棺材，就是没人愿意去干。船夫头儿很是生气，嘴里骂骂咧咧的，舱里的两位姑娘也更是忧急，因为盘缠倒是有富余了，船可是更走不了啦。

这时，天色还不太迟，河畔还停留着不少只船，这也是因为这个地方太繁华了，凡来到这儿的，全都舍不得走。此时各船上的头儿们大都还在岸上玩乐，商人们、有钱的人们，是都住在岸上的熟买卖家，或另有欢乐的所在，谁都愿意在这儿消遣消遣数日来在船上的烦闷，都仿佛没有什么急事似的。一些船夫、脚行、苦力、闲汉就蹲在岸上的柳树下押宝，摇摊，嚷嚷吵吵，也都没有一点儿想走的意思。更聚来了一些挑着担子卖凉粉的、卖茶的、卖酒的，还有背着筐卖烧鸡酱肉、大烧饼的，越来越热闹了。

这些人都不急着走，都挺开心，独有那只若非今天去了县太爷，简直不足令人重视的小船——那只运棺材的倒霉船，夹在这些大船里，好像是一群大鱼里的小虾，几次要走也没走成。

舱里的纳兰大姑娘命那老仆人把船夫头儿叫来，严厉地问道："为什么今天到这个时候了，还不开船呢？你说得多雇两个人，我们答应了；你说到北通州得多二两银子，这也不要紧。可是你得开船呀？你还等什么？你这是故意刁难，想着法子勒索！你要是再不开船……"她向那老仆人道："叫县衙门派人来！"

船夫头儿急得直流汗，说："姑娘！大小姐！你老人家别怪我呀！我到岸上雇了，连一个答应的都没有，人家都讨厌咱们船上的这口棺材……"纳兰大姑娘瞪起威严可畏的两只眼睛，厉声地呵斥说："你说什么？"船夫头儿赶紧说："我说错了！人家不敢讨厌老爷的棺材，不过，谁没个忌讳呢？这个地方又是个大码头，人家怎么都能够混个饱，咱们给的钱又不多，谁愿意给咱这船上帮忙？"

纳兰大姑娘依然沉着脸，又说："你们怎么把船拨来的？已经由扬州到了这儿啦，为什么现在没有人帮助就不能走了呢？我看你们是成心想多勒索点儿钱，可是你得明白，吃官司不是好事！"

船夫头儿又连连地解释说："我们哪儿敢勒索呢？在别处都没勒索，来到清江浦，这里的县太爷又是你老人家的亲戚……"

纳兰大姑娘说："不是亲戚，是老世交！"

船夫头儿又连连地点头，说："无论是什么，反正我明白，只要你们一句话，今儿早晨来的那个县官就得派人把我拉到衙门，拿板子打我，我找那不自在干吗？再说，我们也愿意快点儿到北通州，卸下棺材，我们好揽别的生意，谁不愿快开船谁是王八蛋！"

大姑娘生气了，说："你说的这是什么话？真可气！出去出去！"

船夫头儿赶紧说："我说错啦！姑娘别怪我，我们是粗人，不会说话，可是也愿意客人平平安安，莫出舛错。再往北去，就要过骆马湖，湖里时常有强盗出没，咱们急着走，到了那儿出了事儿，可怎么办？再说，往北有的地方水就浅，不雇人帮忙拉着船，真没法儿走……”

纳兰大姑娘没料到还有这些困难，船夫头儿永远在这运河上来往着，他自然不能够瞎说。水浅倒不要紧，湖盗却真是可怕，于是，她便皱皱眉，气已平和了一些，说：“那么，依着你，应当怎么办呢？”

船夫头儿现在可有了话说了，腰也直起点来了，说：“也不是依着我，是非那样不行！能雇两个雇两个，雇不着两个雇一个，反正遇着水浅的地方，得有人帮忙拉纤。咱们走，还得跟着大船走，大船上还有保镖的，跟着他们走就没事儿……”

纳兰大姑娘说：“哪儿有大船？大船也未必今日就走呀？”

船夫头儿指着窗说：“两位姑娘！你们掀开窗帘看看有多少只大船？再到岸上去望望，北边那三条官船有多么大？那是‘江南织造’彭大人进京的船，船上满满都是绸缎和绣的衣裳什么的，那都是进给皇上家的。那三条船上，至少也有四十多个人，还有保镖的，听说今天过午就走，跟咱们正是一路……”

纳兰大姑娘听到这里，就点头道：“好！那么咱们也可以等到过午，跟他们一块儿开船。”接着又嘱咐了一句：“再多等可是不行!”船夫头儿这才缓了口气，退身出舱，又去雇人，依然没人肯干。

岸上和别的船上，这时可更热闹了。阳光洒在大地上，照着浑浊的河水，岸边的柳树老干歪斜，长丝摇曳，树荫下是一片闹市。大小的船只，只有来的，却没看见有什么走的。那边，江南织造的三只大船，简直如同三座皇宫，阔绰极了，船上的人还没看见那位彭大人和眷属，只就那些男女仆人来看，都是浑身的绸缎，也就够阔了。

江南织造本来是内务府最阔的官，管辖着江宁、苏杭各地出产的绸缎绫罗，专供给朝廷和宫里的一切衣料和制帛、诰敕、彩绘之类。宫廷祭祀和春秋二季颁赏，很多之处要用丝制品，所以江南织造简直是一个“钦差”，直属于皇上，不归任何人辖制。做这么一任比做几年督抚大臣还有出息，而且威权大，能够直接跟皇宫里办事、说话，无论哪个做官的，任凭他是“一品”“二品”，谁不来巴结织造？

如今这位彭大人进京，虽然不愿太张狂，只雇了三只船，可是三只船上的金银、珠宝、丝罗等等，就不知道得值多少多少万了！船上有官人，还有镖师，尤其是镖师，有四五个，个个莫不扬眉吐气。他们有时也走到岸上来闲逛，看到那些人正在聚赌，就也挤进去下一注。他们的身上都带着刀，也不必太用力去挤，自然就有人站起身来躲开，让他们过来押宝、来寻乐，一点儿也不敢惹他们。

真的，谁敢惹保镖的呀？除了那不识时务的裘文焕。裘文焕虽然穿得破烂，满脸的滋泥，正捧着个黑面饼吃着，这就当他的午饭了。可他真看不起那些自命不凡的镖师，心说：自大是个“臭”字，他们有什么本领，个个扬眉吐气地横冲直撞？他们要去赌钱，别人就得给他们让地方；他们赢了，就得意地怪笑，输了当时就瞪眼，耍矫情，不讲理……

裘文焕真想打这个不平，跟他们干干，可是，一来他知道这是扬州“继兴镖局”宝刀庞公继应下的镖，那庞公继是江北几省闻名的侠客，这几个是他手下的镖师，“不看僧面看佛面”，裘文焕不好意思得罪他们；二来，裘文焕另有他自己的心事，为这么几个徒有其表、未必真行的镖师，他不愿轻易显露出身手来。裘文焕虽然很是生气，可是究竟那几个镖师没侵犯着他，他也就没有多管闲事。

而在这时候，各船上全都炊烟缕缕，都在烧饭做菜了。从江南织造那船上的厨舱里散出来浓厚的烧鱼煮肉的种种香味儿，真令人馋涎欲滴，还有岸上的一些大饭馆的小伙计提着食盒，往船上送菜。船上的人也渐渐地都由街上回来了，还有些是来到河坝送客的，乱纷纷的，比刚才更热闹了。

忽然间又来了几匹马，马上的人打扮得也跟镖师一样，可是那态度、模样比那几个镖师更为骄傲，更为凶悍。这里有几个船夫可真是“眼毒”，他们似乎是认得这几个骑马的人，当时就非常的惊讶，彼此努努嘴，又悄悄地说两句话。但是裘文焕往近走了几步，想要听他们说什么，他们却又连一句话也不说了，似乎很害怕很忧虑，互相摇了摇头。

那几个骑马来的人到了码头前，就齐都下了马。他们在这里有一只预备好了的船，船虽不大，可是船夫却有七八个。下了马登船的仅有四个人，一个是脸黑如炭，一个是头上有一大块刀疤，第三个是瘦小精悍，还有一个却是头发全都白了，年已有五六十岁，却是精神矍铄，两眼冒着贼光；其余几个都是送他们的，看他们上了船，并又谈了几句话，就牵着马都离开河坝回去了。上船的这几个人是十分的眼生，不但来到这儿一个多月的裘文焕没看见过他们，别人也好像是全都不认识他们，除了刚才那几个小声谈论的人。这时船上、岸上人声扰扰，有的来有的走，有的上船有的又下船，太杂乱了，恐怕没有什么人能像裘文焕这样的眼睛明锐，他已看清了那四个行踪蹊跷的人。

天将近正午了，炊烟都在空际消散了，东南的风阵阵地吹着，那几只大船都在撤跳板扯帆篷。纳兰家两位姑娘船上的那个船夫头儿可更急了，站在船上又嚷着说：“喂！喂！谁来就快来，北通州！船可快开了！帮帮忙，管饭，多给钱，谁去？”

裘文焕忽然跑过去说：“我去！我去！”

船夫头儿点手说：“快来！快来！快上船来！你怎么不早答应呢？”

裘文焕说：“我早还没拿定主意呢！可是你还得等等我，我得到店里拿行李去。”船夫头儿说：“你这个人可真是！你还有什么值钱的行李呀？得啦！你可快去快来，来晚了，我们可就不等你啦，你住的店在哪儿啊？”裘文焕指着说：“就在那边不远，我去了一会儿就来，你别着急！”

船夫头儿叹气道：“我怎么能够不着急啊？人家大船都开啦！得啦，快！快！快拿了行李可快来！”望着裘文焕向东边飞跑，他又叨念着说：“穷得连双整鞋都没有，可又有行李？真是怪事！”

这时候，那三只大船都已挪动起来了，这里的姑娘叫老仆人出来问道：“怎么还不开船呀？”船夫头儿连连地说道：“开！开！这就开！说话就开船！好容易才雇上一个人，他又拿行李去啦，只好等会儿吧！他来了，咱们立刻就开船！”老仆人说：“等会儿他要是不来，咱们可就走啦！”

船夫头儿答应着，又连声叹气，他心急似火，瞪着两只大眼睛向岸上看着。过了不多的时间，果然见裘文焕拿着行李跑来了，其实他这能够算是一份行李吗？只是胳膊下夹着一个破铺盖卷，跑得倒是飞快，来到这儿，一跳就上了船，连口气也不喘。船夫头儿心说：这小子倒还挺棒！于是就大声吩咐着：“放下行李，帮点儿忙，开船！开船！”

当下裘文焕把被卷扔在船板上，就帮助船上原有的三个人解缆、撤跳板、扯帆篷。帆篷一扯起，立时船就动起来了，一个船夫去掌舵，头儿在系桅杆的绳子，裘文焕和另一个船夫撑篙拨船。这时岸上有与他认识的人，向他招着手，嚷道：“走啦？北通州吗？还回不回来呀？”

裘文焕向岸上点头笑着，用力地撑着篙，水声不住地哗啦哗啦响，船就离开河坝了。风吹动着帆篷，吹动着岸上的杨柳，船夫们，连裘文焕在内，口里一齐唱着：“哼嗨呀！哼嗨呀！唉，哼嗨呀！”一齐用力，加紧地驶船，顷刻之间，就把前边的那三只大船赶上了。

第三回　骆马湖黄昏刀光起

这一次离开清江浦的船，统共是五只。三只江南织造的大官船在最前，第一只是开路船，一边走着一边还铛铛地敲着大锣，彭织造大人和眷属就在那船上；第二只船大概是满载着绸缎；第三只船的上面是厨舱，还有镖师们的舱。衔着这只大船尾巴的，就是纳兰家的这小船。在他们的后边不远，还另有一只船呢！裘文焕看得很是清楚，后面那船上，就是刚才由骑马而登船的那四个形迹可疑的人，只有那个黑炭脸的人昂然站在船头，其余的三个大概都在舱里。他们的船夫不少，可是船行得甚为迟缓，好像是虽然紧紧地盯住前船，却又故意不往近处来。裘文焕就不禁笑了笑，这船上的船夫头儿也笑了，指着说："你们看，并不单是咱们的胆子小，非跟在人家船的屁股后头就不敢走路，还有跟在咱们屁股后头的呢！胆子比咱们还小！哈哈！"

裘文焕说："这条路上的船常来常往，大概也没有出过什么事儿吧？"

船夫头儿摆手说："别说没什么事儿！你知道吗？你敢保吗？你大概是新上跳板的人，在河边吃饭绝不到一年。我看得出来，你还是一个生手，我却是喝这河里的水长大了的，早先这道河是什么样子，现在又是什么情形，你哪儿知道？"

裘文焕说："莫不是运河上的买卖已经一年不如一年了吗？"

船夫头儿说："比十年前可差得多了！现在因为水越来越浅，船越大走得越慢。客人也是，差不多到了清江浦就全上岸换车走啦，谁敢往北来呀？这半年来，谁不知道骆马湖里的飞叉老鼋！"

裘文焕问道："飞叉老鼋是个什么，是个忘八吧？"

船夫头儿说："要是个忘八还好了呢！咱们还可以把它钓出来吃了……"说到这里，他咧咧嘴，仿佛说错了话，一副很后悔、很害怕的样子，又说："咱们别多说了！'草上说话路人听'，万一吹到飞叉老鼋那位大王爷的耳朵里呢！咱们跟着大船走，也是没法儿，少说话！"于是就全都不言语了。

本来是顺风，这只船用不着四个人一齐费力气，裘文焕就把篙提起来，横放在船板上，他歇息了一会儿，又拿起来他那长长的被卷，想要放在一个地方。可是前舱是那两位姑娘住，后舱一个席搭的棚子，是船夫跟那老仆住，同时也就是厨房，里面的东西乱七八糟，他也不愿把被卷往那里放。找了半天地方，他觉得棺材后边还稳妥，所以就将他的破被卷放在那里了。这被卷要是卖了，连两个钱也不值，可是里边却好像有一件硬硬的东西。他再走向船头来，就见前舱的窗帘已经掀开了一幅，里面的两位穿着孝的姑娘，正在凭窗观览着沿河的风景。

这时的船已经离远了闹市，河的两岸是稀稀的杨柳，柳丝之外是碧绿无边的麦田。蜿蜒的小径上，走着农夫、村妇，有的还赶着牛；再远处是个小小的村庄，更远之处是深青的山色，山外有天，天空飘浮着片片白云。一切都如同是画笔描绘出来的，实是秀美可爱，令人忘掉了疲劳，忘掉了心中的苦痛。纳兰小姑娘很天真地向外指着说："姐姐你看，这景致有多么好呀！"她喜欢得笑了。大姑娘虽然没露出这样喜欢，却也眉头展了展。

小姑娘又说："我觉着，当一个乡下的人可真好！"大姑娘却说："也没有什么意思。"小姑娘说："哼！我看可是比在城里住好，我愿意在乡下住小屋子，也不愿在城里住像王府那样的大房子！"

大姑娘听妹妹提到了王府，她的心中不禁颇有所感。她不像她妹妹那样胸襟淡泊，好像个隐士似的，她觉着那很可笑。无论是男子女子，都应当尽量地享受荣华，尽力地揽取权力，要出人头地，要有愿必遂，这就是这位大姑娘的抱负，也就是她对于将来的希望。

她因为遭遇多艰，所以深深地厌恶贫穷，她因为受过贫穷，然而家世本来是贵族，近日又有入宫选作“秀女”的讯息，她便对于本身的前途愈有美丽的憧憬。她在京的朋友之中，有不少是王公的姻眷，她非常羡慕那些人。她住在北京，自幼便见过壮丽的紫禁城，听家中人和亲友每天谈说的都是宫里的事。她知道宫里的人都是尊荣的，但那种生活也是寂寞而痛苦的，且有的要被贬入“冷宫”，有的要被活活打死；即使不受暴虐，也不能够永远和家中的人见面。因此，几乎没有一个人愿意叫女儿去当“秀女”。可是这种人人害怕的命运，在她父死之后，就有讯息要临在她的头上了。眼前是一片深海，踏进去之后，就永不能和父母弟妹聚首，这在别人不定得多么忧愁了，她却反而欣喜、盼望。她认为那茫茫的深海，不是昏黑可怖的，而是光明可喜的，那里边有无数的奇珍异宝都等着她掀波鼓浪，前去寻求。

这位纳兰氏的大姑娘自己想着：妹妹的话是小孩子的话，真要叫她在乡间住几天，睡土炕，喝小米粥，她也就哭了。一个人是不应当那样自甘微贱的，我要去想尽方法，抵消我自幼以来受的这些贫穷困苦，令向日轻视我的人都对我惊惶地仰视。我只要进宫，就不怕进那‘冷宫’，宫里的暴虐，绝不让它加在我身上，我还要把它加之于那些轻视我的人……

这位骄傲自信的姑娘，不愿多看沿河的单调风景。她觉着脸上被风吹了点沙土，就回身走在镜匣的旁边，对镜擦了擦脸。虽然因为居丧之故，胭脂是绝不可以擦的，可是她也敷了轻微一点儿香粉；这是她的习好，她是天天要擦几次粉的。她的美丽就使她自信她的前途，她受的十几年的生活锻炼就使她不怕一切困难。

在她这镜匣里，装粉的小瓷罐儿下，就压着吴棠的那张名帖，她展开又看了看，依然放在原处，这个人的名字她是一生也忘不掉的。她又十分感激地向她的妹妹说：“吴棠这个人真好，我们将来有一天要是‘得了地’，可真得报答报答人家！”“得地”也就是得志之意，妹妹听见了，却没有言语，因为年轻的姑娘谁能够想到将来得志的事情呢？姑娘得了志，顶多是嫁一位好夫婿，可也就未必就能对一个县官实行怎样的报答，除非是做了女皇上，才能够把他由县官提升知府，而升到总督。

在船舱里，萌动着这个奇女子的壮志；舱外，裘文焕拨着船，流了一身汗水。渐渐的，河岸愈狭隘，水流愈缓慢，这里的水浅，风的力量仿佛也小了。前面的大官船派了许多人到岸上去拉纤，这里的船夫头儿也向裘文焕叫着说：“伙计！该到岸上去拉一拉了！”

可怜裘文焕的头上连个破草笠也没有，他只盘挽着辫子，头上都被晒出了油儿。船夫头儿是个好心的人，赶紧找了一顶破草笠给他戴着，并要把船靠岸，好叫他上岸去拉；没想到，用不着，船离着岸边还有一丈多远，裘文焕就拿着纤板，一纵身，他就跳到岸上去了。这时他倒有一点儿后悔，觉着不该显露出自己的本事来，幸喜，大概还没有被注意。裘文焕就以两只臂挽着纤板，板子上有一条粗绳紧连在船上，他就用力往前拉，船在水面上滑动着前进，他就喊着：“哼喝唉……唉嗨！哼唉嗨……”前面的三只船有十多个挽纤的，也同样地喊唱。并且那边有个纤夫头儿又唱起来一种当时流行的小曲，他述说一句，唱一句，大家就跟着“唉嗨”儿声。如此有节奏地拉纤行进，连裘文焕也忘了疲倦。

风习习地吹着，水淙淙地流着，篙声与水声相应，如此直走出了十余里，就渡过了这段窄河；渐渐河面又宽，水流也盛。纤夫们又都各自回到船上，放下纤板，便又都加紧地撑篙。裘文焕刚想要歇一歇，他这船夫头儿又走过来，向他说：“伙计！别歇着呀！这个地方是前不着村、后不到店，你看人家大船都一点儿不停。因为再走不远就是泗阳，到那儿就得天黑，前面的三只大船一定得停住，咱们也就跟着歇一夜；明天再走，大概可以到宿迁，再歇一下；后天，那就爱什么时候开船再开船了。反正是清早或正午过骆马湖，就准保一点儿事也没有；要是算不清楚路程，太阳快落的时候走到那湖边，可就非遇见强盗不可。”

裘文焕说：“这倒不要紧！你想，这是一只小船，船上又有一口灵，强盗们也要讨个吉祥，不愿丧气呢。”船夫头儿说：“啊！你别说！强盗还管那一套？谁不知道这船上的两个姑娘在清江浦得了三百两银子？”裘文焕又连连摇头，说：“三百两银子，就能够叫骆马湖里的强盗们看得馋眼了？你可也未免太小瞧了他们！前边那三只大船上，有三十万、三百万银子也多，跟着它们走，非得吃大亏不可！”

船夫头儿说：“可是人家有镖头呀！”裘文焕说：“他们那几个镖头，也没多大用处，你没看见咱们后边的那只船？”船夫头儿说：“那也是跟着大船走的，跟咱们的一样。”

裘文焕却冷笑了笑，说：“依着我说，咱们把前边后边的船，全都放过去！”

船夫头儿说：“怎么着？咱们孤零零地走，那不是自找倒霉？得啦伙计，你还差着呢！因为你还年轻，我比你经过得多，见过得多，不能听你的，你就还给我卖点儿力气吧！”

当下，裘文焕也无可奈何，只好什么话也不说了，就又拿起篙来，拨着水。他这么一使力气，船又进得很快，头儿却又不叫船快走，非得不即不离的在那第三只大船的后面十来丈左右，仿佛这样才合适。船夫头儿是个赤红脸的人，人很好，就是脾气太为固执；其他的两个船夫也都年轻，活泼泼的，一边拨着船一边唱。那老仆人是在后边烧饭，两位姑娘在舱里，一点儿声音也没有，真安静，不愧是大家闺秀。

前边的那三只江南织造的船上可是乱七八糟的，尤其那几个镖师，真张狂得了不得，又是唱又是笑，还互相的亮出刀剑，在船上虚晃架势，比武取乐，他们的武艺却实在平常。后面，那只可疑的船却忽然离着远，忽又离着近，有时被柳荫遮住，有时在水面上停半天，可有时又快得似箭一般的来到临近。就这样，前前后后五只船，又走了半天，天色黄昏了，就来到了泗阳。

泗阳在这时候是属于淮安府桃源县，也算是一个码头，船都停泊在这里。裘文焕还得去帮助一个船夫去烧饭。可是这时，那个老仆人早已就把饭做好了，还炒得很香的菜，给舱里的姑娘们送去，并给那灵柩前供上。此时，东方的柳梢上已升起了团圆的月亮，两位姑娘出舱来给灵柩烧纸，火光和月色照着她们娉婷的素影，真如两位缟衣的仙子一般；尤其她们都是旗人家的姑娘，长衣天足，另有一种雍容华贵的美，所以招得邻船上的人都是很注意，争着站在船上，向这边来望。

人家这样悲哀地祭灵，他们那些船上却有不少人向这边指指点点，尤其是那几个镖师，又是嬉笑又是唱曲，这又使裘文焕非常生气。幸是两位姑娘祭完了父灵，很快地回到舱里去了，还没有太受那几个镖师的耍笑。但裘文焕依然怒不可遏，他骂了两句，那几个镖师也没有听见；他愤愤地双手叉着腰站在船上，明月照着他一身褴褛的衣衫，照着他的一股不平之气。

身后的船窗布帷上隐隐有一点灯光，但待了一会儿就灭了，河面上的风，吹来倒很凉爽。

当夜，裘文焕就在船尾上，那口棺材的旁边，露天躺着睡的觉，也没有打开他的破铺盖卷。次日清晨醒来，着了一身的露水，手脚都被夜晚的风吹得发僵，他在船上抡了抡胳膊，踢了踢腿，精神才又振作起来。

那船夫头儿是恨不得现在就开船，好在白天渡过骆马湖。可是人家那三只大船上的人，又都到岸上玩去了，他干着急，人家的那船不开，他这只船仍是不敢开。一直耗到八点左右，那三只大船才开走，并另有一只大船，装的是些木头，也跟着开去了，他们这船就又跟随着走。船夫头儿很是高兴，因为伴儿更多了，过湖的时候，更可以稳妥了。同时，在后面跟着他们的船也多添了两只，都比他们这船更小。据裘文焕瞧着，上面的人也有点儿可疑。

由此再往北去，河宽水旺，风也刮起来了，吹动着帆篷，船都走得甚快。到宿迁的时候，太阳才将将落。宿迁是个大地方，楚霸王项羽就生在这里。眼前就是汪洋无际的骆马湖，风帆往来，数不出来有多少船只。这时，帆影随着天际的锦霞，纷纷下落，大都来到这码头旁边停泊；唯有那前面的三只大官船，不知是嫌这个地方的船只太拥挤呢，还是回避城里的官儿来应酬，竟一点儿也不停，照旧往下去走。

这里的船夫头儿本想就在这儿歇下吧，这时简直急慌了，连说："这可怎么办？这可怎么办？他们不停，难道咱们也不停？眼前就是骆马湖呀！飞叉老鼋就在这儿啊！"裘文焕高声说："头儿！你要想千稳万妥，顶好就在这儿泊着，别再傻跟着他们走，明天有的是大船往那边去。"船夫头儿说："可是，别的大船未必是官船呀？也未必有这么些位镖头呀？"裘文焕就不言语。

同船的两船夫，先中一个人说："走吧！天还早呢！前边有这么些只船，哪能够就出事？再说，不错！眼前就是骆马湖，可是不过是走湖边儿，又用不着穿过湖心，没事儿！绝没有事儿！快点儿走吧，索性走到窑沟再过夜。"

另一个船夫却说起这骆马湖的"历史"来了。这骆马湖,据说在二百年前还是一片洼田，后来由附近的诸山冲下来了大水，就把这片地方变成了个仿佛是长方形的一个汪洋大湖；水自董家沟、陈窑沟注入运河，北上的船本来用不着走进湖里。因为那片湖简直就是个水寨，里面的强盗极多，尤其近半年来，所出的事要是说出来，真令人胆寒，也无怪这船夫头儿发怯。

可是，大官船及另外好儿只船全都昂然不顾地向前走着，后面跟来的小船更多。两个船夫都用力地撑着篙前进，嘴里说着骆马湖的许多故事，还有神话，倒还很开心。头儿索性也壮起胆子来了，紧追上那三只大船去走。近处河水滔滔，远处烟波浩浩，余霞四散，天渐昏晦。那三只大船上都又点起了灯，铜锣又铛铛铛地接连不断地猛敲起来，震得波翻浪滚；大概他们也是知道附近的湖上有强盗，希望别来劫他们。

却不知他们的锣正在紧敲着，船也都在急速地前进着，突然水面上发生了一种奇异的现象：原来是那骆马湖与运河交叉之处，忽有无数的渔舟，齐都奔向那最前原来是的一只大船，并且弩箭齐发，如飞蝗，如急雨。那只船上的锣声立时停止了，船也停住了，船上都大乱了起来。同时后面的那几只小船上的人都已亮出了刀剑，直向三只大船去逼近。

这只船上，裘文焕却生起气来了，说："啊！真有这样的事儿！"那船夫头儿着了急啦，张着两只手，跺脚说："这可怎么办啊？"他手下那两个船夫都说："快到舱里去躲躲吧？别叫箭给射住！"那老仆人是早就藏在船舱里了，还不知道那两位姑娘惊吓成了什么样子。

这时，忽见一只小船由他们的这船边紧擦而过，这船原就是自清江浦跟着他们来的那只，那黑炭脸的、大刀疤的和那个瘦小精悍的都手持刀斧站在船头，另有七八个人一起撑篙，船如飞一样。那个白头发的老头子，手持一杆三截棍，凶得如一只老狼似的，此人就向裘文焕喊着说："快往后！往旁边去！没有你们的事！若是在这儿碍着事，受了伤可休怨我……"说话之间，就直扑那三只大船去了。

他们实都没把裘文焕所在的这只船看在眼里，真没工夫，也仿佛是不值得打劫他们。这里的船夫头儿可立时惊喜，如同获赦似的，叫着两个船夫和裘文焕，说："咱们快躲开！或是冲过去……"他简直慌了手脚。

河身本来不宽，船又这么拥挤混乱。此时那三只大船上已经打起来了，有的狂呼惨叫，有的喊嚷着大骂，把他们这船就算是夹在里边了。风声猎猎地吹着帆篷，使这船不能自主，不住地乱转乱碰。裘文焕这时镇定不慌，连那个船夫头儿现在全听他的指挥。他先上手帮着，费力地把帆篷卸下，然后他用力撑篙，喝令着："转舵！往怀里！往外……后！"他指挥着方向，振作着精神，发挥他的神力，这才将船在众多的贼船之中转了过来，又箭一般地向南驶去；直到离开了那边数十丈远，便靠住了岸。

船夫头儿累得都说不出话来了，喘吁吁地说："怎么办？是上岸去躲躲呢？还是停在这儿呢？"

裘文焕却跑到灵柩旁找着他那破被卷，由包裹里面抽出一口寒光闪闪的钢刀。这可把船夫头儿吓了一跳，还以为他也是强盗的一伙呢，当时就说："朋友！咱们可没仇……"裘文焕说："你别胡疑惑！那些个贼，他们虽顾不得来劫咱们，因为那三只大船上的东西就够他们抢的了，可是他们要是欺侮了人家的女眷可不行！那几个镖师都是饭桶，我得去帮帮他们！"

船夫头儿急得要去拉他，说："我劝你就少管闲事儿吧！咱们自己的这船还不把牢呢！"裘文焕说："你们放心！你们在这儿很好，这儿有柳树遮着，他们那边绝顾不到这儿。"船夫头儿说："咳！你哪儿知道？咱们这船上可还有三百两银子和二位姑娘呢！"

裘文焕说："那三只大船上更有的是！我裘文焕立志打天下的不平，救每个人的灾难，不能只顾咱们这一只船！"他愤愤然，英风毕露，早已不像是那个惫羸马似的拉船纤的了。船夫头儿和那两个船夫一听了这话，好！他分明是一位侠客大英雄呀！当时都惊诧得说不出话来了。只见裘文焕扑通的一声向河中跳去，吓得船夫更都啊呀了起来，以为他是投河自尽了。其实他哪能够自尽？他在水中如同一条大鱼似的，翻波鼓浪，直奔那大船而去。

此时大船上的灯火倒更多，因为那些湖盗们也点起来了灯笼火把，熊熊火光之中，众湖盗们正与那几个镖师在乱杀乱砍。那几个镖师一来寡不敌众，二来本事全都不高，所以有一个就被砍倒在河里了。裘文焕泅水来到临近，又呼啦一声蹿出水面，扳住了船头就盘腿而上。船上的一个强盗抡刀问说："你是干什么的？"裘文焕浑身水淋淋的，很快地就上了船，他一句话也没答，反翻刀砍去。这强盗以刀相迎，旁边又有那个头上有一大块刀疤的汉子，舞动双斧，向他来斫。裘文焕的钢刀翻飞，当时就砍倒二人，就连这抡双斧的也被砍下水去。那瘦小精悍的使着一杆钩镰枪，向裘文焕直钩且刺；那老头子手捧长矛向裘文焕来打，并说：“你这小子，不是给那个船拉纤的吗？你他妈的来管什么闲事儿？”

此刻裘文焕又已经把那瘦小精悍的砍倒于船板之上，他又一纵身跃上了另一只大船。这就是那织造彭大人的官眷所在之船，湖盗们已把舱都围住，逼索财物。裘文焕就好像是从天而降，钢刀闪闪，只要是见着了强盗就杀。好在这时船上的一些差官和仆人，抗拒的已为众盗所杀，慌张的就吓得堕到河里了，胆小的早跑到个角落里趴伏在船板上藏了起来，现在船上威风凛凛的差不多全是一些强盗。但裘文焕一来到，一舞动了钢刀就杀，这些强盗就东奔西跑，有的负伤落水，大半都又跳回他们的小船上去了。

其中那拿刀的老头子还在与他恶斗，并有一瘦长的汉子手持三股钢叉，非常的凶猛，与裘文焕拼斗了四五回合。裘文焕猜着这人大约就是骆马湖的强盗之首，绰号叫飞叉老鼋的。当时他就专心要杀倒这个人，钢刀一刻也不缓，削砍撩刺，很快就将飞叉老鼋逼到了船头。再一刀就能够把他砍下水去了，不料那老头子的长矛自后砸来，黑炭脸的人也抡着一只大锤向他来砸，裘文焕不得不回身来抵御这两个。那飞叉老鼋却就趁此际向着他们的贼舟上一跳，就跳到了上面，大嚷着说：“走吧！”旁的强盗们也跟着走，那使长矛的老头子也跃上了贼舟，黑炭脸的未及逃走，就被裘文焕砍倒。

当时群盗纷逃，情形更乱，舟船交撞，喊声震天，篙橹之声连成一片；灯笼火把也多半都灭了，有的掉在河里了，还有的引着了船上堆着的绸缎，已熊熊地燃起了大火。当时就乱到极处，可是盗舟也已纷纷逃走了。一个未受伤的镖头又领着几个才从船板上爬起来的人去救火，好不容易才找着两个吊桶，由河里打起水来，向那火上去泼。

裘文焕这时也顾不得别的了，将刀放下，抢过一只桶来，自己打水用力向火上去泼。他的力大，打水打得快，泼得也远，一桶紧接一桶；并不像有的人，慌慌张张的，打上水来没泼就洒了，并且险些连人带桶全都掉在河里。

此时，那一些盗舟已都逃进了湖中，这河里的死尸有的沉下去了，有的顺着河水漂远了，火也渐渐被裘文焕一人给扑灭了。船上的官眷们虽受了很大的惊吓，可是倒还没有受伤的。

江南织造彭大人是个矮身材的人，这时也不大害怕了，他出了舱，看着救火。起先以为裘文焕是这个船上的船夫，他很惊佩裘文焕的勇敢、敏捷，后来听旁边的人说："这人不是咱们船上的，多亏这个人来了，那些个湖盗全是被他一个人给杀走的……"彭大人就更为惊讶，心说：这是一位侠客呀！这是一位奇人呀！正要等待裘文焕把火扑灭，好请他过来谈一谈，问问他的姓名和来历，并谢谢他。

这时火就算是已经灭了，可是烟更多更浓，滚滚的，一团一团的，好像是大雾似的。就在这烟雾里，裘文焕也不容用别人跟他说什么活，他就拾起了刀，又跃入于水中，依旧撩动着波涛，如鱼一般的回到了他那只船上。

这时，这船上的两个船夫和船夫头儿，刚才全都望见了那边的一场火景，还担心着：咱们的这个伙计可也不知怎样了？大概回不来了吧？蓦然见由船边好像爬上来了一个水怪，吓得他们又都哎哟哎哟直叫；但是细一看，才知道是裘文焕回来了，船夫头儿就说："我的老哥！你怎么管了这件闲事？可真把我吓死了！"

裘文焕微微地笑，放下了刀，却又拿起了篙，说："咱们快些走吧！"

当时船夫头儿就以为若不走，一定还有什么凶险，所以赶紧解下了缆，就喊着叫那两个伙计快些拨船。此时，裘文焕的气力依然充沛，就加紧地撑篙，船又如箭一般地向北而去。

在与那三只大船相擦而过的时候，那大船上的人又惊问道："是谁？哪里来的船？"

裘文焕高声地答应着说："是我！"

那大船上用竹竿挑着个灯笼高高地照着，一看，就是刚才的那位侠客，现在又变成船夫了，遂就说：“侠客！请你留下大名！将来我们好报答你！”

裘文焕却笑着说：“谁是侠客？好了！咱们将来会吧……”

当下，他更加用力地撑船前进，就离着那三只大船越来越远。天也越黑，空中的银星乱迸，河水急流，夜风愈紧。这只船又扯起了帆篷，就走得更快，及至走到了窑湾地面才泊住船。这里，邻船都已熄了灯火，岸上已敲过了三更。

第四回　铺衬市里隐侠踪

这只船虽然一点也没有受什么灾难，可是连行了半夜，也像是从虎口里逃出来似的，船夫头儿还在心惊肉跳，那两个船夫也都累得站不起了。裘文焕跳到岸上将缆系好，这时候老仆人就由舱里出来叫他，他又跳回船上。老仆人却手里拿着十两银子，说："我们那位大姑娘，知道你很出力，特地给你五两银子的赏钱；那五两，是赏给头儿跟那两个伙计的。"

裘文焕却摆手说："赏给他们多少钱，我不管，我却是一文额外的钱也不能够要的！"

老仆人说："你干吗？难道你是嫌少吗？姑娘也实在没有太多的钱，所以也不能够多赐。这不过是点儿意思，犒劳犒劳你们，因为刚才你们太出力了，尤其是你……"

裘文焕微笑着说："我出力是应该的，谁叫我到船上来帮忙？我帮船上的忙，吃船上的饭，到时候我跟头儿要讲好了的钱，多一个我也不能够要。再说，那两个姑娘也很难的，幸亏在清江浦遇着了那位吴太爷，赠了点银子，这大概盘费才算够。她们送灵回家，开吊、安葬，不知还有多少用钱之处，她们这点儿有限的钱还是留着正用吧！不必来送给我。"

老仆人不住点头称赞，说："你这人是个好汉子！可是今天多亏有你！大概江南织造的那三只船，要不多亏你，不是让强盗抢尽了，也得叫火烧光了。两位姑娘都知道你给他们帮了大忙，你是一位侠客！”

裘文焕拱手说：“这是过奖。”老仆人又说：“那么，你跟我进舱去见见两位姑娘，好不好？”裘文焕摇头说：“我身上的衣服都没干，怎能去到舱里？再说，我不过是个在船上帮忙的，是个粗人，不该去见姑娘，我不去！”

老仆人点点头说：“既然这样，我就替你去回禀一下。你既是这么个英雄好汉，不把钱看在眼里，我想姑娘若非叫你收下不可，那倒是小瞧了你啦！好！你等一等，我去说一说。”

这时船夫头儿在旁说：“为什么不要赏钱哪？那也是咱们应当得的呀！”

裘文焕并不言语，心里却非常钦佩那两位姑娘真会办事，银两虽然不多，但是这种赏行得恰当，这种待人叫人心服，这种意思也叫人感佩。他不禁望了望着那船舱的窗户，只见里面灯影微微，说话的声音外边简直无法听见。

等了一会儿，那个老仆人才又出来，先把五两赏银给了船夫头儿，然后向裘文焕，带着点儿笑说：“你既不愿意要赏钱，姑娘们也不能勉强叫你收，那倒显着是小瞧你。可是大姑娘叫我问问你的贵姓大名，说看你是个诚实人，将来有什么事，还许要提拔提拔你。”

裘文焕一听，倒觉得有点可笑了，心说：我要她提拔我干什么呀？她一个姑娘人家，有什么力量提拔我？难道她认识不少的官，要给我找差事？遂就说出了自己的姓名，并说：“我可不愿当官差，请姑娘少提拔我。”

老仆人又笑了笑，说：“你真是个好人，可是我看你在船上太苦了，大丈夫趁着年轻，应当找个出身，奔个前程！”

裘文焕说：“我是想到了北通州，离开船，就到京里去。”

老仆人点头说：“对！对！你这样的人，这身本领，到了京里不愁不得志。好吧！咱们到京里再见面吧！我姓窦，我家眷都在京里，东城大哑巴胡同住着，你将来可以找我去。我本来在湖南跟官，可是我这样年纪了，这一回趁着给纳兰协台送这口灵，到京里去，也不想再回湖南了。我有三个儿子，全当着差，大儿子在銮舆卫；二儿子出了家了，在宫里服侍主子……”

裘文焕对于这话可有点不明白，想着：“出了家”当然不是做了和尚，便是当了道士，怎会又在宫里服侍主子呢？他那二儿子到底是个做什么的呀？虽然心里不大明白，可也不愿意多打听，认为这些事本来与自己全无关系，也不打算将来到北京去找。

窦老头儿接着又说：“我的三儿子做买卖，他们都能够养活我，我何必还在外头奔波呢？我回到京里就什么事也不想干了，将来你要是有什么不得意的事情，可以找我去，我跟我那三个儿子都可以给你想点儿法子。”裘文焕说：“等我到京里，再去望看老大爷吧！”窦老头儿说：“别这么称呼，咱们有这一次患难，以后就是好朋友啦！”老头儿说着又笑了笑，便回身又往舱里去了。

船夫头儿跟那两个船夫都回到舱后睡觉去了，裘文焕也觉着十分的疲倦，就到那棺材旁展开了被褥。身旁放着钢刀，他就仰卧着看天空上的星星，不知不觉就睡去了。

河上的夜风阵阵吹着，不觉天色又已发晓，裘文焕的一身破衣裤又湿又凉了，他也没有可更换的。船夫头儿和那两个船夫也全跟他一样，没有一件富余的衣裳；不过可都比他高兴，因为得了五两银子赏钱，现在，由船夫头儿亲自到岸上沽酒买肉去了。刀上沾了不少露水，裘文焕用那潮湿的被褥擦了一擦，便依旧卷起，放在棺材的旁边。

窑湾是一个小地方，泊着的船很少，昨晚从南边来的船只有他们这一只，江南织造的那三只大官船全都没来到。裘文焕心里也明白，想他们又回到宿迁去了。因为在骆马湖旁出了事儿，虽湖盗死伤了不少，他们船上的镖师、仆人等也不能说是毫无损伤，绸缎等物恐怕也被劫去相当数目；那也是个事儿，宿迁县的官儿都许因为此事而落不是。江南织造被劫，就如同是钦差大臣遇盗，这个案子也不算小啊，那三只船当然不能来了。

船夫头儿买了肉沽了酒回来，待了会儿，就请裘文焕在一块吃喝了一顿，然后，大家又鼓起精神来解缆开船，又往北去。渐渐进了山东境界，过微山湖、蜀山湖、南阳湖，也都平安稳妥，没再遇见一点儿事儿。

如是，一直向北去，清晨开船，暮晚停泊，一连十余日。船上的那老仆窦老头儿跟裘文焕越发地熟识，可是裘文焕从来没进过舱。虽然每日晨昏两次，总看见两位姑娘出舱来上香焚纸，他可从来没跟姑娘们说过半句话。但他钦佩这两位姑娘，尤其是大姑娘，神态庄严而端重。他又想：我的名字可是已经叫这位大姑娘给记了去了，将来也许做了官太太，叫我去给她的‘老爷’当常随，好提拔我？哈哈！那可真是可笑了……他如此想着，但也不愿叫人知道自己的详细来历，他依旧勤勤谨谨地在这船上辛劳操作。

这天，船便到达了北通州，这里距离北京仅有四十里。这河堤上比清江浦可又繁华热闹了，一方面各种的货物等等要往大船上去装，一方面可也有不少货物要由船上纷纷往下去卸。只有他们这只船上，除了一口灵柩之外，是什么也没有。并且，若是达官显贵、有钱人家的灵柩运回时，岸上不定有多少人来迎接了，现在纳兰家的这口灵回来的景况却凄凉得很，只有两家至近的戚友，同着纳兰大姑娘的弟弟名叫桂祥的来这儿接灵；雇了八个人抬着灵柩，姑娘们都坐在骡车上，就往京里去了。

这里，船夫头儿已经领到了钱，并把裘文焕所应得的开发了，又跟他商量着说：“老兄弟，你是一把好手，我还真没见过你这样的！咱们索性讲好了，在这儿歇几天，有了买卖就回去；以后的工钱是按月给，你索性帮忙到底。我姓黄，外号叫红脸黄，只要你帮助我，将来买卖做好了，我决不能够亏负你！”

裘文焕却摇头说：“我暂时不想回南方去了！我到京里去还有些事，想找个朋友去，咱们后会有期吧！”他向船夫头儿和那两个伙计都拱手道别，就夹着他的那长形的里面藏有钢刀的破被卷，离开了船，往西去走。

这边，运河的水汩汩流着，那边，北京城里烟雾缤纷。这正是咸丰（清文宗）元年，南方的太平天国虽也已经起事，北方却依旧是一片升平景象。闻说现在宫中正要征选秀女。所谓“秀女”，就是预备做妃嫔的女子们，以旗人家庭中的姑娘为限，照例每三年征选一次。凡是已经成年的姑娘，由八旗都统造册咨送户部，奏请引阅，或者留在皇宫，或者指配宗室近支。这些应选的姑娘们都有一步登天的机会，不过若是从此幽居在深宫，终生难得宠幸，与白头宫女同样的凄凉。

这都说的是宫廷及贵族人家的事，由此也可见那时的北京城里是怎样的一种情形，现在还是要说由拉船而自清江浦来到北京的裘文焕。

裘文焕来到了北京，他就住在正阳门（前门）外，地名叫“铺衬市”的一家小店里。北京所谓“铺衬”，他就是破布烂衣。铺衬市这个地区，就是一些个买卖破烂布的小商场，他们从一种换“肥头子儿”的贫妇手里买来那些烂布，唯一的用处就是打“夹纸”。北京把夹纸唤为“袼褙”，就是把一块一块的破烂布，用糨糊粘在一起，晒干了，衬在鞋帮子、鞋底子里用的。在那时穿的鞋，都是自己家里做，有的人家想做鞋，却没有那么些个烂布打“夹纸”，而这种东西本来又用不着拿新布做，所以只好买，价钱十分便宜。因为是必需品，销路也大，所以就成了个“市”。

至于“肥头子儿”，原是一种树上结的种子，外形黑色而有光泽，每个约有蚕豆大；砸开了，里面是白色的，用水泡起来，能产生黏性。以前普通人家的妇女，都用它来擦在头发上，以便将头发粘在一起，而把发髻儿梳得好看，等于后来的“生发蜡”和“凡士林”，所以这也是普通人家不可缺的。

因此，一般贫穷的妇女，就每天背着一个荆条编成的大筐子，穿街过巷地向一些小户人家收买烂纸和破布，但她给的不是现钱，只给十个八个的“肥头子儿”；也就如同那“换茶碗的”和拿头发换梨糕的。这是早先的社会上一种小生意，也可以说是唯一的妇女商业。这里所指的妇女是贫穷的妇女，至于“三姑六婆”，那是可以进到大户人家家里去，而且那多半有副业，并不是真凭着一点本钱和终日的辛劳换取衣食的。

裘文焕住的这个地方，每天所见的就是一些破布商和这些换肥头子儿的贫妇。他住的店里还住着好几个既穷且不干事的人，他看出来这几个全都是小偷。但是，他为什么要住在这里呢？他似乎是很有用意。因为这些人是整天在街上闲转，北京城里，无论何处发生了大小事情，他们当日便能知道；而由他们的闲谈之中，便送到裘文焕的耳朵里。所以裘文焕来到京城，日子并不多，他就把街上的情形全都知道了，比如谁是有名的镖师，谁是有名的地痞，等等。

并且因为这店里住的小偷儿之中还有飞贼，他们却专注意各富家，尤其是王公府第之中所藏的珍宝，所以裘文焕还常能听说某府中藏着“避尘珠”，某宅中有一对“翡翠核桃”，某家里又有个“金蛤蟆”等。当然这一半也许是事实，被他们间接听来的，一半大概就是这些偷儿们的梦想；他们恨不得偷到这么一件价值连城的东西，就够一辈子吃喝的了。

可他们永远偷不到，永远在说梦话，生幻想，可是裘文焕却有意地听，还时常跟他们打听，但结果却总是失望扫兴。

裘文焕虽仍穿着破衣，睡着破被，吃着粗饭，可是他不但不发愁生活，有时还帮助人钱财，也不知他的钱从哪儿来的；因此才被偷儿们认为同类，以为是一条线儿上的人。其实，裘文焕为人十分正派，一个非义之财他也不取，并且他每晚睡觉，不常出店门，又绝不像是个鸡鸣狗盗之辈。他的来历及他来到京城的目的，绝没有一个人晓得，他只是自己向人说过，他是走遍天涯，寻访一人，并且要寻一件东西，打算借用一次，以弥补他生平的一件憾事。

行踪神秘的裘文焕，这一天清晨醒来，收拾起来他的那个长方形的破被卷，便要往外走。此时，跟他睡在一铺大炕上的几个人还都在酣睡，只有光穿着袜底的“小耗子黑张”才从外面回来，悄声问他说：“喂！你要上哪儿去？”

裘文焕说：“我出去，吃点儿什么去。”

小耗子黑张又悄声说：“出去替我看着点儿！昨儿夜我到北大街的户部侍郎翁家，东西一件没摸到，反几乎叫他家护院的双刀费彪把我捉住，好险！双刀费彪他认得我，只是还不知道我在哪儿住，他今天一定得在街上找我，你要是看见他，你可别说我在这个店里住！你还看他是手松是手紧，手松就是他不想理我了，手紧就是他非得把我拿住才甘心！”

裘文焕却摇头说：“我并不认识谁叫双刀费彪！”

小耗子黑张又说：“那么我就劝你也别出门！因为你虽然来到京城日子不多，你是个干什么的，我也明白，现在有不少的人都留心你啦！就我知道的就有三个人，广云镖店的大镖头铁环刀罗寿、永王府护院的金翅刀崔洪，昨天他们在茶馆里还说：‘北京城来了飞贼啦，多半住在铺衬市那几家小店里。这个贼的来意一定不善，要偷就得偷大家伙，可是他现在还没有得手。’双刀费彪这两天也直往这边溜达，并且在街上向人说：‘好啦！快有热闹看啦！外省的大飞贼来啦，也许他做下惊天动地之事，也许我就要展一展擒龙伏虎之能。’”

裘文焕一听，倒不住地呆呆发怔，心里佩服北京城这地方的确有高人！可是他们把我当作了“飞贼”，那是弄错了。不过铁环刀、金翅刀，还有一个双刀，真有不少使刀的，可是不知道其中有否一口宝刀？这样一想，他当时就十分兴奋，摇着头说：“不要紧！”

小耗子黑张却又急又怕地说：“怎么不要紧呀？你吃他们一回苦头就知道了！”裘文焕却微微地笑说：“我出去看看。”说着向外就走。小耗子追在他的后边还悄声地说：“要是有人跟你打听我，你可千万别说我在这店里住！”裘文焕点点头，他就走出去了，小耗子也没敢跟他出门。

裘文焕大摇大摆地走着，他本来穿着一身破烂衣服，这么一摆更叫人注意。他就离开铺衬市走到前门，大马路旁有不少卖早点的。北京的这些早点小吃真是五花八门，不但种类繁多，还贵贱不同。譬如只喝一碗“面茶”，这种用糜子面熬成的粥，上面挂一点儿芝麻酱，再洒一点儿椒盐，这一碗不过一文小铜钱。要是吃点儿豆腐脑，加卤至少得每碗四文钱；另外再吃两个烧饼，两个不够，吃上四个，可就得十文钱。十文钱在北京说是“一百”，能这样随便吃的，也算是阔人了。

现在裘文焕来到这儿舒服地大吃特吃，吃了一碗豆腐脑，又再来一碗，烧饼也吃了好几个。其实他的“穿章”跟要饭的差不多，因此招得旁边一位手提着两只鸟笼、衣履阔绰的高身大汉不住地看他。这人也在吃豆腐脑，可是仿佛还没有裘文焕吃得这样痛快，不管钱多少，就放开大吃。这人就看着裘文焕可疑，扭着头看了半天，蓦然就把裘文焕的胳膊揪住，厉声地问道：“你是干什么的?”

第五回　牡丹——“二丫头”

裘文焕一点儿也不惊慌，手里还托着一碗新盛的满满的热豆腐脑，他就问说：“你为什么揪我呀？”

这个人说：“我看你不像好东西！凭你这穷样子，会有钱吃这么些个？”旁边卖豆腐脑的倒说：“他倒是常吃，吃了有三四天了，每天都拿这当饭，也没欠下过一文。费大爷……”裘文焕一听，这人大概就是双刀费彪，他虽没带着那双刀，可是力气还真不小。他把裘文焕的胳膊揪得很紧，并且恶笑着说：“京城里，这些日子常闹飞贼，昨晚上我家还去了小偷，不是你这小子才怪！得啦！你就跟我走吧！”他把裘文焕又用力一拉。

不想裘文焕把手中的碗扬起，就向他的脸上一扣，当时这费彪的紫黑大脸上，连鼻子带眼睛就全都是豆腐脑和卤汤。裘文焕又咚的一拳，正击在费彪的肚子上，费彪一屁股坐在了地上，差点儿将豆腐脑的锅撞翻了。卖豆腐脑的和旁边的几个小贩全都大嚷了起来，裘文焕却早将胳膊夺回，转身就走。那费彪用袖子一擦脸，大骂着说：“好小子！”挺身而起，先拾起他那两只已滚得很远的鸟笼就追。

可是这时裘文焕已经走回了铺衬市，费彪如猛虎一般地追来，怒喊：“小子！你站住……”裘文焕紧走不回头，然而就听身后有妇人尖声喊道："哎哟！"裘文焕这才赶紧回首，就见原来是一个刚从一家破门里出来的背着筐子换"肥头子儿"的贫妇人被费彪给撞躺下了。费彪还怒骂着："你为什么挡着大爷的去路？"说时向那妇人身上又是一脚，妇人又惨叫一声，躺在地下就起不来了。

裘文焕大怒，回身扑过去，抡拳向费彪就打。费彪以拳相迎，并将脚向裘文焕就踹。裘文焕却疾速地闪开，分身十字，长拳自右打出，砰砰砰循环三拳，来得飞快。双刀费彪哪里招架得了，当时鼻血也流出来了，配上还没擦干净的豆腐脑，更显得难看。他往后退几步，直说："好小子！你打得我好！反正我已知道你在这儿住了，好小子你可别离开，待会儿我找你来，你姓什么？"裘文焕愤愤道："我的名姓不能告诉你，不过你也太强梁霸道了！像你这样的人北京还不知有多少？你去告诉他们吧，我都要会一会他们，我在这里绝不走！"费彪冷笑着说："你不走就行，好吧，再见！"拿着他那两只鸟笼，回身就愤愤地走了。

旁边有人悄声对裘文焕说："你还不快跑？他回去一定就把两个鸟儿笼子换两口钢刀，再找你来！他真能杀了你不偿命！"裘文焕却摇头冷笑着说："不要紧！"就急忙地去搀扶那躺在地下的贫妇人。

这个妇人年纪有四十来岁，穿的衣服比裘文焕也不见得整齐，她身后背着的那巨大的荆条编成的筐子，早就滚到了一旁；没这东西，刚才双刀费彪也不至于嫌她碍路。她的筐里现在还是空的，她是才出门要去做买卖。

她就住在旁边的这个破门里，这时邻居家的几个妇人都跑出来了，也都像是干这行儿的，她们也来帮助搀她。她却面色蜡黄，哇地就吐了一口血。邻居妇人有的惊慌着说："咳！不好！她本来就有这吐血的病，这一回叫人踢得还真不轻！"又有一个白头发的老太太喊着："二丫头！二丫头！这个丫头大清早的可又上哪儿去啦？她妈叫人打成这样子，她倒没影儿了！"裘文焕就说："先搀进去吧！"于是大家就往破门里搀这个贫妇人，把她搀到了一间小屋里。

这屋里破破烂烂，一件完整的东西也没有，只是在炕上放着一只硬木的梳头匣。这贫妇人就躺在炕上，还不住哎哟哎哟地叫着，旁边那白头发老妇人就说：“这可怎么办呀？她的女儿又不在家，二丫头啦！二丫头！……真可气，她妈遇见这么倒霉的事儿，她可又发疯去啦？”

裘文焕说：“都不用着急，请位大夫来给她治治吧！”

旁边有个邻妇说：“你说得倒好！请人来治得花多少钱？那不是因为你惹别人啦，你敢惹费彪？不是你，韩七嫂子也不至于受这个伤！”

裘文焕一听，连这里的妇人全都知道费彪，可见他是有名的恶棍了，当下他就说：“你们也都不必抱怨我，我也不能叫他白打伤人！待一会儿，他就是不来找我，我也得去找他。现在还是请大夫要紧，我这里有钱。”说着就从他那破衣裳的怀里掏出来一个手巾包，这块手巾倒还不太脏，里边却真有几块碎银子。

这使得旁边的几个妇人都诧异了，有人就说：“谁去请大夫去？陈一贴，他专会治跌打损伤，谁行个好去一趟吧！”

这时忽然那白发老妇人向院中一看，说：“二丫头回来啦，二丫头！大清早的，你又上哪儿发疯去啦？你妈都快要叫人打死啦！”躺在炕上受伤的韩七嫂，这时也凄凄惨惨地叫着她女儿的名字，说：“牡丹！牡丹……”

“牡丹”就是二丫头的名字，这名字可真漂亮，而且带着十足的贵族气，出在这贫寒之家，仿佛有些不称。裘文焕就惊讶似地把头一回，见这位姑娘可真像是一朵牡丹花！她长得胖胖的，模样十分美丽，一双大眼睛似乎是她的一个特殊标记。她把目光向这边一投，就像带来了许多情思，尤其少年男子裘文焕，他简直就要把什么费彪等等全都忘了。

他注意地看这牡丹，见她大约也就是二十岁，或者十几岁，梳着大辫子，前面留着“孩儿发”，还戴着银耳坠；脸上擦着粉、胭脂，抹着红嘴唇，真比牡丹花还美丽；身材不高不矮，微微有点胖，但又不失其苗条。她是缠足的汉人民女，穿着是青布小鞋，衣服裤子都是青的，可是镶着五色丝织的花缎边，真俏皮，手指上还有两个珐琅戒指。假若不是在这里，不是有人叫她二丫头，谁能相信她就是这换肥头子的贫妇韩七婶的女儿呀？

她忽见她的母亲成了这样，非常着急，赶忙地来到近前，问说：“妈！怎么啦？您……”说的是北京话，喉音清细，她从衣襟的纽扣上摘下手绢，不住地擦眼泪。

旁边那个白发的邻家老妇，就指着她说：“你还问哩？那不是你这个丫头大清早的就出去了，你妈要做买卖去，刚一出门，就遇见双刀费彪，他本来是跟他……”指着裘文焕，“费彪是跟他打架，可是你妈倒霉，费彪嫌她碍路，一脚又一拳，你来看，你妈又吐了血啦！从打你爸爸死了以后，你妈就撑持你们这份日子，她容易不容易？你妈有多苦？你可打扮得跟个小卖娼的似的，一清早就出去。我看也好，你妈叫人打死了也好，省得将来也叫你气死……”牡丹只是用手绢捂着脸，一声也不敢言语。

白头发的老妇人又狠狠地问说：“你到底上哪儿去啦？说说！你那死鬼爸爸是我的干儿子，他那口棺材还是我卖了我的那份寿衣跟九连环才给他买的。你妈这回死了，我还得管你，我能活一百岁呢！管你到头！你这小骚丫头，休想能够称心！由着你，打扮得个卖娼的似的，咱们这院里没有你这样儿的……”

旁边就有邻居妇人劝着说：“得啦，汤老妈！你也就别说她啦，还是快点儿去请陈一贴去吧！既然这位大哥拿出银子来了嘛！”

裘文焕赶紧说：“陈一贴在哪儿住？我去请！”

白头发的汤老妈却说：“你别走！你想拿出银子晃一晃，又拿着就跑吗？告诉你，你跑不成啦！老太太我活了七十三岁啦，我的孙子都比你还强，现在镖行里当伙计，我会看不出你来？你一定不是个好东西，不然你也惹不着费彪，你把费彪打成那个样子，你还想跑？等待会儿他勾了人来找我们麻烦，你不用想走！惹了费彪是你的事儿，伤了这个人也是你的事儿，二丫头的妈要是死了，棺材发葬全是你的事儿，想跑也跑不了，抓住他！”这老妇人可真厉害，她吩咐人把裘文焕揪住，可是旁边的几个都是妇人，人家谁好意思揪呀！

这时，牡丹把她的手绢从脸上拿开，她沉着脸说：“干吗讹上人家，赖上人家呀？”

汤老妈说：“那不能放他走！不然待会儿费彪来了不答应，可怎么办？还得问问他姓什么？叫什么？在哪儿住？”

裘文换从容不迫地说：“我就在隔壁小店住，我姓裘……”

正在说着，外边有两个男人进来了，这都是在本院里住的，一个叫胡大耳朵，是个赶晓市卖破烂货的；一个叫刘五，是卖青菜的。他们都知道了刚才的事儿，进屋来，胡大耳朵推着裘文焕说：“你快躲躲！待会儿费彪一定带着人来，你哪惹得起他？镖行跟街上的一些人多半是他的把兄弟，你快跑吧！”他的老婆在旁边说：“汤老妈还要叫我们揪住他呢！”胡大耳朵摆手说：“干吗？人家是外乡人，咱们能救人一步，就得救人一步，费彪他们全都是杀人不眨眼！”

刘五的老婆指着炕头上的银子说：“这银子就是他拿出来的，是谁去快请陈一贴呀？”

刘五却说：“还请大夫干吗？有这钱还不如给她母女留着吃饭，七嫂这伤恐怕一个月也爬不起来，她不能出去换肥头子，家里吃什么？”

白头发汤老妈又嚷着说：“那也得把银子交给我！不能叫二丫头拿着，她手里有钱还行？她更得打扮个卖娼的似的了……”

炕上躺着的韩七嫂却呻吟着说：“牡丹！牡丹！把银子快还给人家吧！我这伤又不是人家给打的……”

胡大耳朵向裘文焕说：“你也没钱，你把这银子还是收起来吧！快躲躲去吧！”

然而就在这时，就听门外有许多人大声怒喊着：“哪儿去啦？”屋中的人听了多半脸色吓白，裘文焕却挺身而出，说：“我在这里!”牡丹又赶紧拿起那银子，追着他说：“你把银子拿去，我妈说不要你的……”裘文焕却已经到了门首。

只见这胡同里来了二十多人，都是彪形大汉，手中全都拿着棍棒和鞭子、绳子等。费彪是把脸洗干净了，短打扮，手中拿着一对明亮亮的钢刀。他望见了裘文焕，就冷笑着说：“好小子！你敢情还没跑？我知道你也是个练过功夫的，现在把你打趴下在这儿，也挣不回来我刚才丢的那个脸，有个地方你敢去吗？”裘文焕拍着胸说：“刀山火海我也敢去!”双刀费彪点头说：“好！咱们这就走!”

裘文焕刚一迈步，却听后面有人说：“哎哟！可别跟他们去！他们能打死你呀!”裘文焕不禁一回头，却见倚着门站立的正是那牡丹，她十分惶惧地说：“这银子，你拿着，千万别跟他们去……”裘文焕倒没说什么话，可是一些恶狠狠地盯着他的人更都气了，有的就骂说：“这穷小子！他还勾搭人家的娘儿们，非得揍他了!”双刀费彪也瞪了牡丹一眼，更把闪闪的钢刀一抡，向裘文焕说：“走呀！小子!”裘文焕也没向牡丹答一句话，就空着两只手，昂然地被费彪这些人拥着，用刀棍胁迫着走了。

出了铺衬市，过了大街，又来到一条买卖繁盛的胡同，就进了一家镖店。这家的字号，是叫“聚英豪镖店”，名字很奇特，口夸得不小。一进大门，就见刀枪架子早就已摆好了，各种刀剑无不俱全；人也已经来了不少，有高有矮，有胖有瘦，个个都是态度骄傲，扬眉吐气，大概都是费彪给邀来的。

当下裘文焕就将脚步止住，一看，四面全都被人围住了，他面上毫无惧色，只点点头，说：“好地方！你们叫我到这里，是打算怎么办吧？”此时有一个披着小褂、露出胸前针刺的各种花纹人，一个箭步就跳了过来。这人小辮盘在头上，一只眼睛有点儿斜，他双臂一抡，表示着很有力气，怒问道：“小子，你到底是干什么的？”裘文焕说：“我什么事儿也不干!”反往前进了一步。

这时，又有一个年约五十的“老豪杰”走过来了。这人还懂得点儿客气，向裘文焕先叫了一声：“朋友!”问罢了姓名，又问是从哪儿来的，跟谁学过武术，保过镖没有。

裘文焕却说："你们都不必问了！我裘文焕来到此地，并没招惹过你们，可是今天你们竟仗势欺人，叫我来到这里，是打算干什么吧？"

这老豪杰自己已通出了名，说："我叫鲍子龙，大概你也知道我的名和姓，走江湖三十年啦，没有人不认识；凡是外路来的人，头一天就得递帖子来拜访我，我可也不欺负人。费彪是我们的老兄弟，也从来没有人敢在他的脸上洒豆腐脑。今天，你欺负了他，就是欺负了我，所以我才把你叫来，要看看你。朋友！你别瞒着，你要是从哪路来的，或是谁的徒弟，可快说出；假若要是熟人，我们不能不讲面子……"

裘文焕却说："不是熟人，我谁也不认识。"

鲍子龙又把他打量一番，说："你要是因为过不去，想借盘缠，或是找事，那只要是你肯低头，我们没有不帮忙的!"

裘文焕摇头说："这也不必，我只是来认识认识你们，因为双刀费彪是那样的凶横，你们一定都不是好东西!"

他说出了这话，那个斜眼的人当时就扑过来一拳，裘文焕伸手去抄，却被鲍子龙从中拦住了。费彪在那边大喊，说："鲍二叔！跟他废什么话呀?"旁边的一些人也都愤愤地要向前，说："揍他一顿就完啦!"

鲍子龙却连连摆手，又向裘文焕说："你大概不疯也不痴，那么既敢来，就得有点横劲儿，你是为耍光棍来的吧?"裘文焕说："我不明白你的话。"鲍子龙也气得脸发紫，说："你的意思是一定想在我们的眼前露两手儿，好！我们也不客气啦，你就说你是愿意文来还是武来吧?"

裘文焕说："什么叫文来？什么叫武来？我都不明白。"

鲍子龙更气了，冷笑着说："你别装糊涂！告诉你，文来就是你站好了，不准动一动，由我们收拾你；无论怎样打你，想着法子叫你的皮肉受苦，不许你哼哼一声儿，也不许你稍微皱一下眉。你要是真吃得住，那就是好朋友！我们给你养伤，供你吃喝，因为佩服你是好汉……”

裘文焕却说：“这算什么好汉？我凭什么要受你们收拾？我不能够干！”

鲍子龙把眼一瞪，怒声说：“那么咱们就武来！武来是刀对刀、枪对枪，可是得先写下字据，杀死了你，不偿命！”

裘文焕冷笑着说：“我也不会写字，立什么字据？你们叫我来，该怎样就怎样好了，何必啰唆？”

那斜眼的人当时又上前抡拳，说：“跟这小子白费什么唾沫？揍他就完啦！”说时一拳向裘文焕的胸口捶来。裘文焕就将他的右臂揪住，向上一拧，当时就听吧的一声，这斜眼的大声喊叫：“哎呀哎呀！”原来把他的胳臂筋骨给扭了，痛得他面色惨白。

鲍子龙更为大怒，碾步扭拳，向着裘文焕打来。裘文焕却先把那个斜着一只眼的撒了手，又一脚踢出了好远，同时就与鲍子龙动起手来。鲍子龙不愧老豪杰，拳若流星，抡得极快；裘文焕也展开了拳法，不独防御，而且进逼。鲍子龙以“苍鹰抓兔”之式跃过来“擒”，裘文焕却如“撩月拨云”以手“招拦”，同时身进拳翻，脚飞臂落，顾盼自如。三五回合，他就以“滚斫逼进”之式，前手抹下，后手斫进，一拳出其不意，正击在那老豪杰的胸膛，没用十分的力气，但鲍子龙当时就身子发晕，几乎摔倒。

那边费彪早抡着双刀奔来，闪闪的刀光有如两扇车轮，挟着风声，就向裘文焕来削砍。裘文焕却用“连枝步儿”闪开躲避，但身虽闪避，手依然向前进取，眼随时盯住他的双刀。费彪刀舞如飞，但是丝毫挨不着裘文焕的身体，他越累越急，眼瞪得跟铜铃似的，喘气骂道：“你大概不知我是谁？”双刀盖顶，齐往下剁。

这时裘文焕的后面又来了个长汉子，拈着杆花枪向他的后心刺来。裘文焕就像是后心长着眼睛似的，不急不缓，等到枪尖离着他的后心约有二寸时，他才骤然将腰一扭，双手分开，其时极快；一手就握住了枪头，一手却托住了费彪的左腕。但费彪右手的刀狠向他的大腿就剁，他将脚飞起，正踢中费彪的右腕，那口刀便飞了起来，呛啷啷地落到五步以外的地面。

双刀费彪立时成了单刀费彪了，而他手中的这口刀也立时就被裘文焕夺了过去，他两手空空，脸吓得煞白。幸仗此时又有两个人奔来，一使护手双钩，一使齐眉棍，齐向裘文焕来拼斗。裘文焕把身后那人的花枪也抢到手里，将枪杆足尖一踢，那杆枪就像一条飞蛇似的，飞得又高又远。他手中有刀，当时舞起，飕飕飕，寒光飞扬，身随刀进，使护手双钩的人无法招架，被他一刀劈倒；那使齐眉棍的人，棍也被他咔的一声用刀砍断。

四面八方又奔来了十几个人，刀枪斧棍，抡舞齐上。但裘文焕刀法展开，左削右砍，后护前拦，并且他越杀越紧，精神越为奋发，步飞刀舞，只听一阵咔咔嘣嘣之声，有的枪断棍折，有的被震得腕痛斧坠。他一连砍倒了四五个人，但都是用刀背猛砍的，被砍的受伤虽也不轻，却没见血花飞溅。

裘文焕纵横抵挡，从容不迫，把原在这里的那些人全都吓得四下奔逃。他抡着刀倒仿佛是追了出去，其实他也没想追，他觉得今天所做的事也够了，将这些素日横行霸道的镖头和土棍管教得也差不多了。他本想走，却不料才出了这镖店的门，就听人丛中有人尖声地叫着："快回去吧！哎哟！可真吓死我啦！"裘文焕手捧钢刀，惊讶地一看，原来是那位姑娘——牡丹！

第六回　力斗群雄突惊失脚

很奇怪，牡丹竟从铺衬市跟着他来了，刚才这“聚英豪镖店”里的一场恶战，门前站着的那些闲人全都看见了，她一定更看了个清楚。她的胆子可真不小，小户人家的女子本来就爱看热闹，所以人说“听见打鼓上墙头”；但那指的是爱看娶媳妇的，爱看出殡的，还没听说像这女子，她竟敢看一群人拿刀拿枪拼命地打架。裘文焕向她看了一眼，可也没理她，因为当着这么些人，目光又正都集中在他的身上，他怎能跟这么一个打扮得像是挺素洁、其实很风骚的年轻女子说话呢？

他昂然地往西就走，后面的人都盯着他看。他穿着这么一身破衣裳，可是后边却跟着个袅袅娜娜的牡丹姑娘，有的人就起了哄，哦哦哦地叫着，越喊声音越大。及至裘文焕愤怒地把头一回，身后的一些闲人却又都不言语了，然而仍免不掉交头接耳地窃窃谈论。

牡丹倒不会生气骂人，她只羞得垂下了脸儿，快快地向前去走。走到裘文焕的跟前，她又把脸儿微微地一斜。裘文焕向旁一闪，让她先走过去；但她扭扭捏捏地走出了两三步，却又朝裘文焕一转脸，后面的人忍不住又哄起来。牡丹急忙又低着头，半跑半颠地向前快走，那条乌黑的大辫子在背后直颤动，她却连头也不敢再回了。

裘文焕直生气，怒目看着身后的那些闲人，本想抡刀过去跟这些闲人再干干，但是他极力地忍着气，同时心里又暗暗地责备自己，心想：我现在闹的这事也就够了！我来到北京是有事，是为找寻一件宝贵的东西，我岂是为在这里打架出名来了？因此心中极力收束自己的性情，并且也觉得那牡丹很有点奇怪：她是一个女子，跟我并不认识，现在她的母亲还正受着重伤，她可追着我来干什么呀？虽然她长得很美丽，打扮得又风流，处处使他有点心绪飘荡，他可不、绝不再把这女子放在心上了，也绝不再看她。谁管她是牡丹还是芍药，我既不可太惹气，更不可以动色心。因此，他的态度虽依然高傲，心里却想着是赶紧完场，赶快回小店里忍着去吧。

他急速地走，连头也不回，却没想到才走了不远，还没到前门大街，就在这条宽宽的巷中，早就有一个留着两撇黑胡子的人在等他。道北有一家茶叶铺，这人站在那七层高的台阶上，向他怒喊着说："站住吧！听我跟你说几句话！"

裘文焕一怔，扬目看了看这人，知道也必是个练功夫的；看他的穿章，还像很有点身份，于是就站住了。这有两撇黑胡子的人，沉着一张黄中发黑、有几点麻子的方脸，说："我在北京三十年，没看见过你，什么地方来的？敢在这地方充英雄！"

裘文焕说："我刚才斗的是双刀费彪，因为他们太欺负人，你不要来多管闲事！"

这个人却将脚一跺，就由七层台阶之上跃下，虽是身穿长袍，可是手脚又干净又利落，姿势挺拔。他引臂就把裘文焕拦住，说："你不用走啦！我已命人去取刀。我三四年来也没跟谁怄过气，现在，我也知道你来到北京，是为找对头，会英雄，我倒要先来找找你，会会你到底是个何等人物？"

这时身后边的那些闲人又都团团地围住，来看热闹了，有些人高兴地大声嚷嚷，说："好啊！铁环刀罗九爷现在可出头了！"

裘文焕一听，原来这人就是小耗子黑张所说的"广云镖店"的大镖头铁环刀罗寿，就想：这一定是此地最有名的镖头了！他为要跟我打架，还必须派人去取刀，他的那口刀，当然不是什么平凡的刀了，好！我倒要等着看看他的那口刀！于是就捧刀而立，站住不走，话也不说，神色更是一点也不变。

铁环刀罗寿气得真不得了，说：“你来到京城，也得先打听打听这地方都有谁？这是天子脚下！尤其这一带，藏龙卧虎，哪条胡同哪条街、哪家镖店、哪家客栈，都有各地的英雄豪杰跟前辈的老师傅，扬州的庞公继他来到这儿，也得先投帖拜客，你是哪儿来的小辈？竟敢在北京黑夜当飞贼，白天还藐视我们镖行朋友，你有多大的本事？”

裘文焕却赶紧说：“你说我藐视镖行的朋友，却说得不对，因为像宝刀庞公继那样的镖头，我敬之不暇。北京也真有些位老师傅、老前辈，可绝不是你们，你们不过是些镖行里的混子！”

罗寿瞪眼说：“你说什么？”

裘文焕持刀微微一笑，说：“费彪的双刀我已领教过了，真太稀松，他只会打人家换肥头子的贫妇！你能帮助他，可见你们是一流人，不过打着镖头、拳师的牌子，欺负老实人，我自然要藐视你。可是你说我是什么黑夜当飞贼，那你叫胡说！我裘文焕也是堂堂的英雄！”

这时罗寿已脱去了长衣，早有闲人跑过来接衣裳，说：“罗九爷，把衣服交给我吧！”罗寿挽袖头，摩拳擦掌，又骄傲地说：“你去打听打听，北京城周围四十里，谁不知道我？往北出长城，往南过长江，谁不认得‘铁环刀’？”

裘文焕也拍着胸说：“我今天倒要看一看你的铁环刀！”

这时候，远远跑来了一个满头是汗、好像镖店里小伙计样子的人，双手抱着一口装在鞘里的刀，飞快地来到。四方看热闹的人都往远处去闪，茶叶铺的七层高台阶上全都站满了人。看罗寿这样子，确实是不但有名，还有身份。虽然他在“广云镖店”当着大镖头，可是大概他轻易也不跟谁动手，因为他的武艺太高了，名头太大了，遇见小事儿犯不着。

他大概是常来这家茶叶铺闲坐，今天正赶得“聚英豪镖店”里出了事，也许是吃了裘文焕的亏的人来找了他，说是怎样来了一个姓裘的穷汉，武艺高强，横行霸道。他这才恼了，要为他的后辈们争一口气，所以他急派人取来他这三四年来都不大用的“铁环刀”。

这刀一定很出名，并且平时他必视同珍宝，铁鞘之上裹着红绸，刀穗上有两个铁环子，擦得非常亮。小伙计把刀送到罗寿的眼前，他呛啷地就一声就抽了出来，只见光芒闪烁，大概是天天擦，确是不像别的家伙。他就将刀一扬，真像是打了个闪电，台阶上的人齐声喊着：“好刀啊!”并且又有女子的声音，叫着说：“哎哟！千万别打呀!”原来牡丹也跑到这个台阶上来了。

裘文焕却没有工夫看她，只注目地看这口刀，觉着那两个铁环还许不稀奇，可是刀太亮，一定是一口宝刀！因此，真不敢用现在自己手里的这刀去碰它。罗寿却威风腾起，大声说：“来！来！小辈你先施展施展你的本事吧!”刀柄上的双铁环哗啦啦地直响。

裘文焕却赶紧倒退了半步，将刀横掠，双目瞪起，便注意对方的铁环刀，见铁环刀就以“泰山压顶”之势砍了下来。裘文焕不敢用刀迎，只好急闪；罗寿却又翻刀，如鹤展翅，狠劈裘文焕的左肩。裘文焕嗖的一声跳开，刀自下掠起，去探对方的腰际。对方趁势将刀“顺水推舟”，裘文焕的刀又急忙避开，身躯还是躲闪。罗寿却猛跃起身来，呼呼呼、啷啷啷刀挟风来，环随腕响，紧挥三刀，势极凶猛。裘文焕巧妙地躲闪，刀自上来，他向后退；刀自左至，他向右闪，猿躯一边跳跃，同时鹤步往返翻腾，刀紧护身，眼不离刀。一往一来，越杀越紧。

裘文焕觉得罗寿的刀法确实不错，但也没有什么特奇的功夫，只是他的铁环刀亮得耀眼，不敢不避；因此裘文焕的刀势被对方狠狠的压住，一点也不能施展，他觉得不好办。同时，对于对方的这口铁环刀十分的喜爱，恨不得借到手里看一看，拿个什么东西试一试，看它是否能够断铁削铜。

此时那罗寿见裘文焕只是躲避，他就越发骄傲，冷笑着说：

“你的本事原来不过这样！我真觉今天我拿来刀，太不值得了！”

旁边和那高台阶上的人，有的就大喊着，说：“罗九爷！您快施展开了您的真功夫吧！别便宜了这小子！”

罗寿听了这话，精神越发抖擞，刀更一下一下劈来；并且拧刀猛刺，挥刀急削，步步逼紧，使得裘文焕避无可避、躲无可躲了。因此，无意之中，就听得当啷一声巨响，两个人手中的刀磕碰在一处，裘文焕真不由得大吃一惊，赶紧退后两步，然而一看，“哈哈”！两刀相撞，彼此皆无损伤！自己手中的这刀，不过是才从费彪手中夺过来的双刀之一，可见罗寿的铁环刀虽然擦得亮、装潢好，其实也不过一条顽铁而已，这还怕它干吗？

于是裘文焕放开了胆子，展开了刀法，铛铛铛连连以刀迎刀，震得罗寿的手腕就好像已经发麻。裘文焕刀如鹰翅，猛击高扬，渐渐压住了罗寿的刀势，那铁环刀的光芒已不能腾起，铁环也不再响亮了。罗寿明白他抵不住了，就虚晃一刀，转身便逃。

这时那些看热闹的人不但不再嚷嚷了，连点声音仿佛也没有了个个吓得脸白目瞪，还有人跺脚说：“糟啦！难道这穷小子竟是这样的厉害？”

裘文焕却往西紧紧追上了罗寿，罗寿回身抡着铁环刀又迎杀了三合，他觉着实在抵不住，恐怕要吃亏，只好抹头又跑。裘文焕挺钢刀在后又追，并说：“姓罗的！你站住，我跟你说两句话！”罗寿却连听也不听，就跑到前门大街了。

这条街车来人往，正在热闹，裘文焕赶紧止住了脚步，心说：我来到北京，不是为叫谁都知道我注意我，现在就算了吧！

他倒想停手，不料这时由南边抡刀舞棍的又来了二三十个人。罗寿哗啦啦地急晃铁环刀，狂叫着说：“来！快来！打死这小子！”那边的二三十个人如风而至，刀枪晃眼，棍棒挟风，从四面八方齐向裘文焕打来。裘文焕舞动单刀，东迎西挡，铛铛铛、咔咔咔，一阵乱敲乱击，只见枪折棍倒；同时他这口刀大概也钝了，因为砍在别人的木棍上，听来啪啦啪啦的声音，一点也不响亮了。他寻了个空隙，冲围跑去，铁环刀罗寿却率领那二三十个人仍然在后紧追。

这时，繁华热闹的大街之上更显得骚乱了起来，车马全都靠在道旁停了下来，行人也多半躲到路旁的铺子里或避进了小巷。裘文焕一直往北跑，随跑心里更觉着后悔，不愿再把这场纠纷弄大了，但就这样的跑，却又觉着心里不服。

此时他已经跑到了“五牌楼”,这地方靠近着“正阳桥”。他才跑到桥上，就见自桥北驰来五六辆骡子拉的大鞍车。他蓦然看到车上的人，仿佛是吃了一惊，同时可就想起了一个主意，他就迎头向那几辆车跑去。

后面追来的罗寿这些人，人虽还没到，喊声可已经来了，大声喊着说：“截住他！快截住他！他是个贼……”这时忽然有一个挑着两只水桶的人，正走在裘文焕的身旁，他放下水桶，抽出了扁担，抡起来，对准了裘文焕的脑袋就是一下。这时裘文焕连抵抗也没有抵抗，当时天上挨了一扁担，躺在地上，晕死了过去。

后面的铁环刀罗寿等人刀棍如林，霎时即已追到，可是这里的五辆车也都停住了。

在第二辆车上坐着穿着白孝服的纳兰氏姐妹二人，那第三辆车跨在车沿上的还是那老仆人窦老头儿，他们都认识裘文焕。当下，大概是纳兰氏大姑娘先发了话，说：“快救这个人！快救这个人!”

于是由第一辆车上下来了两个男子，这多半就是纳兰家的至亲，都是穿着官衣，红缨帽上戴着亮白的顶子。他们把那铁环刀罗寿等人给拦住了，说了许多话。虽然他们不是地方官，可是究竟穿着官衣，气派也大，说话也还和气，只说：“你们还要怎么样啊？已经把他打晕了，难道还非得再砍他几刀？你们愿意去打人命官司吗？那可也不是件什么好事。你们诸位大概都是镖行的，打架也不过是为赌口气，现在你们把人已经打了，气也出了，还不算完吗？非得等着我们把官人叫来吗？那诸位可也都落不着什么好儿!”

有几个拿刀持棍的还都恨恨不休，仿佛非得把裘文焕绑起来抬走，再收拾一顿，方才出气。然而这时车里的纳兰大姑娘和小姑娘都又传下来话，由那老仆窦老头儿来跟罗寿说："你们打昏了的这个人，他不是贼，我们敢保他，因为我们都认识他。你们这些人是整天打群架，欺负人，无法无天；现在我们两位姑娘都说了，你们要现在不完，不走，可就要叫衙门人来啦！"

罗寿这些人到底是不敢跟沾着点官的人发狠，同时罗寿特别惊佩那个挑水的，心里说：我跟这姓裘的打，我都不行，这挑水的一扁担就把他打晕了，可见北京城真是藏龙卧虎，此人必定是一位侠客！于是他先拦住手下的人都不要再动手，也顾不得裘文焕了，就上前向那挑水的抱拳，问："请问贵姓大名？"

但这挑水的可能只是个挑水的，年有三十来岁，直发怔，又直笑说："我还当他是贼呢？你们是捉贼的呢？我才趁势儿打了他一扁担。哎呀！他又动弹了！幸亏我没把他打死，原来他不是贼！这可也不怪我，我弄错啦！得啦，现在没我的事儿了，你们也不用问我姓什么了，我要走啦！"

可是铁环刀罗寿的那些人都以为他是"真人不露相"，就把他团团地围住了，要请他到镖店去。

这挑水的人不过因为管了这么一点闲事，顺手拿扁担打了一下。可是他也没想到竟打得那么巧，他倒成了武艺超群，被众镖头惊讶而且钦佩的一位大侠客了，弄得他也走不开了。他被围在人群里，急得不住地摆手，说："喂！喂！我可真不说假话！我哪儿懂得练武呀！我是给宅里雇的，因为我们老爷讲究喝茶，还非得喝城里'四眼井'的甜水，我才给他去挑。我好多管闲事儿，可也对不起这人，人家既不是贼，我只听你们嚷嚷，就抡扁担打了人家一下，差一点儿没打出漏子来！"

罗寿仍然抱拳，说："朋友！请你赏个脸，到敝镖店里，我们谈一谈。今天虽是跟这姓裘的惹了一场气，可是幸喜也遇见了一位高人。敝镖店里今天要摆一桌酒……"

这些人在这里捣麻烦，人是越聚越多，那边的裘文焕可早就坐起来了，脑皮确被打青了一块，但也没出血。纳兰大姑娘看着他很是可怜，当时便腾出最后边的一辆车，几个赶车的一齐上手，就把裘文焕抬到这辆车上。可是问裘文焕现在哪儿住，打算把他送回去，他却说他没有家，也没地方住，弄得那窦老头儿倒很是着急，说："他一定是受了内伤，可是往哪儿送他呢？这人除了好打架，其实人倒是挺好的，在骆马湖又幸亏他给出了一回力，现在也不能够不管他呀！"

这时幸是纳兰大姑娘在车上又多吩咐了一句，说："把他拉回宅去吧！叫他在门房歇歇去，咱们宅里现在也用人。窦顺，你把他送回去吧！"说毕，纳兰氏二位姑娘和亲戚人等的四辆车又都往南去了。

窦老头儿却乘一辆车折回，把裘文焕送到了东城纳兰家的公馆，就叫他住在门房养头上的那块伤。

第七回　初入朱门探宝刀

纳兰氏的家中目前已经不像早先那样的清贫，因为少爷桂祥已有了差使。家道从前年起就渐渐地变好一些了，把典质出去多年的房屋也赎回自住。房子虽不太大，可也是三重院落，前院有门房，是专为男仆居住，管看门，并管传达。

现在纳兰老副将虽已病故，但二位姑娘都已长了起来，且已决定孝服满后，即将入宫应选秀女，前途无限，老亲旧友们谁敢显出炎凉之态而和他家疏远？所以现在老副将的开吊、设祭、诵经等等的事，很有不少的亲友争着给忙碌；人家银子也有，清江浦吴棠知县馈赠的那三百两银子一时也不能花完。

不过京城的规矩，灵柩只许出城，不准进城，纳兰老副将的灵柩现今停在永定门外的石佛寺。昨天已经开过吊了，但是今天还要去供饭、烧纸，以后天天如此，再有十几天才能够安葬。现在这几辆车上，有她们的弟弟，还有至亲。不想才走到正阳桥，就遇见了裘文焕被打的事。若没有裘文焕，她们姐妹和灵柩也不能平安返京，所以现在也算是“感恩图报”，就把裘文焕送回了她们的家宅。

下了车，窦老头儿倒有点纳闷，因为裘文焕也不用谁搀扶，他就自己下来了，跟着窦老头进了门房。这时他的精神哪像刚刚晕倒过？其实他的脑袋漫说是用扁担打，就是用铁锤子砸，也恐怕砸不晕了。

他进了屋就自己倒茶喝，他可真渴了，一连喝了四五碗，窦老头儿欢喜得直呲胡子，说："好！好！只要没伤得太重就好。刚才看你趴在地下那个样儿，我可真害怕，现在我放心了，因为咱们是患难朋友么！你喝酒不喝？我这儿有好陈绍，新开坛的。"裘文焕摆手说："我不喝。"

窦老头儿又说："你来得好，因为我不能长在这儿待着。我那三个儿子，大的在銮舆卫，二的在宫里，用得着我再给人家看门当小使吗？这两天因为丧事没完，我不能够不帮点忙；丧事完了，我就得回我的家当老太爷去啦！可是这儿没有个人也是不行，雇个闲杂人又靠不住。你总是个熟人，又有本事，人也忠厚，在这儿看门真合适，虽然也没有什么多大好处，可是总比常漂流着强啊！我说老裘，你是我的老兄弟，咱们是自己人啦，你得听我的话。你的这身衣裳可得换一换，等大爷回来，我跟他给你要几件衣裳，你就换上。因为你别看这宅门小，可是亲友多，旗人家更好体面，听差的也得讲究点衣裳……"

裘文焕却说："老大叔！你的盛意真叫我感激不尽，可是我本是个粗人，不曾给人听差……"窦老头儿却说："你说错了，谁又是个细人呢？慢慢练着就好了，当听差的还有什么难处吗？"裘文焕又说："我是洒脱惯了，受不了拘束。"

窦老头儿说："不要紧，这儿的老太太和大爷全都没脾气，二姑娘人也很好；大姑娘虽说有点儿脾气，可是待人也宽，对你更得有个担待。再说，你在这儿又只管看门、回事，其实门也没有什么可看的，扫院子都许用不着你。不过既是有个门房，就得有个门上人，这才显着排场，其实你就是天天在这儿睡觉也没有人管，可就是别唱戏，因为总得规矩点才行。"

裘文焕还是摇头，道："不行，不行，我不能干！"

窦老头儿怔了怔，又说："你一定是以为这事儿没出息，其实在这儿出息才大呢！两位姑娘不久就要被选入宫，说不定就是娘娘，这儿就是娘娘的娘家了！房子都得重新盖，上下听差的还不知要添多少！你要是愿意在这儿，保管大管家是你的；你要是不愿意在这儿，可以保举你进宫去伺候皇上，当一名侍卫……”

裘文焕一听“侍卫”这两个字，突然显得特别的注意，赶紧问说：“什么叫侍卫？”

窦老头儿说：“侍卫就是跟着皇上、保护皇上的，就好像是皇上的保镖的，有头品侍卫、二品侍卫，那非得是亲友近派；像你可不能当，你只能当一个三品侍卫，挂着刀站在宫门外……”裘文焕赶紧又问：“那口刀是皇上给，还是自己预备？”窦老头儿说：“刀是官发的。”

裘文焕又问：“是宝刀？还是平凡的刀？”

窦老头儿发怔了一下，说：“你这话我可听不明白，怎么刀还分宝不宝呢？”裘文焕兴奋地说：“宝刀就是能够削铁如削泥，切金断玉！”窦老头儿摇头说：“我没听说有那么快的刀！可是皇上家里一定有，也许将来你把皇上伺候好了，皇上能够赏你一口。”

裘文焕说：“伺候皇上是怎样的伺候？是不是皇上叫我去杀谁我就得去杀？”窦老头儿说：“皇上也不是不讲理呀？再说深宫大内，譬如有人招恼了皇上，那是交给慎刑司衙门去拷问，有的立毙杖下，有的拉到菜市口去正法，侍卫并不是刽子手。”裘文焕又问：“假若宫中的妃嫔有错，皇上叫来侍卫，交给侍卫一口宝刀，命他去杀某某妃嫔，这侍卫是不是得去下手呀？”

窦老头儿听他这样一问，更发怔了，说：“宫里也从来没有过这事儿呀？不过，皇上说话可是金口玉言，漫说叫你去杀妃嫔，就是叫你自己抹脖子，你也得当时就遵旨。当然这不过都是譬喻，我一辈子可也没听说过这种事儿，因为皇上才是慈心善心的一位佛爷呢！皇上是龙，是‘真龙天子’，所以侍卫就叫作‘虾’，虾是保护龙的……”

裘文焕又摇头，说：“伺候皇上，在宫里，我也不能干！”

窦老头儿又说：“侍卫也不能天天见着皇上，想伺候还不行呢！

非得圣旨呼唤，也只能站在宫门外，跟在这门房一样，不能随便往里怔走；干脆也是天天没事儿，白天睡觉也行。真正随身伺候皇上的，是像我二儿子那样的，他是太监，他可不能娶媳妇啦。你要是当侍卫，还照旧能娶媳妇。”

裘文焕又笑了，窦老头儿说：“你别净笑呀？这是真的，以后我不能保你当侍卫，可准保你成家。没事儿你就相看着，看见谁家的姑娘好，你就告诉我，我给你去说亲。我大儿子在銮舆卫当差，銮舆卫就是不但管伺候皇上和娘娘的龙车凤辇，还专办皇上家的喜事；自然不能把皇上家的轿子抬出去给你娶亲，可是喜事也一定替你办得热闹，还许不用你花钱！你就留点儿心吧，北京城的好姑娘可有的是。”

这话倒不由得使裘文焕生出了无限的幻想，他想起来今天遇着的那个牡丹，就想：在我假作被挑水的打晕了之时，不知她看见了没有？她若是看见，心里应当做何感想呢？是笑话我武艺不高，抑或是忧虑我受伤过重？

他又想刚才的那些事，觉得仗义斗殴也是痛快的，但若太出了风头，实于自己的做事有碍。自己此番出来，原是受师父的嘱咐，寻找那口利器，为师父雪耻。在清江浦没有找到，才到北京来找。现在北京也还没有找着，如何就可以出很大的名，而与许多的人作对？幸亏今天改悔得快，装死而下了台，躲到这里暂避锋芒。而且我连什么所谓“定亲娶媳妇”的事也全都不应当想，因为没那闲工夫，我唯一的事，就是得把师父所嘱的事办成，然后离京复命。

他发着呆，想他的心事，可是牡丹的倩影仿佛总在他眼前晃，娇音也似在他耳边直响。他是一个出身于僻乡、在山谷里学习武艺十余年的独身汉、老实头、铁罗汉、鲁男子，清江浦有多少娼妓他都没正眼看过一个，可是不知为什么，今天这个牡丹却使他挂上了心，消散了魂。

窦老头儿到底把他的陈绍酒拿出来了，他对裘文焕说：“你先等等，我叫个小孩儿来给买点盒子菜，咱们先就着酒吃着。现在也该吃饭了，咱们二人随便用点儿。还是那话，你不能不答应我，你绝不能走，这里实在是需要有你这样的一个人给看门儿，你没听说吗……”

他压下点声，又说：“近些日北京城里飞贼可闹得很凶啊！有好几家大宅门，连王府里，夜晚都有蹿房越脊的人进去了。咱们这儿虽说不是太大的宅门，可是人口少啊，也得提防着点儿！你的武艺本来不错，那天在骆马湖，打跑了那么些个湖盗，不全亏你一个人吗？连这儿的两位姑娘都说你是一位侠客！今儿你吃的亏，也不能怨你本事不好，是他们的人太多了；又加上那挑水的怔小子，出其不意打了你一扁担，要不然，你还得把他们都打了！所以你是个有本事的人，你在这儿，飞贼一定不敢来！”

裘文焕听到这里，他就不住地发怔、思索，因为他听说北京城现闹飞贼，已经不止一次了，大概飞贼闹得真厉害。这实是可疑，莫非是有人已经先我而来？但又从什么地方来的呢？是谁呢？他脑子里就猜测着那飞贼，窦老头儿又跟他说了些话，他全都无心去听。

酒热好了，烙来了几张葱油饼，还有盒子菜，就是什么腊肠、小肚、酱肉等等，都切成了薄片，可以佐酒，也可以卷在饼里吃。裘文焕倒是吃了不少，酒却没喝几口，就好像是醉了。他倒头躺在炕上，待了会儿，就鼾声如雷。其实他并没睡，他只是在想着那飞贼跟牡丹这两个占据在他脑里的人，他恨不得当时就与他们见面。

躺了多时，外面的天色渐晚，他就起来了，揉揉眼睛说：“我先出去一趟！”

窦老头儿说：“你出去还有什么事呢？你再等一会儿吧！反正大爷跟二位姑娘回来，绝不能到天黑，你既在这儿看门，还得见见他们呀！”

裘文焕说：“我的衣服这样破，怎么能够见他们？别看在街上见了，那不要紧；到人的宅里，还想做事，这个样子就不行了。大爷就是有旧衣裳，我穿上也未必合适，不如我先回店把我的行李拿来。”

窦老头儿说："又是你那份破铺盖卷吗？"

裘文焕摇摇头说："不是！我未到北京时已经置了一身衣裳，平常我舍不得穿。现在我去把衣裳换了，还得剃剃头呢，反正不到天黑我一定回来。"

窦老头儿说："其实明天剃头也不要紧。不过你既是要出去会儿，我也不拦着你，你可快去快回来，别等天黑也别不回来。因为待会儿我一定把你愿意在这儿看门的事跟大爷、跟姑娘去说，我还得给你作保，保你一定干得下来……得得！你快走吧，别磨烦啦！"他跟着裘文焕出了房门，又说："你看！现在天就快黑了！"

裘文焕笑着说一声："回头见！"就急急忙忙地走去。

裘文焕又走出了前门，到了那五牌楼、正阳桥。此时已经薄暮，对面看不清楚人，只见车马纷纷，城里的往城外去赶，因为再待一会儿，城门就要关了。街上已经铛铛铛地敲起了头一更锣，催着人快回家去睡觉。

裘文焕却赶忙地又来到那铺衬市，到了牡丹住的院子门前，他把那破门一推，门就差点掉了下来。就见院里一间一间倾斜低矮的房屋里，破纸窗上映着暗淡的灯光，这间屋里是醉酒的丈夫在跟老婆吵架；那间屋里又传出婴儿呱呱的哭啼声。裘文焕找着了他今早曾经来过的那间屋，拉门就往里进，屋里的人都吓了一跳。韩七嫂仍在炕上躺着，就听她问道："哎哟！这是谁呀？"

在炕边放着一点儿蜡头，牡丹正斜坐着拿针线缝补她的一件小褂，一看见有人进来，她当时就站起身来，一手扶住了墙壁，壁上就哗哗地往下直落土屑。借着微弱的烛光，她惊讶地看着来人，看明白了是裘文焕，她那紧蹙含忧、惊疑带惧的神情立时全都消失。她用明眸向着裘文焕扫了一下，轻声说："慢着点儿！"这时她母亲又问："哎哟！是谁呀？"她微微地呻吟着，两只眼睛可还没有睁开。牡丹又朝他摆手，就见她的手上又换成了个白银戒指。

裘文焕就指着炕上躺着的人，压着嗓子问道："怎么样了？"牡丹皱着眉，眼里含着泪水，悄声地说："晚上什么东西也没吃。"裘文焕愤恨地咬着牙，压着声说："那费彪真该杀！他把你妈伤得一定不轻！"

牡丹又摆了摆手说："你小声儿说话！别叫我妈听见，先让她歇一会儿吧。她本来就有这老毛病，自从我爸爸死了……"她又问说："你到底怎样了？我听说你在正阳桥叫人拿扁担给打死啦？"

裘文焕笑着说："那是我装死！我是因为看见有熟人坐着车过来了，才故意装死的，一来借此脱出重围，二来我正好可以到那熟人的家里去。现在我已经找着了个事……"

牡丹又惊讶地说："你到底是个干什么的呀？你是哪儿人呀？"

裘文焕说："我是河南人，我也没干过什么事，不过你放心，我是一个好人……"

牡丹点头说："我知道你不是坏人！"说着，又把眼皮向他掠了一下。

裘文焕说："你真是个好姑娘！长得真好看！更难得的是，今天我去跟人打架，你还去跟着我、劝我，可见你是关心我……"

牡丹说："不是！我知道那些保镖的都很凶，你干吗惹他们呀？"

她说话的声音大了一点，那躺着的韩七嫂又呻吟着说："是谁呀？我怎么听见有人说话呀？是我做梦了吗？"裘文焕大声说："是……""我"字还没有说出来，却被牡丹给拦住了，几乎要用手来捂他的嘴。裘文焕也不敢再说了，他就站在那里，连身子也不敢动了。

牡丹又近前，几乎扒在他的耳边悄声地说："今儿我跟着你，看你跟人打架，回来就挨了院里的邻居和我妈的一顿好骂，她们说我又发疯去啦！告诉你，以后还是别上这儿来，别叫我妈跟这院里的人知道……"

裘文焕听了这话，不由得大不乐意，就正色说："我来这里，就为看看你妈，她要是被人打得太重，我再拿出些钱来给她看病；她若是因此而死，我得替你们报仇，为人间除害，不能就饶了那双刀费彪！"

牡丹急得轻轻跺脚，又摆着双手小声说："算了吧！你别给我们惹事了！"裘文焕又说："我来还是为告诉你，我并没真被人打晕，并且……"牡丹点点头，说："我知道了就行了！人谁没良心？你是一个好人，要是真叫那些个凶保镖的打死了，我也……我心里也不好受。今儿一天，我就发愁极啦！不知为什么，心里就那么不痛快，现在才算好一点儿。"

裘文焕说："我来还想问问，因为我今天既同你们相识了，你妈又因我的事才招恼了费彪，才受的伤，那么她不能够出去做买卖了，你们可怎么吃饭？"这话却勾起牡丹的伤心事，泪珠一对一对地流了下来，她摇摇头说："我妈好着的时候，就是天天能够出去换肥头子，把换来的烂纸烂布卖了，得来的钱，我们娘儿俩也是吃不饱！"

裘文焕又有点纳闷，他借着越来越微弱的烛光，看着牡丹的模样，真不像穷人家的女儿！这微胖的美丽的脸儿，哪里像常常吃不饱饭？她穿着这么整齐，还镶着花边的衣裳、裤子，又哪像个没有钱的人？手上，她现在戴的是一个白银的戒指，不是今天早晨戴的那两个珐琅戒指了，可见她的首饰还真不少，这又是哪儿来的钱？因此，裘文焕很狐疑。

但见牡丹可真伤心，拿手绢擦着眼泪，抽抽咽咽地哭着，悄声说："我们不愿意跟人哭穷，可是穷也瞒不住人，不穷能住这地方吗？早就住那大宅门去啦！我们也不愿意沾谁的便宜，因为还没穷到要饭的地步，今儿你给的那银子，要不看你还是个好人，由我这儿就不收！"

裘文焕赶紧解释说："我拿出银子是为给你妈买药的！"

牡丹点头说："是呀，要不然我还不知道你的心眼好呢！你心眼要不好，你爱跟谁打架，爱叫谁打死，我才管不着呢！就因为我觉着你好，我才不放心你。可是邻居都骂我，我妈也疑惑我……得啦！话都说明白啦，你快走吧！以后你可别再来……"说着，她急急地向外推裘文焕。

她的妈又在炕上呻吟说："牡丹！给我倒点儿水……你跟谁说话啦?"

牡丹赶紧又向裘文焕摆手，不叫他再言语，并且努努嘴，意思是叫他快走开。裘文焕心里有一种异样的感觉，他二十多岁了，从来没遇到过这事，也没接近过一个女人，如今这牡丹，仿佛令他有些英雄气短！他走出了屋，从那纸窗上遥望见浮动着牡丹的俏影，他又发了发怔，便向门外走去。

才出了院门，却见东边不远之处站着两个人；靠墙仿佛还蹲着一个，在那里抽着烟袋，火光一明一灭的。裘文焕心中一动，赶紧退身回来，暗想：这一定是双刀费彪派来的人，他怕我受伤不重，还能够来，所以叫人来这里别着我。自然，我并不怕他们，不过何必又给牡丹家里惹事？想到这里，他把两扇门轻轻闭好，并把插关插上。

这院里的人家虽不少，可是大概都劳累了一天，这时多半休息了，所以院中倒没有人。天又黑，裘文焕向牡丹住的那房投了一眼，便飞身上了房。这房子可真不行，脚踏在瓦上，瓦就要掉，因为本来都是碎瓦；他赶紧蹿到别家的房上，轻轻地走。原想走过几重房屋，再跳下胡同里，不料突见身后有一条黑影飞来了。他一惊，赶紧闪身，幸亏他闪得快，不然准挨这人一脚。

这人来到他的近前，一脚没有踢着他，就嘿嘿一笑，遂即迅速地跳到另一幢房屋上去了。裘文焕不服这口气，赶快去追。前面的人真快，又越过了两幢房屋，顷刻之间，便已没有了踪影。裘文焕几乎惊得喊起来，心说：好啊！都听说北京城里现在闹飞贼，如今可叫我遇见了！

第八回　醉眼神狮把酒话宫闱

裘文焕的心里又惊又气，觉得这次到北京来可真遇见了对手，心想：这人的夜行功夫我比不了，但是这口气还不能不出！好在此人已认得我了，这很好，以后我们两个就斗一斗吧！

下了房是一条小胡同，他走出去，就见是前门大街。今晚这大街上好像比往日热闹，最可注意的是那些短打扮，仿佛逢人就要打架似的人，特别的多。他们敞着胸，挽着袖子，走路摇摇晃晃，大概全是双刀费彪、铁环刀罗寿的朋友；可能是白天的事把他们都惹着了，所以现在天黑了，还出来逞英雄。

裘文焕就跟在几个人的身后走着，只听有个人说："……那位挑水的英雄已经在聚英豪镖店里了，飞叉老鼋的二弟也去了，再请上那位醉眼神狮耿春雄，可称为三英聚义。裘文焕若敢再出头，非叫他不但再栽大跟头，还得去见阎老五……"

他们是且谈且走，裘文焕在后面跟着听了，更是不胜惊愕，他想：这里的一些镖头们原来真惹不得！白天在正阳桥上，我自己故意栽了个跟头，他们却依旧不肯罢休；不但请了那挑水的，还有飞叉老鼋的二弟，那一定是自骆马湖跟着我来的，只不知醉眼神狮又是个何等人物？

他正想着，就见前面的几个人走进了路西一家很大的店房，裘文焕认得，这家店的字号是“宝兴店”。又待了一会儿，这些人就又都出来了，并请出来了一位中等身材、衣着很阔绰的人。这人随走随扣纺绸大褂的扣子，另一只手摇着一把折扇。他说：“我本来喝了点酒，正睡着，你们就来请我……”他说话的声音非常洪亮，是略带南方口音。

那几个镖头便恭恭敬敬地说：“耿大爷！我们要早知道您是这样一位高人，等不到今天，就早请您来了！现在‘聚英豪镖店’有多少位朋友，都正等着瞻仰您哩！”这人必定就是“醉眼神狮”，只见他随同那几个人向东走去。

裘文焕从后面一看，见这人走的姿势很是奇特，虽然也仿佛故意迈着方步走，可是脚步十分地轻捷，简直像是没有沾地的样子，可惜现在天晚，看不十分清楚。然而裘文焕的心里明白了，暗想：原来就是你呀！刚才你在房上几乎踢了我一脚，现在回到这店房，立刻你又衣冠楚楚的，被人请去赴会？好，我倒要看看你这飞贼是个何等人物？现在究竟打的是什么主意？于是裘文焕就又随在他们的后边去走。

进了东边的胡同，走了一会儿，就又到了白天他跟鲍子龙等人比武的那家“聚英豪镖店”了。这里的大门开着，许多都像很阔的镖头样子的人往里面走去；还有像是看热闹的闲人，也往门里去踱，并没有人拦，裘文焕就随着闲人们溜了进去。

进了院子，就见明烛辉煌，当院子摆列着五六桌丰盛的酒席，原来是这里的镖店主人今晚大请客，要聚会英雄。这镖店的主人原来不是那鲍子龙，却是一位身躯雄伟、满面苍髯的老者，说话声音十分洪亮。

因为醉眼神狮也才进了门，他们正在彼此的介绍有一个身穿蓝绸大褂、黄脸、翻鼻孔的人给他一个一个地介绍着。这人称呼镖店主人为宋老师傅，此外，还有什么佟家镖店的猛灵官佟柱，泰升镖局的钢牙虎魏铁帆，立轩镖店的敏金刚庞立、飞太岁庞轩，悦兴镖局的偷桃猿胡小五和金镖手胡小六，还有许多没听清楚名字的镖头、英雄，那鲍子龙和铁环刀罗寿、双刀费彪也全都在这里了。并且由屋中请出来了一个黑脸膛的人，这人重眉毛凶眼睛、身材矮胖，身穿灰绸长衫，蓦一看也是个场面上的人；但经那翻鼻孔的人一给介绍，说此人是什么“飞叉赛山神”，是新自骆马湖来的，裘文焕就晓得必定是那飞叉老鼋的二弟。

此时只见他们彼此客气着，又抱拳又拉手，讲江湖话，提熟朋友，叙旧交情，又拉着扯着地互相让座，乱哄哄的，酒菜也直往上去端。这里门首拥挤着的二三十个闲人，看见人家谈话都很羡慕，看见人家让菜、吃菜也都有些眼馋。

这个地方本来不能站，有两个伙计样子的人走过来，就说：“喂喂！诸位，走吧！出去吧！这里有什么可瞧的呀？人家怎么商量，这事儿跟你们没有相干；人家坐席，又不能让诸位也去吃一口，干吗呀？挤着干什么呀？天不早了，快回家睡觉去吧！”这里的众人往后退，裘文焕更得往后退，他是怕被人看清了模样。

但那边的座间，醉眼神狮却摆了摆手，铁环刀罗寿也嚷嚷说：“就叫他们看吧！这都是老邻居，有的是各镖店跟着来的，可惜座位不够，要不然也请来坐坐，不要赶人家。咱们对付裘文焕那个小子，还得请这些位给助威呢！”

因此这些看热闹的人又都不走了，还指着悄悄地说：“那个，就是那挑水的英雄……”

裘文焕企着脚儿，从前面人的肩膀上向那边一看，果见白天那个挑水的居然贵宾似的坐在主人宋老师傅的左边。他也不喝酒，只顾大口地吃菜，夹那大块的肉，就听他说：“我可真不会武啊！咱们交朋友倒行，打架我也可以帮助，我就是不说假话，我真没有练过武！”

他旁边的铁环刀罗寿还说：“秦老弟！现在来了这些朋友，你何必这样谦逊呢？”挑水的老秦没言语，又伸着筷子去夹肉。罗寿就大声地说：“今天我算吃了亏，竟遇见了裘文焕那么个小子！平心说，此人的武艺确实不错，后来幸亏被这位秦老弟用扁担打败了他。

但是，刘六哥又说他是装败，被打晕也是他假装的……”那黄脸、翻鼻孔的刘六在那边儿只是冷笑。

偷桃猿胡小五却哈哈大笑起来，说：“你是爱听刘六的！刘六他是专说跟人别扭的话，好显着他高。其实，这件事情不是明摆着吗？裘文焕那穷鬼，他既找到这里来，就是要显几手！跟费爷打，跟罗九哥打，他的手下也没放松，怎么能够自己装死呢？他为什么要装死呢？我就不信！”

飞叉赛山神却说：“就我知道，裘文焕确实武艺高超，一扁担绝打不晕他！我因为疑惑他是哪一路的侠客，所以赶紧跟到北京，我要访一访他，领教领教。因为家兄也说，他一定受过高人的传授，因为他武艺精通，绝不是个平常之辈！”

钢牙虎魏铁帆就站起嚷嚷着说：“咱们现在就去找他怎样？”

醉眼神狮又在那儿摆手。这醉眼神狮在这些许多人之中，诚然是一位出色的人物，他气宇不凡，面目端正，微微有点儿白胖，好像是个公子哥儿，不像是飞贼，也与他的外号不称。他站起来抱抱拳说：“我今天是被刘六哥请来的，我们也是因为前天在酒馆打了一架才结的交。兄弟本非镖行，也没给人护过院，只是自幼随先严学过几手拳脚，在江湖上走几天。此次是运了点绸子来京贩卖，不想由刘六哥的介绍，得与诸位见面，真是三生有幸！兄弟也没见过裘文焕，白天的事我也没在场，裘文焕是一个英雄还是狗熊，我不知道；不过我告诉诸位，你们这几天可得留心点外来的英雄！”他这话一说出来，仿佛把在座的人都给吓住了，都一齐瞪着大眼来看他。

他又大声地说：“因为大江南北现在出来了一位少年英雄，此人名叫‘鸳鸯剑妙手小天尊’……”这时众人更都惊异起来，仿佛都没听过这个人的名字。

醉眼神狮又说：“这人是近些年来无比的英雄，才出世不多日，就将大江南北的豪杰尽皆打败。他的武艺倒还不是十分了不得，只是那两口宝剑，削铁如泥，兵器遇见它便折，所以没人敢惹。这人横行无忌，时常夜入人宅，调戏妇女，因此天下的豪杰侠客闻之皆甚愤愤不平，但也没办法；连扬州的老英雄宝刀庞公继对他也没有一点办法。庞老英雄武艺虽高，刀虽也锋利，可是也知道一定碰不过此人的那对宝剑！除非也有一口特别锋利的家伙，能敌得过他那一对鸳鸯双剑才行，但是，今世上哪里找得到那些鱼肠、巨阙、龙泉、太阿？所以现在南北的英雄以及败在那小天尊手下的众豪杰，有的预备用千金万两高价求买利器，有的就走遍江湖，到处寻觅钢锋！"

主人宋老师傅听到这里，就摇动着苍髯不住地大笑，说："哪里会有那样的兵器？我就不信！我在江湖上走了也五十多年啦，永远听人说有什么宝刀、宝剑，我可就没看见过一回，大概古时候也许有那些东西，现在，早就绝啦！"

醉眼神狮却正色地摇头说："不然，现在还有！妙手小天尊的那对鸳鸯剑我是亲眼见过，一点儿也不假，真是锋利无比，削铁如削泥！这种东西江湖上已少见了，但是著名世家、王侯府第、深宫大内还藏着这种东西，北京城里就有，可惜没在咱们的手里！"

铁环刀罗寿听得也出了神，说："谁有？我愿意把我的刀倒贴一百两银子，跟他换！"

鲍子龙却也摇头说："没有，北京城绝没有！因为我在这儿住了也有三十年，见过的珍宝不少，连会叫唤的玉蛤蟆我都见过，常遇春当年使的那杆枪我也见过，可是就没见过什么削铜剁铁的宝剑宝刀！那若是有，北京这些年来，保镖的也不都是像我这么穷，就是它价值连城，也早就有人买到手里，跟同行的去显一显了！"

醉眼神狮却冷笑了笑，仿佛笑话他们的见识都太浅。他坐下来喝了一杯酒，又说："现在我向诸位说一个故事，诸位若有知道的，可千万告诉我……"他见一些人仍都在饮酒夹菜，杂乱地闲谈，他又大声说："我说的这个故事，不但与宝刀有关，还跟裘文焕，和将要来到北京的若干英雄，本是一件事！诸位别当我是瞎说。"

这时旁边的人仍在三个一群、五个一伙的各谈各的闲话，有的谈谁发了财，有的谈谁热上了一个窑姐，简直没人愿听他的"故事"。裘文焕这时可是异常的兴奋、惊讶，赶紧往前挤了挤，留心去听。

只听醉眼神狮用清朗的声音往下去说："世上有宝刀并非妄谈，不过这东西大多藏在宫内，前皇帝道光爷的手里就有一口宝刀，永久在寝宫之内的壁上悬挂着。道光爷的脾气本来很好，对待妃嫔更是温和，可是有一天夜里，不知因为什么事，把这位万岁爷惹恼了。他大声地呵斥，吓得太监们全都不敢打听是什么事。道光皇帝怒不可遏，当时就将值班侍卫王得宝宣召进内，他亲手由壁间摘下那口宝刀，交给了王得宝，并命一名太监领着他到某宫第几室内，在床上将一个妃嫔的首级取来复命。当时王得宝遵奉圣旨，就去用宝刀，割下来那个年轻美貌的宫妃的头……"

这时所有的人都听得出了神，一齐问说："到底为什么事情呀？"

醉眼神狮说："详情连那王得宝也不知道。不过，道光皇帝很是后悔，不忍再见那口宝刀，就赏给了王得宝啦。"

鲍子龙说："哈！他倒不错，怪不得他名叫王得宝，他可真得了一口宝刀！"

宋老师傅却摇着苍髯，叹息着说："当个妃嫔也不容易呀！说不定几时为一点儿小事招惹了皇上，就被用宝刀割头！"

醉眼神狮又说："这样的事，因为在宫内也不常有，也是一件惨事，后来传出去了。事隔至今，已然二十多年，最近还有一位著名的才子，作诗咏此事，那诗是：'中使传宣急召虾，乾清宫畔月笼纱，龙颜一怒蛾眉死，御剑封还带血花。'"

罗寿、费彪和那飞叉赛山神听到这里，就都急得很，赶紧齐问说："那王得宝的宝刀到哪儿去了？"

醉眼神狮说："大概还在王得宝的手里！王得宝这个人，现在也许还在北京住着，因为在十年之前，先严柳湖公来京访友，在一家酒店里遇着了王得宝。那时在旁的还有河南孝义县的老拳师镇洛阳刘鹏和清江浦老镖师运河龙彭君善，一共只是四个人；当时试了一试，真是一口削铁如泥的好宝刀！先严要出五百两买他的，王得宝不卖；刘鹏跟他讲交情，要向他借用三年，他也不借；彭君善要以三顷地跟他换，他也不肯换。后来彭君善使出几位豪杰，费尽了心机要把宝刀得到手，大概也没得着。如今，大江南北出来了妙手小天尊的鸳鸯双宝剑，使天下的英雄束手无策，都在想到哪里去找家伙能够敌他？但有几个人知道王得宝的手里有那一口宝刀，为这宝刀，我想各处的英雄必定都要来京寻找，那裘文焕就是一个！”

罗寿、鲍子龙、钢牙虎魏铁帆等人一齐嚷嚷，说：“你把那裘文焕也看得太大了！他那样穷，不过偷偷鸡、摸摸狗倒许有得，他配是个专来找宝刀的英雄吗？”

罗寿的声音尤其大，他嚷嚷着说：“我明天就要访那王得宝去！杀过贵妃的那口刀，我得先要！”

刘六说：“今天姓裘的上一个旗人的家里去了，我想那也一定是他的计策，咱们得留心他在那儿所做的事！”

费彪也说：“连那牡丹的家也得去看着！找着王得宝，咱们大家凑钱买他的刀；他不卖，就杀了他！刀得到手里，大家轮流着使用，或是抓阄……”

立轩镖店的庞氏兄弟也一齐说：“我哥儿俩倾家荡产，拼出两条命去也得要他的刀！”

偷桃猿胡小武跳起来说：“刀是我的！”飞叉赛山神却只是生气不语。

宋老师傅哈哈大笑着，说：“刀还没见着哩，你们就这样着急；刀要是得来了，你们还不把它拆了？见着刀，大家还不得滚在一块儿？哈哈！这事儿未必靠得住吧？也许本来就是瞎说。”

鲍子龙说：“还是对付那姓裘的要紧！谁管他到北京是干什么来的，明天咱们非得去找他！”

飞叉赛山神也点头说：“对了！那姓裘的绝不可饶！今天这场聚会，咱们大家见了面，就得同心合力，以后是两件事：一找宝刀，二找姓裘的！”

醉眼神狮却冷笑着说：“要找宝刀可真难，直到今天，我还不知道王得宝在哪儿住；但是想找裘文焕，那却是远在千里……近在面前！”

这醉眼神狮真是厉害，说出了这句话，他立刻抄起来眼前的一只锡酒壶，就蓦地向门旁看热闹的人群打来。锡酒壶飞到，裘文焕却已经飞身上了墙。当时可就乱起来了，因为已发觉了裘文焕，有的也抄起凳子，有的去抽刀抓棍，有的也飞酒壶，那门旁看热闹的人真有脑勺上挨酒壶的，惊惶地都跑了。

宋老师傅摆着双手，说：“不要乱来！不要乱来……”可是大家分明看见裘文焕的那条黑影已疾快地由墙上了房。众人又齐喊着：“拿呀！拿呀……”房上却飞下来两片瓦，桌上盛水晶肘子的大碗当时就碎了。刘六没有小心，一瓦正打在了他的头上，挑水的老秦吓得藏到桌子底下去了。鲍子龙、偷桃猿、敏金刚、钢牙虎和飞太岁却都手执着家伙，嗖嗖地也都蹿上了房，可是裘文焕的那条黑影早就没有了。下面的飞叉赛山神十分着急，醉眼神狮倒是没有动，仍在那里微笑着饮酒。

这时，裘文焕又已踏着屋瓦，飞快地走远了。他心里也很着急，想着：今天不但见着了这许多人，知道了他们都要找宝刀，都要跟我作对，并且还见了那姓耿的醉眼神狮，此人必是京中连日盛传的那飞贼无疑。他的本领实在可惊，更糟糕的是，他来的目的跟我一样，也为的是找王得宝，找那口宝刀前来！他对于那个故事又知道得那么详细，真糟糕！真糟糕！原来他竟是十年前来京的南方大侠耿柳湖之子……

裘文焕先急急忙忙地到了铺衬市他住的那小店里，拿了他的那份行李就走。小耗子黑张正蹲在房上，点着手儿，轻轻吹着口哨招呼他，他也没有理。他顺着墙就又到了牡丹的家里，见这个院里的几户人家都已睡着了，一点灯光也没有。牡丹住的那屋子更黑，他将耳朵贴着窗纸，也听不见一点鼾声，但可以想出，牡丹是已经入了梦乡，她母亲的伤可还不知怎么样了？也没听见呻吟声。裘文焕一点不敢惊动她们母女，就又跳上了墙。向胡同里看了看，见夜色沉沉，倒是没有什么人影，他就夹着他的行李卷儿走了；这行李卷里要不过是有他大战骆马湖的那一口破刀，他现在真想把它扔了。

在这深沉的夜色之下，裘文焕凭着他的绝技，鹭伏鹤行，没有被人看见，就进了内城。他走过冷清清的街道，傍过高巍巍的禁宫城垣，又有时穿越小巷，有时踏登屋宫，就直奔东北城，并且一边走一边寻思。他的来历现在是瞒不住人，已经被醉眼神狮全猜出来了。他自去岁秋间，在洛阳奉师父之命，出来寻觅那口宝刀。先到清江浦没有寻着，因为那里有名的老镖头运河龙已经去世；宝刀到底是被他于生前得了去，抑或是还在王得宝的手中，没人晓得。他只得又到北京来，可是也没找着一点头绪。

他又想：连醉眼神狮以飞贼的姿态连日连夜地在京中寻找，听他的那话可见也是没有找着。现在他不但还要找宝刀，还叫大家一齐为他去找宝刀，并且跟我明斗了起来；醉眼神狮是宁可刀落于别人之手，也不能叫我得了去！好！这也算巧，当年王得宝酒店夺刀之时，只有我的师父、他的父亲和运河龙在旁，三个人之中现已去世了两个，只是不晓得王得宝是否尚在人世。他若是在世，若是仍住在北京，宝刀若还在手，那可就真是热闹了！我倒要看看鹿死谁手，宝刀结果落在何人的手中？但，在这深夜茫茫、漠漠无边的伟大京城，在这千千万万家，千千万万人之中，一个并无赫赫名声的王得宝，上哪里去找呀？好在他曾经做过御前侍卫，细去打听，早晚有一天，就许能够打听着……

他边走边想，就又来到了纳兰家的门首。这时三更已经敲过了，大门早就关闭，门前也没有人，他就一纵身又跳到墙上。向里院展目去看，只见里院的正房还有灯光，他就想：那两位姑娘必是早就由庙回来了！这两位姑娘跟牡丹不同，她们心都太高，一心一意要到宫里做妃嫔呀！可是，假若我把那个“龙颜一怒蛾眉死”的故事说给她们听，不得吓哭了才怪。慢慢地我一定告诉她们，要劝她们放弃那应选入宫的念头！现在还不用忙，因为她们还穿着孝，我还得赶快去找那口宝刀……

他夹着行李卷跳进院来，就轻轻地蹑足潜踪地向门房走去。

第九回　青衣小帽隐豪雄

裘文焕拨开门，进了门房，见桌上有一盏油灯，灯里燃着一根灯草，压得极低，屋子里好像没有一小点儿光。他把灯草略微挑了一下，借着暗淡的灯光，就见炕上躺着那窦老头儿和一个十二三岁的小孩，就是白天去给他们买盒子菜的那个孩子，他们现在全都睡得很熟。炕上还有空地方，裘文焕就把他那铺盖打开放平，把刀藏在褥子底下；他有一身比较干净的衣裤，也换上了。

裘文焕将门闭好，把灯索性吹灭，躺在窦老头儿的身边想睡觉，可是又睡不着。这一天的事确实是够紧张的，但他并不怎么往心里放，使他思来想去、辗转反侧睡不着觉的却是那个二丫头牡丹。他实在没有想到，这次来到北京，虽没有找着那口宝剑，竟然有了这么一个奇遇。

想了半夜，到天亮的时候，他才昏沉沉地睡去了。没料到睡了没有多大时间，就被窦老头儿给捶醒了，窦老头儿一副很生气的样子，说："喂！喂！你昨天晚上是什么时候回来的呀？怎么溜进屋子来的呀？你这不成了贼了吗？你就是有本事，也不能老这么着呀！传扬出去，成了什么事儿啦？本来这些日各大王府就净闹飞贼，别叫人疑惑把飞贼窝在这儿啦！"

裘文焕赶紧坐起来，带笑说："昨天我因为回来晚了，没敢惊动你们，可是由今天起我就在这儿，不再出门了。”窦老头说：“我们知道你是个规矩人，要不，不但不能收你，还得把你送到衙门去！因为你这鬼鬼祟祟的行径真叫人疑惑！”裘文焕只是笑。

窦老头又说：“你看，你也没把辫子理一理，头也没剃一剃，昨天你出去了多半夜，是净干什么去啦？你千万记住了，既在这儿就得规矩，你要是把前门外那些镖头招上一个半个来，这儿可就不要你啦！我也得逼着你辞活儿！因为你在这儿是我的替工，我是你的保人，出了事儿，我得担沉重呢！”

裘文焕连连说：“以后我一定守规矩！我本是个江湖漂流的人，蒙你老人家提拔我，给我找了吃饭的地方，我还能够不守规矩，不好好干吗？”

窦老头听了又喜欢了，说：“你要是守规矩，好好地干，以后我还能往高了提拔你！别看我也是给人使唤，可是我的儿子伺候着皇上！”

裘文焕说：“将来我想求您那位少爷帮帮忙，叫我去当一名侍卫，或是叫我认识几位侍卫才好……”

窦老头说：“别忙！只要你好好干，我一定给你出力。眼看这里的姑娘们也快进宫去了，早晚叫你把侍卫当成，将来还许叫你做别的官呢！你算是有前程了。因为那一回你在骆马湖立下的功劳不小，我跟这儿的姑娘们总要报答报答你的。这是说心腹话，你可别因为这就骄傲，你要是一骄傲可就全吹了。”

裘文焕真是很规矩的，听了窦老头的话就去扫院子。他把院子扫得干净至极，连墙头的浮土都扫净了，就差没上屋去扫瓦。窦老头领着他见了这里的大爷——桂祥，桂大爷是一位很忠厚的年轻人，当时就嘱咐他在这里好好地看门，又给他钱，叫他出去理辫子，洗澡，去买衣裳换上。

由此，裘文焕就成了纳兰家的听差了。这儿也实在没有事，桂大爷跟二位姑娘还是天天到庙里去祭灵，但是也不叫裘文焕跟着。裘文焕整天吃饱了饭没事，可又不能够走远。他闷极了，就到前门去站着，东看看西看看，跟附近住的人以及常来到门前卖小吃的人渐渐地都熟了。

然而他可感觉到有一种威胁，因为时常有三三两两面生的人来到这门前，仿佛是专来找他的，跟他撇嘴瞪眼的，意思是挑衅，他也不理。又有一天，竟然来了十多个人，还有提着梢子棍的，向他怒目横眉地说："走呀！姓裘的小子，你要是有能耐，跟我们走呀？鲍子龙、罗寿罗九爷、双刀费彪全在那儿等着你啦！事情不是就完啦，小子有能耐走呀？再干干去呀？"他可就赶紧退回到大门里，藏在门房里不出头。毕竟这儿是一个宅门，那些人还有点顾忌，没有敢追进来找他的麻烦。夜间，也曾有两三夜，子时之后，他分明觉出是有人找他来了，有一次还隔窗发着冷笑，说："裘某人，咱们来见见面！宝刀就在眼前，咱们去找呀，倒看得在谁的手中？"他却吹了灯，手中紧握着刀柄，不言语，外面的"夜行人"倒是没有进屋；如此两三夜，后来就不见再来。这些事，幸亏没叫窦老头和宅里的人知道。

裘文焕现在每天把脸洗得很干净，辫子也梳得很整齐，垂在身后，穿着灰色长褂，外面还套着一件桂大爷赏他的青纱坎肩，脚下穿的是白布袜子，青缎双梁鞋，很像一个"俊仆"。胡同里有些姑娘媳妇就常偷眼看他。他的心里却惦记着那牡丹，但是，莫说是在白天，就是夜晚，他暂时也还不敢到前门外去，他时时提防着他的那个劲敌——醉眼神狮。

这些日，醉眼神狮闹得实在厉害，连这胡同里都有些人在谈说。说是前门外现今出来了一条好汉，由南方来的，是镖行最有名的。这人姓耿，年轻漂亮，穿得也阔，手面极大，交的朋友很多，连衙门里的著名班头都跟他成了朋友。听说此人要"捐资"找一个出身，他大概是想做一名"御前侍卫"……同时，可又有飞贼的传说，也是越来越厉害，连紫禁城里大概都去过了飞贼。昨夜，曾经做过头品御前侍卫的黄大人家里也受了惊，但是没丢失什么东西……这些话在酒楼茶馆里谈说得一定更厉害了。

裘文焕知道，这是醉眼神狮为要得那口宝刀，所以日渐加甚的肆意恣行。他不由得很是气愤，本想拼出去，倒看看是谁死谁生，谁强谁弱；可是又觉着那没有什么用处，只跟醉眼神狮较雌雄，结果是谁也找不着那口宝刀。那宝刀现在依然是下落茫茫，没有一点踪影，也没有一丝头绪，果真要是访着了，到了手中，那才不愧是英雄好汉！因此，他想来想去，对于醉眼神狮的近日行为只是暗暗冷笑。

裘文焕现在是经常设法跟窦老头儿接近，向他打听过去是不是有一位名叫“王得宝”的侍卫。窦老头儿摇头说：“这我可说不清，我得问问我那二儿子去！可是我那二儿子在宫里服侍主子，不常回家。你打听那王得宝干吗？莫非是你们乡亲吗？”裘文焕只是漫然地答应着，并不说明是为什么，可是请托询问得更急。

窦老头儿回到家里去了一趟，说是已经把话告诉他的大儿子了。他大儿子常到宫里给皇上去预备轿子，有时能跟他那当太监的二儿子见面，有时还能亲自跟侍卫们谈天，一定打听得着那王得宝，好在那人的名字很容易记，于是裘文焕更是期盼着。

这纳兰氏的宅中也常有不少的高亲贵友来到，那些亲友也都带着仆人。来到这里，仆人们就到门房里歇着，裘文焕给沏茶，有时还拿出酒来殷勤地招待。因为彼此都是“伺候宅门的”，所以特别亲近，这些人也都好闲谈，裘文焕就向他们打听北京的一些故事，尤其是关于宫里、关于侍卫的一切事情。

因此他才知道在宫里有个“侍卫处”，总管侍卫处的称之为“领侍卫内大臣”，这个官职不小。侍卫之中多半是王公大臣的子弟，此外即是武进士；若没有出身，没有一副魁伟的体格和端正的相貌，不会拉弓射箭、骑马使刀，可就不能够干。侍卫之中又挑选出来“御前侍卫”和“乾清门侍卫”，分为一等、二等、三等，更分为“宗室侍卫”与“汉侍卫”。曾经领过御赐的宝刀、手刃贵妃的王得宝，当然应该是一名乾清门的汉侍卫了。裘文焕几乎只要是见了人就打听此人。

窦老头儿的那当太监的儿子也有了回话啦，说是没听说有过一个王得宝。裘文焕就想：大概是因为事隔已有二十年，人事更移，那王得宝必定早已离开了职务，他又是汉人，也许回老家了，宝刀大概已不在都城以内。他要是已经死了，那口宝刀还许给他殉了葬，埋在坟里了呢！所以如今是徒然寻找，连醉眼神狮也是瞎找一场。

裘文焕非常灰心，但又想“美人爱红粉，侠士爱宝刀”，倘若得到了宝刀，那时是怎样的威风？何况……又想起莽莽江湖之间，妙手小天尊凭着一对鸳鸯宝剑正在横行，无人能制。他的年迈的师父因在去年与小天尊交手而吃了宝剑的亏，非常愤恨，严命他去觅宝刀以复仇。所以他既不忍放弃那口宝刀，又不敢“有辱师命”，虽然目前毫无头绪，可是他还得尽力地去找。有时他又很着急，并且还时时得打听着那醉眼神狮的消息，只要醉眼神狮还没有走，飞贼有时还闹，他就放心；他最怕的是那醉眼神狮捷足先登，将宝刀先得了去。

为了好叫人再去给打听王得宝，所以他就把那二十年前的宫闱秘史详细地说给了窦老头听。窦老头起先还不信，只是摇头，说：“哪里能有这样的事呢？我也没听说皇上有宝刀！再说，拿宝刀来叫侍卫去杀贵妃，这话更靠不住，简直是谣言，你是哪儿听来的呀？”

裘文焕说：“这是真事，就是那王得宝在十年前，亲口对人说的，所以我才要访一访此人！”

窦老头又细想了想，就摸着胡子说：“也许呀！本来这十多年我都是跟官在外，京里的事情不大知道。这可倒是一件新奇事儿，宫里的嫔妃倒是不少，早先也有触犯了皇上被赐自尽的，可是还没有听说派侍卫拿宝刀去割头的!”

这窦老头听说了这件故事，就跟这里的桂大爷说了。这一天，桂大爷就将裘文焕叫进里院的北屋，询问他这些话是从哪儿听来的。裘文焕却说是听现在南城客店里住的，一个名叫“醉眼神狮”的人当众说的，于是他就又重述了一遍。他详细地讲述着这件宫闱中凄惨可怕的故事，那光闪闪的宝刀、血淋淋的宫妃头……

这时，桂大爷这位年轻的人听得都呆了，而那雕刻得极精细的楠木屏风后边，纳兰氏姐妹也正在倾耳听着。妹妹是实在怕得了不得，姐姐却一点儿也不动容不畏惧，并且丝毫不为这故事所感动。裘文焕曾向屏风那边偷看了一下，他就故意把这个故事说得惨而又惨，可怕又怕，他是想暗示出来，那宫中是去不得的，当贵妃的将来全都没有好结果，说不定就要被宝刀砍下头来。他是好意，是想劝那两位姑娘莫贪荣华，然而，却听到纳兰大姑娘吩咐她的弟弟桂大爷说："快让他回去吧！没事儿可在这儿说这些个干吗？"

从这一天起，裘文焕也就没再进过院里。既然打听不出来王得宝和宝刀的消息，他便觉着在此住着也是无味。

这时已经过了一个多月，纳兰家的丧事已经办完，而姑娘们正忙着进宫选秀女。窦老头儿也忙，也不可能回他家去享福。裘文焕倒因为是个外乡人，说话还带着河南口音，旗人家——尤其挑选秀女的事，他一概不懂，所以他插不上手，这里的主人也不派他，只是嘱咐他好好地看着门。而纳兰大姑娘就于这几天之内，应选入宫，做了贵妃，这也即是西太后入宫之始。家里顿时荣华起来，门房里又添了一个名叫保顺的仆人。裘文焕因此有了闲工夫，这天的午后，他就又出了南城。

这天天气很热，空中布满了乌云，裘文焕走到正阳桥，热得他真喘不过来气，头上身上全都流着汗。尤其这前门一带，是各处豪雄来京停留之地，镖店又这么多，他的对头很不少。如今他的这个打扮，叫人一看就知是个"听差的"，尊称之为"二爷"，实在就是个"奴仆"，所以裘文焕觉着羞辱。他摘下了小帽，拿在手里，把灰布大褂和青纱坎肩都脱了，往肩膀上一搭，他里边穿的是白布小裤褂，依然是非常的干净，像是江湖上的人。他先到了一家"南货铺"买了几样礼物，是一斤小花生、一斤蜜枣、两斤白糖、两斤红糖，打成了包儿，他就提在手里，径往铺衬市去了。也许因为天热，又正在中午，街上的人很少，所以也没遇到什么人找他打架。

到了牡丹住的院门首他就走了进去，见牡丹住的那屋关着门，他隔窗问说："有人吗？"他不好意思叫"牡丹"，也不能叫"韩七嫂"，那么称呼什么"韩七太太"或是"韩大娘"，更觉着都不合适。见没人答应，他就更大声的问说："有人吗？屋子里有人吗？"这屋里还是没人答声。

这时从那另一间小屋里，那个白头发的汤老妈走出来了，问说："你是找谁的呀？"裘文焕赶紧朝她点点头，笑着说："汤老妈，您不认识我啦？我是那姓裘的呀！"汤老妈说："啊！怎么有一个多月也没看见你呀？"说着话，就朝裘文焕的身上不住地看，笑着说："你混好啦？现在干什么啦？"

裘文焕说："我在城里一个宅门里帮一点儿忙。今天我是买点礼物来看看韩七嫂，因为不知道韩七嫂那次受的伤好了没有？那次，总是我跟费彪打架，才使她受了伤；她们又只是母女二人，很是可怜，因此我的心里总觉着过意不去！"

汤老妈说："我也听我孙子从镖店回来说了，他说你是个好人，本事也有，可是你把一些保镖的，还有个什么醉眼神狮，全给得罪了，他们都想要揍你啦！"

裘文焕笑了笑，说："不要紧！他们揍不着我，我也不理他们。"

汤老妈说："对啦！你不理他们倒好，现在我看你也混整齐啦，得啦，你就好好干你的事情去吧！你今儿送来的礼物，虽然不是送给我的，我可也看出来你这小子还有人心。你就留下吧，以后你可千万别上这儿来啦！"

裘文焕听了，不由得一陈发怔，就问说："韩七嫂的伤好了吗？她没在家吗？"汤老妈说："她的那个吐血的病儿本来就常犯，双刀费彪就是那天不打她，她也得吐血；她可也死不了，因为她还没受够穷罪呢！也没受够她那个丫头的气呢！"裘文焕一听这话，因为关系着牡丹，他更得问一问了，就说："那么，韩七嫂的伤倒是好啦？"

汤老妈说："早就好啦！也没去请陈一贴，她自己就好啦，早就又天天背着换肥头子儿的筐子，出门做买卖去啦！不那样，她怎么吃饭呀？你那天给他们的那块银子，还不够二丫头买胭脂买粉做衣裳的哪！”

裘文焕又问：“牡丹现今也没在家吗？”

汤老妈一听，忽然生了疑心，说：“怎么着？你是不放心吗？你手提着这礼物，是非得见着他们母女你才给吗？怕我给昧起来吗？你也不打听打听，老太太我吃过见过！”

裘文焕赶紧赔笑说：“不是不是！我这礼物本来一半是送给她们母女，一半却是真心诚意送给老妈的。”汤老妈问说：“是什么呀？你可别送给我嚼不动的东西呀！”裘文焕说：“您可以留下这白糖红糖。”汤老妈喜欢得笑了，说：“你到屋里来坐坐好不好？外边太热！”

裘文焕把手中的礼物就都交给了这老妇人，他摇摇头说：“不用了，我只同老妈谈几句话，我就走。因为我实在关心她们母女，我早就想要来看看她们，总怕因为我又给她们惹事。因为那天我打完了双刀费彪，就进这院里来了；我去聚英豪镖店跟那些人打架，牡丹又跑了去劝我，所以我恐怕她们已经因我而受连累了！”

汤老妈说：“连累倒是没受什么大连累，可是我听我那孙子说……因为我的孙子汤小牛就在立轩镖店当伙计，他全都知道；我听他说由那天起，镖行的人差不多全都认识二丫头啦，都说二丫头长得好，人可是太疯，不是好姑娘。他们还都疑惑你跟二丫头有一腿，可是因为这些日你没再到这儿来，他们才不疑惑啦，要不然更得都想揍你啦。要说起来，那些保镖的可全是好汉子，勾引人家姑娘的事情他们也不敢干，他们顾全着名声。就是那个醉眼神狮可真不是人！自你走后，他就天天来找二丫头……”裘文焕听到这里，不由得脸色就变了。

汤老妈又说：“那醉眼神狮人又年轻，穿得也好，阔绰极了！他来找韩七嫂，仿佛就要认干娘，开口就管牡丹叫二妹妹。”

裘文焕听到这里，更不由心中怒火高腾，问说：“那么后来怎么样了？”汤老妈说：“人家韩七嫂，穷可要脸，不能让女儿认识野男人，指着女儿享福、吃饭，所以对醉眼神狮就不大理，可又不敢惹。”裘文焕又问：“那么牡丹……怎么样呢？她不生气吗？”

汤老妈说：“她生什么气？她那个疯丫头，我要不叫她找个地方躲一躲，由着醉眼神狮常来，日久天长，非叫他勾搭上不可！有我在这院里住着，有我还活着，我就不能叫外来的野小子打她的主意。因为她的爸爸是我的干儿子，她爸爸死啦，她妈管不住她，我就得管管她。我又听说那醉眼神狮是个无来历的，连镖行里的人全疑惑他，还不知他那些钱是怎么来的呢？他要是个大案贼，将来还得犯案呢。我又不敢把他骂走，因为我孙子也在镖行做事，出名的大镖头现在全都不敢得罪他，我也不敢给我孙子惹事儿。幸亏二丫头还有个去处，我就劝她先到那儿去躲一躲……”

裘文焕听到这里，才稍稍放了点心，又问说：“汤老妈！那么现在牡丹她住在哪里呢？”

汤老妈说：“她有一个姑妈，在御河街织造彭家当打杂的，是韩七嫂的大姑子，可是跟韩七嫂不和，跟二丫头倒好。二丫头早先就常去看她的姑妈，她那衣裳，戴着的那银戒指，她零花的钱，都是她姑妈给她的。在前几天，我就叫二丫头找她姑妈去了，那织造的家里多阔，多添一个人吃饭，一点儿也看不出来。又听说织造大人是才从江南回来，带回来的丫鬟就不知有多少，二丫头混在里头，帮着打打杂，那宅里的大人太太要是查出来，也许就把她当个丫鬟用，还许给她工钱呢！那么大的宅门，院子又深，醉眼神狮就是不死心，可也不敢找去了。”

裘文焕点了点头，又站着发了一会儿怔，他就又掏出两块碎银子，说：“等到韩七嫂回来，请你把这交给她，这算是我送给她治病的。汤老妈你的好心，我改日再为酬劳！”汤老妈说：“我对你有什么好心呀？”裘文焕说：“因为老妈妈能叫牡丹躲避那醉眼神狮，就是一片好心，就使我钦佩，令我感谢！”说毕，将碎银交给了汤老妈，他拱了拱手，转身就走。

汤老妈妈又追着他说："你站住！裘大爷！我还跟你有几句话！"

第十回　牡丹的泪

裘文焕顿了脚步，就听汤老妈又对他说："你到底住在哪儿？你这个人我也看出来啦，是个热心肠的人，跟我一样。热心肠的人早晚都能得着好报应，你看我，七十三啦，可是眼不花，耳不聋，也不用拄拐棍，这就是老天爷给我的好处，你将来也能够发财！你把你的住处告诉我，以后有什么事，我好叫我的孙子汤小牛去请你。二丫头牡丹是个姑娘，去看你不方便，可是她的妈将来也得去给你道一道谢，因为哪儿去找像你这样对她们好的人呀？"裘文焕遂就把现在住的地方详细地告诉了这汤老妈。

他走出了门，心中非常的愤恨，因为他想：醉眼神狮处处与我作对！他未尝不知道我的来意，也知道我与牡丹虽没有什么情爱，可是总是先认识的，他竟来调戏她，真是居心叵测，并且太轻视了我！他越想越气，恨不得立刻就去找醉眼神狮生死相拼。忽然又想道：牡丹现今住在江南织造彭家，那彭大人也是我的熟人呀！我虽不便去巴结他，可是我到他家里找一找牡丹，嘱咐她几句话，总是可以的吧。好！现在我就去！

裘文焕脚步很急，走进前门，就打听往那御河街去的道路，走了半天。这时候，天上咕隆隆、咕隆隆地响起了一声声的沉雷，地下一些骡子车也咕隆隆地乱跑，雨快下来了。他走得更急，还没走到御河街，粗暴的雨点就自头上击了下来。他冒着雨往前跑，一口气儿就跑到了御河街，这里有一家广亮大门，他就跑到近前去避雨。

这里，不用问，就必是织造彭家，因为这条街上只有这一家大门，而且房子都是新盖的；可见并不是什么世代簪缨、科甲出身的宦家，只是偶然做了一个什么“织造”的美差，可是这“美差”仿佛比一切大官都阔。

现在这大门洞里正有很多的衣服整齐的男仆、女仆，还有像丫鬟似的年轻女子，都在欣赏外面的雨景，并开着玩笑，谈着闲天。裘文焕夹着大褂和坎肩，头戴着小帽，冒雨跑来，就有这里的一个男仆问他是谁家来的，有什么事儿。裘文焕掏出手巾来，把脸上的雨水擦了擦，小裤褂也几乎湿透了。那男仆又说：“你看你，你们宅里叫你出来，也不给你一把伞？”

裘文焕笑了笑，就问说：“这里是江南织造彭宅吗？”那男仆问他说：“你是有什么事吧？”裘文焕又说：“我来这儿找一个人，是在这儿跟着她的姑妈，给这宅里帮助打杂的……”

这男人说：“你看你，这话说得有多么麻烦？我告诉你，这儿上上下下有一百多号人哩，你找的这个是姓什么叫什么？她是伺候大人？还是伺候太太？还是伺候二太太？三太太？还是伺候大少爷？二少爷？干少爷？二小姐？干小姐……”

裘文焕说：“是个姑娘，她也不是这里的丫鬟……”旁边有丫鬟样子的女子听了这话，就不住地瞪他，仿佛“丫鬟”这两个字不应当说，招她们生气。裘文焕却没有觉出来，又接着说：“我找的这个人，她的名字叫牡丹！”这男仆把嘴一撇，说：“咦！你跑到这宅门找牡丹来啦？我们这儿可没有牡丹，就有夹竹桃、石榴花！”旁边又过来一个男仆，挺横的，说：“这儿没有牡丹，连芍药也没有！再说，就是有，也没人管给你去找，你去吧！还告诉你，这儿不许避雨，你要避雨，找别的地方避去！”两个丫鬟还是不住地瞪他，裘文焕不由有些生气。

而这时，就由里院顺着穿廊走出来一个仿佛是颇管点事的体面男仆，把裘文焕不住地看。看了半天，他就惊讶地说：“哎呀！你不就是那天在路上，骆马湖边……”裘文焕看了看这个人，虽不认识，可是知道他一定是跟着彭织造的船，上月自江南来的；在运河上骆马湖边的那个晚上，这个人那时一定在那船上，他当下就点了点头。

这人赶紧来拉他的手，笑着说：“哎呀！想不到咱们在这儿又见面啦。那天多亏你帮忙，不然我们大人跟眷属们受的惊一定更大。前天我们大人跟家里人闲谈话，还提到你哩！说你真有本事，好功夫。可是，你现在不在船上了吧？你找着什么事啦？……今儿来这儿是想见见大人吗？”裘文焕摇头说：“不是！我是来找一个人。”遂又把刚才的话说了一遍。这个人就向旁边两个不再瞪人而却都很露出惊讶来的丫鬟问说：“内宅是有一个叫牡丹的吗？”

两个丫鬟可都不敢不说真话了，一个说：“是有一个叫牡丹的，又叫二丫头，她是打杂的阎妈的内侄女。现在跟二太太说好了，也叫她在这儿干活儿，在厨房帮着刷碗。”另一个丫鬟却自告奋勇地说：“我把她叫出来！”说着就顺着穿廊，忙忙地跑往里院去了。

这个大管家似的人很亲热地拉着裘文焕，说：“到这边来坐吧！”于是裘文焕就在那些男女仆人们惊讶目光相送下，被这个人让在这外院的偏房里了。这里不是客厅，可是也陈设得相当干净，好像是专为别的宅门奉命办事来的仆人在这儿歇着、喝茶。裘文焕已向这人请教过了，他自称名叫彭升，如今他大概还有别的事儿，也没顾得叫人给裘文焕沏茶，只寒暄了几句，就出屋去了。

窗外的雨落得更大，待了一会儿，那个丫鬟真把牡丹给找来了，可是牡丹进了屋，那丫鬟只向屋里看了一眼，却没有走进来。

牡丹现在完全是丫鬟的打扮，月白的小裤褂，看上去似乎比一个月前瘦了。她进屋来也瞪了裘文焕一眼，就低声问说：“你干吗找我来？”裘文焕笑了一笑，说：“我是才从你家里来，谁也没见着，只见着了那位汤老妈，是她告诉我你现在这儿了。”牡丹说：“若不是因为你，我还不能到这儿来呢！”说出了这话，她的神情显露出一些幽怨。

裘文焕很诧异，就说："我不明白你这话是怎么说起？"牡丹又瞪他一眼，顿顿脚说："你不用问我，反正你也明白。那天借着我妈受了伤，你就到我们家里去，晚上又去……"裘文焕说："那……没有什么人知道呀？"

牡丹说："没有什么人知道？可是我也不好，你去跟人拼命，我又糊涂，追了你去，当着那么许多人喊你、劝你。你可也没听我的话，你还是跟人打；别的人可都知道了，一传十，十传百，都说我跟你是……"说到这儿，她紧紧咬住了嘴唇，脸绯红，裘文焕倒不知道说什么话才好。牡丹又说："我妈也信以为真，先前还生气、骂我。后来她伤好了一些，又一细想，觉得你也不错；她就天天盼着你去，你可又不去啦！她叫我来这儿也是没法子，也是为你。你可这会儿才来……"她说到这里，眼泪就像断线珠子似的簌簌地滚下。

裘文焕也心里很难受，就问："那么，你在这儿觉着怎么样呢？太累吗？我想还是不如回家去吧！"

牡丹擦了擦眼泪，说："在这儿倒是没有什么，天天只是帮着洗洗茶碗，连饭碗都用不着我洗。有别的丫鬟嫉妒我，我也不理她们，她们也不能给我说什么坏话，因为我现在不过是个短工，不是他们买的，也不是他们雇的；我早晨在这儿，晚上就许走，没人能拦我。就是因为我姑妈，她愿意我在这儿多待些日子。她是一个寡妇，没儿没女，在这宅里就雇了十几年啦，她有点儿贴己，打算将来给我，叫我将来发葬她。她早就叫我上这宅里来，那时我常在一清早，或是晚上，来这儿找我姑妈，她就给我点儿钱跟衣裳。

"这宅里最主事的是二太太，二太太见过我，喜欢我；二太太还有一个干女儿，是她在江南收下的，名叫淑银，跟我同年岁，这宅里都称她为干小姐，在大人跟前很红，她也喜欢我，我姑妈才愿意我到这儿来。大人在江南织造的任本来还没有满，可是因为这一次回京来，在什么骆马湖边受了一次惊，就想辞官，再找别的差事，不愿出外回江南去啦，以后二少爷也要娶少奶奶，更得用人；二太太就不愿意叫我走，说将来还要叫我陪小姐念书呢……”

裘文焕说：“那么你愿不愿意在这里？”

牡丹摇头说：“我不愿意！我在这儿还不跟丫鬟是一样吗？我是没法子，不是为躲那醉眼神狮吗？大概你也知道那事啦。可是那人，挺厚的脸皮，净到我们家里去。是谁把他招了去的？反正不是我，我从来没搭讪过他，归根还是因为你！他觉得你能上我们家里去，他就能去，他要跟你比。可是我已跟他说过了……我妈也跟他说过了……”

裘文焕问说：“跟他说了什么？”

牡丹的脸更红，说：“你自己想去吧！反正一传十，十传百的都知道了，我妈也说把我给了你……”说着，她羞涩地深深低下了头。

这事儿竟由牡丹的口中自己说出来，真是出乎裘文焕的意料之外。他心里是有些希望，但不敢相信能够达到，如今也不必再烦月下老人系红线了，可是……那口宝刀还没有找着呢？

牡丹又抬起眼来看着他，问：“你现在到底在哪儿住着啦？干什么啦？”裘文焕就坦白地说出来他现在给纳兰家当听差。不想牡丹当时就皱起眉来，沉着脸儿说：“你就找不着个别的事儿吗？”

裘文焕笑着说：“现在我的这个事本来就不错，也是说干就干，说走就走。”

牡丹又眼泪莹莹地说：“你还觉着得意哩！难道我在这儿给人当丫头，你就在那儿给人当听差？你也不想想前程，立点志气！”裘文焕赶紧摆手说：“你是不知道我的心思！我来到北京，原是奉我师父之命……”牡丹却又顿着脚，流着泪说：“什么命呀，大概是我的命不好……”她哭着，抽搐着，又说：“醉眼神狮也瞧不起你呀……”

这话叫裘文焕听了不由得又气又着急，他明白了，这是女人爱浮华的心，使她不愿意嫁给一个宅门听差的。他就想：这也难怪她，她是不明白我，可是跟她细说细讲也没有用！再说，我来北京寻找宝刀的事，不能跟她提，提了她倒许疑惑我是个贼，更不愿嫁我了；那曾经在皇宫里斩过贵妃的宝刀的来历，当然更不能跟她说，说了她一定害怕，其实她一辈子也进不了宫里去的……

他想来想去，就长叹了一声，说："好了，你也用不着再难过了，自今天起，我就不回那纳兰家里去了，不再给人当听差了。我本来也不是以此为生，别的事，不用说我想当个镖头很容易，就是想当侍卫，做官，也易如反掌。古人有一句话是'最难消受美人恩'，你实是我的红颜知己、风尘巨眼，为了你，我从今日起，必定要树名声，奔前程。你在这里，或回到你家里去，至多我叫你等候我两个月，我就准能够让你称心如意了！好了，牡丹，不要再哭了，我对你不是夸口，我有这一身好武艺，富贵荣华，尽皆唾手可得！"他说这话时气态昂扬，真似乎是一个大英雄，而此时窗外的雨声越大，雷声更猛，全都在增加他的壮志。

牡丹听了这话，心中似稍安慰，就说："那么，你不在那个宅门住了，可是搬到哪儿去呢？你告诉我，我得着空儿好去找你，在这儿说话也不方便。"

裘文焕想了想，就说："前门最出名的店房是宝兴店和五魁栈，这两家，哪里有空房，我就在哪儿住。"牡丹又说："你可要躲避着醉眼神狮那些人！"裘文焕说："你就不用管了，你放心好了，他们并不能将我奈何！"

牡丹沉默了一会儿，扒着窗向外看了看，回首略微皱眉说："这么大的雨，你可怎么走呀？我又不能多在这儿陪着你！"

裘文焕说："你要还有什么事，你就回里屋去吧！不过你也要记住了，无论这彭家怎样待你好，你也不可以答应给他们这里当丫鬟，还是预备着随时就走，因为我虽是叫你在这里等候两个月，可是说不定不到十天我就来接你！"

牡丹嫣然一笑，说："你也用不着太着急，反正……你还不放心吗？我妈先愿意，我也……没什么说的啦，就等着你；你可也得都预备得差不多，才能不叫人笑话。”

裘文焕点点头，又看着牡丹艳丽的姿容，尤其那一对大眼睛和窈窕的身材，不由得为自己称幸，觉着真仿佛得着了个仙女似的。他就想：虽然还没有得到宝刀，但这仙女般的姑娘，竟愿意为我的妻子，比得到宝刀强不强？高兴不高兴？他心里真欢喜，真是高兴得不得了，窗外的暴雨沉雷，也如向他欢呼庆贺。

屋中的光线越来越黑，牡丹背靠着窗儿，那窗外溅进来的雨点儿挂在她的头发上，跟珠子似的。她斜眼看了看裘文焕，又说：“你还不走？你出去跟他们借一把伞吧，他们一定能够借给你。”

裘文焕摇头说：“雨我倒不怕，我只是……”

他实在不愿意离开这儿，不愿意离开牡丹，但转又一想：我也太儿女情长了！我还有多少事情都要赶紧去做！若在这里徒事恋恋，那只有一个办法，见一见这里的彭大人，求他收我做个听差，或是给这里护院。但那是牡丹所期望我的吗？那真得叫巨眼识我的美人知己伤心了，叫她不再看得起我了！想到这里，他就点了点头说：“好了！我走了！你在这里千万要安心，要保重！”说着自己推开屋门，一步迈出了门槛。

却忽见牡丹对他也仿佛是恋恋不舍的，又含有泪似的低声说：“你可是快着点……”这句话里含有无限叮咛之意。他答应了一声走出了屋，走几步回头一看，见牡丹跟着他也出了那屋，三步两步跑上了穿廊，又转脸向他掠了一眼，就赶紧跑进里院了，那背影儿更为曼美。

檐水如瀑布一般地流，庭院积存的雨水已经很深，大雨还在下着，房上都腾起一团团的水气。裘文焕又走到门洞，那彭升却正站在这儿等着他，见他出来，就带笑问说：“说过话了？”

裘文焕也赔笑点点头说：“我们本来是亲戚，今天是她的妈托我来跟她说一件事儿。她在这里，就多求关照了！”

彭升说：“哪儿的话！有你的托付，我们更不能错待那位牡丹姑娘了。刚才，我们大人也知道了，本想请你到内宅谈一谈，可是正会着客，叫我拿来这……”他由怀中掏出个红封套来，说：“这是十两银子的银票，是我们大人的一点小小意思……”

这倒出乎裘文焕意料之外，他不悦地回答说：“这我不能收，我来是看看牡丹，并不是拜访大人，也不是来求钱！”因为他正色而言，彭升倒不敢勉强着他把银票收下了，旁边有几个用人看着他，也都觉着奇怪似的。他就要走，彭升又说：“雨这么大，您怎么走呀？再请到门房等等吧，待一会儿雨也许住；要不，这儿有伞，您打去吧！”裘文焕却摇摇头，就离开了这彭家的大门，冒着雨一直走去。

一霎时，雨就淋透了他的衣服，他还不顾地去走，心里却想：那彭织造忽然要给我十两银子，那意思实在是看不起我！他竟以为我是乞丐，认为我是无聊……但，这也难怪人家！我为了寻觅宝刀，怕被他人注意，在清江浦我就住小店，充船夫；到了此地，又在纳兰家作奴仆……我是自己做错了，这样不但也没找着宝刀，还令牡丹伤心，叫彭织造疑惑我是去乞钱。我从今起要全都改，我要光明正大地当一个像样儿的人，并且要跟醉眼神狮和那些镖头们全都斗一斗，我要在北京之内出大名……

当下，他就愤愤地走着，大雨也像是在助他的壮志，他就又回到前门外，进了那家五魁栈。

五魁栈与宝兴店是前门外最著名的两家大店房，不是富贾贵客，绝住不起这样的大店；两家店相离不远，他知道醉眼神狮就住宝兴店，所以他住在这里，他要跟醉眼神狮比一比，明着较量较量。

裘文焕浑身是水，小帽坎肩也湿了，然而来到这里，他就找了个很大的房间，由他的贴身的袋子里掏出来银票。

他在洛阳拜别他的师父之时，他师父就把多年积蓄的几百银两交付了他，说：“你如找到那口宝刀，王得宝若是肯借你一用，便罢；他若不借，你可以拿银两买他的，切不可以强行抢来！”

裘文焕沿路到开封，到清江浦，全都把银两兑成了著名钱庄所开的通用银票；到了北京之后，他又兑成了本地有名的“四大恒”

钱庄所开的银票。他本想这些钱可能用不着，王得宝绝不肯卖刀，除了向他恳求借用，就得暂时偷走，将来再奉还他，所以他就把银票贴身带着，都叫汗跟雨水给弄湿了。他也没想到现在竟要取出来用了，事情逼得他顾不得许多，他要先拿出来显一显阔。

等了些时，雨就停了。他出了店，到新衣庄买了两套华贵的绸罗衣裳，并到靴店里买靴子帽铺里买帽子，又到绸缎庄买些绸缎，到南纸店买了一柄名家书画的折扇，还到“打磨厂”买了一口铜活做得很精细、刃磨得极锋利的单刀。他回到店房，又令店家叫来裁缝，给他量身材，再做绸罗裤褂、袜子等等。于是到了次日，他就打扮了起来，立时成了一个“阔客官”了。

雨后天气仍然闷热，仿佛还要下大雨。他白天在店里睡觉，傍晚时，才出外逛大街。他遇见了那天在聚英豪镖店见的许多人，然而这些人都不认识他了，大概就是由于他的衣履由贫穷而忽然阔绰起来的缘故。

第十一回　纵酒征歌神狮狂语

现在，裘文焕要在北京做几件轰轰烈烈的事，使得人都知道他都景仰他，尤其得叫牡丹知道，他不是只会给人当听差，而确是一位伟大的英雄。他想着：首先就得去找醉眼神狮耿春雄较量个高低！因为那个人近来是太有名了，打了他，才能使群雄甘服，令北京的人全都注意我。那时，或许有人就将宝刀送到我的眼前，而牡丹姑娘也会对我更倾心更喜悦，我同她订了婚姻，也不愧是“郎才女貌”……

这天晚上，他在街上闲逛，就见从宝兴店里又走出来那醉眼神狮，并同着四个人。眼见他们走进了西边的一条繁盛热闹的胡同，裘文焕赶紧在他们的身后不远跟了去。

夕阳将坠，晚霞满天，天还没有黑，看人还看得清楚。裘文焕现在穿的是灰色的绸小褂、青绸裤子，自觉得已是很阔了，但是比起人家醉眼神狮，他还是自惭弗如。因为醉眼神狮现穿的是宝蓝色的官纱大褂、纱绸长裤、纱绸的腿带和袜子，下穿着是青缎双梁鞋，这种打扮显得文雅、潇洒，他手中还拿着把大折扇，好像是个官员，或是个富家公子，而裘文焕总觉得自己像一个“江湖人”，不由得更是气妒。

裘文焕没拿着兵器，但跟着醉眼神狮的一个人却带着一口在鞘里的刀，可见他们已有准备。那几个人裘文焕都觉着眼熟，都是那天晚间见过的，那个黑大汉就是钢牙虎魏铁帆，那个短小精悍的是偷桃猿胡小五，另一个胖子，他的名字裘文焕已不记得了。这三个人同醉眼神狮一同走着，又说又笑，旁若无人，后面那带着刀的好像是个伙计，他们大概都没看见裘文焕。

进了这胡同，转过两条街，便来到了一个很大的饭庄之前。早有人在门前等候着了，一见了他们，就笑着说："楼上的人全都来了，就专候等你们几位哩！"醉眼神狮展开了折扇扇着，含着笑，就一同进去，上楼去了。

这个地方接近着"烟花柳巷"，所以这时候特别热闹，来来往往有不少花枝招展的女人；还有的也进了这家饭庄，上楼去了，后面跟着夹着弦子的琴师。饭庄里边，楼上楼下灯烛通明，刀勺乱响，跑堂的也大声地喊出各种菜名。然而饭庄门前，却站着不少要饭的，有的瘸腿，有的身上长着癞病，都在哀号："打发打发吧！发财的人，掌柜的……"

饭庄里边出来个伙计，赶也赶不走，劝他们说："待会儿再来吧！现在客人们还都没入座呢，哪有剩饭剩菜给你们呀？"

可是说这话都无用，乞丐们还是哀求着，堵住了门口不走，连才来到的一个"姑娘儿"都捂着鼻子不能进去了。这姑娘儿穿着银红衫子、银红长裤，袅袅娜娜的，乞丐们又都向她哀求，说："大姑儿赏我们几个钱吧！行行好吧……"这姑娘儿向后退着说："我哪儿有钱呀？"后面，她的跟妈也来了，另有两个穿花衣裳的姑娘儿，带着弹弦子的、拉胡琴的也都来了，可就是都似乎嫌脏，不愿意从乞丐的身旁走进去。

这时，忽然间由里边走出一个人，正是偷桃猿胡小五，他说："好啦！好啦！由柜上拿钱，打发他们……"又向众乞丐说："这可不是我给的，这都是醉眼神狮耿大爷赏给你们的！每人二百钱，你们可别再来啦！"

伙计从里边拿出来钱，分给这些乞丐，并说："哼！他们要是不知道耿大爷今天在这儿吃饭，还不能来这么多呢！这全是因为耿大爷平常好施舍，走在哪儿，他们跟在哪儿。”众乞丐领了钱，都说：“谢谢耿大爷，那真是一位菩萨！”都笑着，满意地走了。几个姑娘儿和跟妈、琴师也都面上露出羡慕之色，仿佛觉着那位“醉眼神狮”真是一位财神爷，接着她们也全进到里面去了，里面当时更显得热闹。

裘文焕在外面，倒不禁发了半天的呆，心想：好个醉眼神狮，真会沽名钓誉！现在此人在北京恐怕已经是无人不知的一位侠客了，看来我非得把他的底细揭穿了不可。

于是，裘文焕便也走进去。柜旁边的伙计赶紧拦住他，问说：“是找谁的？”大概看他没穿着长衫，或许看他衣服穿得不穷，可是没有派头，所以问话时不怎么客气。裘文焕说：“我是到楼上去吃饭。”

这伙计说：“对不住！我们这儿不卖散座，卖的都是整桌的席。”裘文焕愤愤地说：“我就是要吃整桌席！”这伙计说：“那您得头一天订下才行！我们好预备，现在也来不及啦！”

裘文焕握着拳头说：“来不及也得给我去做！该多少钱我给多少钱。你们门前的招牌上也没写着‘吃饭得先订下’！”这伙计说：“不用写，是饭庄子全是这规矩！我们这儿的买卖又特别忙，是老主顾全都知道。”裘文焕说：“难道你们只卖老主顾，不卖新主顾吗？”他越说越气了，拳头就要高扬起来，他想先在楼下打完了这个伙计，接着就上楼去打醉眼神狮。

纠纷眼看就要起来，这时候那掌柜的赶紧上前来，他先叫伙计躲开，随后就带着笑，向裘文焕说：“这位大爷不必生他的气！他是没把话说明白。今天我们这楼上，是有佟三老爷跟耿大爷两起请客的，房间都占满了。”

裘文焕依然愤愤地说：“我就是为他们才来的！”掌柜的问说：“您是跟佟三老爷认识？还是跟醉眼神狮耿大爷是朋友？”裘文焕摇头说：“不认识，也不是朋友，我只是要到你们这楼上去吃饭，吃完了我给钱！”

这掌柜的就怔了一怔，接着却又笑着说：“大爷你这么一说，我就明白了！因为现在楼上叫了几个条子，四美班的翠喜、惜春院的秀红，那几个出名唱得好的姑娘儿现在都来啦，您是想听一听曲儿……”不等裘文焕点头，他就又说：“这不要紧，都是老主顾，楼上就是没地方，我们也得想法儿找出个地方来，请您去听一听呀！您别生气，跟着我来！”当下，这位精于世故、圆头圆脸的大掌柜的就客气地将裘文焕让上了楼。

楼上的地方很大，现在用屏风分成了两部分，客人都已来得不少，一边已经调弦击鼓，纤细的嗓音唱起来：“春季里，水仙花儿开呀！花开奴不开呀，想起奴的哥哥来……”

裘文焕一听，就不由更为气愤，心说：醉眼神狮今天在这里宴客，还招妓女，唱这种难听的小调，可知他是一个酒色之徒，不是什么英雄好汉。我要是在这儿跟他较量，倒是侮辱了我……

这时，掌柜的已把他让进一个单间。这个单间，其实还没有半间房子大，原来不过是为跑堂的在这里预备手巾把儿、洗碗换碟子、调和小菜。这么一个小地方原不是为待客人的，只有一张长方的小桌、一个凳，灯也不明，门帘也没有挂。掌柜的就客气地说：“您避避屈，待会儿他们要是走了，我立时就给您换屋子！”裘文焕点了点头，说：“这里也行。”当下掌柜的又问他要什么菜，用什么酒，裘文焕说：“你们有什么，就给我来什么吧！反正我吃完了，一个钱也不能够少给你们。”

掌柜的又连连带笑说：“哪儿的话？都是熟人，平日都有交情，还能跟您要钱吗？顶多了给您记在水牌上，您要有工夫，什么时候把钱带过来都行；要没工夫带过来，我们非得到八月节，才跟您去要呢！”他又哈哈地笑着说：“您可多担待！今天我们这儿忙，伺候得不周到，您就多海涵、多帮忙就是了。”说完又悄悄嘱咐了几个跑堂的一番才走。

裘文焕见这掌柜的这样世故，倒不由得有些奇怪，心说：莫非这掌柜的他认识我？恐怕至少他是看出我今天的来意不善，是要跟醉眼神狮那些人拼命的样子，他这样优待我，也许是怕我在他这饭庄里闹出事儿来，搅了他这买卖。他可真会办事，他这样一来，我倒真不好意思跟醉眼神狮在这儿打架了。于是，他觉着有点心平气和了。

跑堂的先给他摆上四碟小菜，这小菜是北京的饭庄饭馆所特有的，通常不过是什么凉拌白菜、生拌嫩豆腐等等，而现在给他摆上来的却是松花鸭蛋、鱼松、海蜇等四样冷荤，好像跟那边大桌席上的是一样，酒也是在一起热好了的，分给了他一壶。

裘文焕饮下了两杯酒，想起了醉眼神狮那一次到牡丹家里去调戏的事，真觉得可恨，心想：牡丹是一个清白的女子，怎可以受他这个酒色之徒、飞贼大盗的觊觎、摧残？现在竟使她不敢在家里住了！想到这里，不由把酒杯吧的一声往桌上一磕，差点儿没给磕碎了。那几个跑堂的因为正忙着，所以对他也没有注意。

他现在坐的这地方，往外看着非常方便，因为没有帘子挡着，并且这里的灯暗，外面的灯光通明，照如白昼，所以他看得更清楚。只见外面本是两起请客的，一边的主人是一个衣着华丽的黄面大汉，大概就是所谓的“佟三老爷”。此人好像是个做官的，他请的客有十余人，也都有些官派，或是富商样子的人，他们这里就有妓女弹唱。而那边，隔着四扇屏风，却是以醉眼神狮为东道的七八个镖头，骆马湖的湖盗飞叉老鼋的二弟也在座间，侍酒的也有妓女。两边的几个妓女都是浓妆艳抹，并且也都会唱大鼓、时调小曲，那边唱起来“四季相思”，这边就唱起来“妓女告状”，简直像是在比赛，也像是要打起架来。

后来大概是醉眼神狮觉着不合适，叫刘六到那边去说一说。刘六翻着鼻孔，面若姜黄，穿的衣裳虽也是绸缎，然而看上去却穷酸得很，好像是个穷秀才。但是他不但跟镖头们都厮熟，走到佟三老爷那边，也很有面子，立刻两边就全都不叫妓女们再唱了，弦鼓全停。佟三老爷并且还亲自过来拜见醉眼神狮，他们好像是一见如故，当时就带笑攀谈起来。

两旁的客人全都见面了，互相介绍着。其实他们之中，有不少都是相熟的好友，就听他们介绍着什么余四爷、赵七爷、张老爷、王老爷，等等。这叫裘文焕更为高兴，因为他们今天来的朋友越多，像样儿的朋友越多，才更得跟醉眼神狮斗一斗；不但是得为牡丹出那口气，还得压倒了他而令自己成名。

外边已经令跑堂的把屏风拉开，两起请客的，现在成了一起了。联了桌，大家更高兴，两边的妓女也会在一起，粉白黛绿，燕燕莺莺，各自收敛起来她们的歌喉，而齐伸纤手，来给客人们敬酒。这边的妓女听了醉眼神狮的吩咐，袅袅娜娜地到那边去让酒；而那边的妓女又听了佟三老爷的使唤，姗姗地过来给这边的客布菜。妓女们本不是自一个妓院来的，她们不大认识，然而互相妒嫉，争妍竞俏，所以使得两边的客都更是畅饮欢呼、高谈大笑。

那佟三老爷特意过来跟醉眼神狮并坐相谈。旁边有一个细条身子、眉目如画、妆饰入时、特别美貌的妓女，仿佛也身价高、名大，听他们称呼她“小秀红”；这像是醉眼神狮的“相知”，不是因为他的面子，大概还叫不来呢。她依在醉眼神狮的身边，给他斟一杯，又给佟三老爷斟一杯。佟三老爷的黄脸喝得渐渐发了红，他笑眯眯地问说：“怎么样？那姓裘的不敢再出头了？想是怕了老哥你？”

醉眼神狮得意地微微摇头，撇着嘴笑说：“我倒不打算跟他怎么样，因为我认识他，他是河南孝义县镇洛阳刘鹏的弟子……”

佟三老爷惊讶地说：“那是位很有名的人呀！”

醉眼神狮轻蔑地笑说：“他的名头可比先严柳湖公差得远了，连当年清江浦的运河龙彭老镖头他也赶不上！先严柳湖公擅长的是十四套追风逐月刀，五十年在江湖上没遇见过对手；运河龙彭君善老镖头是他的同门，他们二人生平的绝技只传授了我一人。至于镇洛阳刘鹏，他虽与我先父当年会过面，但没有交情，我也没拜会过他。论名声，总还可称为侠义，是一位老前辈；论武艺，自从他去年连次败在一个不过二十多岁的后起小辈——鸳鸯剑妙手小天尊的手里，可见他是不行，也许因为他年纪已老。这裘某人，听说倒确是他的弟子，只是又这么不成材……”

这些话被裘文焕隔着个门口，听了个清楚，他不由得更是怒气倍生，但还是极力地忍耐着，因为他想着：这饭庄的掌柜的对我很有面子，我要打，也别在这里打。所以，他反倒扭过脸去，自斟自饮地又喝了半杯。

待了会儿，忽听那边有个人说：“裘某人现在纳兰家当了听差的，你们知道吗?”又仿佛是刘六的声音，笑着说：“早就知道啦！他本来就只能干那号事儿，只能当个二爷，当不了大爷!”接着是一阵许多人的哄笑声，倒仿佛就是为给这里的裘文焕听的。

又有个人说：“你们看，这两天北京城的飞贼也不怎么闹了，飞贼本来就是那姓裘的嘛！纳兰家里收下他那么个人当听差，可真有点悬，因为那姓裘的心里不定打的是什么主意啦！佟三老爷，你可派人对他留点心，别容他在你的地面上闹出什么大案来!”佟三老爷笑着说：“不要紧，我谅他就是会点法术，大约还不敢在我的手心里施展!”说着又哈哈大笑。

这半天倒没见醉眼神狮言语。

忽听佟三老爷又说：“那纳兰家的大姑娘已进了宫，听说封的西宫娘娘，很得皇上的恩幸，皇上……”他说到这里，忽然旁边另有一人插嘴说：“听说圆明园已经修好了？里边修的都是西洋式的……”佟三老爷又说：“我听说了，并且还听里边的人说，万岁爷还要选拔几个民间的女子进宫……”

刘六笑着说：“进宫干吗呀?”佟三老爷说：“进宫去，当然是伺候万岁爷！可是恐怕连个妃嫔的封号都弄不着，因为听说这回，万岁爷是要选那小脚儿姑娘……”刘六又笑着说：“选小脚儿的？我看那牡丹的脚儿倒是真不大。”

他这话刚一说出来，忽听吧的一声，这里的裘文焕急忙扭头去看，就见是那钢牙虎魏铁帆整个扇了刘六一个大“脖儿拐”，打得刘六脸都歪了，鼻子更显得翻了。钢牙虎又大骂说：“小子！你说话留点儿神！你可知道那牡丹是咱神狮大爷的相好的吗？”刘六赶紧连连地作揖，说：“咳哟！我真是一点儿也不知道，这别怪我！”

佟三老爷转过脸来，有些惊讶地笑着向醉眼神狮问说：“兄弟，我倒是听说过铺衬市住着一个贫家女子，乳名叫牡丹，长得好边式（漂亮），跟那姓裘的似乎还认识。怎么，现在她成了耿老弟你的人了吗？”

醉眼神狮耿春雄这时对此事并不加以否认，他把头点了点，微微做出得意的笑容，说：“还没有成，她本人倒是倾心愿意，做我的二房她也甘心，只是她的妈还想多跟我要些钱……”

佟三老爷站起来大笑说：“钱还算什么事儿吗？你要不方便，我们可以给你凑！好，好，跑堂的！快换大杯来！”又向众人说：“我们今天就要预先喝他的喜酒！”更向众妓女说：“你们也都得给这位耿大爷贺喜！”众姑娘儿齐都笑着叫着：“啊呀……”那小秀红尤其声儿高，她笑着说：“我可得看看耿大爷的那朵牡丹！”当时笑声四起。跑堂的纷忙来换杯送菜，镖头们咧嘴大笑，几个阔商人模样的也现出羡慕之色。

刘六直起脖子来，又笑说：“要不是我说错了一句话，也引不出神狮耿大爷的这段风流事儿来！先得让我灌他一杯！”

这时醉眼神狮耿春雄却站起了身，一边笑着，一边摆着双手说：“别忙！别忙！你们先别灌我酒喝，她现在没在这儿。明天，明天就是这个时候，我把她带到这儿来……”

佟三老爷摇头说：“不行！现在你就叫车把她接来，让我们看看！才能够少灌他……”

醉眼神狮高兴地说：“好吧！那么就请你们诸位在此稍等，我现在就去，待一会儿就叫她跟着我来！”佟三老爷问：“怎么，非得你自己去接她吗？”醉眼神狮说：“她不能像是这些个姑娘儿们，写一个字条子便可叫得来！牡丹是我平生所见的第一美貌的女子，这次我到北京总算还没白来，我是一定要娶她的……”

许多人都欢喜地嚷着说：“现在你就把她带给我们看看！”

醉眼神狮又点头笑着说："好！我现在就去接她！可是她也得重新梳梳头，再打扮打扮，所以你们诸位要打算看，得在这儿多等些时。"钢牙虎大声嚷说："就是等你到三更，我们也不着急！可是你准得把你的新娘子给我们接来！"醉眼神狮傲笑着说："那一定！"说毕，他连长褂也不穿，折扇也不拿，当时就高高兴兴地急匆匆地跑下楼去了。

这里一些人有的惊讶，有的欢笑，佟三老爷说："今天我们来得巧！说看牡丹，待会儿就能看见牡丹。"

那刘六却不禁吸了口气，微微摇了摇头，说："我可没听说神狮耿爷再见着过那牡丹！这几天牡丹也没在家，连她们院里的邻居也不知道她上哪儿去了。耿爷他现在去了，就能够把牡丹叫来？我看有点儿不大怎么容易吧？"

那钢牙虎魏铁帆听了这话，又要打他，说："你不相信？可是你想，神狮耿大爷他现在去了，要是找不来，骗咱们白在这儿等着，他还是英雄吗？他跟那牡丹早就成了很熟的两口儿了！人家是个风流少年，要是你这翻鼻孔儿说这话，我们要等才是傻瓜！"

偷桃猿胡小五赶紧从中劝解，说："你们先别吵！预备好了精神，酒也要少喝一点，好待会儿看那风流俊俏的牡丹美人儿。"大家连连笑着说："好好好，吃菜吧！"那佟三老爷又命那翠喜姑娘唱起了京韵大鼓，是《闹江州李逵夺鱼》。

第十二回　施诡计雨夜赚娇娘

楼上这时候弦鼓更显嘈杂，谈笑声愈为热闹，但是只有那掌柜的才知道，刚才醉眼神狮匆匆走了之后，裘文焕便也跟着走了。

裘文焕现在是既气愤且惊疑，想起刚才醉眼神狮说的那些侮辱牡丹的话，真是可恨！但他说现在就要去找牡丹，那绝不会是瞎说，绝不会是跟这里的一些人开玩笑，他一定是说得到，做得出。这却真可疑，莫非牡丹真是已经到了他的手中？

裘文焕走出了这条热闹的胡同，见天已黑了，醉眼神狮也不知往哪里去了。他就想：醉眼神狮这时候绝不会回店里去睡觉的，而牡丹也不会是已经回家去了，她必定还在那彭宅，莫非现在醉眼神狮就到那里找她去了？他将要用飞贼那淫恶的手段把她掠来吗？这样一想，裘文焕就十分着急，他赶紧就雇了一辆骡子车，咕隆隆地急速地走进了前门，赶往那御河街去了。

来到御河街时才不过二更时分，但这里与那繁华的前门外可大不相同，这里已经是路静人稀了。遥望紫禁城，黑兀兀的有如一座山岳，近处御河的水面散溢出来阵阵的荷香。天上有浓云，遮住了月光，又像那天似的，仿佛要下大雨。

尚未走到那织造彭家的大门前，裘文焕就叫车停住了，他给了车钱，就下了车。向前走了几步，心里却拿不定主意，暗想：我要是直着去找牡丹，彭家的用人还不能不叫她见我，可是叫牡丹一定觉着厌烦；我还没谋到我的前程，见她实在无颜。若是去告诉她说，现在将要有人来抢走她了，她一定还得笑我大惊小怪，倒许生一回气；并且这时醉眼神狮也许还没来到，我要叫彭家的人都预备着捉贼，也显得我太不英雄，所以都不能这么办，看来我还是只能在暗中斗一斗那个“神狮”了！

于是裘文焕不往那大门口去走，他却在一箭之远，靠着墙根儿站立着。阵阵晚风吹来，倒觉着有点儿凉快，天上过一会儿就划一下闪电，可是听不见雷声，雨闷着，下不来。

时候也快到三更了，不见醉眼神狮的黑影飞来，也没听见这彭宅里有什么动静，他不禁更生了疑惑，心说：怎么着？醉眼神狮不想到这里来了？但他还叫那些人等着啦，送不去牡丹，他岂不是失信、丢人？我先进去看看吧，看看牡丹到底是不是还在这里？

当下他向四下看看，没有看见人，他就轻提身子蹿上了房，伏着身形步履着屋瓦，连走带跳，一霎时就到了里边的正院。向下一看，灯烛辉煌，原来彭宅的人都还没有睡觉。这里，是北京城官宦之家的排场，高搭着席棚，北京叫这为“天棚”，是专为白天遮挡炎热的阳光的，现在晚间将四周的芦席都卷了起来，为的是透进凉风。大块方砖铺成的院子里，摆着不少盆石榴树、夹竹桃、栀子、茉莉，还有金鱼缸、冰桶，有几把椅子和竹榻。

这个时候，大概大人、太太、二太太全都在院里凉爽够了，进屋了。只剩下几个丫鬟在这里偷着喝那剩下的酸梅汤，并悄悄地闲话，还你推我一下，我拧你一下，悄悄地打闹着，同时伺候着屋里的吩咐。裘文焕伏在房上细细地向下去看，见没有牡丹在内，他就很是惊疑。待了一会儿，听屋里叫“春香”去倒茶，又吩咐“夏香”去传什么话，叫“秋香”吩咐厨房做夜点心，让“冬香”去把猫儿给抱来，虽都是小事情，可是支使得几个丫鬟也都够忙的。

忽然又见西厢走出一仆妇，高声地问说：“冬香呢？”一个小丫鬟答说：“冬香刚走！上喂猫的屋子给大太太抱那黑白花儿的猫去啦，大太太要睡啦，没有猫睡不着！”这仆妇仿佛不大看得起那大太太，她哼了一声，说：“是猫要紧，还是人要紧哪？牡丹怎么到这时还不回来呀？干小姐都等急啦！二太太也着急，怕她出了什么事，快叫冬香去问问彭升！”

小丫鬟回答说：“是刚才彭升忙忙地进来把她叫出去的！说是有人来找她，她有个亲戚家的哥哥出了事，叫她赶紧去。她就连院儿也没有回，跟着找她来的那人坐车出南城去啦！”

那仆妇说：“到底是怎么回事儿呀？真要把二太太急死啦！”

这时候屋上的裘文焕听了却更加着急，就像头上响了个霹雳，又如身上烧起了烈火。他赶紧自房上站起，急急跳出这座宅，顺着来时的道路往南去走。雇车也没雇着，他就撒开了腿去跑，心中却愤愤骂着：好个醉眼神狮，狼心狗肺！原来他没有以飞贼的办法来掠抢牡丹，却施行骗术，冒充我的名义，派人来把牡丹骗走了！可见他早已知道了我同牡丹二人之间的情愫。他一定是捏造我在前门外受了什么重伤，也许说我是快死了，牡丹当然不暇询问真假，就急忙忙地被骗走了。好恶毒的计！他必定是把牡丹骗到那饭庄去了……

于是裘文焕更加紧地走，越走越气，胸口都觉着疼痛。及至来到前门一看，已经关上了城门，原来已过了三更。他更是着急，就扒上了马道，到了城墙之上，又翻下城去，这才重返到前门以外。裘文焕想到自己受醉眼神狮之骗，白白进了一次城，白白耽误了半天工夫，真是气恼；又想到，他这样毒恶险诈的人，说不定牡丹今夜就许要遭他侮辱，因此更是愤恨，走得更急。

这时，前门外一带繁华的胡同，也因夜渐深，而灯火阑珊，天空中的闪电也划得更紧。裘文焕来到了刚才的那饭庄，先在门外仰面一看，楼上的灯光已经全灭了，更无弦鼓之音，他就不禁更为吃惊。走进门去，只见那掌柜的正在跟几个大伙计在一起结账，算盘乱响，看见他来，全都显出来十分的惊骇之状。

裘文焕连气也不暇喘一喘，就急问说：“楼上那些人全都走了吗？”

掌柜的回答说：“早就走了！”裘文焕又问：“刚才，醉眼神狮走后，又来了没有?”掌柜的说：“你问的是耿大爷吗?他后来又来了一趟。”裘文焕瞪眼问说：“他同来的有什么人?”掌柜的说：“同来了一位年轻的姑娘。”

裘文焕不由得将脚一跺，说：“咳！牡丹真傻！怎就会眼睁睁地受他这个骗！那么……”他又大声地问说：“他们现在全往哪里去了?”这掌柜的赶紧扔下算盘走过来，摆手说：“这位大爷先别着急，听我慢慢说……”裘文焕却低着头不住叹息，说：“咳！咳！你快快告诉我吧！”

掌柜的说：“您第一趟来的时候，我就看出您跟他们是对头。我们这儿有一个伙计，也知道您的大名是叫裘文焕，您这些日跟那些镖师、醉眼神狮全是对头。我知道，刚才您要不是看在我的面儿上，早就跟他们打起来啦……”

裘文焕又长叹，说：“你快说刚才的事吧！”

掌柜的说：“我也不怕得罪他们了！也不想再叫他们照顾了！刚才，您走后，约有一个钟头，他们就骗来了个年轻的好人家的姑娘，听说名字是叫牡丹。牡丹进门上了楼，就怔了，因为她来是听说在这儿被人打伤；她一看没有您，却都是些混混儿跟无赖，并且那佟三老爷也显露了原形，要拉人家叫嫂子，吓得人家直哭，逗得大伙儿直乐。醉眼神狮就又说什么裘文焕刚在这里受了重伤，现在又抬回店里去了，所以那位姑娘哭哭啼啼地跟着他又走了。我们在旁边看着，明明知道他们说的都是假话，玩的都是圈套，骗人家老实姑娘，叫他们大家开心，可又都不敢说什么，因为他们都是翻了脸就能打人呀……”

裘文焕不待掌柜的把话说完，转身就急急走出。这时已经打起了沉雷，闪电在空中如同燃起了一把一把的烈火，暴雨倾盆而下。裘文焕飞快地跑回了他所住的那个五魁栈，向这栈房的伙计一问，竟是什么事儿也没有；到他自己的屋中去看，不但没有牡丹，尤无一丝可疑之处。他就更是气愤、焦心，抄起了那口单刀，冒雨出店，直奔宝兴店去。

闯进了宝兴店的柜房，他就要找醉眼神狮，而这柜房里的伙计们却都说："醉眼神狮大爷自从下午出去宴客，直到这时候也没有回来！"裘文焕更是惊疑，拿着刀冒着雨，就又走出了这宝兴店。他徘徊于茫茫的雨夜之中，不知向哪里去救牡丹，去杀那醉眼神狮，泪水不禁随着暴雨，汪然流下。

忽然在闪电之下，他看见街西的白墙上写有几个大字，是"立轩镖店"。他想：说不定这里有人知晓醉眼神狮那小子的下落？这镖店的大门已经关上了，推也推不开，他一耸身就跳过了墙去。见北屋里有灯光，窗上人影幢幢，他就过去猛地拉开了门，提刀便进了屋。

屋中的几个镖头都光着膀子正在推牌九，一见有人持刀进来，齐都吃了一惊，有的就赶紧去抄家伙。裘文焕把手中的刀一晃，说："朋友们！我不是来找你们的，我是跟你们打听打听，醉眼神狮这狗东西，现在在哪里了？"

这里的几个镖头定了定神，一看，一个瘦长身量的就更显惊讶，说："呀！姓裘的朋友，原来是你呀！"

裘文焕却不理这人，他一眼看见旁边有一个胖子，正是刚才跟醉眼神狮一同在那个饭庄聚宴的。这家伙现在又跑到这儿赌钱来了，他要不知道醉眼神狮和牡丹的下落，还有谁晓得？当下，裘文焕就如老雕遇着了兔子，蓦地一进身，伸手把他抓住，他把钢刀往那胖子的脸上唰地一蹭，怒目厉声说："你快告诉我！"这胖子吓得几乎瘫软了。

旁边瘦长身的却摆手说："姓裘的朋友！你先别欺负我的二弟。我名叫敏金刚庞立，他名叫飞太岁庞轩，咱们大概见过面，全是朋友，有话好说，不必这么急！"

裘文焕却跺脚说："我怎能不急？庞轩他都知道，刚才醉眼神狮那恶贼行使骗术，骗走了我的牡丹！"

这时，旁边有个小伙计高声地说："裘大爷，你将我们二掌柜放开，我来告诉你！你大概不认识我吧，我就是牡丹的同院邻居，汤老妈的孙子，我叫汤小牛！”裘文焕听了，遂即将飞太岁庞轩放了手。汤小牛说：“我还正要找你去呢！因为刚才我们二掌柜回来，一说那饭庄情形，我就猜出牡丹因为跟你好，她才受了骗！”

飞太岁庞轩这时才缓过颜色来，说：“其实刚才的事情我真不明白，我只是佩服醉眼神狮真有两下子，他说把牡丹弄来，果真就把牡丹给弄来了……”裘文焕更发着急地问：“你们快说！他现在把牡丹弄到哪里去了？”庞轩摇了摇胖脑袋，说：“我可惹不起他！”敏金刚庞立却说：“就把实话告诉他也不要紧，因为那件事本与我们不相干！”

汤小牛却抓起一件蓑衣来披上，跳起来说：“来！裘大爷跟我来！我带着你去！”

当下，裘文焕不再逼问庞氏兄弟，却急同汤小牛出了屋。汤小牛又不会越墙，开门就费了半天的事，两人便在这愈下愈大的夜雨中，走出这镖店。

汤小牛带着裘文焕，迤逦地又走进了一条胡同。这里原来也尽是一些烟花柳院，雨中的这胡同里，这时候门还都半开半闭的，门前挂着玻璃灯，上面写着什么院、什么馆、什么“清吟小班”，大多数的还没有熄灭。裘文焕想着：他把牡丹竟骗到这里，莫非是要将她卖了做妓女吗？这更可恨了！于是就拿刀指着，急急地问说：“在哪一个门里？在哪一个门里？”

汤小牛却指着说：“还得进那边的胡同呢！”这话说得含混不清的，因为他不能够张大嘴，一张嘴雨就往他的嘴里灌。这时的雨是更大了，汤小牛披着的很厚的稻草蓑衣都已淋透了，他不禁浑身打战。裘文焕却依然气愤愤、雄赳赳的，雨水就顺着他手中的刀往下流。

汤小牛在前面，就拐过了一个小胡同，突然，看见墙角站立着一个人。

这小胡同既狭且黑，里边的雨水、稀泥深可没胫。但是在这胡同口，因为斜对面有一家妓院，门前挂着个写着“情春院”的灯，灯光透过挂着雨水的玻璃罩，就斜照到这里。这人撑着一把纸伞，顺着伞边，雨水流泄如注。这个人的模样很是奇怪，穿着件蓝布短衣裳，胡子很长，背已经驼下去了，年纪大概已很老了，可不知在这里干什么了。

这老头子不住地扭过头来看裘文焕，裘文焕觉着他也很可疑，就横刀问说：“你在这里干什么？”汤小牛却说：“走吧！你还管人家在这儿干吗？这多半是这一带的窑子里雇的更夫。”老头儿也没说话，还不住瞧着裘文焕。裘文焕却跟着汤小牛脚涉雨泥，进了这小胡同。

这小胡同似是个死胡同，没有一点儿灯光，但闪电在天空上蓦地一划，立刻四周就跟白昼一样。看见这里有一个小门，汤小牛指着说：“牡丹肯定就在这儿啦！我是听庞轩刚才回去的时候说的。我早就知道这儿不是个好地方，醉眼神狮把牡丹骗到这儿，心怀不良。我本来就想到这儿救她，可是我知道我一定不行。裘大爷，你使点儿力气，赶紧跟醉眼神狮去拼，要不然，牡丹今儿准逃不开他的手……”在这小胡同里说话，风倒没把雨吹到他嘴里，可是话还没说完，裘文焕就手抡单刀，冲破了暴雨，猛蹿到墙上。墙上太滑，他站立不住，就咕咚一声跳到了院子里，他来到这里，可就不管脚步的轻重了。

裘文焕看见北屋里有灯光，他就提刀向屋内去闯，这时屋里就传出了醉眼神狮的大笑之声，并说：“哈哈！果然来了！裘文焕你这小辈，还算有点胆，竟真个儿敢给你神狮爷爷送喜酒来，快来认一认你爷爷新纳的娇娘！”裘文焕咚的一声踹开门进了屋，只见屋中，闪闪的钢刀共有六七口，都在等待他前来。

第十三回　宝刀飞起

这屋里现在有骄傲的冷笑着的醉眼神狮耿春雄，有一只脚踏着凳子、手里捧着刀要显本领的偷桃猿胡小五，有双眼恶瞪、手中现在也拿着刀的“飞叉老鼋”的兄弟，那个外号叫什么赛山神的。还有老豪杰鲍子龙，他威风凛凛地向裘文焕说：“姓裘的！这回咱们可得再干一干啦！”更有那罗寿，依然抱着那口铁环刀，费彪的手中仍然是钢刀两口。另外还有那翻鼻孔的刘六，手里是一根短的“梢子棍”；钢牙虎魏铁帆，拿的是一双“虎头钩”。这些人是全在外屋，里间却传出来牡丹的哭叫声：“裘大哥！快来救我呀……”

裘文焕把手中的刀，刀尖向下，紧握待机。他用骑马式站立，目光向四处一扫，忽然紧逼着醉眼神狮，气愤地说：“好！我于今算都认识你们了！你们夸武艺、混江湖的，原来就专会骗取人家的姑娘……”

醉眼神狮把刀一点，说：“你先别说！告诉你裘文焕，从你来到北京的那一天，我就知道你啦，我要叫你的脑瓜落地，那容易得很！可是因为我先严与你的师父有点交情，我不能不留点情面。咱们全是为一件东西来的，你知道我也知道，咱们要找的全是那王得宝的那口宝刀！得啦，现在那口刀我也不要了，你有本事找着就算你的，可是牡丹这个美人儿，你得让我……”

他才说到这里，裘文焕的刀就自下向上一掠，寒光飞了个半圆形，既速又猛；转刀正刀，步随刀进，盖顶劈下。醉眼神狮却一闪身，出刀下捺，铛的一声，搭成十字。待裘文焕又抽刀变式，翻云转推，那对方的六七口刀却光芒霍霍地一齐劈削撩刺过来，逼他退后。裘文焕将刀抖起了旋风，可惜屋中地方狭小，但是他绝不稍让。

此时，醉眼神狮又向旁边的人使眼色说："用不着大家全来上手！我一个人，三刀要砍不出他裘文焕——滚个蛋，我就从此不叫耿春雄，哈哈……"

他一阵大笑，又说："裘文焕你得量力！告诉你实话，你不行！你的本领差得远啦，就那点诡计都叫我替你脸红！你在清江浦装穷汉的时候，就有人来告诉过我了；我知道你为的是那口刀，还猜着你在那里找不着运河龙，必定要到京都来找王得宝。你想得宝刀那是做梦！连我，到如今都没找着。我比你早来了两个月，费尽了千方百计，我都灰了心啦，我谅你更是海底摸针，瞎忙一阵，屁也寻不着！可是你有点儿运气，比我先遇见了牡丹，可是你没照镜子看看，你不配呀！"这时里屋的牡丹又呜呜地大哭。

裘文焕急怒地抡砍着，醉眼神狮却用刀巧妙遮拦，并且警告着说："你可别招得我急了，要不然我可也不跟你细说了！小子你现在要明白，对于牡丹，骗也罢，抢也罢；她愿意也罢，不愿意也罢，反正她已到了老爷的手心了……"

铛铛两声，他一边将裘文焕狠劈来的刀磕了回去，一边又冷笑着说："或者，你死她归我；不然，你死她也完，反正，她休想逃出我的手心！"他一边抡着刀，一边又说："我恨她一听说你受了伤，就能甘心受骗，我看不出你哪一点配？来！你小子来得正好！我早已料到你会来，还特意请来了好些位会刀法的老师，让他们来看一看我的刀法，来！看刀！"里屋的牡丹哭得更加厉害，可是不能出来。

裘文焕的气更腾，刀尤猛，单刀嗖嗖、铛铛，然而，奈何他真真的人单势孤、刀独力弱，对方的人跟刀太多了。醉眼神狮力也充沛，刀法更为紧而敏，绕背三刀劈来，转守为攻，裘文焕就不得不向后退。此时鲍子龙大喊说：“姓裘的！现在放你一条活路！若要命，就快滚出屋！”

裘文焕却反抡刀跃进，又穿云劈斫前来。钢牙虎猛迎过来，双钩抖起，裘文焕招架一合，他就去将屋门挡住。裘文焕却挥刀开路，要到里屋去救牡丹，费彪、胡小五却又挡住了那里间的屋门。裘文焕现已进退维谷，左有醉眼神狮，右是鲍子龙跟罗寿。那飞叉赛山神竟上了“条案”，抄起案上的一只花瓶，就向裘文焕飞来；裘文焕用刀一迎，花瓶飞回，吧的一声落地粉碎。

醉眼神狮却刀飞脚起，罗寿的铁环刀也砍了过来，身后的钢牙虎的又要用双钩来钩他的脚。裘文焕刀飞身转，左劈右削，凶如猛虎，到底他是拼出命了，围着他的人虽多，究竟不能不让步。钢牙虎魏铁帆不但没有钩着他的脚，反倒差点儿被他的刀削了下巴颏，他就赶紧让开了路，使裘文焕得以跳出了屋。此时屋里的人也不向外来追，只是全都哈哈大笑，牡丹却仍在哀啼。

外面的雷雨还大，裘文焕站在雨中，胳膊可真觉发酸，心头更是急痛。屋里的人笑着并且鼓掌，他气得肺都炸裂，但又无可奈何，心想：这成什么世界了？凭醉眼神狮这么一个人，他就可以把良家妇女骗来，关在这个地方！别人来找，他们还聚众持刀拦阻、殴斗……这样想着，胸中的怒火又加倍的燃烧起来，他又要抡刀再往屋里闯，再去拼命，这时却听牡丹又在里屋里喊叫：“文焕！裘大哥！你快去叫衙门的人来吧！”那外屋，醉眼神狮一些人却更狂笑起来，有人还唱着：“小娘子休伤心听我言讲……”

裘文焕觉着他们真不是人，可是斗他们，又实在斗不过；要叫牡丹在此一夜，他们什么事也能够做得出来。北京城天子脚下，还不至于没王法，我就去叫官人来！于是他提刀又上了墙头，才要往下去跳，却见墙外站着一人，仔细一看，原来就是刚才他跟冯小牛在胡同口看见的那撑着雨伞的老头子。

这老头子很奇怪，此时他手中高高举着一口刀，向裘文焕说：

“你那口刀不行！那口刀斗不过他们，来！换这口用吧！用完了千万还我！”

裘文焕顿然吃了一惊，看这口刀并不太亮，然而，尺寸似乎较长。他就接过来颠了一颠，觉着很轻，比手里现在这口笨刀轻了一半，这样一来，倒觉得手腕不大酸痛了，他就说：“好！我就换你这口刀用一用！请你在远处等等我，我杀完了他们，救了人，咱们再谈！”当下他将自己的刀交给这老人，反身仍然跳回院里，重又踹门冲进了那屋。

屋中的几个人正在商量什么，一见他又来了，醉眼神狮先忿然跳起，怒声说：“好个裘文焕，你还敢来？真不要命了！”裘文焕什么话也不说，举起新换的钢刀，嘞的一声斫去。醉眼神狮展刀相迎，他还想将裘文焕的手腕震酸，不料双刀再一碰，却与刚才不同，呛的一声如削麻秆，醉眼神狮的刀立刻成了两段。他大声惊喊道：“哎呀！宝刀竟落在你手里？”

裘文焕也一惊，同时又一喜，勇气倍增，他丝毫不让，宝刀掠风，嗖地又削了过来。钢牙虎、偷桃猿、鲍子龙、罗寿、费彪等几人的刀和钩仍然齐上，但禁不住裘文焕手中的宝刀一扫，立时刀断钩尽折，每人手中只剩下了半截兵器，可都吓白了脸。醉眼神狮不顾一切猛扑过来，张着两只空手要来抢宝刀，裘文焕宝刀一挥，立时咕咚一声，醉眼神狮连喊也没喊出，就腰断两截，血流满地。

钢虎牙、偷桃猿，连罗寿齐都拼命往外去逃，刘六蹿到桌子底下去了，费彪吓得浑身打战。鲍子龙倒是还镇定，他说：“怎么样？现在可出了人命啦！姓裘的你是要斩尽杀绝呢？还是官里去说话呢？还是各走各的，将来再见面？三条路由你挑，我鲍子龙没什么说的了，谁叫你的本事高、刀也快？”

裘文焕却顾不得向他答话，手提宝刀，先急急地走进了里屋。

这屋里，灯光仍然很亮，原来这就是那名妓小秀红的家。小秀红早就光着袜底跑到炕里藏着去了。她的跟妈，也许是她的养母，是一个四十多岁、身体蛮壮的妇人，还紧紧抓着牡丹的两只手不放，被裘文焕打了两个嘴巴才给打走，而娇弱可怜的牡丹哭着投入裘文焕的怀里来了。

牡丹被裘文焕搀着出了里屋，看见了地上的一摊血和醉眼神狮的两截尸身，吓得她就赶紧闭上了眼。此时，鲍子龙等人全都逃走了，只有那妇人还在叨叨唠唠地说："这人命官司算谁的？耿大爷呀！你这一下，可真把我们娘儿俩坑啦……"她又大声哭起来。

裘文焕什么话也不说，就赶紧搀着牡丹出屋，雨仍在下着，闪电照着牡丹的惨淡容颜。此时裘文焕自幸是宝刀、美人全已到手，可是他开了街门，搀着牡丹刚要出去，却见那老头就迎着门说："该把刀换回来了吧？"倒把牡丹又吓了一跳。

裘文焕说："敢问老侠客是不是当年的侍卫王得宝？"怪老头只嗯了一声。裘文焕更加惊喜，可是这口昔日斩过妃嫔，今天杀死了醉眼神狮的无敌宝刀，却不得不当时还给老人了。他又问："王老侠客现住在哪里？改日我好去拜访！"那王得宝却一声儿也不再言语，只将宝刀收入一只破皮鞘里，用臂夹着，一手打着雨伞，就伛偻着腰，就跟个老怪物似的，在雷雨闪电之下出了小胡同，走了。

这时披着蓑衣的汤小牛又来了，惊讶地说："你真把二丫头给救出来了？是怎么救的呀？"裘文焕说："你先别管，借你这件蓑衣先用一用！"遂就将汤小牛披着的蓑衣拿下来，给牡丹披上，并急急地说："汤小牛！好兄弟！你快去追那个老头子，看他在哪儿住？然后到五魁栈里去找我，告诉我，我还要重重地谢你！"汤小牛答应了一声，赶忙就追那王得宝去了。

夜色沉沉，泥水满途，裘文焕搀扶着牡丹出了小胡同，却也无法找得着一辆车，他只得在这大雨下、闪光中，携刀搀扶着牡丹，暂回五魁栈。为了免得使店家生疑，也是不愿到了明天给店家招麻烦，他不能去叫门，于是他便将牡丹背着，越进了墙去。

此时，除了雨淋在蓑衣上发出簌簌的轻微响声之外，再也没有别的声音，天上的雷也不再那么一声连着一声地打了。牡丹这时是紧紧地依随着裘文焕，就这样进了屋里。裘文焕把灯点上，灯光照着娇弱的牡丹，其实她并不怎么娇弱，她的脸儿还是胖胖的泪，已经干了，头发上可还往下滴水，蓑衣穿在她的身上，倒好像“昭君出塞”里的那昭君娘娘披的斗篷，显着十分的风流妩媚。

脱下蓑衣，她身上穿的豆绿色的绸小褂和深蓝色的绸子裤子可尽皆湿了，裘文焕倒觉得很发愁，因为这屋里没有一件女人的衣裳可以叫她更换。衣服换不换，还倒不要紧，只是她脚下的那一双小鞋，湿得好像尖嘴的小鱼，现在还直往外吐水。裘文焕说：“你把鞋脱下来，上炕去歇一歇吧？”牡丹却把眼睛向他一掠，赧然地笑着说：“那你可得转过脸儿去！不许瞧我！”裘文焕说：“好！我先到门外去站一站，待会儿再进来。”牡丹却摇头说：“不用！外边雨还没住呢！又凉！”于是裘文焕就转过身去。

待了半天，牡丹轻轻地说声：“好啦，你回过头来吧！”裘文焕转回了身，见牡丹已经脱去了湿鞋袜，上了炕，盘腿坐着，并拉过了炕上放着的被褥盖上了腿，还显着怕冷的样子。

裘文焕就往近走了走，低声问说：“你出来的时候没有吃饭吧？现在要是觉着饿，我可以到厨房去找点什么吃的。”

牡丹却皱眉，微微地叹气说：“吃不吃有什么要紧，现在这事到底是怎么办呀？”裘文焕仿佛有些不明白，问说：“现在还有什么事呢？”牡丹像是又害怕又忧虑的样子，她哽咽悲泣着，断断续续地低声说：“你刚才在那儿杀了人，杀了醉眼神狮，你不得给他去偿命吗？不得……打官司吗？我发愁……”

裘文焕却摇头，微微的笑说：“不至于！你要为这事就发愁，那可就太傻了，你还不明白我……”他走近前来，向牡丹低声说：“我们原本都是江湖上的人，你明白吧？江湖上的人走了邪路就是盗贼，走了正路就是侠客。当侠客的人凭仗武艺，行侠仗义，济困扶危，剪恶安良；杀人用不着偿命，杀那醉眼神狮更是大快人心，用不着打官司的！”

牡丹说：“那么，明天你就还能够在这儿好好地待着？就没有衙门的人捉你？你还能够照旧在街上走？我就有点儿不信！”

裘文焕对这话也难以回答，他就想：本来事情已经惹下了，到了明天，衙门人一定得上那小秀红的家里去验醉眼神狮的尸身，小秀红的养母还能够不原原本本地说出今夜的事？那一定得传鲍子龙他们那几个人，并且一定得到店中来捉我。他们自然捉不着我，但牡丹可就跑不了啦……因此他不由得也发起愁来，可依然笑着说："不要紧，一点也不要紧，现在我只问你一句话，你愿不愿意明天一早就跟我走？"

牡丹拉住他的手，仰着脸儿问说："跟你？上哪儿去呀？"

裘文焕低声告诉她说："跟我回河南。如今我奉师命，走遍天涯寻觅的那口宝刀，已经有了下落。我想得到那口宝刀，带着你，就回河南，见我师父复命，然后咱们往远远的一个地方去做夫妻，过日子，再也不到北京城来了，好不好？"

牡丹却摇着头说："不，我不愿离开北京！"

裘文焕说："你的母亲也可以跟着咱们一块走。"

牡丹却又摇头，皱着眉说："不，我不愿意！你想啊，我们是这儿生长大了的，说走好远，就走好远，那怎么能成？这儿不但有我妈，还有我姑妈，她也离不了我。我现在彭宅那里，人家二太太、干小姐，连大人、太太全都待我好极了。本来我今天晚上，要不是受了醉眼神狮的骗，也不会出这事儿。他派人去跟我说是你在前门外饭庄里被人打伤了，都快要死了，托他们来找我赶紧去跟你见一面，要不然就见不着啦！我才一着急，当时什么都顾不得啦，也没有回里院跟二太太说一声儿，就跟他们坐着车走了。

"到了那饭庄一看没有你，他们又说抬到什么朋友家里治伤去了！我傻，也因为我是急糊涂啦，我就又跟着他们到了那里，可是一进了那小院的屋里，就瞧见醉眼神狮了；他们就揪住了我，不叫我走啦，我哭也不行。那个妖妖娆娆的女人跟那婆子又吓唬我，又哄我，说什么又不是想叫我混事儿、挣钱啦，只说叫我明天一早跟着醉眼神狮离开北京。我说我为什么要跟他去呀？我正想要寻死，你就去救我了……我可想不到，你也叫我离开这北京城……"说到这里，她哭得更厉害了。

她接着又抽抽搭搭地说：“不错！连我妈也愿意把我给你，我自己也没什么话说了。我在彭宅住着，就为的是躲那醉眼神狮，也为的是等你，等你有一个体面一点的好事儿就行，将来跟彭宅能够跟亲戚似的来往；你要是当个好差使，我见了彭宅的二太太、小姐，也脸上好看。我没想到……今儿听说你跟人打架叫人打伤了，我就很伤心，幸亏那是假的。你杀了醉眼神狮救了我，这是真的，可是摆在眼前的真事儿，怎么办呢？难道你这么大的一个侠客，就除了逃跑，没有别的办法了吗？”

裘文焕摇头说：“我没有别的办法！不逃跑也行，只有明天等着人来再拼命！”

牡丹说：“你不是跟彭升认识吗？他现在是彭宅的大管家。”

裘文焕说：“我何止跟彭升认识？连彭织造都应当称我为恩人！不是我在骆马湖边将他们救了，他们全家都回不来。还有，今天和醉眼神狮在一块儿的那个飞叉赛山神，就是那次在湖边劫他们的一名大盗。”

牡丹不禁很是惊讶，又喜欢着说：“那么，明天为什么不……咱们两人一块儿去到彭宅，求彭大人去给你向衙门说一说情，就不必再追究你啦！还可以捉住那个劫过他们的大盗……”裘文焕说：“你想叫我将功折罪去吗？”牡丹就眼睛看着他，微微地笑着说：“你想想，我出的这办法好不好？”

裘文焕也微笑着说：“好是好，可是不能那样办！因为那次我在骆马湖边本来就算是多管闲事，得罪的江湖仇家已经够多的了。飞叉赛山神是飞叉老鼋之弟，他来欺侮我，我可以打他，但却不能去捉住他，送交官里，这是江湖上的规矩；我若那样去做，惹起了江湖豪杰的愤怒，麻烦是更多。至于叫我去求彭大人……你别看我在纳兰家中看过门，但这种倚人求人的事，我还实在不愿做。如今杀死醉眼神狮，这并非我的本意；见到了那口宝刀，却实在是大功告成。此后，我更要慷慷慨慨做一个英雄，哪能陷人求赏，或托庇于富贵之家？”

牡丹着急地说：“反正我是天一亮就得回彭宅去，只剩下你啦，你到底是打算怎么办吧？”说着又低头垂泪不语。

裘文焕说：“办法我已经有了！天亮你回彭家去也好，你在那儿住着，我也很放心，只是我愿意你能等我半年！”牡丹点头说：“行！可是这半年里，你干什么去呀？”裘文焕说：“你就不用管了！反正半年以内，我必然回北京，来的时候还必光明正大。那时我是钱也有了，事情也有了，我就必定娶你。”牡丹又抬起眼皮儿来，问说：“你说的这话可是真的？一准办得到？”裘文焕点头说：“当然一准办得到，而且还用不了半年。”

牡丹点头说：“得啦！这就都不用说啦，我信你的话。现在我也放了心啦，别说半年，就是一年、两年，跟王三姐似的等你一十八年，我也等得了！就盼着你……”她又悲哽着说：“就盼着你好好儿的，别再那么江湖江湖的……真叫人又担心，又害怕！”

裘文焕说：“从此你不要再害怕了！”

牡丹却又忧愁起来，说：“可是，天亮了我怎么回去呀？衣裳鞋袜也都不能够干！”裘文焕说：“这很容易，你在家里还有什么衣服鞋袜没有？”牡丹说：“我都带到彭宅去了，新近二太太又给我做了两身。”裘文焕又问：“全在什么地方搁着？”牡丹说：“我是住在二太太旁边那屋子，屋里就是我跟我姑妈，我的衣裳、袜子、鞋什么的，都搁在我姑妈的箱子里。”

裘文焕点头说：“好！你稍等一等，我就给你取来！”说着他就出了屋，牡丹还说：“你先别去……”但裘文焕连头也没有回，开门就走了。

裘文焕依然施展蹿房越脊的身手，就出了这客栈，却见门外蹲着个水鸭子似的人。他走近了一看，正是汤小牛；原来他早就来了，只因不会跳墙，所以进不来。裘文焕就问说：“怎么样了？你跟随那老头子到了什么地方？”

汤小牛说：“原来他住在白纸坊姑子庙，那庙里的老尼姑，我还认识呢!”

裘文焕听了，心中非常喜欢，就点头说：“好好！可是你就在这儿待着，先别走，等我回来还有几句话要跟你说，有一件事要托付你。”汤小牛就点头说：“行！反正我今儿晚上已经叫雨淋了半夜啦，觉也没法睡啦！为二丫头嘛，我也不能抱怨谁，再等会儿也不要紧，可是你老哥还上哪儿去呀?”裘文焕只说声：“待一会儿就回来!”随即向北走去。

第十四回　携刀催马别都城

雨刚停了一会儿，现在又潇潇地下了起来，这时虽听不见梆锣之声，但估摸着，离着五更已近。裘文焕就如黑夜里在雨中犹自翱翔的一只猛禽，急速地飞进了城，并飞进了彭织造家中的内院。那屋里牡丹的姑妈尚在酣睡，他就开箱取了牡丹的衣裤鞋袜，又急忙往回走。但是还没走到前门，雨虽没住，天色可就亮了；天这么一亮，他纵是有爬城越垣的本领，可也不好施展了，只好在城门旁等着。

这时恰好有一辆骡车也正在这儿等城门，车棚子上都落着油布，裘文焕就同这赶车的人商量，说："我求你一件事！我们宅里有一位亲戚家的姑娘，现在城外店里，本来昨天要接进城里去，可是因为下雨，没接得了。现在你帮一帮忙，出城再把她接进来，送到御河街彭宅，行不行？"

这赶车的说："不行！我这车也不是自己的，现在也是给我们宅里去接亲戚，不能够耽误工夫！"

裘文焕说："你先替我们麻烦这一趟，行不行？省得我到别处再叫车了。彭宅里现在也是有急事，宅里虽也有车，可是都去接人去了，分配不过来。你要是能够帮这个忙，我愿意送给你二两银子。"这二两银子，赶车的要是得了，算是"外找儿"，因此他也很愿意。

少时，城门就开了，裘文焕坐着这辆车出了前门。到了那五魁栈的门首。这时店门也已开了，裘文焕匆匆地走入。到了屋内，他将衣服鞋袜全部交给牡丹，叫她快些更换，说：“车已经雇来，现在门外了，你换好了衣服，就快点儿出来走吧！”牡丹看见裘文焕拿来的都是她的衣物，就更惊诧他的本领，并且仿佛有些害怕似的。

裘文焕因为容她更换衣裳，就先回避出屋，又到了门首。门外就是前门大街，虽然大雨仍在下，可是已有人带着伞往来行走了。裘文焕恐鲍子龙等那些镖头此时寻来，又虑衙门的官人来捉凶手，便很着急，他就先给了这赶车的二两银子，赶车的还催着说：“怎么还不快出来呀？”

裘文焕又怕柜房里的伙计们起来，他们见了一定要打听，倘若看见自己屋里忽然走出一个姑娘来，那也得叫人起疑心；将来自己走了不要紧，可是于牡丹就能够有后患。于是，他又急忙忙进了院，就蓦地走进屋。这时牡丹才将鞋袜穿上，衣裤换了，正在扣那银红色缎子小袄的纽子。见了裘文焕，她脸上又一红，便很伤心地急急问说：“到底，咱们什么时候见面呢？”

裘文焕说：“半年，至多是半年！也许还能够快！现在你就快走吧，车钱我已经付了，反正我叫他把你送回彭家，我可也不能送你去了！”

牡丹便急惶惶地把脱下的湿衣服跟鞋袜全都扔在这里，她也细心，还要用裘文焕的包袱给包起来。裘文焕说：“这就不用管了！我可送到你家里，洗干净了再叫你妈给送到彭家去。”牡丹也真是都顾不得了，就出了屋。

裘文焕为她把那蓑衣撑起来，像伞似的顶着雨，两人就半跑着到了门口，牡丹上了车。这时店里有一个伙计从柜房探出头来，向外直看，裘文焕也未得再跟牡丹说一句话，车就在雨中，在朝雾里走了，裘文焕不禁怅然若失。

这时由南边来了一个打着伞的人，原来是那汤小牛；他是没听裘文焕的话，趁空儿回了一趟立轩镖店，歇了半天，还吃了些剩饭，找了一把伞，现在又来了。裘文焕说：“现在你就带着我到那白纸坊姑子庙去吧！”汤小牛打着哈欠说：“行啊！”于是裘文焕匆匆地又回到自己屋里，将行李和牡丹留下的衣袜等全都包起，夹着就走了出来。

那店伙又从柜房出来，问说：“你要走吗？”裘文焕匆忙地交给他一块银子，说：“先给你这个！我出去有一点事，我可还回来，细账咱们待一会儿再算。”他就出了店，跟汤小牛两人合打着一把伞，就往南去了。

汤小牛还不到二十岁，为人很是精明，对于昨夜的事，他并不细加打听，只说：“裘大哥，你要是想娶牡丹，就快一点儿娶，不然一定得到别人手里！”

裘文焕说：“我因为事情还没有办完，怎能够当时就娶她？可是我想她在那彭家，不会有什么错的！”

汤小牛摇头说：“也说不定！我跟牡丹在一个院儿住了多年，从小儿就在一块儿，她跟我的妹妹一样，她是怎样个人，我还不知道吗？”裘文焕有点担心了，赶紧问说：“她到底是怎样个人？”汤小牛笑着说：“她是一个女人。”说完这话，就不再说什么了。

裘文焕跟着他冒雨行走，一直往南，又转向西，走的都是一些荒地，与乡间无异。地下的黄泥很深，跋涉费力，可是很清静，走了半天也没遇见一个人，雨却越下越大了。汤小牛又说：“裘大哥！我看你的本事，在江湖上也找不出第二份儿来了！外边的朋友一定很多。我想跟着你出去，因为我在北京混着，老当个小伙计，也没什么意思，我想出外去闯一闯！”

裘文焕说：“这事将来再说，现在我要离京回家，是去办件急事。”

汤小牛问说：“你家在什么地方？”

裘文焕说：“在河南孝义县，你一打听我的师父镇洛阳，那是无人不知，就能找得着我。现在我是要去找昨夜咱们遇见的那个老头子，去借那口刀，当天我就得走。”

汤小牛说：“我能给你借一匹马。”

裘文焕说：“借马不好，因为我最快也得半年才能够回来，马借去若不能很快返还，那倒使你对不住朋友。我现在倒还有些银子，我想给你三十两银子，你给我去买一匹马。我再给你三十两银子，二十两银子作为牡丹的妈度日之用，千万不要再让她去换肥头子了，十两孝敬你的祖母……”

汤小牛摇头说：“那倒用不着，我家里还够吃的，够花的。”裘文焕说：“反正我要交给你些银子。”汤小牛说：“那也行，我替你留着，有什么事儿再用；要是没事儿，等你半年后给你办喜事用。裘大哥！不是我吓唬你，你把那些镖头可都得罪了，你走后事情也不能算完！牡丹那儿，反正若有什么事，小事情我就给你办了；大事情，我可就去找你了。”

裘文焕发了半天愁，才说：“我倒不是怕那些镖头！若是咱们去了，还借不到那口刀，我就不走了。只是，若将刀得到了手，我就不能不急速出京去复命，因为我的师父在那里等着这口刀，很是着急。我的师父有个仇家，有个对头，就是那个鸳鸯剑妙手小天尊，非此刀不能消仇，不能雪耻，不能为人间除恶。我本是想送去了刀，还得给我师父帮一点忙，现在听你一说，我也实在不放心这里的事。看来只好这样，假如我得到了刀，今天就骑快马出京回河南；见了我师父，将刀交与了他，我当时就骑快马再回这里来。这样，往返之间，至多也不过一个月。”

汤小牛就点头说：“好吧！我要再见了牡丹，我也告诉她，叫她预备着嫁妆好啦！一个月还不快？转眼就到了。”当下汤小牛也很高兴，二人就不再说话，一直往西走去。

走了多时，雨已渐住，两人就来到了白纸坊。这里原来靠近西城根，是一个十分落荒的所在，汤小牛就指着一座小庙，说：“到了！”裘文焕一看，山门紧闭，门前的石头台阶倒被雨水冲洗得很干净。他就在这里打开了他的包袱，将银子拿了些交给汤小牛，说：

"你就给我去买一匹马吧！但是，待一会儿咱们在哪里见面？"

汤小牛说："马是待一会儿就能买来，可是你出南城门，怕都不大妥。因为这南城就是那些跟你结了仇儿的镖头们的天下，说不定他们料到你要走，早在南城各城门安下了人，等着你啦！他们抓住你就能打官司，昨天和醉眼神狮一块儿吃饭的佟三爷，就是顺天府衙门的大班头，跟铁环刀罗寿是把兄弟，只要把你捉住，你就活不了。我想顶好你进顺治门，顺大街一直走，到新街口；那儿有个小茶馆，字号叫'大碗斋'，是我妹夫张三开的，我在那儿等你。你去找我，我送你出西直门，还许送你到卢沟桥呢！"

裘文焕觉着他说的这办法太麻烦了，但又听他说："我先把牡丹的这些衣裳送回去，还得到彭家去看看她呢！也得叫她别着急，安心等着你，要不然，我知道她，一定靠不住！"裘文焕又不禁一怔，然而这倒是他所希望的，去看看牡丹倒是回到彭家没有，也好放心。当下汤小牛用牡丹的那些衣裳包着银子，夹着雨伞就走了。

裘文焕在这里敲了几下山门，里面也没有人答应，他等了一会儿，遂就一纵身上了墙。向里一看，只见这座尼姑庵的院落不大，殿宇亦皆很小，而且残破不堪，像已多年失修；因经宿雨，院中积聚了深深的雨水，像是个小池塘似的。各殿宇中，全都窗棂严闭，只有西边的一间小屋却屋门大开，屋内有一个苍老的声音说："怎么还不来呀？快些来吧！"

裘文焕吃了一惊，跳下院庭，两只脚当时就没入积存的雨水里。他哗啦哗啦地淌着水，犹豫地就往那西小屋去走，此时屋里却发出一阵嘻嘻嘻、哈哈哈的可惊又可怕的笑声。

他来到这大敞着的屋门前，向里面看，见这屋子很矮，也不深，但是里边黑魆魆的，简直像是一个洞，也看不见有人；但见里面有一道寒光在闪闪发抖。裘文焕知道，这就是那口最使天下英雄垂涎，自己为此而来，醉眼神狮也因此而死的宝刀，当时他倒不敢向前走了。里边却又发出嘻嘻的笑声，那个苍老的声音又说："你们这些小辈人，可真是胆怯！"裘文焕这才往近前走，他先向屋里打了一躬，可不知道应当称呼什么才好。屋里又说："你进来吧！"他这才带着羞愧似的走进了屋。

这屋里真是四壁萧然，而且墙都是黝黑的，不知已有多少年没刷也没扫了。屋里连一张桌子也没有，只有一铺破土炕，炕上展放着一张芦席，那个老头子就坐在炕上，驼背弯腰，老态龙钟。在昨夜的大雨之下，裘文焕本就没看清楚这老头子的模样，这时在这黑暗的屋子里，依然看不大清，只见他的胡须不大长，但是已经白似霜雪，而且乱蓬蓬的，脸上的皱纹已经遮挡住了眼睛。

可是这老头子好像还能够看清楚裘文焕，并且还似乎很熟识，当时就双手颤颤地拿着那口宝刀，说："我料定你就能够找我来！因为昨夜你派了个人跟着我，以为我就没觉出来吗？哈哈哈……"

裘文焕不由更为惊讶，心想：王得宝这人本事不小，绝不只是个曾当过侍卫的，他必是一位精明干练、武艺高深、行踪飘忽不定、令人难以捉摸的奇侠！他遂就又恭敬地打下一躬，说："老侠客！我的事情我也不必再说，我只是为寻访老侠客才来的……"

这老头子却说："你哪里是为寻我来的？你不过是为要我的这口宝刀！"

裘文焕就说："老侠客说的这话也对，我实在是为这口宝刀来的，由河南至清江浦，由清江浦才漂流到北京，我也是奉了我师父之命。我师父就是河南孝义县的老拳师镇洛阳刘鹏，老侠客你还记得十年前曾在酒店里见过此人吗？那一天，老侠客你曾当众夸示此刀，说此刀曾经由道光皇帝亲手交给了你，你就去往某宫第几室，在床上割下来了一颗美貌年轻的宫妃的头……"

他才说到了这里，不料这王得宝啊呀一声大叫，当时就站起来了，浑身发抖，两只手也颤得更厉害；裘文焕赶紧搀住他的胳臂，才算没有把宝刀扔了。但是他气喘吁吁的，脸上的皱纹全都绷起，露出来两只大眼睛，目光凄惨可怕。如是约有一刻钟，他才渐渐地恢复了常态，又有声无力地长叹了一声，说："咳……我早就想起来了！那天，是个深秋的夜晚，我携着这宝刀，在前门外冷芳居酒店里饮酒，恰巧座旁有刘鹏跟运河龙彭君善，他们是来北方会朋友。我认识彭君善，他们看见了这口宝刀，就向我询问这口宝刀的来历。旁边还有一个南方人……”

裘文焕说：“那人名叫耿柳湖，十年前在南方颇有盛名，如今已去世了，听说醉眼神狮耿春雄就是他的儿子。”

王得宝点点头说：“我知道！我且说那天吧！唯有耿柳湖把这口宝刀的来历问得最为详细，其实我是向来也不肯说的。我自从得到了这口宝刀，这刀我就从没离手，睡觉、吃饭，以至于出恭，这刀永远不离我手。这柄刀，就好像跟我的手胶粘在一起了，用绳子绑在一起了……”又大声地喊道：“用锁锁在一块儿了！”

他接着又说：“这刀就像跟我手上的骨头长在一起了，时刻不能离开。因为有刀在手，我便还能坐得住，站立得住，眼睛也敢睁，太阳也敢见，不然……”说到这里，他又紧紧地发抖，吁吁地剧烈喘着，并且眼泪直流，他低着头畏惧地说：“只要我的手一离开这把宝刀，我就……哎呀！哎呀！我现在可还没糊涂呀？但是……”

他用一只手颤颤地指着，说：“我怎么就见这里，这里，这里……你快看！这不是金漆雕凤的椅子、玉石嵌成的桌子，这里不是还有八宝梳妆盒？这，这上面悬着的这盏灯还不是垂着金线的穗子，有个凤凰形的结子吗？那边还有玲珑的龙凤檀香炉，这，这……”

接着他手指着他的破炕，蓦地一转身，对着炕，唰地抡起了宝刀，大声地说：“这，这不就是雕龙镶凤、嵌金聚宝的沉香床吗？哎呀！你看，床上这绣着这么些只龙的金光闪闪的锦缎被，这龙凤枕，这……”说到这里，宝刀嗖的一声落下。他怪叫了一声：“哎哟！”身子倒退两步，驼着背，弯着腰，宝刀拄地，浑身颤抖。

他又低声地紧紧说：“不怪我！不怪我！我，我是奉旨。你，你年纪这么轻，长得这么美，你穿的寝衣这么好看，你，你这么好看的脸儿都吓黄了，你吓得说不出半句话，你哭着央求我……我也知道你是无辜的，不过，我是奉御旨呀……哎呀！娘娘，哎呀！可怜的人，你的鲜血别湿了这床、枕、被褥……哎呀！你要显灵呀？

你光剩了一颗头还对着我流眼泪，哎呀！哎呀……”当时他一声比一声大地叫喊起来，手脚都不由自主地乱动，就仿佛是见了鬼一般。

裘文焕也十分惊慌，赶紧自他的身后将他驼曲着的腰紧紧地抱住，同时又紧紧扣住了他拿着宝刀的那只手。王得宝这时忽然间心里又转为明白了，清醒了，就长叹了一口气，摇摇头说：“不要紧！裘文焕你放开我，这不要紧，这是我常犯的心病。”裘文焕到现在还直着急，头上也流了不少的汗，气也不由得直喘，他就说：“老侠客，你的这个心病可真是怕人！你怎么得了这么个病呀？难道就是因为你曾奉旨，手刃妃……”说到这里，见王得宝又浑身抖颤起来，他就赶紧改口说：“我不再说了！那是二十年前的事啦，老侠客你也不像是没有胆的人……”

王得宝拍着胸说：“我当年学习武艺，闯过江湖，若论刀法，生平没遇见过对手！差一点儿的还行？那一晚在冷香居酒店里，镇洛阳刘鹏、运河龙彭君善和耿柳湖，他们三个人全都是南北闻名的大侠客，一见了我这口刀全都垂涎三尺。想买，我不肯卖；要借，我是决不借；用地亩换，我啐了他一口唾沫，这宝刀，我都没叫他们摸一摸！深夜我回到家中，他们三个人又一齐去盗我这口刀，但被我一人把他们杀了个落花流水，才使他们死了心。这些事他们三个人都绝不肯对你们谈吧？因为他们没脸说。还有，在去年，有一件事情外人谁也不知道，扬州的庞公继曾扮成个道士模样，偷偷来到北京，也想要盗取我的这口宝刀，可是结果，他狼狈而逃，我只饶了他一条性命！”

裘文焕一听，不由得更为惊异，心说：想不到这人的武艺竟是这样高超，也不只是宝刀厉害！完了，我这趟也算是白来了。我虽侥幸见了此刀，并且还摸了一下，用过了一次，但是要想到我手里，我可真别梦想了！难道我的武艺还能超过他们？即使能超过庞公继、彭君善、耿柳湖，可是也绝对赶不上我的师父呀？我还能从他的手里夺宝刀？

这时，王得宝又傲然地说：“当年我在江湖上行走之时，也不知杀过多少恶人!”裘文焕说：“既是这样，那么你奉御旨去……那还算一件事吗？怎么就成了这心病？”王得宝说：“我过去杀的都是恶人，都是凶恶强横的男人，但那次我用那宝刀杀的却是一个无辜的、又好看又年轻的女子呀……”说到这里，他又开始发抖。

裘文焕又问说：“老侠客，你家中还有什么人?”

王得宝说：“子女、孙子全都有，我的孙女都像我杀的那宫妃那么大了!”说着身子抖得更厉害了，他又接着说：“我本是先闯江湖，后来改邪归正，挑上一份差使，就当了侍卫。我在宫里天天与太监们周旋，也不回家，我更信了佛，整天念菩萨；却万也想不到那一夜，道光爷竟叫我去杀人，杀的又是我生平也没见过的天仙一样年轻美貌、又纤弱的宫妃！我下了手，拿起了头，心里就什么也不知道了，我就觉得那个女鬼就永远跟着我了！不幸万岁爷又把这刀赏给了我，我就更完了！从那一天起，差事也不能当了。

“我在白天也能看见她的鬼魂，我见这口刀上永远有鲜血，那美丽的血淋淋的头永远在我这刀底下……我还做过梦，梦见她对我诉屈，对我说宫中的苦，对我说普天下的女子皆是薄命……我就对她说，我虽然不能再到宫里，凭仗此刀去保护那些可怜的宫妃，但我要誓凭此刀保护普天下可怜受欺的女子!

“我为什么要在这尼姑庵里住？就是因为常有无知的小子想到这里来欺负这里年轻的尼姑；我为什么昨天帮助你，把刀借给你，叫你去杀了那醉眼神狮？就是因为他施行恶计，欺骗、凌辱那名唤牡丹的女子。凡是仗义保护世间薄命女子之人，都可以用我这口宝刀；为去救女子，杀淫徒，刀离开我这手，我也不觉得难过。这宝刀，不幸它曾经割过一个弱女子的首级，但它要去救普天下千万可怜受欺的女子……”

裘文焕趁此时机就说：“所以我此番来，要借此刀，就为的是交与我的师父，去抵斗那现在江南仗着一对鸳鸯双宝剑，横行无忌，时常夜入人家调戏妇女的那个妙手小天尊，那个淫贼!”

王得宝至此时，忽又嘻嘻哈哈大笑，说：“我全知道！妙手小天尊那淫贼所做的恶事，所欺辱的可怜女子，有多少我都知道。因为我虽在这里不出庙门，可是我还有些旧日的徒弟，倒时时来向我报信息；我嘱咐他们向我报告的全是有关宝刀和弱女子受欺辱之事。我已经知道醉眼神狮要来得我这口刀，是为助他去作恶，去欺凌妇女，但你确实是想去剪除那淫贼，所以，我很喜欢你。我知道你必来，特地在这里等候你，好！就把这口宝刀借你去用吧！”说时他突然抡臂，就将宝刀扔出了屋。

宝刀呛啷啷地飞了出去，未容落在雨地上，裘文焕已经紧随着飞身而出，将刀柄吧地接在手里。屋内王得宝又大声喊说：“快去为我杀尽天下凶暴淫贼，普救天下薄命可怜女子，快去吧！”接着哐的一声，就把两扇屋门紧紧地闭上了。

裘文焕站在院中的雨水地里，手中拿着这口锋芒无比、多少人都想得而得不到的宝刀，但他并不是只有高兴，而且十分地激动。眼望着那已经闭了门的小屋，他也没有再说话，只是默默地在心里说：好！我借去你的这口宝刀，我一定要普救天下薄命的女子！他就提刀出了庙墙，径自走了。

裘文焕进顺治门，到了新街口的大碗斋茶馆，就见那汤小牛已代他买了一匹胭脂色的矫健的马匹，在这里等着他了。汤小牛说：“我到彭织造的宅里见过牡丹了，牡丹在那儿还很好。她说因为有昨天那件事儿，以后无论谁去叫她，用什么计策去骗她，她也不再出那个门儿了，只在那里专专地等候你回来……”裘文焕听了，便又放了点心，与汤小牛一同在这茶馆吃过了大碗的汤面，他们便一同走去。

出了西直门，只见这里用黄土铺道，许多的官人们正在驱逐着闲人。听说是万岁爷跟东宫、西宫两位娘娘，昨夜被雨阻在“圆明园”离宫之中，现在又要进城了。这位咸丰万岁爷，在紫禁城皇宫与圆明园两个地方之间常来常往。

现在最得他宠幸的就是西宫娘娘纳兰氏，最近听说一个清江浦清河县的小小知县，姓吴名棠的那位老爷，因为西宫纳兰氏的几句美言，立刻便提升为知府了；所以现有不少的官老爷们都想要“走内线”，去巴结巴结这位西宫的娘娘。这位西宫将来一定要有大权，可真了不得啦……

街上正在警跸的官人们就彼此闲谈着，裘文焕也不敢再多听，但他深信纳兰大姑娘，不会像惨死在宝刀下的宫妃一般懦弱。但是，牡丹——这个和自己最亲近的女子，她那身世，她那环境，她那性格，她那美丽，将来结果如何，殊难料到，然而那也不怕，因为自己现在已有了这把专救世间不幸女子的宝刀！

汤小牛不敢再往前走了，就说：“我回去啦！裘大哥，咱们再见吧！”裘文焕点了点头，遂即上了马。这时有两个官人来驱逐他，说：“快去吧！这儿可站不住！冲撞了御驾可是了不得！”裘文焕遂急忙将马拨开，向那往圆明园去的御道掠了一眼，又眷恋地回首向那巍峨的北京城望了望，心说：牡丹！再会！遂就鞭马奔向了一股岔道，蹄声嘚嘚地离开了京郊。

宿雨才晴，天高地阔，白云飘飘，柳丝轻拂；宝刀红马，荡起了飞尘，裘文焕侠士就从此去了。

《宝刀飞》写至此处，因为将主题已经说完，所有的事情俱已告一段落，自应结束。

附录一

为《王度庐武侠言情小说集》而作

张赣生

我第一次读度庐先生的作品，是四十多年前刚上中学的时候，做梦也想不到今天为《王度庐武侠言情小说集》写序。

度庐先生是民国通俗小说史上的大作家，他的小说创作以武侠为主，兼及社会、言情，一生著作等身。最为人乐道的，自然首推以《鹤惊昆仑》《宝剑金钗》《剑气珠光》《卧虎藏龙》《铁骑银瓶》构成的系列言情武侠巨著，但他的一些篇幅较小的武侠小说，如《绣带银镖》《洛阳豪客》《紫电青霜》等，也各具诱人的艺术魅力，较之“鹤–铁五部”并不逊色。

度庐先生以描写武侠的爱情悲剧见长。在他之前，武侠小说中涉及婚姻恋爱问题的并不少见，但或作为局部的点缀，或思想陈腐、格调低下，或武侠与爱情两相游离缺少内在联系，均未能做到侠与情浑然一体的境地。度庐先生的贡献正在于他创造了侠情小说的完善形态，他写的武侠不是对武术与侠义的表面描绘，而是使武侠精神化为人物的血液和灵魂；他写的爱情悲剧也不是一般的两情相悦、恶人作梗的俗套，而是从人物的性格中挖掘出深刻的根源，往往是由于长期受武德与侠道熏陶的结果。这种在复杂的背景下，由性格导致的自我毁灭式的武侠爱情悲剧，十分感人。其中包含着作者饱经忧患、洞达世情的深刻人生体验，若真若梦的刀光剑影、爱恨缠绵中，自有天道、人道在，常使人掩卷深思，品味不尽。

度庐先生是一位极富正义感的作家，这在他的社会言情小说中表现得格外鲜明。《风尘四杰》《香山侠女》中天桥艺人的血泪生活，《落絮飘香》《灵魂之锁》中纯真少女的落入陷阱，都是对黑暗社会的控诉，很能引起读者的共鸣。度庐先生自幼生活在北京，熟知当地风土民情，常常在小说中对古都风光作动情的描写，使他的作品更别具一种情趣。

度庐先生是经受过“五四”新文化运动洗礼的人，他内心深处所尊崇的实际上是新文艺小说，因而他本人或许更重视较贴近新文艺风格的言情小说和社会小说创作。但从中国文学史的全局来看，他的武侠言情小说大大超越了前人所达到的水平，而且对后起的港台武侠小说有极深远影响的，是他创造了武侠言情小说的完善形态，在这方面，他是开山立派的一代宗师。几十年来出版的中国现代文学史，无例外地排斥通俗小说，这种偏见不应再继续下去，现在是改写中国现代文学史的时候了。

附录二

已知王度庐小说目录

1926—1937

作品名称	始载时间	连载报刊/署名/备注
半瓶香水	1926.9之前	小小日报/王霄羽
黄色粉笔	1926.9之前	同上
红绫枕	1926.9	小小日报/王霄羽/同年报社出版单行本
残阳碎梦	1926.12	小小日报/王霄羽
侠义夫妻	1927.1	同上
琪花恨	1927.3	同上
孀母孤儿	1927.4	同上
飘泊花	1927.5	同上
红手腕	1927.8	同上
护花铃	1927.8	小小日报/霄羽
青衫剑客	1927.10	小小日报/王霄羽
蝶魂花骨	1928.3	同上
疑真疑假	1928.4	小小日报/ 葆祥
双凤随鸦录	1928.7	小小日报/王霄羽
战地情仇	1929.6	同上
自鸣钟	1930.4	同上
惊人秘柬	1930.4	同上
神獒捉鬼	1930.6	同上
空房怪事	1930.7	同上
绣帘垂	未详	同上
玉藕愁丝	1930.7	小小日报/香波馆主
烟霭纷纷	1930.7	同上
鳌汊海盗	1930.8	小小日报/霄羽
缠命丝	1931.8	小小日报/王霄羽
触目惊心	1931.8	同上
燕燕莺莺	1931.8	小小日报/香波馆主
黄河游侠传	1936.10	平报/霄羽
燕赵悲歌传	1937.4	同上
八侠夺珠记	1937.7	同上

1938—1949

作品名称	起止时间	连载报刊署名	出版时间、出版社/署名
河岳游侠传	1938.6-1938.11	青岛新民报 王度庐	
宝剑金钗记	1938.11-1939.7	青岛新民报 王度庐	1939年青岛新民报社，1948年上海励力出版社（改题《宝剑金钗》）/王度庐
落絮飘香	1939.4-1940.2	青岛新民报 霄羽	1948年上海励力出版社，分为四册：《落絮飘香》《琼楼春情》《朝露相思》《翠陌归人》/王度庐
剑气珠光录	1939.7-1940.4	青岛新民报 王度庐	1941年青岛新民报社，1947年上海励力出版社（改题《剑气珠光》）/王度庐
古城新月	1940.2-1941.4	青岛新民报 霄羽	1949-1950年上海励力出版社，分为四册：《朱门绮梦》《小巷娇梅》《碧海狂涛》《古城新月》/王度庐
舞鹤鸣鸾记	1940.4-1941.3	青岛新民报 王度庐	1941年（？）青岛新民报，1948年（？）上海励力出版社（改题《鹤惊昆仑》）/王度庐
风雨双龙剑	1940.8-1941.5	京报（南京） 王度庐	1941年南京京报社/王度庐，1948年上海育才书局/王度庐
卧虎藏龙传	1941.3-1942.3	青岛新民报 王度庐	1948年上海励力出版社（改题《卧虎藏龙》）/王度庐
海上虹霞	1941.4-1941.8	青岛新民报 霄羽	1949年上海励力出版社，分为二册：《海上虹霞》《灵魂之锁》/王度庐
彩凤银蛇传	1941.5-1942.3	京报（南京） 王度庐	
虞美人	1941.8-1943.10	青岛新民报 霄羽	1949年上海励力出版社，分为数册：《琴岛佳人》《少女飘零》《歌舞芳邻》等/王度庐
纤纤剑	1942.3-1942.10	京报（南京） 王度庐	
铁骑银瓶传	1942.3-1944.?	青岛新民报 王度庐	1948年上海励力出版社，改题《铁骑银瓶》/王度庐
舞剑飞花录	1943.1-1944.1	京报（南京） 王度庐	1949年上海励力出版社，改题《洛阳豪客》/王度庐
大漠双鸳谱	1944.1-1944.7	京报（南京） 王度庐	

（接上表）

寒梅曲	1943.10-？	青岛新民报 霄羽	1948年（？）上海励力出版社，分为数册：《暴雨惊鸳》等/王度庐
紫电青霜录	1944-1945	青岛新民报 王度庐	1948年上海励力出版社，改题《紫电青霜》/王度庐
春明小侠	1944.7-1945.4	京报（南京） 王度庐	
琼楼双剑记	1945.4-1945（？）	京报（南京） 王度庐	
锦绣豪雄传	1945.5-？	民民民 王度庐	
紫凤镖	1946.12-1947.7	青岛时报 鲁云	1949年重庆千秋书局/王度庐
太平天国情侠传	1947.5-?	民治报 鲁云	
清末侠客传	1947.4-1948.?	大中报 鲁云	1948年上海励力出版社，分为二册：《绣带银镖》《冷剑凄芳》/王度庐
晚香玉	1947.6-1948.1	青岛时报 绿芜	1948年上海励力出版社，分为二册：《绮市芳葩》《寒波玉蕊》/王度庐
雍正与年羹尧	1947.7-1948.4	青岛时报 鲁云	1948年上海励力出版社，改题《新血滴子》/王度庐
粉墨婵娟	1948.2-1948.7	青岛时报 绿芜	1948年元昌印书馆，分为二册：《粉墨婵娟》《霞梦离魂》/王度庐
风尘四杰	1948.2-？	岛声旬刊 佩侠	1949年上海励力出版社/王度庐
宝刀飞	1948.4-1948.9	青岛时报 鲁云	1948年上海励力出版社/王度庐
燕市侠伶	1948.7-1948.10	青岛时报 绿芜	1948年上海励力出版社/王度庐
金刚玉宝剑	1948.9-1949.2 1949.2-？	青岛公报 联青晚报 王度庐	1949年上海励力出版社/王度庐
香山侠女			1949年上海励力出版社/王度庐
春秋戟			1949年上海励力出版社/王度庐
龙虎铁连环	1948.9-1948.10	军民晚报 王度庐	1949年上海励力出版社/王度庐
玉佩金刀记	1949.1-1949.?	民治报 王度庐	

附录三

王度庐年表

徐斯年 顾迎新

说明：

1.本表曾在《西南大学学报》刊出，此为补订本，包括增补史料及其说明、考证，并订正了个别疏误。

2.本表包含许多新发现的资料，特别是在辽宁省实验中学档案室发现的王度庐档案，从而补正了徐斯年《王度庐评传》的一些误判和部分欠缺。

3.“度庐”实为1938年启用的笔名，为了统一，本表用为表主正名。

4.由于史料不全，历年行状、著述依然详略不一，有待继续挖掘、补充史料。

5.表中所记日期，阳历用阿拉伯数字，清、民国年份及旧历日期用汉字。

6.表中所系年龄均为虚岁。

7.由于旧报缺失严重，所以连载作品肯定不全。表中所录者，始载时间和结束时间多难确认，一般仅记月份，有线索可资考证者在按语中加以说明。

1909年（清宣统元年，己酉） 1岁

正月，清帝爱新觉罗·溥仪改元“宣统”。清廷决定消除“旗”“民”界限，旗人不再享受“俸禄”。是年七月廿九日（9月13日），王度庐生于北京

“后门里”司礼监胡同四号一户下层旗人家庭，原名葆祥（后曾改为葆翔），字霄羽。父亲“在清宫管理车马的机构里当小职员”。家庭成员除父母外还有一位姐姐、一位未嫁的姑母和一位叔祖父。一家六口，全靠父亲薪金维持生计。

按：后门即地安门，后门里位于地安门内，属镶黄旗驻地。司礼监胡同，得名于明代位于该地之司礼太监署；后改称“吉安所左巷”，则得名于清代宫中嫔妃、宫女卒后停尸之“吉祥所”（后改“吉安所”）。毛泽东青年时代曾租寓于本胡同8号。

关于父亲职务的记述引自王度庐手写简历，其父任职机构当系内务府下属之“上驷院”。内务府为管理皇家事务的机构，成员均为满洲上三旗（镶黄、正黄、正白）“从龙包衣”。“包衣”，满语，意为“自家人”，一定语境下也指“奴仆”“世仆”。据此，王氏当属编入满洲镶黄旗的“汉姓人”（不同于“汉人”“汉军”），这一族群不仅属于“旗族”，而且也被承认为满族。

1912年（民国元年，壬子） 4岁

1月1日孙中山宣誓就任中华民国总统。2月2日，清宣统帝宣告退位。根据清室优待条件，宫内各执事人员照常留用，王度庐父亲依然可以领受部分薪金，家庭生计勉得维持。

1916年（民国五年，丙辰） 8岁

1月，王度庐父亲病故。2月，遗腹弟出生，名葆瑞，字探骊。家境日蹙，主要靠母亲为人缝补浆洗维持生计。

是年2月2日，王度庐夫人李丹荃生于陕西周至。

按：葆瑞出生时间据人民日报社1991年1月3日印发之《谭立同志生平》。葆瑞（即谭立）为遗腹子，由此可知其父当卒于1月份。周至，离西安甚近。

1918年（民国七年，戊午） 10岁

是年王度庐始入私塾读书。曾与姐、弟同染重症，母亲变卖家当为之治

疗，终得转危为安，而家庭经济更加贫困。

1919年（民国八年，己未）　11岁

五四运动爆发。王度庐仍在私塾就读，至1920年。

1921年（民国十年，辛酉）　13岁

是年王度庐入景山高等小学就读，至1924年。

1925年（民国十四年，乙丑）　17岁

是年1月，宋心灯在北京创办《小小》日报（后改《小小日报》），自任社长、主笔。王度庐从景山高等小学毕业，先在精精眼镜店当学徒，后在《平报》和电报局任见习生，可能已经开始向《小小》日报投稿。

按：宋心灯（？—1949），字信生，原籍河北大兴（析津）。新闻专科学校毕业，也是北京早期足球运动和羽毛球运动的发起者之一。《小小》日报即注重刊载体坛信息，后来发展为综合性小报。

又按：辽宁实验中学所存退休人员档案中的王度庐登记表，“文化程度”一栏填为“九年”，当系虚数。

1926年（民国十五年，丙寅）　18岁

是年《小小日报》先后刊载王度庐所撰侦探小说《半瓶香水》《黄色粉笔》和“实事小说”《红绫枕》，均署“王霄羽”。《小小日报》馆印行《红绫枕》单行本，标类改为“惨情小说”。12月，《小小日报》连载社会小说《残阳碎梦》，亦署“王霄羽”。12月24日，《小小日报》刊出宋信生所撰《本报改版宣言》，“将旧有之八小版易为四大版”。

按：由于存报缺失严重，《半瓶香水》《黄色粉笔》未见，不知确切发表时间。因《红绫枕》内文提及它们，故知连载于《红绫枕》之前。由此亦不排除其一已于上年开始见报的可能。又据李丹荃女士回忆，早期作品还有《绣帘垂》《浮白快》两种，均未见。《残阳碎梦》，现存第十次载于是年12月20日，由此推知当始载于12月1日；现存第三十三次载于次年1月21日，末注“（未完）”。

1927年（民国十六年，丁卯）　19岁

是年王度庐始在宽街夜授计民小学任职，先当会计，后任教员，直至1929年。同时继续卖稿和自学，包括到北京大学旁听，往三座门北京图书馆、鼓楼民众图书阅览室阅读。

1月，《小小日报》连载武侠小说《侠义夫妻》，署“王霄羽”。3月，《小小日报》始载社会小说《琪花恨》，署“王霄羽”。4月，《小小日报》连载社会小说《嫠母孤儿》，署“王霄羽”。5月，《小小日报》连载社会小说《飘泊花》，署“王霄羽”。 6月，《小小日报》连载侦探小说《红手腕》，署“王霄羽”。 8月，《小小日报》连载侠情小说《护花铃》，署“霄羽”。10月，《小小日报》连载武侠小说《青衫剑客》，署“王霄羽”。

按：《侠义夫妻》，现存第八次载于1月31日，当始载于《残阳碎梦》结束后；连载结束时间当在《琪花很》始载之前。《嫠母孤儿》仅存5月2日第十一次，由此推知始载时间在4月（《琪花梦》结束之后）。《飘泊花》，现存第六次载于5月30日。《红手腕》，现存第十一次载于7月9日，可知始载于6月末。《护花铃》仅存十四、十七次，载于9月2日、5日，是知始载于8月，标类“侠情小说”，写当时题材。《青衫剑客》，第四次载于10月9日，至11月9日犹未结束。

1928年（民国十七年，戊辰）　20岁

是年北京改称“北平”。3月，《小小日报》连载侦探小说《疑真疑假》，署“葆祥”。3月，《小小日报》连载社会小说《蝶魂花骨》，署“王霄羽”。5月，《小小日报》连载社会小说《揉碎桃花记》，署“王霄羽”。7月，《小小日报》连载“讽世小说”《双凤随鸦录》，署“王霄羽”。

按：《疑真疑假》，第四次载于3月12日，当始载于8日。《蝶魂花骨》，第三十四次载于4月11日，当始载于3月9日，与《疑真疑假》同时，故用两个笔名。《双凤随鸦录》，第四十二次载于8月21日。

本年存报缺失严重，当有不少连载作品至今未知。以下类似情况不再逐一说明。

1929年(民国十八年,己巳)　21岁

6月,《小小日报》连载社会小说《战地情仇》,署"王霄羽"。

按:《战地情仇》,仅存7月4日一次(序号未详)。本年几无存报。

1930年(民国十九年,庚午)　22岁

是年王度庐离开宽街夜授计民小学,改任家庭教师,不久认识李丹荃。

按:李丹荃在所遗手稿《王度庐小传》中说:"我在北京读中学时,在一个同学家里认识了王度庐。那时,他正给我的同学的弟弟补习功课。记得他曾送过我两本书,一本是纳兰容若的《饮水词》,另一本是《浮生六记》。我不喜欢《浮生六记》,却很喜欢那本词,有些句子至今仍能记得,如'摇落尽,有发未全僧,风雨消磨生死别,似曾相识只孤灯;情在不能醒……''瘦狂那似肥痴好,任他肥痴好,笑他多病与长贫,不及衮衮诸公向风尘……'"(按文中所记纳兰词句与原作略有出入。)

3月,《小小日报》连载侦探小说《自鸣钟》,署"王霄羽"。

按:《自鸣钟》残存连载文本至三十一次告"全卷终",次日接载《惊人秘柬》第一次。故暂系于3月。

是年,王度庐始用笔名"柳今"在《小小日报》开辟个人专栏"谈天",每日发表短文一篇,纵论国事、民生、世态、人情、风习、学术、艺文等。"柳今"在这些短文里经常述及"自己"的"经历",多属杜撰;但是,这位论说者的心态、性格、气质又与当时的王度庐十分相符。

按:因存报缺失,"谈天"开栏、终结时间未详。所载杂文均署"柳今",以下不作逐篇标注。

4月1日,《小小日报》"谈天"栏刊出杂文《世态》。4月4日,《小小日报》"谈天"栏刊出杂文《荒芜的青年》。

按:4月2日、3日报纸缺失,或漏杂文两篇。以下类似情况不再加注按语。

4月5日,《小小日报》"谈天"栏刊出杂文《中等人》。4月6日,《小小日报》"谈天"栏刊出杂文《架子》。4月7日,《小小日报》"谈天"栏刊出杂文《性的广告》。4月8日,《小小日报》"谈天"栏刊出杂文《笑》。4月9日、10日,《小小日

报》“谈天”栏连续刊出杂文《永垂不朽》（一）（二）。4月11日，《小小日报》“谈天”栏刊出杂文《女性的教育与生育》。4月12日，《小小日报》“谈天”栏刊出杂文《一位平民文学家》，赞赏满族鼓词作者韩小窗。文中说：“世界本来是平民的世界，尤其是文学家，更要有一种平民化的精神，他才能够用文学的力量，来转移风化，陶冶民情；否则琢句雕章，自以为是，至多不过只能得到少数的文蠹的几遍诵读罢了。”韩小窗“这人确实是位有天才、有词藻、有思想的文学家。他能把他这种才学，不去作八股，不去批试帖，而能用来编大鼓，他的平民思想可见了，他的环境可见了，而他的清高也可见了。”

按：韩小窗（约1828—1890），辽宁开原人，满族，子弟书（即鼓词）作家。其代表作有《露泪缘》《宁武关》《长坂坡》《刺虎》《黛玉悲秋》《红梅阁》及影卷《谤可笑》《金石语》等。

4月13日，《小小日报》“谈天”栏刊出杂文《绝顶聪明》。4月14、15日，《小小日报》“谈天”栏连续刊出杂文《道德》（一）（二）。

4月17至23日，《小小日报》“谈天”栏连载杂文《伦理与中国》。全文分为五节：一、伦理的产生；二、伦理的优点；三、伦理被利用以后；四、伦理存亡与中国之存亡；五、伦理的蟊贼。

4月25日，《小小日报》“谈天”栏刊出杂文《小难》。4月26日，《小小日报》“谈天”栏刊出杂文《女招待》。4月27日，《小小日报》“谈天”栏刊出杂文《落子馆》。4月29日，《小小日报》“谈天”栏刊出杂文《麻醉剂》。4月30日，《小小日报》“谈天”栏刊出杂文《万寿寺》。

4月，《小小日报》连载侦探小说《惊人秘柬》，署“王霄羽”。

按：《自鸣钟》残存连载文本至三十一次告“全卷终”，次日接载《惊人秘柬》第一次，具体日期均难考定。

5月1日，《小小日报》“谈天”栏刊出杂文《赘泽品》。5月2日，《小小日报》“谈天”栏刊出杂文《童子军》。5月3日，《小小日报》“谈天”栏刊出杂文《女腿》。5月4日，《小小日报》“谈天”栏刊出杂文《颠倒雌雄》。5月5日，《小小日报》“谈天”栏刊出杂文《歌舞剧》。5月6日，《小小日报》“谈天”栏刊出杂文《招与待》。5月7日，《小小日报》“谈天”栏刊出杂文《恢复北京》。5月8日，《小小日报》“谈天”栏刊出杂文《野鸡》。5月9日，《小小日报》“谈天”栏刊出杂文《女招打》。5月13日，《小小日报》“谈天”栏刊出杂文《署名》。5月14日，《小小日报》“谈天”栏刊出杂文《迷》。5月15日，《小小日报》“谈天”栏刊出杂文《恶五月》。5月16日，《小小日报》“谈天”栏刊出杂文《送春》。5月17日，《小小日报》“谈天”栏刊出杂文《哭》。5月18日，《小小日报》“谈天”栏刊出杂文《雨天》。5月19日，《小小日报》“谈天”栏刊出杂文《名士派》。5月20日，《小小日报》“谈天”栏刊出杂文《小算盘》。5月21日，《小小日报》“谈天”栏刊出杂文《自行车》。5月22日，《小小日报》“谈天”栏刊出杂文《穷北京？》。5月23日，《小小日报》“谈天”栏刊出杂文《服从》。5月24日，《小小日报》“谈天”栏刊出杂文《奴隶性》。5月28日，《小小日报》“谈天”栏刊出杂文《澡堂里》。5月29日，《小小日报》“谈天”栏刊出杂文《安慰》。5月30日，《小小日报》“谈天”栏刊出杂文《中国剧》。5月31日，《小小日报》“谈天”栏刊出杂文《游民》。5月，《小小日报》连载侦探小说《触目惊心》，署“王霄羽”。

按：《触目惊心》未见，据《空房怪事》前言列入，连载时间在《神獒捉鬼》之前，故系入5月。

6月1日，《小小日报》“谈天”栏刊出杂文《端午节》。3日，《小小日报》“谈天”栏刊出杂文《打麻雀》。4日，《小小日报》“谈天”栏刊出杂文《谋事》。5日，《小小日报》“谈天”栏刊出杂文《无聊的北平》。6日，《小小日报》“谈天”栏刊出杂文《病》。同日开始连载侦探小说《神獒捉鬼》，署“王霄羽”。

按：《神獒捉鬼》共连载二十五次，当结束于6月30日（7月1日始载《空房怪事》，参见《空房怪事》引言）。

7日，《小小日报》“谈天”栏刊出杂文《造化儿子》。8日，《小小日报》“谈天”栏刊出杂文《疯人》。9日，《小小日报》“谈天”栏刊出杂文《阔事》。10日，《小小日报》“谈天”栏刊出杂文《骗术》。11日，《小小日报》“谈天”栏刊出杂文《财神　阎王》。12日，《小小日报》“谈天”栏刊出杂文《画中人》。13日，《小小日报》“谈天”栏刊出杂文《醉酒》。14日，《小小日报》“谈天”栏刊出杂文《夫妻间》。15日，《小小日报》“谈天”栏刊出杂文《不开壳》。16日，《小小日报》“谈天”栏刊出杂文《憔悴》。17日，《小小日报》“谈天”栏刊出杂文《伤心人》。18日，《小小日报》“谈天”栏刊出杂文《情书》。

19日，《小小日报》“谈天”栏刊出杂文《琴声里》。20日，《小小日报》“谈天”栏刊出杂文《☯》。21日，《小小日报》“谈天”栏刊出杂文《什刹海》。22日，《小小日报》“谈天”栏刊出杂文《凶杀案》。23日，《小小日报》“谈天”栏刊出杂文《关于裤子》。24日，《小小日报》“谈天”栏刊出杂文《三件痛快事》。25日，《小小日报》“谈天”栏刊出杂文《诗人》。26日、27日，《小小日报》“谈天”栏连续刊出杂文《贵族学校》（一）（二）。28日，《小小日报》“谈天”栏刊出杂文《穷　住》。29日，《小小日报》“谈天”栏刊出杂文《妙影》。30日，《小小日报》“谈天”栏刊出杂文《罪恶场中之未来者》。6月，《小小日报》连载社会小说《烟霭纷纷》，署“香波馆主”。

按：现存《烟霭纷纷》第三十六次连载文本复印件上有副刊“编余”一则，云“今天这版算作‘七夕特刊’”。查1930年七夕为阳历8月30日，由此推知《烟霭纷纷》当始载于6月27日。

7月1日，《小小日报》“谈天”栏刊出杂文《吃饭问题》。5日，《小小日报》“谈天”栏刊出杂文《平民化》。6日，《小小日报》“谈天”栏刊出杂文《面子》。7日，《小小日报》“谈天”栏刊出杂文《醋　忌讳》。8日，《小小日报》“谈天”栏刊出杂文《文士与蚊士》。9日，《小小日报》“谈天”栏刊出杂文《人品与装饰》。12日，《小小日报》“谈天”栏刊出杂文《消夏》。13日，《小小日报》“谈天”栏刊出杂文《财神爷》。同日，《小小日报》始载惨情小说《玉藕愁丝》，署“香波馆主”。

按：《玉藕愁丝》始载日期据预告图片背面报头推知。

14日，《小小日报》“谈天”栏刊出杂文《妓女问题》。15日，《小小日报》“谈天”栏刊出杂文《杨耐梅　朱素云》。

按：杨耐梅，生于1904年，中国早期影星，曾出演《玉梨魂》《奇女子》《上海三女子》《空谷兰》等无声片。当时北平讹传她已“香消玉殒”，作者故撰此文悼念。实则杨在1960年卒于台湾。朱素云，京剧小生演员朱沄之艺名，生于1872年，卒于1930年。

16日，《小小日报》“谈天”栏刊出杂文《难民返国》。17日，《小小日报》“谈天”栏刊出杂文《灯下人》。18日，《小小日报》“谈天”栏刊出杂文《捧》。19日，《小小日报》“谈天”栏刊出杂文《快乐人多？》。20日，《小小日报》“谈天”栏刊出杂文《西游记》。21日，《小小日报》“谈天”栏刊出杂文《火警》。22日，《小小日报》“谈天”栏刊出杂文《人体美》。23日，《小小日报》“谈天”栏刊出杂文《穷　光　蛋》。24日，《小小日报》“谈天”栏刊出杂文《抵抗力》。25日，《小小日报》“谈天”栏刊出杂文《香艳文章》。26日，《小小日报》“谈天”栏刊出杂文《雨夜柝声》。27日，《小小日报》“谈天”栏刊出杂文《爱河》。28日，《小小日报》“谈天”栏刊出杂文《调戏》。29日，《小小日报》“谈天”栏刊出杂文《“嫁”的问题》。30日，《小小日报》“谈天”栏刊出杂文《阎罗王》。31日，《小小日报》“谈天”栏刊出杂文《知音》。7月，《小小日报》连载侦探小说《空房怪事》，署“王霄羽”。

按：《空房怪事》共连载二十九次，残存文本图片均无报头，难以确认具体时间。（第一次疑载于7月3日，见图片背面；结束于第二十九次，当为8月1日。）

8月2日，《小小日报》“谈天”栏刊出杂文《战》。

3日，《小小日报》“谈天”栏刊出杂文《时髦》。4日，《小小日报》“谈天”栏刊出杂文《人逛人》。5日，《小小日报》“谈天”栏刊出杂文《跳舞场里》。6日，《小小日报》“谈天”栏刊出杂文《奸杀案》。7日，《小小日报》“谈天”栏刊出杂文《阴阳电》。8日，《小小日报》“谈天”栏刊出杂文《办白事》。9日，《小小日报》“谈天”栏刊出杂文《眼光》。10日，《小小日报》“谈天”栏刊出杂文《无与偶　莫能容》。11日，《小小日报》“谈天”栏刊出杂文《喜新厌旧》。12日，《小小日报》“谈天”栏刊出杂文《洋化的话》。13日，《小小日报》“谈天”栏刊出杂文《发财学》。14日，《小小日报》“谈天”栏刊出杂文《儿童　成人》。15日。《小小日报》“谈天”栏刊出杂文《英雄难过美人关》。16日，《小小日报》“谈天”栏刊出杂文《交际》。17日，《小小日报》“谈天”栏刊出杂文《呻吟》。18日，《小小日报》“谈天”栏刊出杂文《枇杷巷里》。19日，《小小日报》“谈天”栏刊出杂文《捕蝇》。20日，《小小日报》“谈天”栏刊出杂文《殉情》。21日，《小小日报》“谈天”栏刊出杂文《人死不值钱》。22日，《小小日报》“谈天”栏刊出杂文《癞蛤蟆　天鹅肉》。23日，《小小日报》“谈天”栏刊出杂文《作时评》。25日，《小小日报》“谈天”栏刊出杂文《马路》。26日，《小小日报》“谈天”栏刊出杂文《女朋友》。27日，《小小日报》“谈天”栏刊出杂文《跳楼者》。28日,《小小日报》“谈天”栏刊出杂文《蟋蟀》。29日,《小小日报》“谈天”栏刊出杂文《古城返照》。30日,《小小日报》“谈天”栏刊出杂文《惹气》。31日,《小小日报》“谈天”栏刊出杂文《活得弗耐烦》。8月,《小小日报》始载武侠小说《鳌汉海盗》,署“霄羽”。

按:《鳌汉海盗》连载文本基本完整,但原件图片无报头,难以确认日期。共连载四十二次,当结束于9月间,时《烟霭纷纷》仍在连载。

9月1日,《小小日报》“谈天”栏刊出杂文《由线订书说起》。2日、3日,《小小日报》“谈天”栏连续刊出杂文《“娶”的问题》(一)(二)。4日,《小小日报》“谈天”栏刊出杂文《罂粟味》。5日,《小小日报》“谈天”栏刊出杂文《忏悔》。6日,《小小日报》“谈天”栏刊出杂文《想当然耳》。7日,《小小日报》“谈天”栏刊出杂文《标奇与仿效》。8日,《小小日报》“谈天”栏刊出杂文《复古》。9日,《小小日报》“谈天”栏刊出杂文《野草闲花》。同日同报又载影评《看了〈故都春梦〉》,署“柳今投”。10日,《小小日报》“谈天”栏刊出杂文《倡门》。12日,《小小日报》“谈天”栏刊出杂文《乞丐》。13日,《小小日报》“谈天”栏刊出杂文《心》。9月15日,《小小日报》“谈天”栏刊出杂文《短 小 经济》。9月16日,《小小日报》“谈天”栏刊出杂文《性的文章》。9月17日,《小小日报》“谈天”栏刊出杂文《逢场作戏》。9月18日,《小小日报》“谈天”栏刊出杂文《浮云变幻》。9月19日,《小小日报》“谈天”栏刊出杂文《敲钗小语》。20日,《小小日报》“谈天”栏刊出杂文《俗礼》。21日,《小小日报》“谈天”栏刊出杂文《何不当初》。22日,《小小日报》“谈天”栏刊出杂文《醋的考证》。23日,《小小日报》“谈天”栏刊出杂文《劲秋》。 28日,《小小日报》“谈天”栏刊出杂文《柴 米 油 盐 酱 醋 茶》。30日,《小小日报》“谈天”栏刊出杂文《烛边思绪》,叙述阅读《朝鲜义士安重根传》的感受,抒发爱国情怀及对国内现实的愤懑。

10月1日,《小小日报》“谈天”栏刊出杂文《吵嘴》。29日,《小小日报》“哈哈镜”栏刊出杂文《团圞月照破碎国家》,署“柳今”。

1931年(民国二十年,辛未)　23岁

是年,王度庐应聘担任《小小日报》编辑员。5月,《小小日报》连载哀情

小说《缠命丝》，署“王霄羽”。同时连载社会小说《燕燕莺莺》，署“香波馆主”。9月18日，沈阳发生“九一八”事变，日本加紧侵华。

按：《缠命丝》仅存第九〇次，内文曰“全卷终”，图片有“31, 8, 1”标注，据此倒推，当始载于5月；《燕燕莺莺》仅存第六二次，未完，图片注“31, 8”。

又按：耿小的在《我与〈小小日报〉》中说，自己进入《小小日报》任编辑是在“1933年后”，“之前似乎赵苍海编过很短时期”，却未提及王霄羽。若其记忆无误，则王之去职，当在赵前。

1934年（民国二十三年，甲戌）　26岁

是年，李丹荃随父亲离北平去西安。不久王度庐亦往西安，任陕西省教育厅编审室办事员，《民意报》编辑员。

3月10日，陕西省教育厅在西安民众教育馆举办西安中小学讲演竞赛会；28日、29日，又在西安民乐园举办西安中小学第二届唱歌比赛，均派王霄羽任记录。

3月20日，西安《民意报》“戏剧与电影周刊”第一期刊载《中国戏剧生命之革新》第一节“九一八后的中国戏剧界”，署“柳今”。文中慨叹中国剧坛进步缓慢，以至“今日远东国际纠纷之病菌集于中国，而我国之戏剧仍然如沉睡，如枯死，反使他人——俄国——高呼曰：‘怒吼吧中国！’”27日，“戏剧与电影周刊”第二期续载《中国戏剧生命之革新》第一节“九一八后的中国戏剧界”，署“柳今”。文中续论中国戏剧的觉醒与“推翻”“旧剧势力”之关系。同期又载《电影是应合大众所需要　真不容易利用它》，署“潇雨”。文中说：“艺术只要不是‘自我’的而是‘大众’的，那就当然要被利用成为一种工具。电影尤其要首先被人利用的，不过常常又见人们弄巧成拙，利用影片作某种宣传，结果倒被观众利用，”从而形成与国外影片亦步亦趋的种种题材热，当前已由伦理片、武侠侦探片演进为民生片。当局于“九一八”后号召影界多制作“关于唤起民族精神的片子”固然不错，但是“现在的民众，只是恐慌他们的经济穷困，生活惨淡，实在没有充分的力量去供给到民族上。或者，现在的电影也只走到了替穷人呼吁，次一步，才是民族精神”。

4月3日，西安《民意报》"戏剧与电影周刊"第三期未见，当续载《中国戏剧生命之革新》第二节"新旧戏剧之检讨"。10日，"戏剧与电影周刊"第四期续载《中国戏剧生命之革新》第二节"新旧戏剧之检讨"，署"柳今"。文中认为，"中国旧剧虽然不能追随时代，但确能利用科学，亦缘近代科学文明多供给于资产阶级之享乐，旧剧靡靡之音当愈适合于人之享乐。新剧□□□□，自难免在比较之下落后也"。（原件有四字无法辨认。）同期并载《伦敦公演〈彩楼配〉的问题》，署"潇雨"。文中认为，在伦敦由中国人与外国人用英语同演旧剧《彩楼配》，只能像《蝴蝶夫人》那样，迎合一部分外国人的扭曲了的东方观，"但是歪曲的东西在现代剧坛上实在没有它的地位，何况这《彩楼配》国际性质的公演"。

按：（1）王度庐档案中的履历表填："1934—1935年 西安民意报 编辑员"，"1935-1936年 陕西省教育厅 办事员"。而从文章刊出情况判断，任《民意报》编辑员应该在后（报馆编辑不可能受厅长派遣去任竞赛记录），或者同时兼任二职。

（2）西安《民意报》"戏剧与电影周刊"仅存一、二、四期，日期据打印稿说明（周刊第四期为4月10日）向前推算而得。4月3日报缺失，内容可据前后两期推知（不排除3日还有其他文章刊出）。4月10日以后报纸缺失，当有其他未知史料。

5月，《陕西教育月刊》第五期发表《陕西省教育厅举办西安中小学讲演竞赛会经过》和《陕西省教育厅举办西安中小学第二届唱歌比赛会经过》记录，均署"王霄羽"。

10月，《陕西教育旬刊》第二卷第廿九、卅、卅一期合刊"论著"栏刊出《民间歌谣之研究》，署"王霄羽"。全文五章：第一章"歌谣之史的发展"；第二章"歌谣的分类法"；第三章"歌谣价值的面面观"；第四章"歌谣技巧的研究"；第五章"结论"。文中有这样的论述："贵族化的文学在'五四'时就已被人打倒，现在一般人都提倡大众文学。真正的'大众文学'在哪里？我们离开了歌谣，恐怕再没有地方寻找了罢？"

1935年（民国二十四年，乙亥）　27岁

是年，王度庐与李丹荃在西安结婚。婚后李父卒于三原，王度庐前往料理丧事，曾遭歹徒劫持。

按：王度庐后来在《〈宝剑金钗〉序》中写及“频年饥驱远游，秦楚燕赵之间，跋涉殆遍”当有所夸张，实则未离陕西。

1936年（民国二十五年，丙子）　28岁

是年王度庐夫妇返回北平。10月13日，《平报》刊载《献于〈平报〉——十五周年》，署“王霄羽”。同日，《平报》开始连载武侠小说《黄河游侠传》，署“霄羽”。12月12日，发生“西安事变”。

按：李丹荃在遗稿中回忆返京前后的生活说：“我有晕眩症，那时常犯，昏迷中常听到王叨念：‘谢家有女偏怜小，自嫁黔娄万事乖……’后来我知道了这是元稹的悼亡诗。我就说：‘你老叨念什么，我又没有死呀！’现在回想当时情景，如在目前。”

1937年（民国二十六年，丁丑）　29岁

是年春，王度庐夫妇应李丹荃二伯父伊筱农召，同赴青岛。4月17日，《平报》连载《黄河游侠传》结束。18日，《平报》开始连载武侠小说《燕赵悲歌传》，署“霄羽”。4月末，王度庐回北平料理“文债”，于端午节后返青岛。不久，弟探骊与北平进步青年同来青岛，王度庐夫妇送他们取道上海奔赴陕北参加革命。

按：李丹荃在所遗手稿中说：“弟弟到了青岛，我们大家分析了当时的形势，都赞成他去内地找出路。他们兄弟一向感情很好，分手时不无留恋。最后王度庐慨然说：‘你就放心走吧，我们以后会团聚的，母亲的生活，家里的一切，有我呢。’他把自己的怀表给了弟弟。”

7月7日，卢沟桥事变爆发。9日，《平报》连载《燕赵悲歌传》结束。10日，《平报》开始连载武侠小说《八侠夺珠记》，署“霄羽”。30日，北平、天津失守。

12月底，青岛守军撤离。

按：伊筱农（1870—1946？），广东法政及警察速成学校毕业。1912年

来青岛，创办《青岛白话报》(后改名《中国青岛报》)，在当地颇有影响。“伊”为满族所冠汉姓，可知李丹荃家族亦有满族血统。

《八侠夺珠记》殆未载完。

1938年(民国二十七年，戊寅)　30岁

1月10日，日寇全面占领青岛。伊筱农博平路宅第被日军作为“敌产”没收，王度庐夫妇与伯父同往宁波路4号租屋居住。生计陷入极度困难之时，王度庐偶遇在《青岛新民报》任副刊编辑的北平熟人关松海，应约向该报投稿。

5月30日、31日，《青岛新民报》发布《本报增刊武侠小说预告》，称“已征得名小说家王度庐先生之精心杰作长篇武侠小说《河岳游侠传》”，即将刊出。是为“度庐”笔名首次见报。

按：《青岛新民报》和后来的《青岛大新民报》在刊出王度庐作品之前都先发布预告，下不一一列载。

6 月1日，《青岛新民报》开始连载武侠小说《河岳游侠传》，署“王度庐”。2日，《青岛新民报》刊载散文《海滨忆写》，署“度庐”。

11月15日，《河岳游侠传》连载结束。共20回，未见单行本。16日，《青岛新民报》开始连载武侠悲情小说《宝剑金钗记》，署“王度庐”。配图：刘镜海。

按：刘镜海，时在海泊路23号开设“镜海美术社”，除为王氏作品配插图外，在生活上与王度庐夫妇也经常互相照顾。

1939年(民国二十八年，己卯)　31岁

是年春，王度庐长子生于青岛。4月24日，《青岛新民报》开始连载社会言情小说《落絮飘香》，署“霄羽”。配图：许清(刘镜海笔名)。7月29日，《宝剑金钗记》在《青岛新民报》载毕。30日，《青岛新民报》开始连载武侠悲情小说《剑气珠光录》。

是年，青岛新民报社印行《宝剑金钗记》单行本，前有王度庐自序，谓

“频年饥驱远游，秦楚燕赵之间跋涉殆遍，屡经坎坷，备尝世味，益感人间侠士之不可无。兼以情场爱迹，所见亦多，大都财色相欺，优柔自误。因是，又拟以任侠与爱情相并言之，庶使英雄肝胆亦有旖旎之思，儿女痴情不尽娇柔之态。此《宝剑金钗》之所由作也”。

按：《宝剑金钗记》自序仅见于青岛新民报版单行本，也是至今所见王度庐为自己著作所写申述创作意图的唯一自序（其他著作连载时虽或亦加引言，均系说明性文字，出版单行本时皆被删除）。

1940年（民国二十九年，庚辰）　32岁

2月2日，《落絮飘香》在《青岛新民报》载毕。3日，《青岛新民报》开始连载社会言情小说《古城新月》，署“霄羽”，配图：许清。22日，《青岛新民报》刊载《〈落絮飘香〉读后》，作者傅琍琳系关松海之夫人。文中介绍霄羽“曩在北京主编《小小日报》时，以著侦探小说知名”，并且透露“霄羽”“度庐”实为一人。

4月5日，《剑气珠光录》载毕，随后亦由报社印行单行本。7日，《青岛新民报》开始连载《舞鹤鸣鸾记》，署“王度庐”，配图：刘镜海。此日所载为该书“序言”，出单行本时被删却，全文如下：“内家武当派之开山祖张三丰，本宋时武当山道士，曾以单身杀敌百余，因之威名大振。武当派讲的是强筋骨、运气功、静以制动、犯则立仆，比少林的打法为毒狠，所以有人说‘学得内家一二，即足以胜少林。’此派自张三丰累传至王咸来，咸来弟子黄百家，又将秘传歌诀，加以注解，所以内家拳便渐渐学术化了。可是后因日久年深，歌诀虽在，真功夫反不得传。自清初至近代，武当派中的侠士实寥寥无几，有的，只是甘凤池、鹰爪王、江南鹤等。甘凤池系以剑术称，鹰爪王专长于点穴，惟有江南鹤，其拳剑及点穴不但高出于甘、王二人之上，且晚年行踪极为诡异，简直有如剑仙，在《宝剑金钗记》与《剑气珠光录》二书中，这位老侠只是个飘渺的人物，如神龙一般。而本书却是要以此人为主，详述他一生的事迹。又本书除江南鹤之外，尚有李慕白之父李凤杰，及其师纪广杰。所以若论起时代，则本书所述之事，当在李慕白出世之前数十年了。”

8月16日，南京《京报》开始连载《风雨双龙剑》，署“王度庐”。配图：

刘镜海。

按：南京《京报》为汪伪时期出版的四开小报，原系三日刊，1940年8月16日改为日报，终刊于1945年8月16日。该报约得王度庐文稿，当亦出诸关松海之绍介。

介绍王度庐去市立女中代课的是潘思祖，字颖舒，河北邢台人，1930年毕业于河北大学国文系，时在青岛市立女中任教。李丹荃在回忆手稿中说："潘先生常来我家，一坐就是半天。他善谈吐，知道的事情多，打开话匣子什么都说。""潘先生是王度庐那时唯一可以谈得来的人，只有和潘先生在一起，王度庐才肯毫无顾忌地说话。在有些言情小说里，故事情节也是取自潘先生的谈话资料。"王子久则在《王度庐和他的小说》（载于1988年1月9日《青岛日报》）中说，"下课后学生常常把他包围起来"，要求他别把《落絮飘香》《古城新月》里女主人公的下场写得太惨。

1941年（民国三十年，辛巳）　33岁

是年王度庐任青岛圣功女中教员。3月15日，《舞鹤鸣鸾记》在《青岛新民报》载毕，随后亦由报社印行单行本。16日，《青岛新民报》开始连载《卧虎藏龙传》，配图：刘镜海。4月10日，《古城新月》在《青岛新民报》载毕。11日，《青岛新民报》开始连载《海上虹霞》，署"霄羽"。配图：许清。5月9日，《风雨双龙剑》在南京《京报》载毕，共17回。随后即由报社印行单行本。10日，南京《京报》开始连载《彩凤银蛇传》，署"度庐"。配图：刘镜海。8月27日，《海上虹霞》在《青岛新民报》载毕。28日，《青岛新民报》开始连载社会小说《虞美人》，署"霄羽"。配图：许清。

按：《风雨双龙剑》连载本与后来的上海育才书局重印本相比，在回目、内文上都略有差别，后者当经作者修订。

1942年（民国三十一年，壬午）　34岁

是年王度庐曾任青岛市立女中代课教员一个多月。

按：青岛王铎先生之母当年为市立女中教员，他听母亲说，王度庐担任的是培训社会人员的课程，上课地点在市立女中附小（即位于朝城路5

号的今朝城路小学)。

3月1日,《彩凤银蛇传》在南京《京报》载毕,共13回。2日,南京《京报》开始连载《纤纤剑》,署"王度庐"。配图:刘镜海。3日,南京《京报》刊载读者傅佑民来信《关于〈彩凤银蛇传〉鲁彩娥之死》,对《彩凤银蛇传》女主人公因伤重死于中途而未见到自幼失散之生母的结局提出异议。该报副刊编辑在《编者谨按》中说:"王先生写鲁彩娥之死,才正是脱去中国武侠小说的旧套……给读者一种'此恨绵绵无绝期'的尾巴……这才是全书的力量。""读者越是这样着急,气愤,越是著者的成功,越见王先生文笔感人之深。6日,《卧虎藏龙传》在《青岛新民报》载毕。同日,南京《京报》又载读者陈中来信,再次对《彩凤银蛇传》写鲁海娥之死提出商榷,以为固然"不必'大团圆'或带'回令'",而"'见娘'似为必要"。信中还提及"某日路过平江府街,闻一擦皮鞋者与一少年,亦在津津然预测鲁海娥之未来",可见读者关心之一斑。7日,《青岛新民报》开始连载《铁骑银瓶传》,署"王度庐"。配图:刘镜海。17日,南京《京报》再载读者王德孚来信,认为虽然鲁海娥之死写得好,但是还应加上一些交代后事、劝导爱人走正路的临终遗言。24日,南京《京报》刊出王度庐《关于鲁海娥之死》一文,回答读者批评,说明"在写该书的第一回之前,我就预备着末了是一幕悲剧。""向来'大团圆'的玩意儿总没有'缺陷美'令人留恋,而且人生本来是一杯苦酒,哪里来的那么些'完美'的事情?'福慧双修'的女子本来就很少,尤其是历史或小说里的'美人'。古人云:'自古美人如名将,不许人间见白头。'西施为千古美人,原因是她后来没有下落;林黛玉是读过了《红楼梦》的人一定惋惜的,原因也是她早死。近代的赛金花就不够'绝代佳人'的条件,她是不该后来又以老旦的扮相儿再登台。'好花不常开,好景不常在',美与缺陷原是一个东西。本此种种理由,于是我更得叫我们的'粉鳞小蛟龙'死了。""因为这样的女人决不可叫她去与人'花好月圆',度那庸俗的日子;尤其不能叫她跟十三妹一样去二妻一夫的给男子开心。"

10月31日,《纤纤剑》在南京《京报》载毕,共10回。

是年,《青岛新民报》与《大青岛报》合并,更名《青岛大新民报》。

1943年（民国三十二年，癸未）　35岁

是年王度庐曾任《治平月刊》编辑员一个多月。1月23日，南京《京报》开始连载《舞剑飞花录》，署“王度庐”。配图：刘镜海。

10月5日，《青岛大新民报》刊出《寒梅曲》广告，其中说：“名小说家王霄羽先生自为本报撰《落絮飘香》《古城新月》《海上虹霞》《虞美人》等数篇之后，篇篇脍炙人口，远近交誉，百万读者每日争先竞读，投来赞誉之函件无数。盖王君文学湛深，复精研心理学，对于社会人情，观察最深；国内足迹又广，生活经验极为丰富；并以其妙笔，参合新旧写法，清俊流畅，细腻转宛；描写之人物，皆跃跃如生，令人留下深深印象。其所选之故事，又皆可悲可喜，新颖而近情合理，章法结构，亦极严谨，无懈可击。即以现刊之《虞美人》言，连刊二年余，若换他人之著作，恐早已令人生倦，然王君之文，日日有新的描写，故事有新的发展变幻，令人如食橄榄，越嚼其味越长；如观大海，久望而其波澜无尽。是以每日每人争相阅读，并常有向本社函电相询者。此均系事实，凡读者皆能信而不疑者也。故虽饱学之士，极富人生阅历之人，对王君之著作亦莫不称誉，谓之为当代第一流之小说家。今《虞美人》即将终篇，新作已由王君开始动笔，名曰《寒梅曲》。系由民国初年北京极繁华之时写起，先述女伶之生活，但与一般的俗流写法迥异；次叙一好学上进的女子，于艰苦环境之中不泯其志气，不失其天真。渐展为一段恋爱，男主角为一音乐家，于是《寒梅曲》遂写入本题矣。其后则此女主角遭境改变，如寒梅之遇风雪，花片纷落，然不失其皓洁。中间穿插许多新奇而合理之故事，出现许多面貌不同、心情各异之人物，但人物虽多而不杂乱，每个人又都是在前几篇中未见过的，可也就许是读者眼前常见的。写至中段，则情节极为紧张，能不下泪、不感动者恐少；斯时又写一洁身自爱、有为之少年人，排万难立其身，颇富伦理知识，且有教育意味。至篇末结束之时，写得尤为高超，读者到时自然赞佩。并且此书与前几篇不同，王君之作风稍加改变，简洁流丽，不作繁冗之藻饰，不用生涩的字句，更以悲哀与滑稽相衬而写，非但令人回肠荡气，有时亦令人喷饭。总之，王君之作品早已成熟，已至炉火纯青之候，已有挥洒自如之才力，此《寒梅曲》尤最，不待多加介绍也。” 6日，《虞美人》在《青岛大新民报》载毕。7日，《青

岛大新民报》开始连载《寒梅曲》，署“霄羽”。配图：许清。

按：因存报缺失，《寒梅曲》连载结束时间未详。

1944年（民国三十三年，甲申）　36岁

是年《铁骑银瓶传》在《青岛大新民报》载毕（具体月、日未详）。1月18日，《舞剑飞花录》在南京《京报》载毕，共19章。19日，南京《京报》开始连载《大漠双鸳谱》，标“侠情小说”，署“王度庐”。配图：镜海。7月3日《大漠双鸳谱》载毕，共6章。4日，南京《京报》开始连载《春明小侠》，标“侠情小说”，署“王度庐”。

按：《舞剑飞花录》后由上海励力出版社印行单行本，改题《洛阳豪客》，被压缩为16章。连载本之章题与单行本完全不同，文字出入也较大。

又，本年上海《戏世界》报曾刊出武侠小说《铁剑红绡记》，署“王度庐”，现仅存4030、4031、4032、4033、4034、4035、4036、4038、4039、4040十期（即十段连载文本，分别属于第一、二章,时间为3月20日至30日）。待辨真伪。

1945年（民国三十四年，乙酉）　37岁

2月18日，王度庐之女生于青岛。25日，《春明小侠》载至第20章。5月1日，南京《京报》连载《琼楼双剑记》第二章，署“王度庐”。同日，青岛《民民民》月刊连载《锦绣豪雄传》，署“王度庐”。是年夏秋之际，《青岛大新民报》停刊。8月15日，日本正式宣布投降。10月25日，青岛举行日军受降典礼。《青岛时报》等老报复刊，《民治报》《民众日报》等新报创刊。

按：《春明小侠》于本年2月25日载至第二十章，改标“武侠小说”，以下报纸缺失，连载结束时间当在4月末。《琼楼双剑记》亦因报纸缺失而不知始载时间；至5月27日，所载内容仍为第二章，以后殆未续载。《锦绣豪雄传》亦未载完。

1946年（民国三十五年，丙戌）　38岁

是年王度庐为维持生计，曾任赛马场办事员，于周日售马票。12月2日，

《青岛时报》开始连载王度庐所著武侠小说《紫凤镖》，署名“鲁云”。

1947年（民国三十六年，丁亥）　39岁

5月1日，青岛《民治报》开始连载王度庐所撰武侠小说《太平天国情侠传》，署“鲁云”。19日，青岛《大中报》开始连载王度庐所撰武侠小说《清末侠客传》，署“鲁云”。6月11日，《青岛时报》开始连载王度庐所撰社会言情小说《晚香玉》，署“绿芜”。7月18日，《紫凤镖》在《青岛时报》载毕。19日，《青岛时报》开始连载王度庐所撰武侠小说《雍正与年羹尧》，署“鲁云”。是年王度庐收到弟弟来信，得知中共即将获得全面胜利。

按：《太平天国情侠传》仅见一节，未知是否载毕。《雍正与年羹尧》《清末侠客传》当于次年载毕。

李丹荃在回忆文中说：“1947年，我们忽然收到分离多年的弟弟的信，那信是经过几个人辗转捎来的。信中大意是：我在外买卖很好，我们不久即可团聚，望你们放心。信虽很短，但却是莫大喜讯。信中真实的含义，我们是明白的，知道多年的战争是将结束了。只是这时他们在北平的母亲已故去，没有来得及知道，是终身遗憾。”

1948年（民国三十七年，戊子）　40岁

是年王度庐曾任青岛摊商工会文牍。1月31日，《晚香玉》在《青岛时报》载毕。2月1日，《青岛时报》开始连载《粉墨婵娟》，署“绿芜”。4月29日，《青岛时报》开始连载武侠小说《宝刀飞》，署“鲁云”。6月，上海育才书局出版增订本《风雨双龙剑》。7月10日，《粉墨婵娟》在《青岛时报》载毕。15日，《青岛时报》开始连载侠情小说《燕市侠伶》，署“绿芜”。9月17日，《宝刀飞》在《青岛时报》载毕。9月20日，《青岛公报》开始连载武侠小说《金刚玉宝剑》，署“王度庐”。

按：《金刚玉宝剑》之“玉”字当系“王”字之误，参见丁福保主编之《佛学大辞典》：【金刚王宝剑】（譬喻）临济四喝之一，谓临济有时一喝，为切断一切情解葛藤之利剑也。《临济录》曰：“师问僧：有时一喝如金刚王宝剑，有时一喝如踞地金毛狮子，有时一喝如探竿影草，有时一喝不

作一喝用，汝作么生会？僧拟议，师便喝。”《人天眼目》曰：“金刚王宝剑者，一刀挥断一切情解。”又：【金刚】（术语）梵语曰缚罗。……译言金刚，金中之精者，世所言之金刚石是也。…… 又（天名）持金刚杵之力士，谓之金刚。……【金刚王】（杂语）金刚中之最胜者，犹言牛中之最胜者为牛王也。……

9月24日，青岛《军民晚报》开始连载武侠小说《龙虎铁连环》，署“王度庐”。10月，上海励力出版社将《清末侠客传》分为两册印行，分别改题《绣带银镖》《冷剑凄芳》。11月，上海励力出版社出版《宝刀飞》。同年，上海励力出版社还出版或再版了王度庐的以下作品：《鹤惊昆仑》（即《舞鹤鸣鸾记》），《宝剑金钗》（即《宝剑金钗记》），《剑气珠光》（即《剑气珠光录》），《卧虎藏龙》（即《卧虎藏龙传》），《铁骑银瓶》（即《铁骑银瓶传》），《紫电青霜》，《新血滴子》（即《雍正与年羹尧》），《燕市侠伶》，《落絮飘香》《琼楼春情》《朝露相思》《翠陌归人》（此为《落絮飘香》连载本的四个分册），《暴雨惊鸳》（此为《寒梅曲》连载本的第一分册，以下分册未见），《绮市芳葩》《寒波玉蕊》（此为《晚香玉》连载本的两个分册），《粉墨婵娟》《霞梦离魂》（此为《粉墨婵娟》连载本的两个分册）。

按：《燕市侠伶》之后集为《梅花香手帕》。后集未见连载，励力版《燕市侠伶》亦未见，该版当不包括后集。

1949年（己丑）　41岁

是年，王度庐之弟谭立（即王探骊）出任中共大连市委副书记。1月1日，青岛《民治报》开始连载《玉佩金刀记》，署“王度庐”。未完。2月，《金刚玉宝剑》改由《联青晚报》连载。4月，上海励力出版社出版《金刚玉宝剑》，共三册。6月29日，王度庐幼子生于青岛。

是年秋，王度庐夫妇携长子、女儿同由青岛迁往大连（幼子暂留青岛）。王度庐任旅大行政公署教育厅编审委员。李丹荃先在市教育局初教科任科员，后任教于英华坊小学和大同坊小学。

本年，重庆千秋书局出版《紫凤镖》。上海励力出版社还出版了王度庐的下列作品：《朱门绮梦》《小巷娇梅》《碧海狂涛》《古城新月》（此为《古城新月》连载本的三个分册),《海上虹霞》《灵魂之锁》(此为《海上虹霞》连载本的两个分册),《琴岛佳人》《少女飘零》《歌舞芳邻》(此为《虞美人》连载本的前四个分册,以下分册未见),《洛阳豪客》(即《舞剑飞花录》),《风尘四杰》,《香山侠女》,《春秋戟》,《龙虎铁连环》等。

1950年(庚寅)　42岁

王度庐在旅大行政公署教育厅任编审委员。

1951年(辛卯)　43岁

王度庐调入旅大师范专科学校任教员。

1953年(癸巳)　45岁

是年夏,王度庐调入沈阳东北实验学校(现辽宁省实验中学)任语文教员,李丹荃任该校舍务处职员。

1955年(乙未)　47岁

5月,《人民日报》公布《关于胡风反革命集团的材料》。在清查"胡风分子"时,王度庐曾经受到无端怀疑。

1956年(丙申)　48岁

1月13日,文化部发出《关于续发处理反动、淫秽、荒诞图书参考目录的通知(56)(文陈出密字第9号)》,其第二条称:"有一些人专门编写反动、淫秽、荒诞的图书,如徐訏、无名氏、仇章专门编写政治上反动的、描写特务间谍的小说,张竞生、王小逸(捉刀人)、蓝白黑、笑生、待燕楼主、冷如雁、田舍郎、桑旦华专门编写含有反动政治内容或淫秽、色情成分的'言情小说',朱贞木、郑证因、李寿民(还珠楼主)、王度庐、宫白羽、徐春羽专门编写含有反动政治内容或淫秽、色情成分的神怪、荒诞的'武侠小说'。为了肃清反动、淫秽、荒诞的图书,请各省市文化局在审读图书时,对于徐訏……徐春羽等二十一人编写的图书特别加以注意。但决定是否处理和如何处理，仍应按书籍内容而定。”（见中国出版科学研究所、中央档案馆编：《中华人民共和国出版史料》第8辑，中国书籍出版社，2002。）

同年，王度庐加入中国民主促进会，并任该会沈阳市第五届市委委员；又曾被选为皇姑区政协委员和沈阳市第六届人民代表大会代表。

按：以上政治身份据辽宁省实验中学所存退休人员登记表及李丹荃回忆文。加入民进当在本年，其他事项或在其后，因无法查实年份，姑均暂系于本年。

1957年（丁酉）　49岁

实验中学也掀起“反右”运动，王度庐没有受到大冲击。

1966年（丙午）　58岁

“文化大革命”爆发。王度庐受到冲击，被贬入“有问题的人学习班”，接受“清队”审查。

1968年（戊申）　60岁

王度庐仍处于“逍遥”状态。

1969年（己酉）　61岁

王度庐当在是年被结束“审查”，获得“解放”，即被宣布没有查出问题，恢复原来的政治身份。

按：依照“文革”程序，“有问题的人”被“解放”之前，仍需召开一次表示“结案”的批判会。李丹荃在回忆文中写道：“……开了一个小型批判会。也不知从什么地方找来一本《小巷娇梅》，批判者念一段，批判一番……当批判者念到生动有趣处，听者笑了，王度庐也忍不住笑了，当然要招来申斥：‘你还笑？你要端正态度！’批判者们又从我们家拿走了我们的一本相册，里面有两张全家照片。一张中有我抱着1949年初生的幼子；另一张是我穿着在旅大行政公署发的女干部服装，王度庐穿着他兄弟给他的呢子干部服装。批判者举着照片说：‘你们穿得这么好，可见你们过去生活多么优越！你爱人还穿着裙子！’……对他的批判只是一种虚张声势的形式。那些老师并未认真对待。”

1970年（庚戌） 62岁

是年春，王度庐以退休人员身份，随李丹荃下放到辽宁省昌图县泉头公社大苇子大队，不久转到泉头大队。

按：王度庐幼子在一封信里这样回忆父母被“下放”的情景：“……我在农村‘接受再教育’，得知后立即赶回家。前往农村时，年迈的父母坐在卡车顶上，一路颠簸。爸爸当时身体就很不好，加上这一折腾，半路解手时，站了半天也解不出来。妈妈晕车，走一路吐一路。那情景我现在回忆起来都止不住要流泪。”

其女则曾在一封信里回忆到昌图看望父母的情景：“听说他们下乡了，我很急，不久就请假找去了。他们一辈子住在城里，父亲更是年老体弱，手无缚鸡之力，忽然到了农村，借住在人家的半间小屋里，怎么生活？”“我还没走到家，就远远地看见父亲坐在一棵繁茂的大树下（很像一幅中国山水画），我的心顿时平静下来了。他永远是那么心平气和，不知是怎么修炼的。”“我女儿小时候跟我父母在农村住过。有一次闹觉（困了，不睡，哭闹），我很烦，可我父亲说：‘世界多美好啊，她是舍不得去睡觉啊。’”“有时，父亲用手比成一个取景框，东照一下，西照一下，对我的小孩说：‘快来看，这边是一个景，那边也是一个景。’（父亲原本喜欢摄影，在小说《海上虹霞》中曾写到购买‘莱卡’照相机，就颇内行。）他还常让母亲下地干活回来时带些野花野草。那时父亲走路已不太方便了。”

1972年（壬子） 64岁

王度庐在昌图。其幼子考入迁至铁岭的沈阳农学院农学系。

1974年（甲寅） 66岁

1月14日，长子突然亡故，王度庐夫妇不胜哀痛。

同年，幼子毕业于迁至铁岭的沈阳农学院农学系，留校任教。李丹荃于下放人员“落实政策”时也被安排退休。

1975年（乙卯） 67岁

王度庐夫妇迁往铁岭与幼子同住。

1977年（丁巳） 69岁

2月12日，王度庐因病卒于铁岭。

按：李丹荃在回忆手稿中这样记述丈夫逝世的情景：“儿子工作的学校已放了寒假，这天正是旧历年末。晚上儿子去办公室值夜，女儿远在几千里外工作。我们住在一间很小的宿舍里，暖气不热，电灯不亮，风吹得屋外树枝簌簌地响，偶然能听得到远处一声声犬吠。他病已重危，该说的话早已说完，他静静地合上双眼去了。我不愿惊动他，也不想叫别人，坐在床前陪伴着他，送他安静地走完了人生最后的旅程，时年六十八（周）岁……我遵从他的遗嘱，没有通知很多人，没有举行一切世俗的仪式，没有哀乐，没有纸花，悄然地由他的儿子和几位热情的青年同事用担架（把他）抬到离我家很近的火葬场。”

（承张元卿博士协助查阅南京《京报》并发现、提供有关陕西教育月刊、旬刊资料，特此致谢！）

2016年1月修订

《王度庐作品大系》书目一览表

武侠卷第一辑（2015年7月已出版）

1.鹤惊昆仑（上、下） 2.宝剑金钗（上、下） 3.剑气珠光（上、下） 4.卧虎藏龙（上、下） 5.铁骑银瓶（上、中、下）

武侠卷第二辑（待出版）

1.风雨双龙剑 2.彩凤银蛇传 3.纤纤剑 4.洛阳豪客 5.大漠双鸳谱 6.紫电青霜 7.紫凤镖 8.绣带银镖 9.雍正与年羹尧 10.宝刀飞 11.金刚玉宝剑

社会言情卷（待出版）

1.落絮飘香 2.古城新月 3.海上虹霞 4.虞美人 5.晚香玉 6.粉墨婵娟 7.风尘四杰 8.香山侠女

早期小说与杂文卷（待出版）

1.杂文 2.早期小说：红绫枕 鳌汉海盗 黄河游侠传 3.散佚作品精选集：燕市侠伶 虞美人 春明小侠 春秋戟 寒梅曲